T0126802

CLASSIQUES JAUNES

Littératures francophones

Ursule Mirouët

Honoré de Balzac

Ursule Mirouët

Édition critique par Maurice Allem

PARIS
CLASSIQUES GARNIER

Maurice Allem, de son vrai nom Léon Allemand, est historien de la littérature et coéditeur de la revue *Les Lettres françaises*. Spécialiste de la littérature du XIXe siècle, cet éminent philologue est l'auteur d'importantes monographies sur Honoré de Balzac, Charles-Augustin Sainte-Beuve et Alfred de Musset, ainsi que de l'étude historique *La Vie quotidienne sous le Second Empire*. Il est enfin l'éditeur scientifique de Victor Hugo pour La Pléiade.

Illustration de couverture : *Ursule Mirouët* par Edouard Toudouze, 1901, cosmovisions.com.

Réimpression de l'édition de Paris, 1952.

ISBN 978-2-8124-1891-4
ISSN 2417-6400

INTRODUCTION

Dès 1834, *plus tôt peut-être même, Balzac projetait d'écrire le roman d'héritiers avides d'un héritage et inquiets d'en être frustrés. Il l'annonçait au verso du titre de la première édition d'*Eugénie Grandet *qui parut, en 1834, chez Mme veuve Charles Béchet. Le titre de ce roman devait être* Fragment d'histoire générale. *L'annonce en fut répétée au verso de la couverture du premier volume de la première édition des* Scènes de la vie parisienne, *qui parut en novembre 1835. Ce roman, Balzac l'a commencé. Il en a écrit une dizaine de feuillets qui sont conservés à la bibliothèque Lovenjoul. Spoelberch de Lovenjoul a rédigé pour ce fragment une notice. Notice et fragments ont été publiés dans la* Revue des Deux Mondes, *le 15 décembre 1917. Le titre modifié est* les Héritiers Boirouge, fragment d'Histoire générale.

En 1836, dans une lettre à Mme Émile de Gérardin, Balzac écrivait : « Ma première publication sera le Lys dans la Vallée, *mais, si le procès qui en retarde la publication est perdu, ce sera* les Héritiers Boirouge. » *En juin de cette même année 1836, le procès du* Lys dans la Vallée *terminé et terminé favorablement pour lui, Balzac écrivait à Émile Regnault, gérant de la* Chronique de Paris. « ... J'aurai, suivant toute probabilité, terminé les Illusions perdues, pour samedi prochain... [sa lettre est d'un lundi]. J'ai bien fait de commencer par là, car alors le Cabinet des Antiques suffirait pour compléter les deux volumes de la veuve Béchet, ou dame Jacquillut [nom du deuxième mari de Mme Charles Béchet]. Elle ne mérite pas* les Héritiers Boirouge... »

(Œuv. compl. *de Balzac, édit. Calmann-Lévy, in-*8°, *t.* XIX, Correspondance, *pp.* 234 *et* 236). *Il semble que, pour se saisir des* Héritiers Boirouge, *M*ᵐᵉ *veuve Béchet n'aurait qu'à tendre la main. Cependant, ce roman était si peu près d'être achevé que, dans la préface, datée de février* 1839 *qu'il rédigea pour la première édition du* Cabinet des Antiques, *après avoir annoncé la publication prochaine de* Un grand homme de province à Paris *(deuxième partie des* Illusions perdues *et celle de* les Mitouflet) « *livre déjà fort avancé* », *dit-il, mais dont il ne subsiste rien, Balzac déclarait :* « L'auteur n'a pas renoncé non plus au livre intitulé les Héritiers Boirouge, *qui doit occuper une des places les plus importantes dans les* Scènes de la vie de province, *mais qui veut de longues études exigées par la gravité du sujet : il ne s'agit pas moins que de montrer les désordres que cause au sein des familles l'esprit des lois modernes.* »

Le titre de ce roman en fait pressentir le sujet : Les Héritiers, *ce ne peut être que l'étude d'une famille ou de plusieurs, vivant dans l'attente d'un héritage, mais non pas dans une attente sereine, confiante, dans un sentiment de sécurité ; il n'y aurait pas la matière à un roman ; il faut qu'il s'agisse de l'attente inquiète d'un héritage dont ceux qui s'en considèrent comme les bénéficiaires naturels aient des raisons, fondées ou non, de craindre de ne pas l'obtenir. C'est le sujet d'*Ursule Mirouët. *Balzac a parlé de ce roman dans plusieurs lettres à M*ᵐᵉ *Hanska. En mars* 1841 *il dit :* « *Je viens de finir les* Mémoires de deux jeunes mariées, *de faire* Ursule Mirouët, *une de ces histoires privilégiées que vous lirez...* » (Lettres à l'Étrangère, I, 560); *le* 30 *septembre de la même année :* « *Au bout de dix mois de travaux, écrire, comme je viens de le faire,* Ursule Mirouët *en vingt jours, est une de ces choses que ne croyent que les imprimeurs et les témoins de ce singulier tour de force, qui n'a que*

César Birotteau *d'analogue* (op. cit., pp. 568-569). *Le 5 janvier 1842 : « Les* Mémoires de deux jeunes mariées, *publiées dans* la Presse *ont eu le plus grand succès. Mais, cette année, le plus bel ouvrage est* Ursule Mirouët. *»* (Op. cit., p. 574.) *Les* Mémoires de deux jeunes mariées *paraissaient alors dans* la Presse *depuis le 1er novembre 1841 et devaient achever d'y paraître le 15 janvier.* Ursule Mirouët *avait été publiée dans* le Messager *du 25 août au 23 septembre 1841. L'édition en librairie parut en mai. Le 1er mai, Balzac écrivait à Mme Hanska : « Après demain, on publie* Ursule Mirouët, *le chef-d'oeuvre, selon moi, de la peinture de mœurs* * *»* (op. cit., II, 37). *Cependant, ce chef-d'œuvre que, quelques mois plus tôt, il avait mis au-dessus des* Mémoires de deux jeunes mariées, *quelques mois plus tard, par un renversement dû peut-être à la mesure du succès que chacun de ces deux romans avait eu, il l'y mettra, au contraire, au-dessous, mais avec, semble-t-il, un mouvement de regret. Le 14 octobre, il écrira, en effet, à Mme Hanska : « Il est vrai que, selon moi, les* Mémoires de deux jeunes mariées, *même auprès d'*Ursule Mirouët *font tout pâlir. Néanmoins,* Ursule Mirouët *est la sœur heureuse d'Eugénie Grandet. »* (op. cit., II, 67).

Ursule Mirouët, hormis la tempête que produisit contre elle l'hostilité d'héritiers anxieux qui tremblaient d'être dépossédés de l'héritage à son profit eut, comme l'écrit Balzac, une existence heureuse. Son grand-père Mirouët avait eu deux enfants : une fille légitime, Ursule, qui épousa le docteur Minoret et qui mourut jeune ayant vu mourir ses enfants ; un fils naturel qui se maria et fut le père d'une petite fille que

---

* *Ursule Mirouët,* par H. de Balzac. Paris, Hippolyte Souverain, éditeur de H. de Balzac, Paul de Kock, E. Soulier, J. Lecomte, A Brot, etc., rue des Beaux-Arts, 5-1842; 2 vol in-8°. Il y avait eu, en 1841, une édition subreptive belge à Bruxelles, chez Hauman, Jamar Méline, en 2 vol. in-16.

le docteur voulut que l'on appela Ursule, du nom de la femme
qu'il avait perdue. La mère d'Ursule mourut en la mettant
au monde, son père lui-même mourut quelques mois après.
La voici donc, dès sa toute petite enfance, orpheline et pauvre,
mais pupille du docteur Minoret, homme riche, cœur affectueux
qui la recueillit et l'éleva avec une sollicitude maternelle. Elle
était vraiment comme sa fille. Ne la traiterait-il pas, comme
telle, en la faisant son unique héritière ? C'était le souci
et le souci lancinant des neveux et des nièces de la branche
Minoret. Autour de cet héritage, tenu par eux pour incertain,
ils s'agitaient. Le roman est le récit de leurs transes, de leurs
conciliabules, de leurs intrigues.

Ils mettent leur espoir dans la rigueur de la loi et la constante hostilité de la jurisprudence contre les enfants naturels.
Mais le docteur, dans sa justice, a fait à chacun sa part. Ses
héritiers auront son héritage, mais, sur cet héritage, il sera
prélevé un legs — un beau legs — pour sa pupille. Le docteur
devait connaître aussi les dispositions de la loi et l'interpré-
tation des tribunaux car, le legs qu'il réserve à Ursule, il le
fait à un jeune homme qu'elle doit épouser. Il peut donc laisser
une partie de sa fortune — et il eut sans doute pu la lui laisser
tout entière — à une personne étrangère à sa famille ? On
se demande alors s'il n'eut pas pu en disposer de même en
faveur d'Ursule Mirouët, considérée, elle aussi, comme étrangère. Il lui destine, de la manière indirecte qu'il a imaginée,
certaines valeurs qu'il a cachées en un certain endroit. Or,
l'un des héritiers apprend par hasard et à temps, quelles
sont ces valeurs et quelle est la cachette. Il brûle le testament,
court à la cachette et ravit les valeurs.

Un des éléments dramatiques du roman sera le trouble,
le trouble croissant, le remords enfin du ravisseur. Son vol
est son secret. Nul ne l'a vu le commettre. Aucun indice ne
révèle que ce soit lui qui l'ait commis. Cependant, toutes les

*circonstances en sont bientôt connues par les quelques personnes
intéressées à les connaître. Ursule Mirouët en a eu la révélation
par des songes dans lesquels le vieux docteur lui est apparut
et lui a exactement et minutieusement rapporté les circonstances du vol. Il les ignorait quand il mourut. Il a donc fallu
qu'il les apprenne une fois mort.*

*C'est un autre élément du roman d'*Ursule Mirouët
*que ce recours de Balzac aux phénomènes surnaturels. Il
était attiré par les mystères de l'occultisme, par les problèmes
du magnétisme. Dans* la Femme de trente ans, *au premier
chapitre de l'épisode* les Deux rencontres, *ne voit-on pas
un meurtrier, sanglant encore du meurtre qu'il vient de commettre, subjuguer par la puissance magnétique de son regard
une jeune fille ; exercer sur elle, selon le titre même de ce chapitre, une* fascination *et une fascination telle que cette jeune
fille de famille noble, dont le père est général et marquis,
quitte aussitôt sa famille pour suivre cet homme qui, un instant
auparavant, lui était inconnu et de qui elle ne sait rien hormis
qu'il est un assassin ? Dans* Ursule Mirouët *il y a aussi
un exemple de vision supra-normale d'une exactitude merveil-
leuse. Une bonne femme raconte au docteur, alors hors de
Nemours, ce qu'en ce moment même* Ursule Mirouët *fait à
Nemours et lui répète, mot pour mot, ce qu'elle y dit.*

*L'emploi de tels procédés a pour avantage de faciliter
singulièrement la tâche d'un romancier, mais Balzac, dans sa
conviction, les tenait pour normaux et, dans* Ursule Mirouët,
*il les a légitimés, du moins à son propre jugement — en
écrivant, au chapitre sixième, un* Précis sur le magnétisme.

*Un autre élément de ce roman, c'est la peinture de l'éveil
de l'amour dans le cœur de l'innocente et pieuse jeune fille
qu'est* Ursule Mirouët. *Le trouble imprécis qu'elle ressent,
son dévouement ardent et désintéressé envers le jeune homme
qu'elle aima, sans se rendre compte qu'elle l'aime d'amour,*

sans savoir même ce que c'est que l'amour, Balzac les a décrits avec une fidélité, une délicatesse qui font de l'histoire de cette passion la partie charmante du roman. Dans son amour, Ursule Mirouët est bien touchante. Elle est bien touchante aussi dans sa résignation quand, spoliée par le vol commis, elle accepte l'isolement, la pauvreté et le renoncement à ses douces espérances. Mais grâce aux lumières produites par les songes révélateurs qu'elle a faits, le coupable est confondu ; après avoir été en proie aux remords, il éprouve les amers soulagements du repentir ; les titres dérobés sont restitués ; la jeune fille, avec la fortune, recouvre la santé et le mariage couronne et récompense enfin son amour si pur, si noble et si fidèle.

Le roman contient donc l'histoire de la jeunesse d'Ursule Mirouët. Cette histoire serait toute simple, tout unie, et, pour ainsi dire, vide d'événements, si Ursule Mirouët n'était pas, comme héritière possible de son oncle, l'objet de l'animosité des aspirants à l'héritage. Au centre du roman et, à vrai dire, sa raison d'être, il y a donc l'héritage, avec la digne Ursule Mirouët d'une part et, d'autre part, les héritiers indignes. Le roman est intitulé Ursule Mirouët. Il pourrait être aussi légitimement intitulé les héritiers Minoret. Cette considération ramène l'esprit au roman ébauché des Héritiers Boisrouge, dont on trouvera, dans le présent volume, en un appendice, le fragment subsistant. Si l'on confronte avec ce fragment le deuxième chapitre d'Ursule Mirouët on est frappé de l'identité des procédés, dans la présentation des héritiers, dans l'exposé de l'enchevêtrement de leurs liens de famille ; de l'identité de la situation de deux petites orphelines, l'une élevée par un oncle, l'autre élevée par un arrière-grand-oncle ; enfin, trait particulièrement frappant, ces deux orphelines s'appellent l'une et l'autre Ursule Mirouët. Comment ne pas penser que c'est la même et que le roman d'Ursule Mirouët, dans *lequel on trouve des phrases prises à peu près, et parfois même textuellement, du premier chapitre des* Héritiers Boirouge *n'est autre que ce roman des héritiers Boirouge que Balzac avait depuis si longtemps annoncé ? L'action des deux romans n'est pas dans la même ville. Les personnages n'y ont, en général, pas les mêmes noms. Ils ont d'autres professions. Dans leur fonds — ils sont les mêmes.*

La filiation d'un roman à l'autre paraît évidente et Spoelberch de Lovenjoul l'eût admise si, dans le Catalogue *que Balzac fit en* 1845 *des ouvrages que soutiendra la* Comédie humaine, *il n'avait relevé, parmi les* Scènes de la vie de province, *sous le numéro* 34, Ursule Mirouët *et, sous le numéro* 45, *les* Héritiers Boirouge, *les* Héritiers Boirouge *étant mentionnés comme la deuxième partie d'un dyptique les* Rivalités *dont la première partie (non publiée et même non écrite car il n'en subsiste rien) eût été intitulée* l'Original.

Spoelberch de Lovenjoul, troublé par la présence, dans ce catalogue, des Héritiers Boirouge *et d'*Ursule Mirouët, *déclare que « il y a là une énigme bien difficile à éclaircir aujourd'hui ». On pourrait supposer que l'inscription des* Héritiers Boirouge *est une inadvertance de Balzac ; mais cette hypothèse ne paraît pas soutenable en raison du soin avec lequel il a dû établir un catalogue qui était pour lui une chose importante et en raison du fait que les* Héritiers Boirouge *sont présentés comme devant former, avec un autre roman, un ensemble particulier, celui des* Rivalités.

Il est certain cependant que Balzac ne pouvait utiliser pour un roman à écrire le chapitre déjà écrit des Héritiers Boirouge *puisqu'il l'avait utilisé dans* Ursule Mirouët. *On pourrait supposer que, gardant un titre qui lui plaisait, Balzac aurait, sous ce titre, écrit un tout autre roman, le roman d'un autre héritage, où il eût disposé d'autres épisodes, exposé d'autres mobiles d'action. Le roman* les Héritiers Boirouge, *tel qu'il est annoncé en* 1845, *devait révéler des rivalités. Ce titre de* Rivalités *n'eût convenu ni à* Ursule Mirouët, *ni à cet autre roman de l'héritage qu'est le* Cousin Pons. *Ce terme implique l'activité de deux partis ou de deux individus opposés. Une rivalité, c'est, d'une manière ou d'une autre, une lutte. Or, ni l'excellent Schmucke, l'ami du cousin Pons et le professeur de piano d'Ursule Mirouët, ni Ursule Mirouët elle-même n'ont de lutte à soutenir. On peut supposer qu'après ces deux romans d'une succession, Balzac a eu le dessein d'en écrire un troisième où l'on eût vu, comme il n'est pas rare, des branches d'une même famille rivales entre elles, travaillant à capter la confiance et à s'assurer, au détriment des uns des autres, l'héritage de quelque parent fortuné.*

*Un an après avoir paru chez Hippolyte Souveranet, le roman d'*Ursule Mirouët *fut réédité dans la première édition de* la Comédie humaine *. C'est le texte de cette édition, la dernière parue du vivant de Balzac, que l'on a réimprimée dans le présent volume, compte tenu toutefois des corrections que Balzac y avait faites en vue d'une édition ultérieure. Le roman était primitivement divisé en vingt et un chapitres. Cette division en chapitres fut, pour ce roman comme pour les autres, supprimée dans l'édition compacte de* 1843. Ursule Mirouët *y est divisée seulement en deux parties ; la première formée des onze premiers chapitres y est intitulée* les Héritiers alarmés *(c'était dans l'édition antérieure le titre du chapitre*

---

* La Comédie humaine. Cinquième volume. Première partie. Étude de mœurs. Deuxième livre. Scènes de la vie de province. Tome I. *Ursule Mirouët. — Eugénie Grandet. — Les Célibataires : Pierrette.* Paris, Furne, rue Saint-André-des-Arts, 53; J.-J. Dubochet et Cie, rue de Seine, 33; J. Hetzel, rue de Seine, 33; 1843; in-8°. — Ainsi ce volume réunit le roman de trois touchantes jeunes filles de l'œuvre de Balzac.

premier) ; *la deuxième partie est intitulée* la Succession Minoret. *Balzac regretta la suppression de la division en chapitres ; on a dans la présente édition, comme on l'avait fait déjà pour d'autres romans de Balzac édités dans la collection des classiques Garnier, rétabli cette division.*

On trouvera dans les notes les variantes de l'édition de 1842. *Il n'a pas été possible d'y joindre celles que peut présenter le texte paru dans le journal* le Messager. *Balzac dit :* le Messager, *sans plus. Spoelberch de Lovenjoul dit de même. On ne trouve pas, dans la* Bibliographie de la Presse périodique française *de Hatin, de journal intitulé* le Messager *à la date* (1841) *de la publication d'*Ursule Mirouët. *Ce roman dut être publié dans* le Messager des Chambres *qui parut du* 9 *février* 1828 *à* 1846. *Hatin* (Bibliogr. 362) *indique la présence d'une collection de ce journal à la Préfecture de police. Une indication aussi exceptionnelle faisait présumer que cette collection ne se trouve pas à la Bibliothèque nationale. Elle ne s'y trouve pas, en effet. Mais elle n'est plus à la Préfecture de police, ayant été détruite en* 1871 *dans l'incendie allumé sous la Commune. Elle ne se trouve, d'ailleurs, dans aucune des bibliothèques publiques de Paris. Il est vraisemblable qu'elle ait été conservée dans les bibliothèques de la Chambre des Députés et du Sénat mais elles sont, en ce moment, inaccessibles. Les variantes de l'édition de* 1842 *ne sont, comme on le verra, ni très nombreuses ni très importantes. Elles sont rapportées purement et simplement. Pour celles, assez rares, qui sont à la fois dans l'édition de* 1842 *et dans celle de* 1843, *on a mentionné ces deux dates.*

M. A.

A MADEMOISELLE SOPHIE SURVILLE [1]

C'est un vrai plaisir, ma chère nièce, que de te dédier un livre dont le sujet et les détails ont eu l'approbation, si difficile à obtenir, d'une jeune fille à qui le monde est encore inconnu, et qui ne transige avec aucun des nobles principes d'une sainte éducation. Vous autres, jeunes filles, vous êtes un public redoutable; car on ne doit vous laisser lire que des livres purs comme votre âme est pure, et l'on vous défend certaines lectures comme on vous empêche de voir la société telle qu'elle est [2]. N'est-ce pas alors à donner de l'orgueil à un auteur que de vous avoir plu ? Dieu veuille que l'affection ne t'ait pas trompée ! Qui nous le dira ? L'avenir que tu verras, je l'espère, et où ne sera peut-être plus

Ton oncle

BALZAC [3].

URSULE MIROUËT

I

LES HÉRITIERS ALARMÉS

En entrant à Nemours du côté de Paris, on passe sur le canal du Loing, dont les berges forment à la fois de champêtres remparts et de pittoresques promenades à cette jolie petite ville. Depuis 1830, on a malheureusement bâti plusieurs maisons en deçà du pont. Si cette espèce de faubourg s'augmente, la physionomie de la ville y perdra sa gracieuse originalité. Mais, en 1829, les côtés de la route étant libres, le maître de poste, grand et gros homme d'environ soixante ans, assis au point culminant de ce pont, pouvait, par une belle matinée, parfaitement embrasser ce qu'en termes de son art on nomme un ruban de queue [4].

Le mois de septembre déployait ses trésors, l'atmosphère flambait au-dessus des herbes et des cailloux, aucun nuage n'altérait le bleu de l'éther dont la pureté, partout vive, et même à l'horizon [5], indiquait l'excessive raréfaction de l'air. Aussi, Minoret-Levrault, ainsi se nommait le maître de poste, était-il obligé de se faire un garde-vue avec une de ses mains pour ne pas être ébloui. En homme impatienté d'attendre, il regardait tantôt les charmantes prairies qui s'étalent à droite de la route et où ses regains poussaient, tantôt la colline chargée de bois qui, sur la gauche, s'étend de Nemours à Bouron. Il entendait dans la vallée du Loing, où retentissaient les bruits du chemin repoussés par la colline, le galop

de ses propres chevaux et les claquements de fouet
de ses postillons.

Ne faut-il pas être maître de poste pour s'impatienter
devant [6] une prairie où se trouvaient des bestiaux comme
en fait Paul Potter [7], sous un ciel de Raphaël, sur un
canal ombragé d'arbres dans la manière d'Hobbéma [8] ?
Qui connaît Nemours sait que la nature y est aussi belle
que l'art, dont la mission est de la spiritualiser : là,
le paysage a des idées et fait penser. Mais, à l'aspect
de Minoret-Levrault, un artiste aurait quitté le site
pour croquer ce bourgeois, tant il était original à force
d'être commun. Réunissez toutes les conditions de
la brute, vous obtenez Caliban, qui, certes, est une grande
chose. Là où la forme domine, le Sentiment disparaît.

Le maître de poste, preuve vivante de cet axiome,
présentait une de ces physionomies où le penseur aper-
çoit difficilement trace d'âme sous la violente carnation
que produit un brutal développement de la chair. Sa
casquette en drap bleu, à petite visière et à côtes de
melon, moulait une tête dont les fortes dimensions
prouvaient que la science de Gall [9] n'a pas encore
abordé le chapitre des exceptions. Les cheveux gris
et comme lustrés qui débordaient la casquette vous
eussent démontré que la chevelure blanchit par d'autres
causes que par les fatigues d'esprit ou par les chagrins.
De chaque côté de la tête, on voyait de larges oreilles
presque cicatrisées sur les bords par les érosions d'un
sang trop abondant qui semblait près de jaillir au
moindre effort. Le teint offrait des tons violacés sous
une couche brune, due à l'habitude d'affronter le soleil.
Les yeux gris, agiles, enfoncés, cachés sous deux buis-
sons noirs, ressemblaient aux yeux des Kalmouks
venus en 1815 ; s'ils brillaient par moments, ce ne pouvait être que sous l'effort d'une pensée cupide. Le nez,
déprimé depuis sa racine, se relevait brusquement en
pied de marmite. Des lèvres épaisses en harmonie
avec un double menton presque repoussant, dont la

barbe, faite à peine deux fois par semaine, maintenait un méchant foulard à l'état de corde usée; un cou plissé par la graisse, quoique très court; de fortes joues complétaient les caractères de la puissance stupide que les sculpteurs impriment à leurs cariatides. Minoret-Levrault ressemblait à ces statues, à cette différence près qu'elles supportent un édifice et qu'il avait assez à faire de se soutenir lui-même. Vous rencontrerez beaucoup de ces Atlas sans monde. Le buste de cet homme était un bloc; vous eussiez dit d'un taureau relevé sur ses deux jambes de derrière. Les bras vigoureux se terminaient par des mains épaisses et dures, larges et fortes, qui pouvaient et savaient manier le fouet, les guides, la fourche, et auxquelles aucun postillon ne se jouait. L'énorme ventre de ce géant était supporté par des cuisses grosses comme le corps d'un adulte et par des pieds d'éléphant. La colère devait être rare chez cet homme, mais terrible, apoplectique alors qu'elle éclatait. Quoique violent et incapable de réflexion, cet homme n'avait rien fait qui justifiât les sinistres promesses de sa physionomie. A qui tremblait devant ce géant, ses postillons disaient :

— Oh ! il n'est pas méchant !

Le maître de Nemours, pour nous servir de l'abréviation usitée en beaucoup de pays, portait une veste de chasse en velours vert-bouteille, un pantalon de coutil vert à raies vertes, un ample gilet jaune en poil de chèvre, dans la poche duquel on apercevait une tabatière monstrueuse dessinée par un cercle noir. A nez camard grosse tabatière, est une loi presque sans exception.

Fils de la Révolution et spectateur de l'Empire, Minoret-Levrault ne s'était jamais mêlé de politique; quant à ses opinions religieuses, il n'avait mis le pied à l'église que pour se marier; quant à ses principes dans la vie privée, ils existaient dans le Code civil : tout ce que la loi ne défendait pas ou ne pouvait atteindre, il le croyait faisable. Il n'avait jamais lu que le journal

du département de Seine-et-Oise, ou quelques instructions relatives à sa profession. Il passait pour un cultivateur habile; mais sa science était purement pratique.
Ainsi, chez Minoret-Levrault, le moral ne démentait
pas le physique. Aussi parlait-il rarement; et, avant de
prendre la parole, prenait-il toujours une prise de tabac
pour se donner le temps de chercher non pas des idées,
mais des mots. Bavard, il vous eût paru manqué. En
pensant que cette espèce d'éléphant sans trompe et
sans intelligence se nomme *Minoret-Levrault*, ne doit-on
pas reconnaître avec Sterne l'occulte puissance des noms
qui tantôt raillent et tantôt prédisent les caractères [10]?
Malgré ces incapacités visibles, en trente-six ans, il
avait, la Révolution aidant, gagné trente mille livres
de rente, en prairies, terres labourables et bois. Si
Minoret, intéressé dans les messageries de Nemours
et dans celles du Gâtinais à Paris, travaillait encore, il
agissait en ceci moins par habitude que pour un fils
unique auquel il voulait préparer un bel avenir. Ce
fils, devenu, selon l'expression des paysans, un monsieur,
venait de terminer son droit et devait prêter serment à
la rentrée comme avocat stagiaire. M. et Mme Minoret-
Levrault, car, à travers ce colosse, tout le monde aper-
çoit une femme sans laquelle une si belle fortune serait
impossible, laissaient leur fils libre de se choisir une
carrière : notaire à Paris, procureur du roi quelque
part, receveur général n'importe où, agent de change ou
maître de poste. Quelle fantaisie pouvait se refuser, à
quel état ne devait pas prétendre le fils d'un homme de
qui l'on disait, depuis Montargis jusqu'à Essonne :
« Le père Minoret ne connaît pas sa fortune ! » Ce mot
avait reçu, quatre ans auparavant, une sanction nouvelle
quand, après avoir vendu son auberge, Minoret s'était
bâti des écuries et une maison superbes en transportant
la poste de la Grand'Rue sur le port. Ce nouvel établissement avait coûté deux cent mille francs, que les com-
mérages doublaient à trente lieues à la ronde. La poste

de Nemours veut un grand nombre de chevaux, elle va jusqu'à Fontainebleau sur Paris et dessert au delà les routes de Montargis et de Montereau; de tous les côtés, le relais est long, et les sables de la route de Montargis autorisent ce fantastique troisième cheval qui se paye toujours et ne se voit jamais. Un homme bâti comme Minoret, riche comme Minoret, et à la tête d'un pareil établissement, pouvait donc s'appeler sans antiphrase le maître de Nemours.

Quoiqu'il n'eût jamais pensé ni à Dieu ni à diable, qu'il fût matérialiste pratique comme il était agriculteur pratique, égoïste pratique, avare pratique, Minoret avait jusqu'alors joui d'un bonheur sans mélange, si l'on doit regarder une vie purement matérielle comme un bonheur. En voyant le bourrelet de chair pelée qui enveloppait la dernière vertèbre et comprimait le cervelet de cet homme, en entendant surtout sa voix grêle et clairette qui contrastait ridiculement avec son encolure, un physiologiste eût parfaitement compris pourquoi ce grand, gros, épais cultivateur adorait son fils unique, et pourquoi peut-être il l'avait attendu si longtemps, comme le disait assez le nom de Désiré que portait l'enfant. Enfin, si l'amour, en trahissant une riche organisation, est chez l'homme une promesse des plus grandes choses, les philosophes comprendront les causes de l'incapacité de Minoret. La mère, à qui fort heureusement le fils ressemblait, rivalisait de gâteries avec le père. Aucun naturel d'enfant n'aurait pu résister à cette idolâtrie. Aussi Désiré, qui connaissait l'étendue de son pouvoir, savait-il traire la cassette de sa mère et puiser dans la bourse de son père en faisant croire à chacun des auteurs de ses jours qu'il ne s'adressait qu'à lui. Désiré, qui jouait à Nemours un rôle infiniment supérieur à celui que joue un prince royal dans la capitale de son père, avait voulu se passer à Paris toutes ses fantaisies comme il se les passait dans sa petite ville, et, chaque année, il y avait dépensé

plus de douze mille francs. Mais aussi, pour cette somme,
avait-il acquis des idées qui ne lui seraient jamais venues
à Nemours; il s'était dépouillé de la peau du provincial,
il avait compris la puissance de l'argent et vu dans la
magistrature un moyen d'élévation. Pendant cette dernière année, il avait dépensé dix mille francs de plus,
en se liant avec des artistes, avec des journalistes et
leurs maîtresses.

Une lettre confidentielle assez inquiétante eût, au
besoin, expliqué la faction du maître de poste, à qui son
fils demandait son appui pour un mariage; mais la mère
Minoret-Levrault, occupée à préparer un somptueux
déjeuner pour célébrer le triomphe et le retour du licencié
en droit, avait envoyé son mari sur la route en lui disant
de monter à cheval s'il ne voyait pas la diligence. La
diligence qui devait amener ce fils unique arrive ordi-
nairement à Nemours vers cinq heures du matin, et
neuf heures sonnaient ! Qui pouvait causer un pareil
retard ? Avait-on versé ? Désiré vivait-il ? Avait-il
seulement une jambe cassée ?

Trois batteries de coups de fouet éclatent et déchirent
l'air comme une mousqueterie, les gilets rouges des
postillons poindent[11], dix chevaux hennissent ! le
maître ôte sa casquette et l'agite, il est aperçu. Le postillon le mieux monté, celui qui ramenait deux chevaux
de calèche gris pommelé, pique son porteur, devance
cinq gros chevaux de diligence, les Minoret de l'écurie,
trois chevaux de berline, et arrive devant le maître.

— As-tu vu *la Ducler ?*

Sur les grandes routes, on donne aux diligences des
noms assez fantastiques : on dit la Caillard, la Ducler
(la voiture de Nemours à Paris), le Grand-Bureau.
Toute entreprise nouvelle est *la Concurrence !* Du temps
de l'entreprise des Lecomte, leurs voitures s'appelaient
la Comtesse. — Caillard n'a pas attrapé la Comtesse, mais
le Grand-Bureau lui a joliment brûlé... sa robe, tout
de même ! — La Caillard et le Grand-Bureau ont enfoncé

les Françaises (les Messageries françaises). Si vous voyez le postillon allant *à tout brésiller* et refuser un verre de vin, questionnez le conducteur; il vous répond, le nez au vent, l'œil sur l'espace : — *La Concurrence* est devant [12] ! — Et nous ne la voyons pas ! dit le postillon. Le scélérat, il n'aura *pas fait manger ses voyageurs !* — Est-ce qu'il en a ? répond le conducteur. Tape donc sur Polignac ! Tous les mauvais chevaux se nomment Polignac. Telles sont les plaisanteries et le fond de la conversation entre les postillons et les conducteurs en haut des voitures. Autant de professions en France, autant d'argots.

— As-tu vu dans la Ducler ?

— M. Désiré ? répondit le postillon en interrompant son maître. Eh ! vous avez dû nous entendre, nos fouets vous l'annonçaient assez, nous pensions bien que vous étiez sur la route [13].

— Pourquoi donc la diligence est-elle en retard de quatre heures ?

— Le cercle d'une des roues de derrière s'est détaché entre Essonne et Ponthierry. Mais il n'y a pas eu d'accident; à la montée, Cabirolle s'est heureusement aperçu de la chose.

En ce moment, une femme endimanchée, car les volées de la cloche de Nemours appelaient les habitants à la messe du dimanche, une femme d'environ trente-six ans aborda le maître de poste.

— Eh bien, mon cousin, dit-elle, vous ne vouliez pas me croire ! Notre oncle est avec Ursule dans la Grand'Rue, et ils vont à la grand'messe.

Malgré les lois de la poétique moderne sur la couleur locale, il est impossible de pousser la vérité jusqu'à répéter l'horrible injure mêlée de jurons que cette nouvelle, en apparence si peu dramatique, fit sortir de la large bouche de Minoret-Levrault; sa voix grêle devint sifflante et sa figure présenta cet effet que les gens du peuple nomment ingénieusement *un coup de soleil.*

— Est-ce sûr ? dit-il après la première explosion de sa colère.

Les postillons passèrent avec leurs chevaux en saluant leur maître, qui parut ne les avoir ni vus ni entendus. Au lieu d'attendre son fils, Minoret-Levrault remonta la Grand'Rue avec sa cousine.

— Ne vous l'ai-je pas toujours dit ? reprit-elle. Quand le docteur Minoret n'aura plus sa tête, cette petite sainte-nitouche le jettera dans la dévotion; et, comme qui tient l'esprit tient la bourse, elle aura notre succession.

— Mais, madame Massin... ! dit le maître de poste hébété.

— Ah ! vous aussi, reprit Mme Massin en interrompant son cousin, vous allez me dire comme Massin : Est-ce une petite fille de quinze ans qui peut inventer des plans pareils et les exécuter ? faire quitter ses opinions à un homme de quatre-vingt-trois ans qui n'a jamais mis le pied dans une église que pour se marier, qui a les prêtres dans une telle horreur, qu'il n'a pas même accompagné cette enfant à la paroisse le jour de sa première communion ! Eh ! bien, pourquoi, si le docteur Minoret a les prêtres en horreur, passe-t-il, depuis quinze ans, presque toutes les soirées de la semaine avec l'abbé Chaperon [14] ? Le vieil hypocrite n'a jamais manqué de donner à Ursule vingt francs pour mettre au cierge quand elle rend le pain bénit. Vous ne vous souvenez donc plus du cadeau fait par Ursule à l'église pour remercier le curé de l'avoir préparée à sa première communion ? elle y avait employé tout son argent, et son parrain le lui a rendu, mais doublé. Vous ne faites attention à rien, vous autres, hommes ! En apprenant ces détails, j'ai dit : Adieu, paniers; vendanges sont faites ! Un oncle à succession ne se conduit pas ainsi, sans des intentions, envers une petite morveuse ramassée dans la rue.

— Bah ! ma cousine, reprit le maître de poste, le

bonhomme mène peut-être Ursule par hasard à l'église. Il fait beau, notre oncle va se promener.

— Mon cousin, notre oncle tient un livre de prières à la main; et il vous a un air cafard ! Enfin, vous l'allez voir.

— Ils cachaient bien leur jeu, répondit le gros maître de poste, car la Bougival m'a dit qu'il n'était jamais question de religion entre le docteur et l'abbé Chaperon. D'ailleurs, le curé de Nemours est le plus honnête homme de la terre, il donnerait sa dernière chemise à un pauvre; il est incapable d'une mauvaise action; et subtiliser une succession, c'est...

— Mais c'est voler, dit Mme Massin.

— C'est pis ! cria Minoret-Levrault, exaspéré par l'opération de sa bavarde cousine.

— Je sais, répondit Mme Massin, que l'abbé Chaperon, quoique prêtre, est un honnête homme; mais il est capable de tout pour les pauvres ! Il aura miné, miné, miné notre oncle en dessous, et le docteur sera tombé dans le cagotisme. Nous étions tranquilles, et le voilà perverti. Un homme qui n'a jamais cru à rien et qui avait des principes ! Oh ! c'est fait pour nous. Mon mari est cen [15] dessus dessous.

Mme Massin, dont les phrases étaient autant de flèches qui piquaient son gros cousin, le faisait marcher, malgré son embonpoint, aussi promptement qu'elle, au grand étonnement des gens qui se rendaient à la messe. Elle voulait rejoindre cet oncle Minoret et le montrer au maître de poste.

Du côté du Gâtinais, Nemours est dominé par une colline le long de laquelle s'étendent la route de Montargis et le Loing. L'église, sur les pierres de laquelle le temps a jeté son riche manteau noir, car elle a sans doute été rebâtie au XIVe siècle par les Guises, pour lesquels Nemours fut érigé en duché-pairie [16], se dresse au bout de la petite ville, au bas d'une grande arche qui l'encadre. Pour les monuments comme pour les

hommes, la position fait tout. Ombragée par quelques
arbres, et mise en relief par une place proprette, cette
église solitaire produit un effet grandiose. En débou-
chant sur la place, le maître de Nemours put voir son
oncle donnant le bras à la jeune fille nommée Ursule,
tenant chacun leur *Paroissien* et entrant à l'église. Le
vieillard ôta son chapeau sous le porche, et sa tête,
entièrement blanche, comme un sommet couronné
de neige, brilla dans les douces ténèbres de la façade.

— Eh bien, Minoret, que dites-vous de la conversion
de votre oncle ? s'écria le percepteur des contributions
de Nemours, nommé Crémière.

— Que voulez-vous que je dise ? lui répondit le
maître de poste en lui offrant une prise de tabac.

— Bien répondu, père Levrault ! vous ne pouvez
pas dire ce que vous pensez, si un illustre auteur a eu
raison d'écrire que l'homme est obligé de penser sa
parole avant de parler sa pensée [17], s'écria malicieusement un jeune homme qui survint et qui jouait
dans Nemours le personnage de Méphistophélès de
Faust.

Ce mauvais garçon, nommé Goupil [18], était le premier
clerc de M. Crémière-Dionis, le notaire de Nemours.
Malgré les antécédents d'une conduite presque crapu-
leuse, Dionis avait pris Goupil dans son étude, quand
le séjour de Paris, où le clerc avait dissipé la succession
de son père, fermier aisé qui le destinait au notariat,
lui fut interdit par une complète indigence. En voyant
Goupil, vous eussiez aussitôt compris qu'il se fût hâté
de jouir de la vie ; car, pour obtenir des jouissances, il
devait les payer cher [19].

Malgré sa petite taille, le clerc avait, à vingt-sept ans,
le buste développé comme peut l'être celui d'un homme
de quarante ans. Des jambes grêles et courtes, une large
face au teint brouillé comme un ciel avant l'orage et
surmonté d'un front chauve, faisaient encore ressortir
cette bizarre conformation. Aussi, son visage semblait-il

appartenir à un bossu dont la bosse eût été en dedans.
Une singularité de ce visage aigre et pâle confirmait
l'existence de cette invisible gibbosité. Courbe et tordu
comme celui de beaucoup de bossus, le nez se dirigeait
de droite à gauche, au lieu de partager la figure. La
bouche, contractée aux deux coins, comme celle des
Sardes, était toujours sur le qui-vive de l'ironie. La
chevelure, rare et roussâtre, tombait par mèches plates
et laissait voir le crâne par places. Les mains, grosses
et mal emmanchées au bout de bras trop longs, étaient
crochues et rarement propres. Goupil portait des souliers
bons à jeter au coin d'une borne, et des bas en filoselle
d'un noir rougeâtre; son pantalon et son habit noirs,
usés jusqu'à la corde et presque gras de crasse; ses gilets
piteux, dont quelques boutons manquaient de moules;
le vieux foulard qui lui servait de cravate, toute sa mise
annonçait la cynique misère à laquelle ses passions le
condamnaient.

Cet ensemble de choses sinistres était dominé par
deux yeux de chèvre, une prunelle cerclée de jaune, à la
fois lascifs et lâches. Personne n'était plus craint ni
plus respecté que Goupil dans Nemours. Armé des
prétentions que comportait sa laideur, il avait ce détes-
table esprit particulier à ceux qui se permettent tout, et
l'employait à venger les mécomptes d'une jalousie
permanente. Il rimait les couplets satiriques qui se
chantent au carnaval, il organisait les charivaris, il
faisait à lui seul le petit journal de la ville. Dionis,
homme fin et faux, par cela même assez craintif, gardait
Goupil autant par peur qu'à cause de son excessive
intelligence et de sa connaissance [20] profonde des
intérêts du pays. Mais le patron se défiait tant du clerc,
qu'il régissait lui-même sa caisse, ne le logeait point
chez lui, le tenait à distance, et ne lui confiait aucune
affaire secrète ou délicate. Aussi le clerc flattait-il son
patron en cachant le ressentiment que lui causait cette
conduite, et surveillait-il Mme Dionis dans une pensée

de vengeance. Doué d'une compréhension vive, il avait le travail facile.

— Oh ! toi, te voilà déjà riant de notre malheur, répondit le maître de poste au clerc qui se frottait les mains.

Comme Goupil flattait bassement toutes les passions de Désiré, qui, depuis cinq ans, en faisait son compagnon, le maître de poste le traitait assez cavalièrement, sans soupçonner quel horrible trésor de mauvais vouloirs s'entassait au fond du cœur de Goupil à chaque nouvelle blessure. Après avoir compris que l'argent lui était plus nécessaire qu'à tout autre, le clerc, qui se savait supérieur à toute la bourgeoisie de Nemours, voulait faire fortune et comptait sur l'amitié de Désiré pour acheter une des trois charges de la ville, le greffe de la justice de paix, l'étude [21] d'un des huissiers ou celle de Dionis. Aussi supportait-il patiemment les algarades du maître de poste, les mépris de Mme Minoret-Levrault, et jouait-il un rôle infâme auprès de Désiré, qui, depuis deux ans, lui laissait consoler les Arianes victimes de la fin des vacances. Goupil dévorait ainsi les miettes des ambigus qu'il avait préparés.

— Si j'avais été le neveu du bonhomme, il ne m'aurait pas donné Dieu pour cohéritier, répliqua le clerc en montrant par un hideux ricanement des dents rares, noires et menaçantes.

En ce moment, Massin-Levrault junior, le greffier de la justice de paix, rejoignit sa femme en amenant Mme Crémière, la femme du percepteur de Nemours. Ce personnage, un des plus âpres bourgeois de la petite ville, avait la physionomie d'un Tartare : des yeux petits et ronds comme des sinelles [22] sous un front déprimé, les cheveux crépus, le teint huileux, de grandes oreilles sans rebords, une bouche presque sans lèvres et la barbe rare. Ses manières avaient l'impitoyable douceur des usuriers, dont la conduite repose sur des principes fixes. Il parlait comme un homme qui a une extinction de voix. Enfin, pour le peindre, il suffira de dire qu'il employait sa fille aînée et sa femme à faire ses expéditions de jugements.

Mme Crémière était une grosse femme d'un blond douteux, au teint criblé de taches de rousseur, un peu trop serrée dans ses robes, liée avec Mme Dionis, et qui passait pour instruite, parce qu'elle lisait des romans. Cette financière du dernier ordre, pleine de prétentions à l'élégance et au bel esprit, attendait l'héritage de son oncle pour *prendre un certain genre*, orner son salon et y recevoir la bourgeoisie; car son mari lui refusait les lampes Carcel [33], les lithographies et les futilités qu'elle voyait chez la notaresse. Elle craignait excessivement Goupil, qui guettait et colportait ses *capsulinguettes* (elle traduisait ainsi le mot *lapsus linguæ*). Un jour, Mme Dionis lui dit qu'elle ne savait plus quelle eau prendre pour ses dents.

— Prenez de l'opiat, lui répondit-elle.

Presque tous les collatéraux du vieux docteur Minoret se trouvèrent alors réunis sur la place, et l'importance de l'événement qui les ameutait fut si généralement sentie, que les groupes de paysans et de paysannes armés de leurs parapluies rouges, tous vêtus de ces couleurs éclatantes qui les rendent si pittoresques les jours de fête à travers les chemins, eurent les yeux sur les héritiers Minoret. Dans les petites villes qui tiennent le milieu entre les gros bourgs et les villes, ceux qui ne vont pas à la messe restent sur la place. On y cause d'affaires. A Nemours, l'heure des offices est celle d'une bourse hebdomadaire à laquelle venaient souvent les maîtres des habitations éparses dans un rayon d'une demi-lieue. Ainsi s'explique l'entente des paysans contre les bourgeois relativement aux prix des denrées et de la main-d'œuvre.

— Et qu'aurais-tu donc fait? dit le maître de Nemours à Goupil.

— Je me serais rendu aussi nécessaire à sa vie que

l'air qu'il respire. Mais, d'abord, vous [24] n'avez pas su le prendre ! Une succession veut être soignée autant qu'une belle femme, et, faute de soins, elles échappent toutes deux. Si ma patronne était là, reprit-il, elle vous dirait combien cette comparaison est juste.

— Mais M. Bongrand [25] vient de me dire de ne point nous inquiéter, répondit le greffier [26] de la justice de paix.

— Oh ! il y a bien des manières de dire ça, répondit Goupil en riant. J'aurais bien voulu entendre votre finaud de juge de paix ! S'il n'y avait plus rien à faire; si, comme lui qui vit chez votre oncle, je savais tout perdu, je vous dirais : — Ne vous inquiétez de rien !

En prononçant cette dernière phrase, Goupil eut un sourire si comique et lui donna une signification si claire, que les héritiers soupçonnèrent le greffier de s'être laissé prendre aux finesses du juge de paix. Le percepteur, gros petit homme aussi insignifiant qu'un percepteur doit l'être, et aussi nul qu'une femme d'esprit pouvait le souhaiter, foudroya son cohéritier Massin par un : Quand je vous le disais !

Comme les gens doubles prêtent toujours aux autres leur duplicité, Massin regarda de travers le juge de paix, qui causait en ce moment près de l'église avec le marquis du Rouvre, un de ses anciens clients.

— Si je savais cela ! dit-il.

— Vous paralyseriez la protection qu'il accorde au marquis du Rouvre [27], contre lequel il est arrivé des prises de corps, et qu'il *arrose* en ce moment de ses conseils, dit Goupil en glissant une idée de vengeance au greffier. Mais filez doux avec votre chef : le bon-homme est fin, il doit avoir de l'influence sur votre oncle, et peut encore l'empêcher de léguer tout à l'Église.

— Bah ! nous n'en mourrons pas, dit Minoret-Levrault en ouvrant son immense tabatière.

— Vous n'en vivrez pas non plus, répondit Goupil

en faisant frissonner les deux femmes qui, plus promptement que leurs maris, traduisaient en privations la perte
de cette succession tant de fois employée en bien-être.
Mais nous noierons dans les flots de vin de Champagne
ce petit chagrin en célébrant le retour de Désiré, n'est-ce
pas, gros père ? ajouta-t-il en frappant sur le ventre du
colosse et s'invitant ainsi lui-même, de peur qu'on ne
l'oubliât.

II

L'ONCLE A SUCCESSION

Avant d'aller plus loin, peut-être les gens exacts aimeront-ils à trouver ici par avance une espèce d'intitulé d'inventaire, assez nécessaire d'ailleurs pour connaître les degrés de parenté qui rattachaient au vieillard, si subitement converti, ces trois pères de famille ou leurs femmes. Ces entre-croisements de races au fond des provinces peuvent être le sujet de plus d'une réflexion instructive [28].

A Nemours, il ne se trouve que trois ou quatre maisons de petite noblesse inconnue, parmi lesquelles brillait alors celle des Portenduère [29]. Ces familles exclusives hantent les nobles qui possèdent des terres ou des châteaux aux environs, et parmi lesquels on distingue les d'Aiglemont [30], propriétaires de la belle terre de Saint-Lange, et le marquis du Rouvre, dont les biens, criblés d'hypothèques, étaient guettés par les bourgeois. Les nobles de la ville sont sans fortune. Pour tous biens, Mme de Portenduère possédait une ferme de quatre mille sept cents francs de rente et sa maison en ville. A l'encontre de ce minime faubourg Saint-Germain se groupent une dizaine de richards, d'anciens meuniers, des négociants retirés, enfin une bourgeoisie en miniature sous laquelle s'agitent les petits détaillants, les prolétaires et les paysans. Cette bourgeoisie offre, comme dans les cantons suisses et dans plusieurs autres petits pays, le curieux spectacle de l'irradiation de quelques familles autochthones, gauloises peut-être, régnant sur un territoire, l'envahissant et rendant presque

tous les habitants cousins. Sous Louis XI, époque
à laquelle le tiers état a fini par faire de ses surnoms
de véritables noms dont quelques-uns se mêlèrent à
ceux de la féodalité, la bourgeoisie de Nemours se composait de Minoret, de Massin, de Levrault et de Crémière. Sous Louis XIII, ces quatre familles produisaient
déjà des Massin-Crémière, des Levrault-Massin, des
Massin-Minoret, des Minoret-Minoret, des Crémière-
Levrault, des Levrault-Minoret-Massin, des Massin-
Levrault, des Minoret-Massin, des Massin-Massin, des
Crémière-Massin, tout cela bariolé de junior, de fils
aîné, de Crémière-François, de Levrault-Jacques de
Jean-Minoret [31], à rendre fou le père Anselme [32] du peuple,
si le peuple avait jamais besoin de généalogiste. Les
variations de ce kaléidoscope domestique à quatre éléments se compliquaient tellement par les naissances et
par les mariages, que l'arbre généalogique des bourgeois
de Nemours eût embarrassé les Bénédictins de l'Almanach
de Gotha eux-mêmes, malgré la science atomistique avec
laquelle ils disposent les zigzags des alliances allemandes.
Pendant longtemps, les Minoret occupèrent les tanne-
ries, les Crémière tinrent les moulins, les Massin s'adon-
nèrent au commerce, les Levrault restèrent fermiers.
Heureusement pour le pays, ces quatre souches tallaient
au lieu de pivoter, ou repoussaient de bouture par l'expa-
triation des enfants qui cherchaient fortune au dehors :
il y a des Minoret couteliers à Melun, des Levrault à
Montargis, des Massin à Orléans et des Crémière devenus
considérables à Paris. Diverses sont les destinées de ces
abeilles sorties de la ruche mère. Des Massin riches
emploient nécessairement des Massin ouvriers, de même
qu'il y a des princes allemands au service de l'Autriche
ou de la Prusse. Le même département voit un Minoret
millionnaire gardé par un Minoret soldat. Pleines du
même sang et appelées du même nom pour toute similitude, ces quatre navettes avaient tissé sans relâche
une toile humaine dont chaque lambeau se trouvait

robe ou serviette, batiste superbe ou doublure grossière.
Le même sang était à la tête, aux pieds ou au cœur,
en des mains industrieuses, dans un poumon souffrant
ou dans un front gros de génie. Les chefs de clan habi-
taient fidèlement la petite ville, où les liens de parenté se
relâchaient, se resserraient au gré des événements
représentés par ce bizarre *cognomonisme*. En quelque pays
que vous alliez, changez les noms, vous retrouverez
le fait, mais sans la poésie que la féodalité lui avait
imprimée et que Walter Scott a reproduite avec tant
de talent.

Portons nos regards un peu plus haut, examinons
l'Humanité dans l'Histoire. Toutes les familles nobles
du XIᵉ siècle, aujourd'hui presque toutes éteintes, moins
la race royale des Capets, toutes ont, nécessairement,
coopéré à la naissance d'un Rohan, d'un Montmorency,
d'un Bauffremont, d'un Mortemart d'aujourd'hui; enfin
toutes seront nécessairement dans le sang du dernier
gentilhomme vraiment gentilhomme. En d'autres termes,
tout bourgeois est cousin d'un bourgeois, tout noble
est cousin d'un noble. Comme le dit la sublime page
des généalogies bibliques, en mille ans, trois familles,
Sem, Cham et Japhet, peuvent couvrir le globe de leurs
enfants [33]. Une famille peut devenir une nation, et
malheureusement une nation peut redevenir une seule
et simple famille. Pour le prouver, il suffit d'appliquer
à la recherche des ancêtres et à leur accumulation que
le temps accroît dans une rétrograde progression géométrique multipliée par elle-même, le calcul de ce sage
qui, demandant à un roi de Perse, pour récompense
d'avoir inventé le jeu d'échecs, un épi de blé pour la
première case de l'échiquier en doublant toujours
démontra que le royaume ne suffirait pas à le payer.
Le lacis de la noblesse embrassé par le lacis de la bourgeoisie, cet antagonisme de deux sangs, protégés l'un
par des institutions immobiles, l'autre par l'active
patience du travail et par la ruse du commerce, a produit

la révolution de 1789. Les deux sangs presque réunis
se trouvent aujourd'hui face à face avec des collatéraux
sans héritage. Que feront-ils ? Notre avenir politique
est gros de la réponse.

La famille de celui qui, sous Louis XV, s'appelait
Minoret tout court était si nombreuse, qu'un des cinq
enfants, le Minoret dont l'entrée à l'église faisait événement, alla chercher fortune à Paris, et ne se montra
plus que de loin en loin dans sa ville natale, où il vint
sans doute chercher sa part d'héritage à la mort de ses
grands-parents. Après avoir beaucoup souffert, comme
tous les jeunes gens doués d'une volonté ferme et qui
veulent une place dans le brillant monde de Paris,
l'enfant des Minoret se fit une destinée plus belle qu'il
ne la rêvait peut-être à son début; car il se voua tout
d'abord à la médecine, une des professions qui demandent du talent et du bonheur, mais encore plus de bonheur que de talent. Appuyé par Dupont (de Nemours) [34]
lié par un heureux hasard avec l'abbé Morellet que
Voltaire appelait *Mords-les* [35], protégé par les encyclopédistes, le docteur Minoret s'attacha comme un séide
au grand médecin Bordeu [36], l'ami de Diderot. D'Alembert, Helvétius, le baron d'Holbach, Grimm, devant
lesquels il fut petit garçon, finirent sans doute, comme
Bordeu, par s'intéresser à Minoret, qui, vers 1777,
eut une assez belle clientèle de déistes, d'encyclopédistes, sensualistes, matérialistes, comme il vous plaira
d'appeler les riches philosophes de ce temps. Quoiqu'il
fût très-peu charlatan, il inventa le fameux baume de
Lelièvre [37], tant vanté par le *Mercure de France*, et dont
l'annonce était en permanence à la fin de ce journal,
organe hebdomadaire des encyclopédistes. L'apothicaire Lelièvre, homme habile, vit une affaire là où
Minoret n'avait vu qu'une préparation à mettre dans
le Codex, et partagea loyalement ses bénéfices avec le
docteur, élève de Rouelle [38] en chimie, comme il était
celui de Bordeu en médecine. On eût été matérialiste à

moins. Le docteur épousa par amour, en 1778, temps où
régnait *la Nouvelle Héloïse* et où l'on se mariait quelquefois par amour, la fille du fameux claveciniste Valentin
Mirouët [39], une célèbre musicienne, faible et délicate,
que la Révolution tua. Minoret connaissait intimement
Robespierre, à qui jadis il fit avoir une médaille d'or
pour une dissertation sur ce sujet : *Quelle est l'origine de
l'opinion qui étend sur une même famille une partie de la
honte attachée aux peines infamantes que subit un coupable ?
Cette opinion est-elle plus nuisible qu'utile ? Et, dans le
cas où l'on se déciderait pour l'affirmative, quels seraient
les moyens de parer aux inconvénients qui en résultent ?*
L'académie royale des sciences et des arts de Metz,
à laquelle appartenait Minoret, doit avoir cette dissertra-
tion en original [40]. Quoique, grâce à cette amitié, la
femme du docteur pût [41] ne rien craindre, elle eut si
grand'peur d'aller à l'échafaud que cette invincible
terreur empira l'anévrisme qu'elle devait à une trop
grande sensibilité. Malgré toutes les précautions que
prenait un homme idolâtre de sa femme, Ursule
rencontra la charrette pleine de condamnés où se
trouvait précisément Mme Roland, et ce spectacle
causa sa mort. Minoret, plein de faiblesse pour son
Ursule, à laquelle il ne refusait rien et qui avait mené la
vie d'une petite-maîtresse, se trouva presque pauvre
après l'avoir perdue. Robespierre le fit nommer médecin
en chef d'un hôpital.

   Quoique le nom de Minoret eût acquis, pendant les
débats animés auxquels donna lieu le mesmérisme, une
célébrité qui le rappela de temps en temps au souvenir
de ses parents, la Révolution fut un si grand dissolvant
et rompit tant les relations de famille, qu'en 1813
on ignorait entièrement à Nemours l'existence du docteur Minoret, à qui une rencontre inattendue fit [42]
concevoir le projet de revenir, comme les lièvres,
mourir au gîte.

   En traversant la France, où l'œil est si promptement

lassé par la monotonie des plaines, qui n'a pas eu la
charmante sensation d'apercevoir en haut d'une côte,
à sa descente ou à son tournant, alors qu'elle promettait
un paysage [43] aride, une fraîche vallée arrosée par une
rivière et une petite ville abritée sous le rocher comme
une ruche dans le creux d'un vieux saule ? En entendant
le *hue !* du postillon qui marche le long de ses chevaux,
on secoue le sommeil, on admire comme un rêve dans
le rêve quelque beau paysage qui devient pour le voyageur ce qu'est pour un lecteur le passage remarquable
d'un livre, une brillante pensée de la nature. Telle est la
sensation que cause la vue soudaine de Nemours quand
on y vient de [44] la Bourgogne. On la voit, de là, cerclée
par des roches pelées, grises, blanches, noires, de formes
bizarres, comme il s'en trouve tant dans la forêt de
Fontainebleau, et d'où s'élancent des arbres épars
qui se détachent nettement sur le ciel et donnent à cette
espèce de muraille écroulée une physionomie agreste.
Là se termine la longue colline forestière qui rampe de
Nemours à Bouron en côtoyant la route. Au bas de
ce cirque informe s'étale une prairie où court le Loing
en formant des nappes à cascades. Ce délicieux paysage,
que longe la route de Montargis, ressemble à une
décoration d'opéra, tant les effets y sont étudiés.

Un matin, le docteur, qu'un riche malade de la Bourgogne avait envoyé chercher, et qui revenait en toute
hâte à Paris, n'ayant pas dit au précédent relais quelle
route il voulait prendre, fut conduit à son insu par
Nemours et revit entre deux sommeils le paysage au
milieu duquel son enfance s'était écoulée. Le docteur
avait alors perdu plusieurs de ses vieux amis. Le sectaire
de l'Encyclopédie avait été témoin de la conversion de
La Harpe, il avait enterré Lebrun-Pindare, et Marie-
Joseph de Chénier, et Morellet, et Mme Helvétius.
Il assistait à la quasi-chute de Voltaire, attaqué par
Geoffroy [45], le continuateur de Fréron [46]. Il pensait
donc à la retraite. Aussi, quand sa chaise de poste s'arrêta

en haut de la Grand'Rue de Nemours, eut-il à cœur
de s'enquérir de sa famille. Minoret-Levrault vint
lui-même voir le docteur, qui reconnut dans le maître
de poste le propre fils de son frère aîné. Ce neveu lui
montra dans son épouse la fille unique du père Levrault-
Crémière, qui, depuis douze ans, lui avait laissé la
poste et la plus belle auberge de Nemours.

— Eh bien, mon neveu, dit le docteur, ai-je d'autres
héritiers ?

— Ma tante Minoret, votre sœur, a épousé un
Massin-Massin.

— Oui, l'intendant de Saint-Lange.

— Elle est morte veuve en laissant une seule fille,
qui vient de se marier avec un Crémière-Crémière,
un charmant garçon encore sans place.

— Bien ! elle est ma nièce directe. Or, comme mon
frère le marin est mort garçon, que le capitaine Minoret
a été tué à Monte-Legino, et que me voici, la ligne paternelle est épuisée. Ai-je des parents dans la ligne maternelle ? Ma mère était une Jean Massin-Levrault.

— Des Jean Massin-Levrault, répondit Minoret-
Levrault, il n'est resté qu'une Jean Massin qui a épousé
M. Crémière-Levrault-Dionis, un fournisseur des four-
rages qui a péri sur l'échafaud. Sa femme est morte
de désespoir et ruinée, en laissant une fille mariée à
un Levrault-Minoret, fermier à Montereau, qui va bien;
et leur fille vient d'épouser un Massin-Levrault, clerc
de notaire à Montargis, où le père est serrurier.

— Ainsi, je ne manque pas d'héritiers, dit gaiement
le docteur, qui voulut faire le tour de Nemours en compagnie de son neveu.

Le Loing traverse onduleusement la ville, bordé de
jardins à terrasses et de maisons proprettes dont l'aspect
fait croire que le bonheur doit habiter là plutôt qu'ailleurs. Lorsque le docteur tourna de la Grand'Rue
dans la rue des Bourgeois, Minoret-Levrault lui
montra la propriété de M. Levrault, riche marchand

de fers à Paris, qui, dit-il, venait de se laisser mourir.

— Voilà, mon oncle, une jolie maison à vendre, elle a un charmant jardin sur la rivière.

— Entrons, dit le docteur en voyant, au bout d'une petite cour pavée, une maison serrée entre les murailles de deux maisons voisines déguisées par des massifs d'arbres et des plantes grimpantes.

— Elle est bâtie sur caves, dit le docteur en entrant par un perron très-élevé garni de vases en faïence blanche et bleue où fleurissaient alors des géraniums.

Coupée, comme la plupart des maisons de province, par un corridor qui mène de la cour au jardin, la maison n'avait à droite qu'un salon éclairé par quatre fenêtres [47], deux sur la cour et deux sur le jardin; mais Levrault-Levrault avait consacré l'une de ces fenêtres à l'entrée d'une longue serre bâtie en briques qui allait du salon à la rivière, où elle se terminait par un horrible pavillon chinois.

— Bon ! en faisant couvrir cette serre et la parquetant, dit le vieux Minoret, je pourrais loger ma bibliothèque et faire un joli cabinet de ce singulier morceau d'architecture.

De l'autre côté du corridor se trouvait, sur le jardin, une salle à manger, en imitation de laque noire à fleurs vert et or, et séparée de la cuisine par la cage de l'escalier. On communiquait, par une petite office pratiquée derrière cet escalier, avec la cuisine, dont les fenêtres à barreaux de fer grillagés donnaient sur la cour. Il y avait deux appartements au premier étage; et, au-dessus, des mansardes lambrissées encore assez logeables. Après avoir rapidement examiné cette maison garnie de treillages verts du haut en bas, du côté de la cour comme du côté du jardin, et qui sur la rivière était terminée par une terrasse chargée de vases en faïence, le docteur dit :

— Levrault-Levrault a dû dépenser bien de l'argent ici !

— Oh ! gros comme lui, répondit Minoret-Levrault.
Il aimait les fleurs, une bêtise ! — Qu'est-ce que cela
rapporte ? dit ma femme. Vous voyez, un peintre de
Paris est venu pour peindre en fleurs *à fresque* son
corridor. Il a mis partout des glaces entières. Les
plafonds ont été refaits avec des corniches qui coûtent
six francs le pied. La salle à manger, les parquets sont
en marqueterie, des folies ! La maison ne vaut pas
un sou de plus.

— Hé ! bien, mon neveu, fais-moi cette acquisition,
donne-m'en avis, voici mon adresse; le reste regardera
mon notaire. — Qui donc demeure en face ? demanda-
t-il en sortant.

— Des émigrés ! répondit le maître de poste, un
chevalier de Portenduère.

Une fois la maison achetée, l'illustre docteur, au lieu
d'y venir, écrivit à son neveu de louer[48]. La Folie-
Levrault fut habitée par le notaire de Nemours, qui
vendit alors sa charge à Dionis, son maître clerc, et qui
mourut deux ans après, laissant sur le dos du médecin
une maison à louer, au moment où le sort de Napoléon
se décidait aux environs. Les héritiers du docteur, à peu
près leurrés, avaient pris son désir de retour pour la
fantaisie d'un richard, et se désespéraient en lui suppo-
sant à Paris des affections qui l'y retiendraient et leur
enlèveraient sa succession. Néanmoins, la femme de
Minoret-Levrault saisit cette occasion d'écrire au docteur. Le vieillard répondit qu'aussitôt la paix signée,
une fois les routes débarrassées de soldats et les commu-
nications rétablies, il viendrait habiter Nemours. Il y
fit une apparition avec deux de ses clients, l'architecte
des hospices et un tapissier, qui se chargèrent des répa-
rations, des arrangements intérieurs et du transport du
mobilier. Mme Minoret-Levrault offrit, comme gardienne,
la cuisinière du vieux notaire décédé, qui fut acceptée.

Quand les héritiers surent que leur oncle ou grand-
oncle Minoret allait positivement demeurer à Nemours,

leurs familles furent prises, malgré les événements politiques qui pesaient alors précisément sur le Gâtinais et
sur la Brie, d'une curiosité dévorante, mais presque
légitime. L'oncle était-il riche ? Était-il économe ou
dépensier ? Laisserait-il une belle fortune ou ne laisserait-il rien ? Avait-il des rentes viagères ? Voici ce qu'on
finit par savoir, mais avec des peines infinies et à force
d'espionnages souterrains.

Après la mort d'Ursule Mirouët, sa femme, de 1789 à
1813, le docteur, nommé médecin consultant de l'Empereur en 1805, avait dû gagner beaucoup d'argent, mais
personne ne connaissait sa fortune; il vivait simplement,
sans autres dépenses que celles d'une voiture à l'année
et d'un somptueux appartement; il ne recevait jamais et
dînait presque toujours en ville. Sa gouvernante,
furieuse de ne pas l'accompagner à Nemours, dit à
Zélie Levrault, la femme du maître de poste, qu'elle
connaissait au docteur quatorze mille francs de rente
sur le grand livre. Or, après vingt années d'exercice
d'une profession que les titres de médecin en chef d'un
hôpital, de médecin de l'Empereur et de membre de
l'Institut rendaient si lucrative, ces quatorze mille
livres de rente, fruit de placements successifs, accusaient
tout au plus cent soixante mille francs d'économies !
Pour n'avoir épargné que huit mille francs par an, le
docteur devait avoir eu bien des vices ou bien des vertus
à satisfaire; mais ni la gouvernante ni Zélie, personne ne
put pénétrer la raison de cette modestie de fortune :
Minoret, qui fut bien regretté dans son quartier, était
un des hommes les plus bienfaisants de Paris, et, comme
Larrey ⁴⁹, gardait un profond secret sur ses actes de
bienfaisance.

Les héritiers virent donc arriver, avec une vive satisfaction, le riche mobilier et la nombreuse bibliothèque
de leur oncle, déjà officier de la Légion d'honneur, et
nommé par le roi chevalier de l'ordre de Saint-Michel ⁵⁰,
à cause peut-être de sa retraite qui fit une place à quelque

favori. Mais, quand l'architecte, les peintres, les tapis-
siers eurent tout arrangé de la manière la plus confor-
table, le docteur ne vint pas. Mme Minoret-Levrault,
qui surveillait le tapissier et l'architecte comme s'il
s'agissait de sa propre fortune, apprit, par l'indiscrétion
d'un jeune homme envoyé pour ranger la bibliothèque,
que le docteur prenait soin d'une orpheline nommée
Ursule. Cette nouvelle fit des ravages étranges dans la
ville de Nemours. Enfin, le vieillard se rendit chez lui
vers le milieu du mois de janvier 1815, et s'installa
sournoisement avec une petite fille âgée de dix mois,
accompagnée d'une nourrice.

— Ursule ne peut pas être sa fille, il a soixante et
onze ans ! dirent les héritiers alarmés.

— Quoi qu'elle puisse être, dit Mme Massin, elle
nous donnera bien du *tintoin* ! (Un mot de Nemours ⁶¹.)

Le docteur reçut assez froidement sa petite-nièce
par la ligne maternelle, dont le mari venait d'acheter
le greffe de la justice de paix, et qui les premiers se
hasardèrent à lui parler de leur position difficile. Massin
et sa femme n'étaient pas riches. Le père de Massin,
serrurier à Montargis, obligé de prendre des arrangements avec ses créanciers, travaillait à soixante-sept ans
comme un jeune homme, et ne laisserait rien. Le père
de Mme Massin, Levrault-Minoret, venait de mourir
à Montereau, des suites de la bataille, en voyant sa
ferme incendiée, ses champs ruinés et ses bestiaux
dévorés.

— Nous n'aurons rien de ton grand-oncle, dit
Massin à sa femme, déjà grosse de son second enfant.

Le docteur leur donna secrètement dix mille francs,
avec lesquels le greffier de la justice de paix, ami du
notaire et de l'huissier de Nemours, commença l'usure
et mena si rondement les paysans des environs, qu'en
ce moment Goupil lui connaissait environ quatre-
vingt mille francs de capitaux inédits.

Quant à son autre nièce, le docteur fit avoir, par ses

relations à Paris, la perception de Nemours à Crémière et fournit le cautionnement. Quoique Minoret-Levrault n'eût besoin de rien, Zélie, jalouse des libéralités de l'oncle envers ses deux nièces, lui présenta son fils, alors âgé de dix ans, qu'elle allait envoyer dans un collège de Paris, où, dit-elle, les éducations coûtaient bien cher. Médecin de Fontanes, le docteur obtint une demi-bourse au collège Louis-le-Grand pour son petit-neveu, qui fut mis en quatrième.

Crémière, Massin et Minoret-Levrault, gens excessivement communs, furent jugés sans appel par le docteur dès les deux premiers mois pendant lesquels ils essayèrent d'entourer moins l'oncle que la succession. Les gens conduits par l'instinct ont ce désavantage sur les gens à idées, qu'ils sont promptement devinés : les inspirations de l'instinct sont trop naturelles, et s'adressent trop aux yeux pour ne pas être aperçues aussitôt; tandis que, pour être pénétrées, les conceptions de l'esprit exigent une intelligence égale de part et d'autre. Après avoir acheté la reconnaissance de ses héritiers et leur avoir en quelque sorte clos la bouche, le rusé docteur prétexta de ses occupations, de ses habitudes et des soins qu'exigeait la petite Ursule pour ne point les recevoir, sans toutefois leur fermer sa maison. Il aimait à dîner seul, il se couchait et se levait tard, il était venu dans son pays natal pour y trouver le repos et la solitude. Ces caprices d'un vieillard parurent assez naturels, et ses héritiers se contentèrent de lui faire, le dimanche, entre une heure et quatre heures, des visites hebdomadaires auxquelles il essaya de mettre fin en leur disant :

— Ne venez me voir que quand vous aurez besoin de moi.

Le docteur, sans refuser de donner des consultations dans les cas graves, surtout aux indigents, ne voulut point être médecin du petit hospice de Nemours, et déclara qu'il n'exercerait plus sa profession.

— J'ai assez tué de monde, dit-il en riant au curé

Chaperon, qui, le sachant bienfaisant, plaidait pour les
pauvres.

— C'est un fameux original !

Ce mot, dit sur le docteur Minoret, fut l'innocente
vengeance des amours-propres froissés, car le médecin
se composa une société de personnages qui méritent
d'être mis en regard des héritiers. Or, ceux des bourgeois
qui se croyaient dignes de grossir la cour d'un homme à
cordon noir conservèrent contre le docteur et ses privi-
légiés un ferment de jalousie qui malheureusement eut
son action.

III

LES AMIS DU DOCTEUR

Par une bizarrerie qu'expliquerait le proverbe :
— Les extrêmes se touchent, le docteur matérialiste
et le curé de Nemours furent très promptement amis.
Le vieillard aimait beaucoup le trictrac, jeu favori des
gens d'église, et l'abbé Chaperon était de la force du
médecin. Le jeu fut donc un premier lien entre eux.
Puis Minoret était charitable, et le curé de Nemours était
le Fénelon du Gâtinais. Tous deux, ils avaient une instruction variée; l'homme de Dieu pouvait donc seul,
dans tout Nemours, comprendre l'athée. Pour pouvoir
disputer, deux hommes doivent d'abord se comprendre.
Quel plaisir goûte-t-on d'adresser des mots piquants
à quelqu'un qui ne les sent pas ? Le médecin et ce prêtre
avaient trop de bon goût, ils avaient vu trop bonne compagnie pour ne pas en pratiquer les préceptes; ils purent
alors se faire cette petite guerre si nécessaire à la conversation. Ils haïssaient l'un et l'autre leurs opinions, mais
ils estimaient leurs caractères. Si de semblables contrastes,
si de telles sympathies ne sont pas les éléments de la
vie intime, ne faudrait-il pas désespérer de la société qui
surtout en France, exige un antagonisme quelconque ?
C'est du choc des caractères, et non de la lutte des
idées, que naissent les antipathies. L'abbé Chaperon
fut donc le premier ami du docteur à Nemours.

Cet ecclésiastique, alors âgé de soixante ans, était
curé de Nemours depuis le rétablissement du culte
catholique. Par attachement pour son troupeau, il avait
refusé le vicariat du diocèse. Si les indifférents en matière
de religion lui en savaient gré, les fidèles l'en aimaient

davantage. Ainsi vénéré de ses ouailles, estimé par la
population, le curé faisait le bien sans s'enquérir des
opinions religieuses des malheureux. Son presbytère,
à peine garni du mobilier nécessaire aux plus stricts
besoins de la vie, était froid et dénué comme le logis
d'un avare. L'avarice et la charité se trahissent par des
effets semblables : la charité ne se fait-elle pas dans le
ciel le trésor que se fait l'avare sur terre ?

L'abbé Chaperon disputait avec sa servante sur sa
dépense avec plus de rigueur que Gobseck [61] avec la
sienne, si toutefois ce fameux juif a jamais eu de servante. Le bon prêtre vendait souvent les boucles
d'argent de ses souliers et de sa culotte pour en donner
le prix à des pauvres qui le surprenaient sans le sou.
En le voyant sortir de son église, les oreilles de sa
culotte nouées dans les boutonnières, les dévotes de
la ville allaient alors chercher les [55] boucles du curé chez
l'horloger-bijoutier de Nemours, et grondaient leur
pasteur en les lui rapportant. Il ne s'achetait jamais
de linge ni d'habits, et portait ses vêtements jusqu'à
ce qu'ils ne fussent plus de mise. Son linge épais de
reprises lui marquait la peau comme un cilice. Mme de
Portenduère ou de bonnes âmes s'entendaient alors
avec la gouvernante pour lui remplacer, pendant son
sommeil, le linge ou les habits vieux par des neufs,
et le curé ne s'apercevait pas toujours immédiatement de
l'échange. Il mangeait chez lui dans l'étain et avec
des couverts de fer battu. Quand il recevait ses desser-
vants et les curés aux jours de solennité, qui sont une
charge pour les curés de canton, il empruntait l'argenterie et le linge de table de son ami l'athée.

— Mon argenterie fait son salut, disait alors le
docteur.

Ces belles actions, tôt ou tard découvertes et toujours
accompagnées d'encouragements spirituels, s'accomplis-
saient avec une naïveté sublime. Cette vie était d'autant
plus méritoire, que l'abbé Chaperon possédait une érudi-

tion aussi vaste que variée et de précieuses facultés.
Chez lui, la finesse et la grâce, inséparables compagnes
de la simplicité, rehaussaient une élocution digne d'un
prélat. Ses manières, son caractère et ses mœurs donnaient à son commerce la saveur exquise de tout ce qui,
dans l'intelligence, est à la fois spirituel et candide. Ami
de la plaisanterie, il n'était jamais prêtre dans un salon.
Jusqu'à l'arrivée du docteur Minoret, le bonhomme
laissa ses lumières sous le boisseau sans regret; mais
peut-être lui sut-il gré de les utiliser. Riche d'une assez
belle bibliothèque et de deux mille livres de rente quand
il vint à Nemours, le curé ne possédait plus en 1829
que les revenus de sa cure, presque entièrement distri-
bués chaque année. D'excellent conseil dans les affaires
délicates ou dans les malheurs, plus d'une personne, qui
n'allait point à l'église y chercher des consolations, allait
au presbytère y chercher des avis.

Pour achever ce portrait moral, il suffira d'une petite
anecdote. Des paysans, rarement il est vrai, mais enfin
de mauvaises gens, se disaient poursuivis ou se faisaient
poursuivre fictivement pour stimuler la bienfaisance
de l'abbé Chaperon. Ils trompaient leurs femmes, qui,
voyant leur maison menacée d'expropriation et leurs
vaches saisies, trompaient par leurs innocentes larmes
le pauvre curé, qui leur trouvait alors les sept ou huit
cents francs demandés, avec lesquels le paysan achetait
un lopin de terre. Quand de pieux personnages, des
fabriciens, démontrèrent la fraude à l'abbé Chaperon
en le priant de les consulter pour ne pas être victime
de la cupidité, il leur dit :

— Peut-être ces gens auraient-ils commis quelque
chose de blâmable pour avoir leur arpent de terre, et
n'est-ce pas encore faire le bien que d'empêcher le mal ?

On aimera peut-être à trouver ici l'esquisse de cette
figure, remarquable en ce que les sciences et les lettres
avaient passé dans ce cœur et dans cette forte tête sans y
rien corrompre.

A soixante ans, l'abbé Chaperon avait les cheveux
entièrement blancs, tant il éprouvait vivement les
malheurs d'autrui, tant aussi les événements de la Révolution avaient agi sur lui. Deux fois incarcéré pour deux
refus de serment, deux fois, selon son expression, il
avait dit son *In manus* ⁵⁴. Il était de moyenne taille,
ni gras ni maigre. Son visage, très ridé, très creusé,
sans couleur, occupait tout d'abord le regard par la
tranquillité profonde des lignes et par la pureté des contours, qui semblaient bordés de lumière. Le visage
d'un homme chaste a je ne sais quoi de radieux. Des yeux
bruns, à prunelle vive, animaient ce visage irrégulier
surmonté d'un front vaste. Son regard exerçait un empire
explicable par une douceur qui n'excluait pas la force.
Les arcades de ses yeux formaient comme deux voûtes
ombragées de gros sourcils grisonnants qui ne faisaient
point peur. Comme il avait perdu beaucoup de ses
dents, sa bouche était déformée et ses joues rentraient;
mais cette destruction ne manquait pas de grâce, et
ces rides pleines d'aménité semblaient vous sourire.
Sans être goutteux, il avait les pieds si sensibles, il
marchait si difficilement, que, par toutes les saisons, il
gardait des souliers en veau d'Orléans. Il trouvait la
mode des pantalons peu convenable pour un prêtre, et
se montrait toujours vêtu de gros bas en laine noire
tricotés par sa gouvernante et d'une culotte de drap.
Il ne sortait point en soutane, mais en redingote brune,
et conservait le tricorne, courageusement porté dans
les plus mauvais jours. Ce noble et beau vieillard, dont
la figure était toujours embellie par la sérénité d'une
âme sans reproche, devait avoir sur les choses et sur
les hommes de cette histoire une si grande influence,
qu'il fallait tout d'abord remonter à la source de son
autorité.

Minoret recevait trois journaux : un libéral, un ministériel, un ultra, quelques recueils périodiques et des
journaux de science, dont les collections grossissaient

sa bibliothèque. Les journaux, l'encyclopédiste et les livres furent un attrait pour un ancien capitaine au régiment de Royal-Suédois, nommé M. de Jordy [55], gentilhomme voltairien et vieux garçon qui vivait de seize cents francs de pension et rente viagère. Après avoir lu pendant quelques jours les *gazettes* par l'entremise du curé, M. de Jordy jugea convenable d'aller remercier le docteur. Dès la première visite, le vieux capitaine, ancien professeur à l'École militaire, conquit les bonnes grâces du vieux médecin, qui lui rendit sa visite avec empressement.

M. de Jordy, petit homme sec et maigre, mais tourmenté par le sang, quoiqu'il eût la face très pâle, vous frappait tout d'abord par son beau front à la Charles XII, au-dessus duquel il maintenait ses cheveux coupés ras comme ceux de ce roi-soldat. Ses yeux bleus, qui eussent fait dire : L'amour a passé par là, mais profondément attristés, intéressaient au premier regard, où s'entrevoyaient des souvenirs sur lesquels il gardait d'ailleurs un si profond secret, que jamais ses vieux amis ne surprirent ni une allusion à sa vie passée ni une de ces exclamations arrachées par une similitude de catastrophes. Il cachait le douloureux mystère de son passé sous une gaieté philosophique; mais, quand il se croyait seul, ses mouvements, engourdis par une lenteur moins sénile que calculée, attestaient une pensée pénible et constante : aussi l'abbé Chaperon l'avait-il surnommé le chrétien sans le savoir. Allant toujours vêtu de drap bleu, son maintien un peu raide et son vêtement trahissaient les anciennes coutumes de la discipline militaire. Sa voix douce et harmonieuse remuait l'âme. Ses belles mains, la coupe de sa figure, qui rappelait celle du comte d'Artois, en montrant combien il avait été charmant dans sa jeunesse, rendaient le mystère de sa vie encore plus impénétrable. On se demandait involontairement quel malheur pouvait avoir atteint la beauté, le courage, la grâce, l'instruction et les plus précieuses qualités du

cœur qui furent jadis réunies en sa personne. M. de
Jordy tressaillait toujours au nom de Robespierre. Il
prenait beaucoup de tabac, et, chose étrange, il s'en
déshabitua pour la petite Ursule, qui manifestait, à
cause de cette habitude, de la répugnance pour lui.
Dès qu'il put voir cette petite, le capitaine attacha
sur elle de longs regards presque passionnés. Il aimait
si follement ses jeux, il s'intéressait tant à elle, que cette
affection rendit encore plus étroits ses liens avec le
docteur, qui n'osa jamais dire à ce vieux garçon :

— Et vous aussi, vous avez donc perdu des enfants ?

Il est de ces êtres, bons et patients comme lui, qui
passent dans la vie, une pensée amère au cœur et un sourire à la fois tendre et douloureux sur les lèvres, emportant avec eux le mot de l'énigme sans le laisser deviner,
par fierté, par dédain, par vengeance peut-être, n'ayant
que Dieu pour confident et pour consolateur. M. de
Jordy ne voyait guère à Nemours, où, comme le docteur,
il était venu mourir en paix, que le curé, toujours aux
ordres de ses paroissiens, et que Mᵐᵉ de Portenduère,
qui se couchait à neuf heures. Aussi, de guerre lasse,
avait-il fini par se mettre au lit de bonne heure, malgré
les épines qui rembourraient son chevet. Ce fut donc
une bonne fortune pour le médecin comme pour le
capitaine, que de rencontrer un homme ayant vu le
même monde, qui parlait la même langue, avec lequel
on pouvait échanger ses idées, et qui se couchait tard.
Une fois que M. de Jordy, l'abbé Chaperon et Minoret
eurent passé ensemble une première soirée, ils y éprouvèrent tant de plaisir, que le prêtre et le militaire
revinrent tous les soirs à neuf heures, moment où, la
petite Ursule couchée, le vieillard se trouvait libre.
Et tous trois, ils veillaient jusqu'à minuit ou une heure.

Bientôt ce trio devint un quatuor. Un autre homme
à qui la vie était connue et qui devait à la pratique des
affaires cette indulgence, ce savoir, cette masse d'observations, cette finesse, ce talent de conversation que le

militaire, le médecin, le curé, devaient à la pratique des
âmes, des maladies et de l'enseignement, le juge de
paix flaira les plaisirs de ces soirées et rechercha la société
du docteur. Avant d'être juge de paix à Nemours,
M. Bongrand avait été pendant dix ans avoué à Melun,
où il plaidait lui-même, selon l'usage des villes, où il
n'y a pas de barreau. Devenu veuf à l'âge de quarante-
cinq ans, il se sentait encore trop actif pour ne rien
faire; il avait donc demandé la justice de paix de
Nemours, vacante quelques mois avant l'installation
du docteur. Le garde des sceaux est toujours heureux
de trouver des praticiens, et surtout des gens à leur aise,
pour exercer cette importante magistrature. M. Bongrand vivait modestement à Nemours des quinze cents
francs de sa place, et pouvait ainsi consacrer ses revenus
à son fils, qui faisait son Droit à Paris, tout en étudiant
la procédure chez le fameux avoué Derville [56]. Le père
Bongrand ressemblait assez à un vieux chef de division
en retraite : il avait cette figure moins blême que blémie
où les affaires, les mécomptes, le dégoût, ont laissé
leurs empreintes, ridée par la réflexion et aussi par les
continuelles contractions familières aux gens obligés
de ne pas tout dire; mais elle était souvent illuminée
par des sourires particuliers à ces hommes qui tour à
tour croient tout et ne croient rien, habitués à tout voir
et à tout entendre sans surprise, à pénétrer dans les
abîmes que l'intérêt ouvre au fond des cœurs. Sous ses
cheveux, moins blancs que décolorés, rabattus en ondes
sur sa tête, il montrait un front sagace dont la couleur
jaune s'harmonisait aux filaments de sa maigre chevelure. Son visage ramassé lui donnait d'autant plus de
ressemblance avec un renard, que son nez était court et
pointu. Il jaillissait de sa bouche fendue, comme celle
des grands parleurs, des étincelles blanches qui rendaient sa conversation si pluvieuse, que Goupil disait
méchamment : — Il faut un parapluie pour l'écouter.
Ou bien : Il pleut des jugements à la justice de paix.

Ses yeux semblaient fins derrière ses lunettes; mais,
les ôtait-il, son regard émoussé paraissait niais. Quoiqu'il fût gai, presque jovial même, il se donnait un peu
trop, par sa contenance, l'air d'un homme important.
Il tenait presque toujours ses mains dans les poches de
son pantalon, et ne les en tirait que pour raffermir ses
lunettes par un mouvement presque railleur qui vous
annonçait une observation fine ou quelque argument
victorieux. Ses gestes, sa loquacité, ses innocentes prétentions trahissaient l'ancien avoué de province; mais
ces légers défauts n'existaient qu'à la superficie; il
les rachetait par une bonhomie acquise qu'un moraliste
exact appellerait une indulgence naturelle à la supério-
rité. S'il avait un peu l'air d'un renard, il passait aussi
pour profondément rusé, sans être improbe. Sa ruse
était le jeu de la perspicacité. Mais n'appelle-t-on pas
rusés les gens qui prévoient un résultat et se préservent
des pièges qu'on leur a tendus ? Le juge de paix aimait
le whist, jeu que le capitaine, que le docteur savaient,
et que le curé apprit en peu de temps.

Cette petite société se fit une oasis dans le salon de
Minoret. Le médecin de Nemours, qui ne manquait
ni d'instruction ni de savoir-vivre, et qui honorait
en Minoret une des illustrations de la médecine, y eut
ses entrées; mais ses occupations, ses fatigues, qui
l'obligeaient à se coucher tôt pour se lever de bonne
heure, l'empêchèrent d'être aussi assidu que le furent
les trois amis du docteur. La réunion de ces cinq personnes supérieures, les seules qui, dans Nemours, eussent
des connaissances assez universelles pour se comprendre,
explique la répulsion du vieux Minoret pour ses héritiers : s'il devait leur laisser sa fortune, il ne pouvait
guère les admettre dans sa société. Soit que le maître
de poste, le greffier et le percepteur eussent compris
cette nuance, soit qu'ils fussent rassurés par la loyauté,
par les bienfaits de leur oncle, ils cessèrent, à son grand
contentement, de le voir. Ainsi les quatre vieux joueurs

de whist et de trictrac, sept ou huit mois après l'installation du docteur à Nemours, formèrent une société compacte, exclusive, et qui fut pour chacun d'eux comme une fraternité d'arrière-saison, inespérée, et dont les douceurs n'en furent que mieux savourées. Cette famille d'esprits choisis eut dans Ursule une enfant adoptée par chacun d'eux selon ses goûts : le curé pensait à l'âme, le juge de paix se faisait le curateur, le militaire se promettait de devenir le précepteur; et, quant à Minoret, il était à la fois le père, la mère et le médecin.

Après s'être acclimaté, le vieillard prit ses habitudes et régla sa vie comme elle se règle au fond de toutes les provinces. A cause d'Ursule, il ne recevait personne le matin, il ne donnait jamais à dîner; ses amis pouvaient arriver chez lui vers six heures du soir et y rester jusqu'à minuit. Les premiers venus trouvaient les journaux sur la table du salon et les lisaient en attendant les autres, ou quelquefois ils allaient à la rencontre du docteur s'il était à la promenade. Ces habitudes tranquilles ne furent pas seulement une nécessité de la vieillesse, elles furent aussi chez l'homme du monde un sage et profond calcul pour ne pas laisser troubler son bonheur par l'inquiète curiosité de ses héritiers ni par le caquetage des petites villes. Il ne voulait rien concéder à cette changeante déesse, l'opinion publique, dont la tyrannie, un des malheurs de la France, allait s'établir et faire de notre pays une même province. Aussi, dès que l'enfant fut sevrée et marcha, renvoya-t-il la cuisinière que sa nièce, Mme Minoret-Levrault, lui avait donnée, en découvrant qu'elle instruisait la maîtresse de poste de tout ce qui se passait chez lui.

La nourrice de la petite Ursule, veuve d'un pauvre ouvrier sans autre nom qu'un nom de baptême et qui venait de Bougival, avait perdu son dernier enfant à six mois, au moment où le docteur, qui la connaissait pour une honnête et bonne créature, la prit pour

nourrice, touché de sa détresse. Sans fortune, venue de
la Bresse où sa famille était dans la misère, Antoinette
Patris, veuve de Pierre dit de Bougival [57], s'attacha
naturellement à Ursule comme s'attachent les mères
de lait à leurs nourrissons quand elles les gardent.
Cette aveugle affection maternelle s'augmenta du dévouement domestique. Prévenue des intentions du docteur,
la Bougival apprit sournoisement à faire la cuisine,
devint propre, adroite et se plia aux habitudes du vieillard. Elle eut des soins minutieux pour les meubles
et les appartements, enfin elle fut infatigable. Non
seulement le docteur voulait que sa vie privée fût
murée, mais encore il avait des raisons pour dérober
la connaissance de ses affaires à ses héritiers. Dès la
deuxième année de son établissement, il n'eut donc plus
au logis que la Bougival, sur la discrétion de laquelle il
pouvait compter absolument, et il déguisa ses véritables
motifs sous la toute puissante raison de l'économie.
Au grand contentement de ses héritiers, il se fit avare.
Sans patelinage et par la seule influence de sa sollicitude
et de son dévouement, la Bougival, âgée de quarante-
trois ans au moment où ce drame commence, était la
gouvernante du docteur et de sa protégée, le pivot
sur lequel tout roulait au logis, enfin la femme de
confiance. On l'avait appelée la Bougival par l'impossibilité reconnue d'appliquer à sa personne son prénom
d'Antoinette, car les noms et les figures obéissent aux
lois de l'harmonie.

L'avarice du docteur ne fut pas un vain mot, mais elle
eut un but. A compter de 1817, il retrancha deux journaux et cessa ses abonnements à ses recueils périodiques.
Sa dépense annuelle, que tout Nemours put estimer,
ne dépassa point dix-huit cents francs par an. Comme
tous les vieillards, ses besoins en linge, chaussure ou
vêtements étaient presque nuls. Tous les six mois, il
faisait un voyage à Paris, sans doute pour toucher et
placer lui-même ses revenus. En quinze ans, il ne dit

pas un mot qui eût trait à ses affaires. Sa confiance en
Bongrand vint fort tard; il ne s'ouvrit à lui sur ses
projets qu'après la révolution de 1830. Telles étaient
dans la vie du docteur les seules choses alors connues
de la bourgeoisie et de ses héritiers. Quant à ses opinions
politiques, comme sa maison ne payait que cent francs
d'impôts [58], il ne se mêlait de rien, et repoussait aussi
bien les souscriptions royalistes que les souscriptions
libérales. Son horreur connue pour la *prêtraille* et son
déisme aimaient si peu les manifestations, qu'il mit
à la porte un commis voyageur envoyé par son petit-
neveu Désiré Minoret-Levrault pour lui proposer un
Curé Meslier [59] et les *Discours* [60] du général Foy. La tolérance ainsi entendue parut inexplicable aux libéraux de
Nemours.

Les trois héritiers collatéraux du docteur, Minoret-
Levrault et sa femme, M. et Mme Massin-Levrault
junior, M. et Mme Crémière-Crémière, — que nous
appellerons simplement Crémière, Massin et Minoret,
puisque ces distinctions entre homonymes ne sont
nécessaires que dans le Gâtinais; — ces trois familles,
trop occupées pour créer un autre centre, se voyaient
comme on se voit dans les petites villes. Le maître
de poste donnait un grand dîner le jour de la naissance
de son fils, un bal au carnaval, un autre au jour anniversaire de son mariage, et il invitait alors toute la bourgeoisie de Nemours. Le percepteur réunissait aussi deux
fois par an ses parents et ses amis. Le greffier de la
justice de paix, trop pauvre, disait-il, pour se jeter en
de telles profusions, vivait petitement dans une maison
située au milieu de la Grand'Rue, et dont une portion,
le rez-de-chaussée, était louée à sa sœur, directrice de
la poste aux lettres, autre bienfait du docteur. Néanmoins,
pendant l'année, ces trois héritiers ou leurs femmes se
rencontraient en ville, à la promenade, au marché le
matin, sur le pas de leurs portes, ou, le dimanche après
la messe, sur la place, comme en ce moment; en sorte

qu'ils se voyaient tous les jours. Or, depuis trois ans
surtout, l'âge du docteur, son avarice et sa fortune
autorisaient des allusions ou des propos directs relatifs
à la succession qui finirent par gagner de proche en
proche et par rendre également célèbres et le docteur
et ses héritiers. Depuis six mois, il ne se passait pas de
semaine que les amis ou les voisins des héritiers Minoret
ne leur parlassent, avec une sourde envie, *du jour où,
les deux yeux du bonhomme se fermant, ses coffres s'ouvri-
raient*.

— Le docteur Minoret a beau être médecin et s'entendre avec la mort, il n'y a que Dieu d'éternel, disait
l'un.

— Bah ! il nous enterrera tous; il se porte mieux que
nous, répondait hypocritement l'héritier.

— Enfin, si ce n'est pas vous, vos enfants hériteront
toujours, à moins que cette petite Ursule...

— Il ne lui laissera pas tout.

Ursule, selon les prévisions de Mme Massin, était la
bête noire des héritiers, leur épée de Damoclès, et ce
mot : — Bah ! qui vivra verra ! conclusion favorite
de Mme Crémière, disait assez qu'ils lui souhaitaient
plus de mal que de bien.

Le percepteur et le greffier, pauvres en comparaison
du maître de poste, avaient souvent évalué, par forme
de conversation, l'héritage du docteur. En se promenant le long du canal ou sur la route, s'ils voyaient
venir leur oncle, ils se regardaient d'un air piteux.

— Il a sans doute gardé pour lui quelque élixir de
longue vie, disait l'un.

— Il a fait un pacte avec le diable, répondait l'autre.

— Il devrait nous avantager nous deux, car ce gros
Minoret n'a besoin de rien.

— Ah ! Minoret a un fils qui lui mangera bien de
l'argent !

— A quoi estimez-vous la fortune du docteur ?
disait le greffier au financier.

— Au bout de douze ans, douze mille francs économisés chaque année donnent cent quarante-quatre mille
francs, et les intérêts composés produisent au moins
cent mille francs; mais, comme il a dû, conseillé par
son notaire à Paris, faire quelques bonnes affaires, et que,
jusqu'en 1822, il a dû placer à huit et à sept et demi sur
l'État, le bonhomme remue maintenant environ quatre
cent mille francs, sans compter ses quatorze mille livres
de rente en cinq pour cent, à cent seize aujourd'hui.
S'il mourait demain sans avantager Ursule, il nous
laisserait donc sept à huit cent mille francs, outre sa
maison et son mobilier.

— Eh bien, cent mille à Minoret, cent mille à la
petite, et à chacun de nous trois cent : voilà ce qui
serait juste.

— Ah ! cela nous chausserait proprement.

— S'il faisait cela, s'écriait Massin, je vendrais mon
greffe, j'achèterais une belle propriété, je tâcherais de
devenir juge à Fontainebleau, et je serais député.

— Moi, j'achèterais une charge d'agent de change,
disait le percepteur.

— Malheureusement, cette petite fille qu'il a sous
le bras et le curé l'ont si bien cerné, que nous ne pouvons rien sur lui.

— Après tout, nous sommes toujours bien certains
qu'il ne laissera rien à l'Église.

Chacun peut maintenant concevoir en quelles transes
étaient les héritiers en voyant leur oncle aller à la messe.
On a toujours assez d'esprit pour concevoir une lésion
d'intérêts. L'intérêt constitue l'esprit du paysan aussi
bien que celui du diplomate, et, sur ce terrain, le plus
niais en apparence serait peut-être le plus fort. Aussi
ce terrible raisonnement : — Si la petite Ursule a le
pouvoir de jeter son protecteur dans le giron de l'Église
elle aura bien celui de se faire donner sa succession,
éclatait-il en lettres de feu dans l'intelligence du plus
obtus des héritiers. Le maître de poste avait oublié

l'énigme contenue dans la lettre de son fils pour accourir sur la place; car, si le docteur était dans l'église à lire l'ordinaire de la messe, il s'agissait de deux cent cinquante mille francs à perdre. Avouons-le, la crainte des héritiers tenait aux plus forts et aux plus légitimes des sentiments sociaux, les intérêts de famille.

IV

ZÉLIE

Eh bien, monsieur Minoret, dit le maire (ancien meunier devenu royaliste, un Levrault-Crémière), quand le diable devint vieux, il se fit ermite. Votre oncle est, dit-on, des nôtres.

— Vaut mieux tard que jamais, mon cousin, répondit le maître de poste en essayant de dissimuler sa contrariété.

— Celui-là rirait-il, si nous étions frustrés ! Il serait capable de marier son fils à cette damnée fille, que le diable puisse entortiller de sa queue ! s'écria Crémière en serrant les poings et montrant le maire sous le porche.

— A qui donc en a-t-il, le père Crémière ? dit le boucher de Nemours, un Levrault-Levrault fils aîné. N'est-il pas content de voir son oncle prendre le chemin du paradis ?

— Qui aurait jamais cru cela ? dit le greffier.

— Ah ! il ne faut jamais dire : « Fontaine, je ne boirai pas de ton eau », répondit le notaire, qui, voyant de loin le groupe, se détacha de sa femme en la laissant aller seule à l'église.

— Voyons, monsieur Dionis, dit Crémière en prenant le notaire par le bras, que nous conseillez-vous de faire dans cette circonstance ?

— Je vous conseille, dit le notaire en s'adressant aux héritiers, de vous coucher et de vous lever à vos heures habituelles, de manger votre soupe sans la laisser refroidir, de mettre vos pieds dans vos souliers, vos chapeaux sur vos têtes, enfin de continuer votre genre de vie absolument comme *si de rien n'était.*

— Vous n'êtes pas consolant, lui dit Massin en lui jetant un regard de compère.

Malgré sa petite taille et son embonpoint, malgré son visage épais et ramassé, Crémière-Dionis était délié comme une soie. Pour faire fortune, il s'était associé secrètement avec Massin, à qui sans doute il indiquait les paysans gênés et les pièces de terre à dévorer. Ces deux hommes choisissaient ainsi leurs affaires, n'en laissaient point échapper de bonnes, et se partageaient les bénéfices de cette usure hypothécaire qui retarde, sans l'empêcher, l'action des paysans sur le sol. Aussi, moins pour Minoret le maître de poste, et Crémière [61] le receveur, que pour son ami le greffier, Dionis portait-il un vif intérêt à la succession du docteur. La part de Massin devait, tôt ou tard, grossir les capitaux avec lesquels les deux associés opéraient dans le canton.

— Nous tâcherons de savoir par M. Bongrand d'où part ce coup, répondit le notaire à voix basse en avertissant Massin de se tenir coi.

— Mais que fais-tu donc là, Minoret ? cria tout à coup une petite femme qui fondit sur le groupe au milieu duquel le maître de poste se voyait comme une tour. Tu ne sais pas où est Désiré, et tu restes planté sur tes jambes à bavarder quand je te croyais à cheval ! — Bonjour, mesdames et messieurs.

Cette petite femme maigre, pâle et blonde, vêtue d'une robe d'indienne blanche à grandes fleurs couleur chocolat, coiffée d'un bonnet brodé garni de dentelle, et portant un petit châle vert sur ses plates épaules, était la maîtresse de poste qui faisait trembler les plus rudes postillons, les domestiques et les charretiers; qui tenait la caisse, les livres, et menait la maison au doigt et à l'œil, selon l'expression populaire des voisins. Comme les vraies ménagères, elle n'avait aucun joyau sur elle. Elle ne donnait point, selon son expression, dans le clinquant et les colifichets; elle s'attachait au solide, et gardait, malgré la fête, son tablier noir, dans les poches

duquel sonnait un trousseau de clefs. Sa voix glapissante
déchirait le tympan des oreilles. En dépit du bleu tendre
de ses yeux, son regard rigide offrait une visible harmonie avec les lèvres minces d'une bouche serrée, avec un
front haut, bombé, très impérieux. Vif était le coup
d'œil, plus vifs étaient le geste et la parole. Zélie, obligée d'avoir de la volonté pour deux, en avait toujours
eu pour trois, disait Goupil, qui fit remarquer les règnes
successifs de trois jeunes postillons à tenue soignée
établis par Zélie, chacun après sept ans de service.
Aussi, le malicieux clerc les nommait-il : Postillon Ier,
Postillon II et Postillon III. Mais le peu d'influence
de ces jeunes gens dans la maison et leur parfaite obéissance prouvaient que Zélie s'était purement et simplement intéressée à de bons sujets.

— Eh ! bien, Zélie aime le zèle, répondait le clerc
à ceux qui lui faisaient ces observations.

Cette médisance était peu vraisemblable. Depuis la
naissance de son fils, nourri par elle sans qu'on pût
apercevoir par où, la maîtresse de poste ne pensa qu'à
grossir sa fortune, et s'adonna sans trêve à la direction
de son immense établissement. Dérober une botte de
paille ou quelques boisseaux d'avoine, surprendre Zélie
dans les comptes les plus compliqués, était la chose
impossible, quoiqu'elle écrivît comme un chat et ne
connût que l'addition et la soustraction pour toute
arithmétique. Elle ne se promenait que pour aller toiser
ses foins, ses regains et ses avoines; puis elle envoyait
son homme à la récolte et ses postillons au bottelage en
leur disant, à cent livres près, la quantité que tel ou tel
pré devait donner. Quoiqu'elle fût l'âme de ce grand
gros corps appelé Minoret-Levrault, et qu'elle le menât
par le bout de ce nez si bêtement relevé, elle éprouvait
les transes qui, plus ou moins, agitent toujours les
dompteurs de bêtes féroces. Aussi se mettait-elle constamment en colère avant lui, et les postillons savaient,
aux querelles que leur faisait Minoret, quand il avait

été querellé par sa femme, car la colère ricochait sur eux.
La Minoret était d'ailleurs aussi habile qu'intéressée.
Par toute la ville ce mot : Où en serait Minoret, sans
sa femme ? se disait dans plus d'un ménage.

— Quand tu sauras ce qui nous arrive, répondit le
maître de Nemours, tu seras toi-même hors des gonds.

— Eh bien, quoi ?

— Ursule a amené le docteur Minoret à la messe.

Les prunelles de Zélie Levrault se dilatèrent, elle
resta pendant un moment jaune de colère, dit :

— Je veux le voir pour le croire ! et se précipita
dans l'église. La messe en était à l'élévation. Favorisée
par le recueillement général, la Minoret put donc regarder dans chaque rangée de chaises et de bancs, en remon-
tant le long des chapelles jusqu'à la place d'Ursule,
auprès de qui elle aperçut le vieillard la tête nue.

En vous souvenant des figures de Barbé-Marbois,
de Boissy d'Anglas, de Morellet, d'Helvétius, de
Frédéric le Grand, vous aurez aussitôt une image exacte
de la tête du docteur Minoret, dont la verte vieillesse
ressemblait à celle de ces personnages célèbres. Ces têtes,
comme frappées au même coin, car elles se prêtent à la
médaille, offrent un profil sévère et quasi puritain, une
coloration froide, une raison mathématique, une certaine étroitesse dans le visage, quasi pressé, des yeux
fins, des bouches sérieuses, quelque chose d'aristocra-
tique, moins dans le sentiment que dans l'habitude, plus
dans les idées que dans le caractère. Tous ont des
fronts hauts, mais fuyants à leur sommet, ce qui trahit
une pente au matérialisme. Vous retrouverez ces principaux caractères de tête et ces airs de visage dans les
portraits de tous les encyclopédistes, des orateurs de
la Gironde, et des hommes de ce temps dont les croyances
religieuses furent à peu près nulles, qui se disaient déistes
et qui étaient athées. Le déiste est un athée sous bénéfice
d'inventaire. Le vieux Minoret montrait donc un front
de ce genre, mais sillonné de rides, et qui reprenait

une sorte de naïveté par la manière dont ses cheveux d'argent, ramenés en arrière comme ceux d'une femme à sa toilette, se bouclaient en légers flocons sur son habit noir, car il était obstinément vêtu, comme dans sa jeunesse, en bas de soie noirs, en souliers à boucles d'or, en culotte de pou-de-soie, en gilet blanc traversé par le cordon noir, et en habit noir orné de la rosette rouge.

Cette tête si caractérisée, et dont la froide blancheur était adoucie par des tons jaunes dus à la vieillesse, recevait en plein le jour d'une croisée. Au moment où la maîtresse de poste arriva, le docteur avait ses yeux bleus, aux paupières rosées, aux contours attendris, levés vers l'autel : une nouvelle conviction leur donnait une expression nouvelle. Ses lunettes marquaient dans son paroissien l'endroit où il avait quitté ses prières. Les bras croisés sur sa poitrine, ce grand vieillard sec, debout dans une attitude qui annonçait la toute-puissance de ses facultés et quelque chose d'inébranlable dans sa foi, ne cessa de contempler l'autel par un regard humble, et que rajeunissait l'espérance, sans vouloir regarder la femme de son neveu, plantée presque en face de lui comme pour reprocher ce retour à Dieu.

En voyant toutes les têtes se tourner vers elle, Zélie se hâta de sortir, et revint sur la place moins précipitamment qu'elle n'était allée à l'église; elle comptait sur cette succession, et la succession devenait problématique. Elle trouva le greffier, le percepteur et leurs femmes encore plus consternés qu'auparavant : Goupil avait pris plaisir à les tourmenter.

— Ce n'est pas sur la place et devant toute la ville que nous pouvons parler de nos affaires, dit la maîtresse de poste; venez chez moi. Vous ne serez pas de trop, monsieur Dionis, dit-elle au notaire.

Ainsi, l'exhérédation probable des Massin, des Crémière et du maître de poste allait être la nouvelle du pays.

Au moment où les héritiers et le notaire allaient traverser la place pour se rendre à la poste, le bruit de la diligence arrivant à fond de train au bureau, qui se trouve à quelques pas de l'église, en haut de la Grand' Rue, fit un fracas énorme.

— Tiens ! je suis comme toi, Minoret, j'oublie Désiré, dit Zélie. Allons à son débarquer : il est presque avocat, et c'est un peu de ses affaires qu'il s'agit.

L'arrivée d'une diligence est toujours une distraction; mais, quand elle est en retard, on s'attend à des événements : aussi la foule se porta-t-elle devant la Ducler.

— Voilà Désiré ! fut un cri général.

A la fois le tyran et le boute-en-train de Nemours, Désiré mettait toujours la ville en émoi par ses apparitions. Aimé de la jeunesse, avec laquelle il se montrait généreux, il la stimulait par sa présence; mais ses amusements étaient si redoutés, que plus d'une famille fut très heureuse de lui voir faire ses études et son Droit à Paris. Désiré Minoret, jeune homme mince, fluet et blond comme sa mère, de laquelle il avait les yeux bleus et le teint pâle, sourit par la portière à la foule, et descendit lestement pour embrasser sa mère. Une légère esquisse de ce garçon prouvera combien Zélie fut flattée en le voyant.

L'étudiant portait des bottes fines, un pantalon blanc d'étoffe anglaise à sous-pieds en cuir verni, une riche cravate bien mise, plus richement attachée, un joli gilet de fantaisie, et, dans la poche de ce gilet, une montre plate dont la chaîne pendait, enfin une redingote courte en drap bleu et un chapeau gris; mais le parvenu se trahissait par les boutons d'or de son gilet et dans la bague portée par-dessus des gants de chevreau d'une couleur violâtre. Il avait une canne à pomme d'or ciselé.

— Tu vas perdre ta montre, lui dit sa mère en l'embrassant.

— C'est fait exprès, répondit-il en se laissant embrasser par son père.

— Eh ! bien, cousin, vous voilà bientôt avocat ? dit Massin.

— Je prêterai serment à la rentrée, dit-il en répondant aux saluts amicaux qui partaient de la foule.

— Nous allons donc rire, dit Goupil en lui prenant la main.

— Ah ! te voilà, vieux singe, répondit Désiré.

— Tu prends encore la licence pour thèse après ta thèse pour la licence, répliqua le clerc, humilié d'être traité si familièrement en présence de tant de monde.

— Comment ! Il lui dit qu'il se taise ? demanda Mme Crémière à son mari.

— Vous savez tout ce que j'ai, Cabirolle ! cria Désiré au vieux conducteur à face violacée et bourgeonnée. Vous ferez porter tout chez nous.

— La sueur ruisselle sur tes chevaux, dit la rude Zélie à Cabirolle *⁸; tu n'as donc pas de bon sens pour les mener ainsi ? Tu es plus bête qu'eux !

— Mais M. Désiré voulait arriver à toute force, pour vous tirer d'inquiétude...

— Mais, puisqu'il n'y avait point eu d'accident, pourquoi risquer de perdre tes chevaux ? reprit-elle.

Les reconnaissances d'amis, les bonjours, les élans de la jeunesse autour de Désiré, tous les incidents de cette arrivée et les récits de l'accident auquel était dû le retard prirent assez de temps pour que le troupeau des héritiers, augmenté de leurs amis, arrivât sur la place à la sortie de la messe. Par un effet du hasard, qui se permet tout, Désiré vit Ursule sous le porche de la paroisse au moment où il passait, et resta stupéfait de sa beauté. Le mouvement du jeune avocat arrêta nécessairement la marche de ses parents.

Obligée, en donnant le bras à son parrain, de tenir de la main droite son paroissien et de l'autre son ombrelle, Ursule déployait alors la grâce innée que les femmes

gracieuses mettent à s'acquitter des choses difficiles de
leur joli métier de femmes. Si la pensée se révèle en tout,
il est permis de dire que ce maintien exprimait une
divine simplesse. Ursule était vêtue d'une robe de mousseline blanche en façon de peignoir, ornée de distance
en distance de nœuds bleus. La pèlerine, bordée d'un
ruban pareil passé dans un large ourlet, et attachée
par des nœuds semblables à ceux de la robe, laissait
apercevoir la beauté de son corsage. Son cou, d'une
blancheur mate, était d'un ton charmant mis en relief
par tout ce bleu, le fard des blondes. Sa ceinture bleue
à longs bouts flottants dessinait une taille plate, qui
paraissait flexible, une des plus séduisantes grâces de la
femme. Elle portait un chapeau de paille de riz, modestement garni de rubans pareils à ceux de la robe et dont
les brides étaient nouées sous le menton, ce qui, tout
en relevant l'excessive blancheur du chapeau, ne nuisait
point à celle de son beau teint de blonde. De chaque
côté de la figure d'Ursule, qui se coiffait naturellement
elle-même à la Berthe, ses cheveux fins et blonds abon-
daient en grosses nattes aplaties dont les petites tresses
saisissaient le regard par leurs mille bosses brillantes.
Ses yeux gris, à la fois doux et fiers, étaient en harmonie
avec un front bien modelé. Une teinte rose répandue
sur ses joues comme un nuage animait sa figure régulière
sans fadeur, car la nature lui avait à la fois donné, par
un rare privilège, la pureté des lignes et la physionomie.
La noblesse de sa vie se trahissait dans un admirable
accord entre ses traits, ses mouvements et l'expression
générale de sa personne, qui pouvait servir de modèle
à la Confiance ou à la Modestie. Sa santé, quoique
brillante, n'éclatait point grossièrement, en sorte qu'elle
avait l'air distingué. Sous ses gants de couleur claire, on
devinait de jolies mains. Ses pieds cambrés et minces
étaient mignonnement chaussés de brodequins en peau
bronzée ornés d'une frange en soie brune. Sa ceinture
bleue, gonflée par une petite montre plate et par sa

bourse bleue à glands d'or, attira les regards de toutes les femmes.

— Il lui a donné une nouvelle montre ! dit Mme Crémière en serrant le bras de son mari.

— Comment, c'est là Ursule ? s'écria Désiré. Je ne la reconnaissais pas.

— Eh ! bien, mon cher oncle, vous faites événement, dit le maître de poste en montrant toute la ville en deux haies sur le passage du vieillard, chacun veut vous voir.

— Est-ce l'abbé Chaperon ou Mlle Ursule qui vous a converti, mon oncle ? dit Massin avec une obséquiosité jésuitique en saluant le docteur et sa protégée.

— C'est Ursule, dit sèchement le vieillard en marchant toujours, comme un homme importuné.

Quand même la veille, en finissant son whist avec Ursule, avec le médecin de Nemours et Bongrand, à ces mots : « J'irai demain à la messe ! » dits par le veillard, le juge de paix n'aurait pas répondu : « Vos héritiers ne dormiront plus ! » il devait suffire au sagace et clairvoyant docteur d'un seul coup d'œil pour pénétrer les dispositions de ses héritiers à l'aspect de leurs figures. L'irruption de Zélie dans l'église, son regard que le docteur avait saisi, cette réunion de tous les intéressés sur la place et l'expression de leurs yeux en apercevant Ursule, tout démontrait une haine fraîchement ravivée et des craintes sordides.

— C'est un *fer à vous* (affaire à vous), mademoiselle ! reprit Mme Crémière en intervenant aussi par une humble révérence. Un miracle ne vous coûte guère.

— Il appartient à Dieu, madame, répondit Ursule.

— Oh ! Dieu, s'écria Minoret-Levrault, mon beau-père disait qu'il servait de couverture à bien des chevaux.

— Il avait des opinions de maquignon, dit sévèrement le docteur.

— Eh ! bien, dit Minoret à sa femme et à son fils, vous ne venez pas saluer mon oncle ?

— Je ne serais pas maîtresse de moi devant cette

sainte-nitouche, s'écria Zélie en emmenant son fils.

— Vous feriez bien, mon oncle, disait Mme Massin,
de ne pas aller à l'église sans avoir un petit bonnet de
velours noir, la paroisse est bien humide.

— Bah ! ma nièce, dit le bonhomme en regardant
ceux qui l'accompagnaient, plus tôt je serai couché,
plus tôt vous danserez.

Il continuait toujours à marcher en entraînant Ursule,
et se montrait si pressé, qu'on les laissa seuls.

— Pourquoi leur dites-vous des paroles si dures ?
Ce n'est pas bien, lui dit Ursule en lui remuant le bras
d'une façon mutine.

— Avant comme après mon entrée en religion ma
haine sera la même contre les hypocrites. Je leur ai
fait du bien à tous, je ne leur ai pas demandé de reconnaissance; mais aucun de ces gens-là ne t'a envoyé
une fleur le jour de ta fête, la seule que je célèbre.

A une assez grande distance du docteur et d'Ursule,
Mme de Portenduère se traînait en paraissant accablée de
douleurs. Elle appartenait à ce genre de vieilles femmes
dans le costume desquelles se retrouve l'esprit du dernier
siècle, qui portent des robes couleur pensée, à manches
plates et d'une coupe dont le modèle ne se voit que dans
les portraits de Mme Lebrun [63]; elles ont des mantelets
en dentelle noire, et des chapeaux de forme passée en
harmonie avec leur démarche lente et solennelle : on
dirait qu'elles marchent toujours avec leurs paniers, et
qu'elles les sentent encore autour d'elles, comme ceux
à qui l'on a coupé un bras agitent parfois la main qu'ils
n'ont plus; leurs figures longues, blêmes, à grands yeux
meurtris, au front fané, ne manquent pas d'une certaine
grâce triste, malgré des tours de cheveux dont les boucles
restent aplaties; elles s'enveloppent le visage de vieilles
dentelles qui ne veulent plus badiner le long des joues;
mais toutes ces ruines sont dominées par une incroyable
dignité dans les manières et dans le regard. Les yeux
ridés et rouges de cette vieille dame disaient assez

qu'elle avait pleuré pendant la messe. Elle allait comme
une personne troublée, et semblait attendre quelqu'un,
car elle se retourna. Or, Mme de Portenduère se retournant était un fait aussi grave que celui de la conversion
du docteur Minoret.

— A qui Mme de Portenduère en veut-elle ? dit
Mme Massin en rejoignant les héritiers, pétrifiés par les
réponses du vieillard.

— Elle cherche le curé, dit le notaire Dionis, qui
se frappa le front comme un homme saisi par un souvenir ou par une idée oubliée. J'ai votre affaire à tous,
et la succession est sauvée ! Allons déjeuner gaiement
chez Mme Minoret.

Chacun peut imaginer l'empressement avec lequel
les héritiers suivirent le notaire à la poste. Goupil
accompagna son camarade, bras dessus, bras dessous,
en lui disant à l'oreille avec un affreux sourire :

— Il y a de la crevette.

— Qu'est-ce que cela me fait ? lui répondit le fils
de famille en haussant les épaules. Je suis amoureux fou
de Florine [64], la plus céleste créature du monde.

— Qu'est-ce que c'est que Florine tout court ?
demanda Goupil. Je t'aime trop pour te laisser *dindonner*
par des créatures.

— Florine est la passion du fameux Nathan [65], et
ma folie est inutile, car elle a positivement refusé de
m'épouser.

— Les filles folles de leur corps sont quelquefois
sages de la tête, dit Goupil.

— Si tu la voyais seulement une fois, tu ne te servirais pas de pareilles expressions, dit langoureusement
Désiré.

— Si je te voyais briser ton avenir pour ce qui doit
n'être qu'une fantaisie, reprit Goupil avec une chaleur
à laquelle Bongrand eût peut-être été pris, j'irais briser
cette poupée comme Varney brise Amy Robsart dans
Kenilworth [66] ! Ta femme doit être une d'Aiglemont,

une mademoiselle du Rouvre, et te faire arriver à la
députation. Mon avenir est hypothéqué sur le tien,
et je ne te laisserai pas commettre de bêtises.

— Je suis assez riche pour me contenter du bonheur,
répondit Désiré.

— Eh ! bien, que complotez-vous donc là ? dit Zélie
à Goupil en hélant les deux amis restés au milieu de
sa vaste cour.

Le docteur disparut dans la rue des Bourgeois, et
arriva tout aussi lestement qu'un jeune homme à la
maison où s'était accompli, pendant la semaine, l'étrange
événement qui préoccupait alors toute la ville de
Nemours, et qui veut quelques explications pour rendre
cette histoire et la communication du notaire aux
héritiers parfaitement claires.

V

URSULE

Le beau-père du docteur, le fameux claveciniste et facteur d'instruments Valentin Mirouët, un de nos plus célèbres organistes, était mort en 1785, laissant un fils naturel, le fils de sa vieillesse, reconnu, portant son nom, mais excessivement mauvais sujet. A son lit de mort, il n'eut pas la consolation de voir cet enfant gâté. Chanteur et compositeur, Joseph Mirouët, après avoir débuté aux Italiens sous un nom supposé, s'était enfui avec une jeune fille en Allemagne. Le vieux facteur recommanda ce garçon, vraiment plein de talent, à son gendre, en lui faisant observer qu'il avait refusé d'épouser la mère pour ne faire aucun tort à Mme Minoret. Le docteur promit de donner à ce malheureux la moitié de la succession du facteur, dont le fonds fut acheté par Érard [67]. Il fit chercher diplomatiquement son beau-frère naturel, Joseph Mirouët; mais Grimm [68] lui dit un soir qu'après s'être engagé dans un régiment prussien, l'artiste avait déserté, prenant un faux nom, et déjouait toutes les recherches.

Joseph Mirouët, doué par la nature d'une voix séduisante, d'une taille avantageuse, d'une jolie figure, et par-dessus tout compositeur plein de goût et de verve, mena pendant quinze ans cette vie bohémienne que le Berlinois Hoffmann [69] a si bien décrite. Aussi, vers quarante ans, fut-il en proie à de si grandes misères, qu'il saisit en 1806 l'occasion de redevenir Français. Il s'établit alors à Hambourg, où il épousa la fille d'un bon bourgeois, folle de musique, qui s'éprit de l'artiste, dont la gloire était toujours en perspective, et qui voulut

s'y consacrer. Mais, après quinze ans de malheurs,
Joseph Mirouët ne sut pas soutenir le vin de l'opulence;
son naturel dépensier reparut; et, tout en rendant sa
femme heureuse, il dépensa sa fortune en peu d'années.
La misère revint. Le ménage dut avoir traîné l'existence
la plus horrible pour que Joseph Mirouët en arrivât
à s'engager comme musicien dans un régiment français. En 1813, par le plus grand des hasards, le chirur-
gien-major de ce régiment, frappé de ce nom de Mirouët,
écrivit au docteur Minoret, auquel il avait des obliga-
tions. La réponse ne se fit pas attendre. En 1814, avant
la capitulation de Paris, Joseph Mirouët eut à Paris
un asile, où sa femme mourut en donnant le jour à
une petite fille que le docteur voulut appeler Ursule,
le nom de sa femme. Le capitaine de musique ne survécut
pas à la mère, épuisé comme elle de fatigues et de misères.
En mourant, l'infortuné musicien légua sa fille au docteur, qui lui servit de parrain, malgré sa répugnance
pour ce qu'il appelait les momeries de l'Église.

Après avoir vu périr successivement ses enfants par
des avortements, dans des couches laborieuses ou pendant leur première année, le docteur avait attendu
l'effet d'une dernière expérience. Quand une femme
malingre, nerveuse, délicate, débute par une fausse
couche, il n'est pas rare de la voir se conduire dans ses
grossesses et dans ses enfantements comme s'était
conduite Ursule Minoret, malgré les soins, les observations et la science de son mari. Le pauvre homme
s'était souvent reproché leur mutuelle persistance à
vouloir des enfants. Le dernier, conçu après un repos
de deux ans, était mort pendant l'année 1792, victime
de l'état nerveux de la mère, s'il faut donner raison aux
physiologistes qui pensent que, dans le phénomène
inexplicable de la génération, l'enfant tient au père
par le sang et à la mère par le système nerveux. Forcé
de renoncer aux jouissances du sentiment le plus
puissant chez lui, la bienfaisance fut sans doute pour le

docteur une revanche de sa paternité trompée. Durant sa vie conjugale, si cruellement agitée, le docteur avait, par-dessus tout, désiré une petite fille blonde, une de ces fleurs qui font la joie d'une maison; il accepta donc avec bonheur le legs que lui fit Joseph Mirouët et reporta sur l'orpheline les espérances de ses rêves évanouis.

Pendant deux ans, il assista, comme fit jadis Caton pour Pompée, aux plus minutieux détails de la vie d'Ursule; il ne voulait pas que la nourrice lui donnât à téter, la levât, la couchât sans lui. Son expérience, sa science, tout fut au service de cette enfant. Après avoir ressenti les douleurs, les alternatives de crainte et d'espérance, les travaux et les joies d'une mère, il eut le bonheur de voir dans cette fille de la blonde Allemagne [70] et de l'artiste français une vigoureuse vie, une sensibilité profonde. L'heureux vieillard suivit avec les sentiments d'une mère les progrès de cette chevelure blonde, d'abord duvet, puis soie, puis cheveux légers et fins, si caressants aux doigts qui les caressent. Il baisa souvent ces petits pieds nus dont les doigts, couverts d'une pellicule sous laquelle le sang se voit, ressemblent à des boutons de rose [71]. Il était fou de cette petite. Quand elle s'essayait au langage ou quand elle arrêtait ses beaux yeux bleus, si doux, sur toutes choses, en y jetant ce regard songeur qui semble être l'aurore de la pensée et qu'elle terminait par un rire, il restait devant elle pendant des heures entières, cherchant avec Jordy les raisons, que tant d'autres appellent des caprices, cachées sous les moindres phénomènes de cette délicieuse phase de la vie où l'enfant est à la fois une fleur et un fruit, une intelligence confuse, un mouvement perpétuel, un désir violent. La beauté d'Ursule, sa douceur, la rendaient si chère au docteur, qu'il aurait voulu changer pour elle les lois de la nature : il dit quelquefois au vieux Jordy avoir mal dans ses dents quand Ursule faisait les siennes. Lorsque les vieil-

lards aiment les enfants, ils ne mettent pas de bornes à
leur passion, il les adorent. Pour ces petits êtres, ils
font taire leurs manies, et pour eux se souviennent
de tout leur passé. Leur expérience, leur indulgence,
leur patience, toutes les acquisitions de la vie, ce trésor
si péniblement amassé, ils le livrent à cette jeune vie
par laquelle ils se rajeunissent, et suppléent alors à la
maternité par l'intelligence. Leur sagesse, toujours
éveillée, vaut l'intuition de la mère; ils se rappellent les
délicatesses qui chez elle sont de la divination, et ils
les portent dans l'exercice d'une compassion dont la
force se développe sans doute en raison de cette immense
faiblesse. La lenteur de leurs mouvements remplace
la douceur maternelle. Enfin, chez eux comme chez
les enfants, la vie est réduite au simple; et, si le sentiment rend la mère esclave, le détachement de toute
passion et l'absence de tout intérêt permettent au vieillard de se donner en entier. Aussi n'est-il pas rare de voir
les enfants s'entendre avec les vieilles gens. Le vieux
militaire, le vieux curé, le vieux docteur, heureux des
caresses et des coquetteries d'Ursule, ne se lassaient
jamais de lui répondre ou de jouer avec elle. Loin de
les impatienter, la pétulance de cette enfant les charmait,
et ils satisfaisaient à tous ses désirs en faisant de tout
un sujet d'instruction. Ainsi, cette petite grandit envi-
ronnée de vieilles gens qui lui souriaient et lui faisaient
comme plusieurs mères autour d'elle, également atten-
tives et prévoyantes. Grâce à cette savante éducation
l'âme d'Ursule se développa dans la sphère qui lui con-
venait. Cette plante rare rencontra son terrain spécial,
aspira les éléments de sa vraie vie et s'assimila les flots
de son soleil.
    — Dans quelle religion élèverez-vous cette petite ?
demanda l'abbé Chaperon à Minoret quand Ursule
eut six ans.
    — Dans la vôtre, répondit le médecin.
    Athée à la façon de M. de Wolmar dans *la Nouvelle*

Héloïse, il ne se reconnut pas le droit de priver Ursule des bénéfices offerts par la religion catholique. Le médecin, assis sur un banc au-dessous de la fenêtre du cabinet chinois, se sentit alors la main pressée par la main du curé.

— Oui, curé, toutes les fois qu'elle me parlera de Dieu, je la renverrai à son ami *Sapron*, dit-il en imitant le parler enfantin d'Ursule. Je veux voir si le sentiment religieux est inné. Aussi n'ai-je rien fait pour, ni rien contre les tendances de cette jeune âme; mais je vous ai déjà nommé dans mon cœur son père spirituel.

— Ceci vous sera compté par Dieu, je l'espère, répondit l'abbé Chaperon en frappant doucement ses mains l'une contre l'autre et les élevant vers le ciel comme s'il faisait une courte prière mentale.

Ainsi, dès l'âge de six ans, la petite orpheline tomba sous le pouvoir religieux du curé, comme elle était déjà tombée sous celui de son vieil ami Jordy.

Le capitaine, autrefois professeur dans une des anciennes Écoles militaires, occupé par goût de grammaire et des différences entre les langues européennes, avait étudié le problème d'un langage universel. Ce savant homme, patient comme tous les vieux maîtres, se fit donc un bonheur d'apprendre à lire et à écrire à Ursule, en lui apprenant la langue française et ce qu'elle devait savoir de calcul. La nombreuse bibliothèque du docteur permit de choisir entre les livres ceux qui pouvaient être lus par une enfant, et qui devaient l'amuser en l'instruisant. Le militaire et le curé laissaient cette intelligence s'enrichir avec l'aisance et la liberté que le docteur laissait au corps. Ursule apprenait en se jouant. La religion contenait la réflexion. Abandonnée à la divine culture d'un naturel amené dans des régions pures par ces trois prudents instructeurs, Ursule alla plus vers le sentiment que vers le devoir, et prit pour règle de conduite la voix de la conscience plutôt que la loi sociale. Chez elle, le beau dans les sentiments et dans

les actions devait être spontané : le jugement confir-
merait l'élan du cœur. Elle était destinée à faire le bien
comme un plaisir avant de le faire comme une obligation.
Cette nuance est le propre de l'éducation chrétienne. Ces
principes, tout autres que ceux à donner aux hommes,
convenaient à une femme, le génie et la conscience de
la famille, l'élégance secrète de la vie domestique, enfin
presque reine au sein du ménage. Tous trois procédèrent
de la même manière avec cette enfant. Loin de reculer
devant les audaces de l'innocence, ils expliquaient à
Ursule la fin des choses et les moyens connus en ne lui
formulant jamais que des idées justes. Quand, à propos
d'une herbe, d'une fleur, d'une étoile, elle allait droit
à Dieu, le professeur et le médecin lui disaient que le
prêtre seul pouvait lui répondre. Aucun d'eux n'empiéta
sur le terrain des autres. Le parrain se chargeait de tout
le bien-être matériel et des choses de la vie ; l'instruction
regardait Jordy ; la morale, la métaphysique et les hautes
questions appartenaient au curé.

Cette belle éducation ne fut pas, comme il arrive souvent dans les maisons les plus riches, contrariée par
d'imprudents serviteurs. La Bougival, sermonnée à ce
sujet, et trop simple d'ailleurs d'esprit et de caractère
pour intervenir, ne dérangea point l'œuvre de ces grands
esprits. Ursule, créature privilégiée, eut donc autour
d'elle trois bons génies à qui son beau naturel rendit
toute tâche douce et facile. Cette tendresse virile, cette
gravité tempérée par les sourires, cette liberté sans danger, ce soin perpétuel de l'âme et du corps, firent d'elle, à
l'âge de neuf ans, une enfant accomplie et charmante à
voir. Par malheur, cette trinité paternelle se rompit.
Dans l'année suivante, le vieux capitaine mourut, laissant au docteur et au curé son œuvre à continuer, après
en avoir accompli la partie la plus difficile. Les fleurs
devaient naître d'elles-mêmes dans un terrain si bien
préparé. Le gentilhomme avait, pendant neuf ans, écono-
misé mille francs par an, pour léguer dix mille francs à

sa petite Ursule afin qu'elle conservât de lui un souvenir pendant toute sa vie. Dans un testament dont les motifs étaient touchants, il invitait sa légataire à se servir uniquement pour sa toilette des quatre ou cinq cents francs de rente que rendrait ce petit capital. Quand le juge de paix mit les scellés chez son vieil ami, on trouva dans un cabinet où jamais il n'avait laissé pénétrer personne une grande quantité de joujoux dont beaucoup étaient brisés et qui tous avaient servi, des joujoux du temps passé pieusement conservés, et que M. Bongrand devait brûler lui-même, à la prière du pauvre capitaine.

Vers cette époque, Ursule dut faire sa première communion. L'abbé Chaperon employa toute une année à l'instruction de cette jeune fille, chez qui le cœur et l'intelligence, si développés, mais si prudemment maintenus l'un par l'autre, exigeaient une nourriture spirituelle particulière. Telle fut cette initiation à la connaissance des choses divines, que, depuis cette époque où l'âme prend sa forme religieuse, Ursule devint la pieuse et mystique jeune fille dont le caractère fut toujours au-dessus des événements, et dont le cœur domina toute adversité. Ce fut alors aussi que commença secrètement entre cette vieillesse incrédule et cette enfance pleine de croyance une lutte pendant longtemps inconnue à celle qui la provoqua, mais dont le dénoûment occupait toute la ville, et devait avoir tant d'influence sur l'avenir d'Ursule, en déchaînant contre elle les collatéraux du docteur.

Pendant les six premiers mois de l'année 1824, Ursule passa presque toutes ses matinées au presbytère. Le vieux médecin devina les intentions du curé. Le prêtre voulait faire d'Ursule un argument invincible. L'incrédule, aimé par sa filleule comme il l'eût été de sa propre fille, croirait à cette naïveté, serait séduit par les touchants effets de la religion dans l'âme d'une enfant dont l'amour ressemblait à ces arbres des climats indiens toujours

chargés de fleurs et de fruits, toujours verts et toujours
embaumés. Une belle vie est plus puissante que le plus
vigoureux raisonnement. On ne résiste pas aux charmes
de certaines images. Aussi le docteur eut-il les yeux
mouillés de larmes, sans savoir pourquoi, quand il
vit la fille de son cœur partant pour l'église, habillée
d'une robe de crêpe blanc, chaussée de souliers de satin
blanc, parée de rubans blancs, la tête ceinte d'une bande-
lette royale attachée sur le côté par un gros nœud, les
mille boucles de sa chevelure ruisselant sur ses belles
épaules blanches, le corsage bordé d'une ruche ornée
de comètes, les yeux étoilés par une première espérance,
volant grande et heureuse à une première union, aimant
mieux son parrain depuis qu'elle s'était élevée jusqu'à
Dieu. Quand il aperçut la pensée de l'éternité donnant
la nourriture à cette âme jusqu'alors dans les limbes de
l'enfance, comme après la nuit le soleil donne la vie
à la terre, toujours sans savoir pourquoi, il fut fâché
de rester seul au logis. Assis sur les marches de son
perron, il tint pendant longtemps ses yeux fixés sur la
grille entre les barreaux de laquelle sa pupille avait
disparu en lui disant : — Parrain, pourquoi ne viens-tu
pas ? Je serai donc heureuse sans toi ? Quoique ébranlé
jusque dans ses racines, l'orgueil de l'encyclopédiste
ne fléchit point encore. Il se promena cependant de
façon à voir la procession des communiants, et distingua
sa petite Ursule brillante d'exaltation sous le voile.
Elle lui lança un regard inspiré qui remua, dans la partie
rocheuse de son cœur, le coin fermé à Dieu. Mais le
déiste tint bon, il se dit : — Momeries ! Imaginer que,
s'il existe un ouvrier des mondes, cet organisateur de
l'infini s'occupe de ces niaiseries !...

Il rit et continua sa promenade sur les hauteurs qui
dominent la route du Gâtinais, où les cloches sonnées
en volée répandaient au loin la joie des familles.

Le bruit du trictrac est insupportable aux personnes
qui ne savent pas ce jeu, l'un des plus difficiles qui

existent. Pour ne pas ennuyer sa pupille, à qui l'excessive délicatesse de ses organes et de ses nerfs ne permettait pas d'entendre impunément ces mouvements et ce parlage dont la raison est inconnue, le curé, le vieux Jordy quand il vivait, et le docteur, attendaient toujours que leur enfant fût couchée ou en promenade. Il arrivait alors assez souvent que la partie était encore en train quand Ursule rentrait : elle se résignait alors avec une grâce infinie et se mettait auprès de la fenêtre à travailler. Elle avait de la répugnance pour ce jeu, dont les commencements sont en effet rudes et inaccessibles à beaucoup d'intelligences, et si difficiles à vaincre, que, si l'on ne prend pas l'habitude de ce jeu pendant la jeunesse, il est presque impossible plus tard de l'apprendre. Or, le soir de sa première communion, quand Ursule revint chez son tuteur, seul pour cette soirée, elle mit le trictrac devant le vieillard.

— Voyons, à qui le dé ? dit-elle.

— Ursule, reprit le docteur, n'est-ce pas un péché de te moquer de ton parrain le jour de ta première communion ?

— Je ne me moque point, dit-elle en s'asseyant; je me dois à vos plaisirs, vous qui veillez à tous les miens. Quand M. Chaperon était content, il me donnait une leçon de trictrac, et il m'a donné tant de leçons, que je suis en état de vous gagner... Vous ne vous gênerez plus pour moi. Pour ne pas entraver vos plaisirs, j'ai vaincu toutes les difficultés, et le bruit du trictrac me plaît.

Ursule gagna. Le curé vint surprendre les joueurs et jouir de son triomphe. Le lendemain, Minoret, qui jusqu'alors avait refusé de faire apprendre la musique à sa pupille, se rendit à Paris, y acheta un piano, prit des arrangements à Fontainebleau avec une maîtresse et se soumit à l'ennui que devaient lui causer les perpétuelles études de sa pupille. Une des prédictions de feu Jordy le phrénologiste [72] se réalisa : la petite fille devint

excellente musicienne. Le tuteur, fier de sa filleule,
faisait en ce moment venir de Paris, une fois par semaine,
un vieil Allemand nommé Schmucke[73], un savant
professeur de musique, et subvenait aux dépenses de cet
art, d'abord jugé par lui tout à fait inutile en ménage.
Les incrédules n'aiment pas la musique, céleste langage
développé par le catholicisme, qui a pris les noms des
sept notes dans un de ses hymnes : chaque note est la
première syllabe des sept premiers vers de l'hymne
à saint Jean[74]. Quoique vive, l'impression produite
sur le vieillard par la première communion d'Ursule
fut passagère. Le calme, le contentement que les œuvres
de la résolution[75] et la prière répandaient dans cette
âme jeune furent aussi des exemples sans force pour
lui. Sans aucun sujet de remords ni de repentir, Minoret
jouissait d'une sérénité parfaite. En accomplissant ses
bienfaits sans l'espoir d'une moisson céleste il se trouvait plus grand que le catholique, auquel il reprochait
toujours de faire de l'usure avec Dieu.

— Mais, lui disait l'abbé Chaperon, si les hommes
voulaient tous se livrer à ce commerce, avouez que la
société serait parfaite. Il n'y aurait plus de malheureux.
Pour être bienfaisant à votre manière, il faut être un
grand philosophe; vous vous élevez à votre doctrine
par le raisonnement, vous êtes une exception sociale;
tandis qu'il suffit d'être chrétien pour être bienfaisant
à la nôtre. Chez vous, c'est un effort; chez nous, c'est
naturel.

— Cela veut dire, curé, que je pense et que vous
sentez, voilà tout.

Cependant, à douze ans, Ursule, dont la finesse et
l'adresse naturelles à la femme étaient exercées par une
éducation supérieure et dont le sens, dans toute sa fleur,
était éclairé par l'esprit religieux, de tous les genres
d'esprit le plus délicat, finit par comprendre que son
parrain ne croyait ni à un avenir, ni à l'immortalité
de l'âme, ni à une providence, ni à Dieu. Pressé de

questions par l'innocente créature, il fut impossible au docteur de cacher plus longtemps ce fatal secret. La naïve consternation d'Ursule le fit d'abord sourire; mais, en la voyant quelquefois triste, il comprit tout ce que cette tristesse annonçait d'affection. Les tendresses absolues ont horreur de toute espèce de désaccord, même dans les idées qui leur sont étrangères. Parfois, le docteur se prêta comme à des caresses aux raisons de sa fille adoptive dites d'une voix tendre et douce, exhalées par le sentiment le plus ardent et le plus pur. Les croyants et les incrédules parlent deux langues différentes et ne peuvent se comprendre. La filleule, en plaidant la cause de Dieu, maltraitait son parrain, comme un enfant gâté maltraite quelquefois sa mère. Le curé blâma doucement Ursule, et lui dit que Dieu se réservait d'humilier ces esprits superbes. La jeune fille répondit à l'abbé Chaperon que David avait abattu Goliath. Cette dissidence religieuse, ces regrets de l'enfant qui voulait entraîner son tuteur à Dieu furent les seuls chagrins de cette vie intérieure, si douce et si pleine, dérobée aux regards de la petite ville curieuse. Ursule grandissait, se développait, devenait la jeune fille modeste et chrétiennement instruite que Désiré avait admirée au sortir de l'église. La culture des fleurs dans le jardin, la musique, les plaisirs de son tuteur, et tous les petits soins qu'Ursule lui rendait, car elle avait soulagé la Bougival en s'occupant de lui, remplissaient les heures, les jours, les mois de cette existence calme. Néanmoins, depuis un an, quelques troubles chez Ursule avaient inquiété le docteur; mais la cause en était si prévue, qu'il ne s'en inquiéta que pour surveiller la santé. Cependant, cet observateur sagace, ce profond praticien crut apercevoir que les troubles avaient eu quelque retentissement dans le moral. Il espionna maternellement sa pupille, ne vit autour d'elle personne digne de lui inspirer de l'amour, et son inquiétude passa.

VI

PRÉCIS SUR LE MAGNÉTISME

En ces conjonctures, un mois avant le jour où ce
drame commence, il arriva dans la vie intellectuelle du
docteur un de ces faits qui labourent jusqu'au tuf le
champ des convictions et le retournent; mais ce fait
exige un récit succinct de quelques événements de sa
carrière médicale, qui donnera d'ailleurs un nouvel
intérêt à cette histoire.

Vers la fin du XVIIIe siècle, la Science fut aussi profondément divisée par l'apparition de Mesmer [76], que l'Art
le fut par celle de Gluck. Après avoir retrouvé le magnétisme, Mesmer vint en France, où depuis un temps
immémorial les inventeurs accourent faire légitimer leurs
découvertes. La France, grâce à son langage clair, est
en quelque sorte la trompette du monde.

— Si l'homéopathie arrive à Paris, elle est sauvée,
disait dernièrement Hahnemann [77].

— Allez en France, disait M. de Metternich à Gall [78],
et, si l'on s'y moque de vos bosses, vous serez illustre.

Mesmer eut donc des adeptes et des antagonistes
aussi ardents que les piccinistes contre les gluckistes.
La France savante s'émut, un débat solennel s'ouvrit.
Avant l'arrêt, la Faculté de médecine proscrivit en masse
le prétendu charlatanisme de Mesmer, son baquet, ses
fils conducteurs et ses théories. Mais, disons-le, cet
Allemand compromit malheureusement sa magnifique
découverte par d'énormes prétentions pécuniaires.
Mesmer succomba par l'incertitude des faits, par l'ignorance du rôle que jouent dans la nature les fluides

impondérables alors inobservés, par son inaptitude à
rechercher les côtés d'une science à triple face. Le magnétisme a plus d'applications ; entre les mains de Mesmer,
il fut, par rapport à son avenir, ce que le principe est
aux effets. Mais, si le trouveur manqua de génie, il est
triste pour la raison humaine et pour la France d'avoir
à constater qu'une science contemporaine des sociétés,
également cultivée par l'Égypte et par la Chaldée, par
la Grèce et par l'Inde, éprouva dans Paris, en plein
XVIIIᵉ siècle, le sort qu'avait eu la vérité dans la personne
de Galilée au XVIᵉ, et que le magnétisme y fut repoussé
par les doubles atteintes des gens religieux et des philosophes matérialistes, également alarmés. Le magnétisme, la science favorite de Jésus et l'une des puissances
divines remises aux apôtres, ne paraissait pas plus prévu
par l'Église que par les disciples de Jean-Jacques et
de Voltaire, de Locke et de Condillac. L'Encyclopédie
et le Clergé ne s'accommodaient pas de ce vieux pouvoir
humain qui sembla si nouveau. Les miracles des convulsionnaires étouffés par l'Église et par l'indifférence des
savants, malgré les écrits précieux du conseiller Carré
de Montgeron [79], furent une première sommation de
faire des expériences sur les fluides humains qui donnent
le pouvoir d'opposer assez de forces intérieures pour
annuler les douleurs causées par des agents extérieurs.
Mais il aurait fallu reconnaître l'existence de fluides
intangibles, invisibles, impondérables, trois négations
dans lesquelles la science d'alors voulait voir une
définition du vide. Dans la philosophie moderne, le
vide n'existe pas. Dix pieds de vide, le monde croule !
Surtout pour les matérialistes, le monde est plein, tout
se tient, tout s'enchaîne et tout est machiné [80]. « Le
monde, disait Diderot, comme effet du hasard, est plus
explicable que Dieu. La multiplicité des causes et le
nombre incommensurable de jets que suppose le hasard
expliquent la création. Soient donnés l'*Énéide* et tous les
caractères nécessaires à sa composition, si vous m'offrez

le temps et l'espace, à force de jeter les lettres, j'atteindrai
la combinaison *Énéide* [81]. » Ces malheureux, qui déifiaient
tout plutôt que d'admettre un Dieu, reculaient aussi
devant la divisibilité infinie de la matière que comporte
la nature de forces impondérables. Locke et Condillac
ont alors retardé de cinquante ans l'immense progrès
que font en ce moment les sciences naturelles sous la
pensée d'unité due au [82] grand Geoffroy Saint-Hilaire [83].
Quelques gens droits, sans système, convaincus par des
faits consciencieusement étudiés, persévérèrent dans la
doctrine de Mesmer, qui reconnaissait en l'homme
l'existence d'une influence pénétrante, dominatrice
d'homme à homme, mise en œuvre par la volonté,
curative par l'abondance du fluide, et dont le jeu
constitue un duel entre deux volontés, entre un mal
à guérir et le vouloir de guérir. Les phénomènes du
somnambulisme, à peine soupçonnés par Mesmer,
furent dus à MM. de Puységur [84] et Deleuze [85]; mais la
Révolution mit à ces découvertes un temps d'arrêt qui
donna gain de cause aux savants et aux railleurs. Parmi
le petit nombre des croyants se trouvèrent des médecins.
Ces dissidents furent, jusqu'à leur mort, persécutés
par leurs confrères. Le corps respectable des médecins
de Paris déploya contre les mesmériens les rigueurs
des guerres religieuses, et fut aussi cruel dans sa haine
contre eux qu'il était possible de l'être dans ce temps
de tolérance voltairienne. Les docteurs orthodoxes
refusaient de consulter avec les docteurs qui tenaient
pour l'hérésie mesmérienne. En 1820, ces prétendus
hérésiarques étaient encore l'objet de cette proscription
sourde. Les malheurs, les orages de la Révolution
n'éteignirent pas cette haine scientifique. Il n'y a que
les prêtres, les magistrats et les médecins pour haïr
ainsi. La robe est toujours terrible. Mais aussi les idées
ne seraient-elles pas plus implacables que les choses ?
Le docteur Bouvard [86], ami de Minoret, donna dans la
foi nouvelle, et persévéra jusqu'à sa mort dans la

science à laquelle il avait sacrifié le repos de sa vie, car il fut l'une des *bêtes noires* de la Faculté de Paris. Minoret, l'un des plus vaillants soutiens des encyclopédistes, le plus redoutable adversaire de Deslon [87], le prévôt de Mesmer, et dont la plume fut d'un poids énorme dans cette querelle, se brouilla sans retour avec son camarade; mais il fit plus, il le persécuta. Sa conduite avec Bouvard devait lui causer le seul repentir qui pût troubler la sérénité de son déclin. Depuis la retraite du docteur Minoret à Nemours, la science des fluides impondérables, seul nom qui convienne au magnétisme si étroitement lié, par la nature de ses phénomènes, à la lumière et à l'électricité, faisait d'immenses progrès, malgré les continuelles railleries de la science parisienne. La phrénologie et la physiognomonie, la science de Gall et celle de Lavater [88], qui sont jumelles, dont l'une est à l'autre ce que la cause est à l'effet, démontraient aux yeux de plus d'un physiologiste les traces du fluide insaisissable, base des phénomènes de la volonté humaine, et d'où résultent les passions, les habitudes, les formes du visage et celles du crâne. Enfin, les faits magnétiques, les miracles du somnambulisme, ceux de la divination et de l'extase, qui permettent de pénétrer dans le monde spirituel, s'accumulaient. L'histoire étrange des apparitions du fermier Martin [89] si bien constatées, et l'entrevue de ce paysan avec Louis XVIII; la connaissance des relations de Swedenborg [90] avec les morts, si sérieusement établie en Allemagne, les récits [91] de Walter Scott sur les effets de la *seconde vue*, l'exercice des prodigieuses facultés de quelques *diseurs de bonne aventure* qui confondent en une seule science la chiromancie, la cartomancie et l'horoscopie; les faits de catalepsie et ceux de la mise en œuvre des propriétés du diaphragme par certaines affections morbides; ces phénomènes au moins curieux, tous émanés de la même source, sapaient bien des doutes, emmenaient les plus indifférents sur le terrain des expériences. Minoret ignorait ce mouvement

des esprits, si grand dans le nord de l'Europe, encore
si faible en France, où se passaient néanmoins de ces
faits qualifiés de merveilleux par les observateurs superficiels, et qui tombent, comme des pierres au fond de la
mer, dans le tourbillon des événements parisiens.

Au commencement de cette année, le repos de l'antimesmérien fut troublé par la lettre suivante :

« Mon vieux camarade,

« Toute amitié, même perdue, a des droits qui se prescri-
vent difficilement. Je sais que vous vivez encore, et je me
souviens moins de notre inimitié que de nos beaux jours
au taudis de Saint-Julien-le-Pauvre. Au moment de m'en
aller de ce monde, je tiens à vous prouver que le magnétisme
va constituer une des sciences les plus importantes, si
toutefois la science ne doit pas être *une*. Je puis foudroyer
votre incrédulité par des preuves positives. Peut-être devrai-
je à votre curiosité le bonheur de vous serrer encore une fois
la main, comme nous nous la serrions avant Mesmer.

« Toujours à vous.

« BOUVARD. »

Piqué comme l'est un lion par un taon, l'antimesmérien bondit jusqu'à Paris et mit sa carte chez le vieux
Bouvard, qui demeurait rue Férou, près de Saint-
Sulpice. Bouvard lui mit une carte à son hôtel, en lui
écrivant [92] : « Demain, à neuf heures, rue Saint-Honoré,
en face de l'Assomption [93]. » Minoret, redevenu jeune,
ne dormit pas. Il alla voir les vieux médecins de sa
connaissance, et leur demanda si le monde était bouleversé, si la médecine avait une École, si les quatre
Facultés vivaient encore. Les médecins le rassurèrent
en lui disant que le vieil esprit de résistance existait;
seulement, au lieu de persécuter, l'Académie de médecine et l'Académie des sciences pouffaient de rire en
rangeant les faits magnétiques parmi les surprises de
Comus [94], de Comte [95], de Bosco [96], dans les jongleries,

la prestidigitation et ce qu'on nomme la physique
amusante. Ces discours n'empêchèrent point le vieux
Minoret d'aller au rendez-vous que lui donnait le vieux
Bouvard.

Après quarante-quatre années d'inimitié, les deux
antagonistes se revirent sous une porte cochère de la
rue Saint-Honoré. Les Français sont trop continuel-
lement distraits pour se haïr pendant longtemps. A
Paris surtout, les faits étendent trop l'espace et font en
politique, en littérature et en science la vie trop vaste
pour que les hommes n'y trouvent pas des pays à conquérir où leurs prétentions peuvent régner à l'aise. La haine
exige tant de forces toujours armées, que l'on s'y met
à plusieurs quand on veut haïr pendant longtemps.
Aussi les corps peuvent-ils seuls y avoir de la mémoire.
Après quarante-quatre ans, Robespierre et Danton
s'embrasseraient. Cependant, chacun des deux docteurs
garda sa main sans l'offrir. Bouvard le premier dit à
Minoret :

— Tu te portes à ravir.

— Oui, pas mal, et toi ? répondit Minoret, une fois
la glace rompue.

— Moi, comme tu vois.

— Le magnétisme empêche-t-il de mourir ? demanda
Minoret d'un ton plaisant, mais sans aigreur.

— Non, mais il a failli m'empêcher de vivre.

— Tu n'es donc pas riche ? fit Minoret.

— Bah ! dit Bouvard.

— Eh bien, je suis riche, moi, s'écria Minoret.

— Ce n'est pas à ta fortune, c'est à ta conviction que
j'en veux. Viens, répondit Bouvard.

— Oh ! l'entêté ! s'écria Minoret.

Le mesmérien entraîna l'incrédule dans un escalier
assez obscur, et le lui fit monter avec précaution jusqu'au
quatrième étage.

En ce moment, se produisait à Paris un homme extraordinaire, doué par la foi d'une incalculable puissance, et

disposant des pouvoirs magnétiques dans toutes leurs applications. Non seulement ce grand inconnu, qui vit encore, guérissait par lui-même à distance les maladies les plus cruelles, les plus invétérées, soudainement et radicalement, comme jadis le Sauveur des hommes; mais encore il produisait instantanément les phénomènes les plus curieux du somnambulisme en domptant les volontés les plus rebelles. La physionomie de cet inconnu, qui dit ne relever que de Dieu et communiquer avec les anges, comme Swedenborg, est celle du lion; il y éclate une énergie concentrée, irrésistible. Ses traits, singulièrement contournés, ont un aspect terrible et foudroyant; sa voix, qui vient des profondeurs de l'être, est comme chargée du fluide magnétique, elle entre en l'auditeur par tous les pores. Dégoûté de l'ingratitude publique après des milliers de guérisons, il s'est rejeté dans une impénétrable solitude, dans un néant volontaire. Sa toute-puissante main, qui a rendu des filles mourantes à leurs mères, des pères à leurs enfants éplorés, des maîtresses idolâtres à des amants ivres d'amour; qui a guéri les malades abandonnés par les médecins; qui faisait chanter des hymnes dans les synagogues, dans les temples et dans les églises par des prêtres de différents cultes ramenés tous au même Dieu par le même miracle; qui adoucissait les agonies aux mourants chez lesquels la vie était impossible; cette main souveraine, soleil de vie qui éblouissait les yeux fermés des somnambules, ne se lèverait pas pour rendre un héritier présomptif à une reine. Enveloppé dans le souvenir de ses bienfaits comme dans un suaire lumineux, il se refuse au monde et vit dans le ciel.

Mais, à l'aurore de son règne, surpris presque de son pouvoir, cet homme, dont le désintéressement a égalé la puissance, permettait à quelques curieux d'être témoins de ses miracles. Le bruit de cette renommée, qui fut immense et qui pourrait renaître demain, réveilla le docteur Bouvard sur le bord de la tombe. Le mesmérien, persécuté, put enfin voir les phénomènes les plus radieux de cette science, gardée en son cœur comme un trésor. Les malheurs de ce vieillard avaient ému le grand inconnu, qui lui donna quelques privilèges. Aussi Bouvard subissait-il, en montant l'escalier, les plaisanteries de son vieil antagoniste avec une joie malicieuse. Il ne lui répondit que par des « Tu vas voir ! tu vas voir ! » et par ces petits hochements de tête que se permettent les gens sûrs de leur fait.

Les deux docteurs entrèrent dans un appartement plus que modeste. Bouvard alla parler pendant un moment dans une chambre à coucher contiguë au salon où attendait Minoret, dont la défiance s'éveilla; mais Bouvard vint aussitôt le prendre et l'introduit dans cette chambre où se trouvaient le mystérieux swedenborgiste et une femme assise dans un fauteuil. Cette femme ne se leva point, et ne parut pas s'apercevoir de l'entrée des deux vieillards.

— Comment ! plus de baquet ? fit Minoret en souriant.

— Rien que le pouvoir de Dieu, répondit gravement le swedenborgiste, qui parut à Minoret être âgé de cinquante ans.

Les trois hommes s'assirent, et l'inconnu se mit à causer. On parla pluie et beau temps, à la grande surprise du vieux Minoret, qui se crut mystifié. Le swedenborgiste questionna le visiteur sur ses opinions scientifiques, et semblait évidemment prendre le temps de l'examiner.

— Vous venez ici en simple curieux, monsieur, dit-il enfin. Je n'ai pas l'habitude de prostituer une puissance qui, dans ma conviction, émane de Dieu; si j'en faisais un usage frivole ou mauvais elle pourrait m'être retirée. Néanmoins, il s'agit, m'a dit M. Bouvard, de changer une conviction contraire à la nôtre, et d'éclairer un savant de bonne foi : je vais donc vous satisfaire. Cette femme que vous voyez, dit-il en montrant l'inconnue, est dans le sommeil somnambulique. D'après les aveux

et les manifestations de tous les somnambules, cet état
constitue une vie délicieuse pendant laquelle l'être
intérieur, dégagé de toutes les entraves apportées à
l'exercice de ses facultés par la nature visible, se promène
dans le monde que nous nommons invisible, à tort. La
vue et l'ouïe s'exercent alors d'une manière plus parfaite que dans l'état dit *de veille*, et peut-être sans le
secours des organes qui sont la gaine de ces épées lumineuses appelées la vue et l'ouïe ! Pour l'homme mis dans
cet état, les distances et les obstacles matériels n'existent
pas, ou sont traversés par une vie qui est en nous, et
pour laquelle notre corps est un réservoir, un point
d'appui nécessaire, une enveloppe. Les termes manquent
pour des effets si nouvellement retrouvés; car aujour-
d'hui les mots *impondérable, intangible, invisible* n'ont
aucun sens relativement au fluide dont l'action est
démontrée par le magnétisme. La lumière est pondérable
par sa chaleur, qui, en pénétrant les corps, augmente
leur volume [97], et certes l'électricité n'est que trop tan-
gible. Nous avons condamné les choses, au lieu d'accuser l'imperfection de nos instruments.

— Elle dort ! dit Minoret en examinant la femme, qui
lui parut appartenir à la classe inférieure.

— Son corps est en quelque sorte annulé, répondit
le swedenborgiste. Les ignorants prennent cet état
pour le sommeil. Mais elle va vous prouver qu'il existe
un univers spirituel et que l'esprit n'y reconnaît point
les lois de l'univers matériel. Je l'enverrai dans la région
où vous voudrez qu'elle aille, à vingt lieues d'ici comme
en Chine : elle vous dira ce qui s'y passe.

— Envoyez-la seulement chez moi, à Nemours,
demanda Minoret.

— Je n'y veux être pour rien, répondit l'homme
mystérieux. Donnez-moi votre main; vous serez à la
fois acteur et spectateur, effet et cause.

Il prit la main de Minoret, que Minoret lui laissa
prendre; il la tint pendant un moment en paraissant se

recueillir, et de son autre main il saisit la main de la femme assise dans le fauteuil; puis il mit celle du docteur dans celle de la femme, en faisant signe au vieil incrédule de s'asseoir à côté de cette pythonisse sans trépied. Minoret remarqua dans les traits excessivement calmes de cette femme un léger tressaillement quand ils furent unis par le swedenborgiste; mais ce mouvement, quoique merveilleux dans ses effets, fut d'une grande simplicité.

— Obéissez à monsieur, lui dit ce personnage en étendant la main sur la tête de la femme, qui parut aspirer de lui la lumière et la vie, et songez que tout ce que vous ferez pour lui me plaira.

« Vous pouvez lui parler maintenant, dit il à Minoret.

— Allez à Nemours, rue des Bourgeois, chez moi, dit le docteur.

— Donnez-lui le temps, laissez votre main dans la sienne jusqu'à ce qu'elle vous prouve par ce qu'elle vous dira qu'elle y est arrivée, dit Bouvard à son ancien ami.

— Je vois une rivière, répondit la femme d'une voix faible en paraissant regarder en dedans d'elle-même avec une profonde attention, malgré ses paupières baissées. Je vois un joli jardin...

— Pourquoi entrez-vous par la rivière et par le jardin ? dit Minoret.

— Parce qu'elles y sont.

— Qui ?

— La jeune personne et la nourrice auxquelles vous pensez.

— Comment est le jardin ? demanda Minoret.

— En y entrant par le petit escalier qui descend sur la rivière, il se trouve à droite une longue galerie en briques dans laquelle je vois des livres, et terminée par un *cabajoutis* [98] orné de sonnettes en bois et d'œufs rouges. A gauche, le mur est revêtu d'un massif de plantes grimpantes, de la vigne vierge, du jasmin de Virginie. Au milieu se trouve un petit cadran solaire. Il y a beaucoup de pots de fleurs. Votre pupille examine

ses fleurs, les montre à sa nourrice, fait des trous avec
un plantoir et y met des graines... La nourrice ratisse
les allées... Quoique la pureté de cette jeune fille soit
celle d'un ange, il y a chez elle un commencement
d'amour, faible comme un crépuscule du matin.

— Pour qui ? demanda le docteur, qui jusqu'à présent n'entendait rien que personne ne pût lui dire sans
être somnambule. Il croyait toujours à de la jonglerie.

— Vous n'en savez rien, quoique vous ayez été
dernièrement assez inquiet quand elle est devenue femme,
dit-elle en souriant. Le mouvement de son cœur a suivi
celui de la nature **»**...

— Et c'est une femme du peuple qui parle ainsi ?
s'écria le vieux docteur.

— Dans cet état, toutes s'expriment avec une limpi-
dité particulière, répondit Bouvard.

— Mais qui Ursule aime-t-elle ?

— Ursule ne sait pas qu'elle aime, répondit avec un
petit mouvement de tête la femme; elle est bien trop
angélique pour connaître le désir ou quoi que ce soit
de l'amour; mais elle est occupée de lui, elle pense à lui,
elle s'en défend, elle y revient malgré sa volonté de
s'abstenir... Elle est au piano...

— Mais qui est-ce ?

— Le fils d'une dame qui demeure en face...

— Madame de Portenduère ?

— Portenduère, dites-vous ? reprit la somnambule;
je le veux bien. Mais il n'y a pas de danger, il n'est point
dans le pays.

— Se sont-ils parlé ? demanda le docteur.

— Jamais. Ils se sont regardés l'un l'autre. Elle le
trouve charmant. Il est en effet joli homme, il a bon
cœur. Elle l'a vu de sa croisée, ils se sont vus à l'église;
mais le jeune homme n'y pense plus.

— Son nom ?

— Ah ! pour vous le dire, il faut que je le lise ou
que je l'entende. Il se nomme Savinien, elle vient de

prononcer son nom : elle le trouve doux à prononcer;
elle a déjà regardé dans l'almanach le jour de sa fête,
elle y a fait un petit point rouge... des enfantillages ! Oh !
elle aimera bien, mais avec autant de pureté que de
force; elle n'est pas fille à aimer deux fois, et l'amour
teindra [100] son âme et la pénétrera si bien, qu'elle
repousserait tout autre sentiment.

— Où voyez-vous cela ?

— En elle. Elle saura souffrir; elle a de qui tenir,
car son père et sa mère ont bien souffert !

Ce dernier mot renversa le docteur, qui fut moins
ébranlé que surpris. Il n'est pas inutile de faire observer
qu'entre chaque phrase de la femme il s'écoulait de
dix à quinze minutes, pendant lesquelles son attention
se concentrait de plus en plus. On la voyait voyant !
son front présentait des aspects singuliers : il s'y peignait
des efforts intérieurs, il s'éclaircissait ou se contractait
par une puissance dont les effets n'avaient été remarqués
par Minoret que chez les mourants dans les instants où
ils sont doués du don de prophétie. Elle fit à plusieurs
reprises des gestes qui ressemblaient à ceux d'Ursule.

— Oh ! questionnez-la, reprit le mystérieux personnage en s'adressant à Minoret, elle vous dira les secrets
que vous pouvez seul connaître.

— Ursule m'aime ? reprit Minoret.

— Presque autant que Dieu, dit-elle avec un sourire.
Aussi est-elle bien malheureuse de votre incrédulité.
Vous ne croyez pas en Dieu, comme si vous pouviez
empêcher qu'il soit ! Sa parole emplit les mondes !
Vous causez ainsi les seuls tourments de cette pauvre
enfant. Tiens ! elle fait des gammes; elle voudrait être
encore meilleure musicienne qu'elle ne l'est, elle se
dépite. Voici ce qu'elle pense : Si je chantais bien, si
j'avais une belle voix, quand il sera chez sa mère, ma
voix irait bien jusqu'à son oreille.

Le docteur Minoret prit son portefeuille et nota
l'heure précise.

— Pouvez-vous me dire quelles sont les graines qu'elle a semées ?

— Du réséda, des pois de senteur, des balsamines...

— En dernier ?

— Des pieds d'alouette.

— Où est mon argent ?

— Chez votre notaire; mais vous le placez à mesure sans perdre un seul jour d'intérêt.

— Oui; mais où est l'argent que je garde à Nemours pour ma dépense du semestre ?

— Vous le mettez dans un grand livre relié en rouge intitulé « Pandectes de Justinien », tome II, entre les deux avant-derniers feuillets; le livre est au-dessus du buffet vitré, dans la case aux in-folio. Vous en avez toute une rangée. Vos fonds sont dans le dernier volume, du côté du salon. Tiens ! le tome III est avant le tome II. Mais vous n'avez pas d'argent, c'est des...

— Billets de mille francs ?... demanda le docteur.

— Je ne vois pas bien, ils sont pliés. Non, il y a deux billets de chacun cinq cents francs.

— Vous les voyez ?

— Oui.

— Comment sont-ils ?

— Il y en a un très jaune et vieux, l'autre blanc et presque neuf...

Cette dernière partie de l'interrogatoire foudroya le docteur Minoret. Il regarda Bouvard d'un air hébété; mais Bouvard et le swedenborgiste, familiarisés avec l'étonnement des incrédules, causaient à voix basse sans paraître ni surpris ni étonnés; Minoret les pria de lui permettre de revenir après le dîner. L'antimesmérien voulait se recueillir, se remettre de sa profonde terreur, pour éprouver de nouveau ce pouvoir immense, le soumettre à des expériences décisives, lui poser des questions dont la solution enlevât toute espèce de doute.

— Soyez ici à neuf heures, ce soir, dit l'inconnu; je reviendrai pour vous.

Le docteur Minoret était dans un état si violent, qu'il sortit sans saluer, suivi par Bouvard qui lui criait à distance :

— Eh bien ? eh bien ?

— Je me crois fou, Bouvard, répondit Minoret sur le pas de la porte cochère. Si la femme a dit vrai pour Ursule, comme il n'y a qu'Ursule au monde qui sache ce que cette sorcière m'a révélé, *tu auras raison.* Je voudrais avoir des ailes, aller à Nemours vérifier ses assertions. Mais je louerai une voiture et partirai ce soir à dix heures. Ah ! je perds la tête.

— Que deviendrais-tu donc si, connaissant depuis de longues années un malade incurable, tu le voyais guéri en cinq secondes ! Si tu voyais ce grand magnétiseur faire suer à torrents un dartreux, si tu le voyais faire marcher une petite maîtresse percluse ?

— Dînons ensemble, Bouvard, et ne nous quittons pas jusqu'à neuf heures. Je veux chercher une expérience décisive, irrécusable.

— Soit, mon vieux camarade, répondit le docteur mesmérien.

VII

LA DOUBLE CONVERSION

Les deux ennemis, réconciliés, allèrent dîner au Palais-Royal. Après une conversation animée, à l'aide de laquelle Minoret trompa la fièvre d'idées qui lui ravageait la cervelle, Bouvard lui dit :

— Si tu reconnais à cette femme la faculté d'anéantir ou de traverser l'espace, si tu acquiers la certitude que, de l'Assomption, elle entend et voit ce qui se dit et se fait à Nemours, il faut admettre tous les autres effets magnétiques, ils sont pour un incrédule tout aussi impossibles que ceux-là. Demande-lui donc une seule preuve qui te satisfasse, car tu peux croire que nous nous sommes procuré tous ces renseignements; mais nous ne pouvons pas savoir, par exemple, ce qui va se passer à neuf heures, dans ta maison, dans la chambre de ta pupille : retiens ou écris ce que la somnambule va voir ou entendre, et cours chez toi. Cette petite Ursule, que je ne connaissais point, n'est pas notre complice; et, si elle a dit ou fait ce que tu auras en écrit, baisse la tête, fier Sicambre !

Les deux amis revinrent dans la chambre, et y trouvèrent la somnambule, qui ne reconnut pas le docteur Minoret. Les yeux de cette femme se fermèrent doucement sous la main que le swedenborgiste étendit sur elle à distance, et elle reprit l'attitude dans laquelle Minoret l'avait vue avant le dîner. Quand la main de la femme et celle du docteur furent mises en rapport, il la pria de lui dire tout ce qui se passait chez lui, à Nemours, en ce moment.

— Que fait Ursule ? dit-il.

— Elle est déshabillée, elle a fini de mettre ses papillotes, elle est à genoux sur son prie-Dieu, devant un crucifix d'ivoire attaché sur un tableau de velours rouge.

— Que dit-elle ?

— Elle fait ses prières du soir, elle se recommande à Dieu, elle le supplie d'écarter de son âme les mauvaises pensées; elle examine sa conscience et repasse ce qu'elle a fait dans la journée, afin de savoir si elle a manqué à ses commandements ou à ceux de l'Église. Enfin elle épluche son âme, pauvre chère petite créature ! (La somnambule eut les yeux mouillés.) Elle n'a pas commis de péché, mais elle se reproche d'avoir trop pensé à M. Savinien, reprit-elle. Elle s'interrompt pour se demander ce qu'il fait à Paris, et prie Dieu de le rendre heureux. Elle finit par vous et dit à haute voix une prière.

— Pouvez-vous la répéter ?

— Oui.

Minoret prit son crayon et écrivit, sous la dictée de la somnambule, la prière suivante, évidemment composée par l'abbé Chaperon :

« Mon Dieu, si vous êtes content de votre servante, qui vous adore et vous prie avec autant d'amour que de ferveur, qui tâche de ne point s'écarter de vos saints commandements, qui mourrait avec joie comme votre Fils pour glorifier votre nom, qui voudrait vivre dans votre ombre, vous enfin qui lisez dans les cœurs, faites-moi la faveur de dessiller les yeux de mon parrain, de le mettre dans la voie du salut et de lui communiquer votre grâce afin qu'il vive en vous ses derniers jours; préservez-le de tout mal et faites-moi souffrir en sa place ! Bonne sainte Ursule, ma chère patronne, et vous, divine Mère de Dieu, reine du Ciel, archanges et saints du paradis, écoutez-moi, joignez vos intercessions aux miennes et prenez pitié de nous. »

La somnambule imita si parfaitement les gestes
candides et les saintes inspirations de l'enfant, que le
docteur Minoret eut les yeux pleins de larmes.
— Dit-elle encore quelque chose ? demanda Minoret.
— Oui.
— Répétez-le.
— *Ce cher parrain ! avec qui fera-t-il son trictrac à Paris ?*
Elle souffle son bougeoir, elle penche la tête et s'endort.
La voilà partie ! Elle est bien jolie dans son petit bonnet
de nuit.

Minoret salua le grand inconnu, serra la main à
Bouvard, descendit avec rapidité, courut à une station
de cabriolets bourgeois qui existait alors sous la porte
d'un hôtel depuis démoli pour faire place à la rue
d'Alger [101]; il y trouva un cocher et lui demanda s'il
consentait à partir sur-le-champ pour Fontainebleau.
Une fois le prix fait et accepté, le vieillard, redevenu
jeune, se mit en route à l'instant. Suivant sa convention,
il laissa reposer le cheval à Essonne, atteignit la diligence de Nemours, y trouva de la place, et congédia
son cocher. Arrivé chez lui vers cinq heures du matin, il
se coucha dans les ruines de toutes ses idées antérieures
sur la physiologie, sur la nature, sur la métaphysique, et
dormit jusqu'à neuf heures, tant il était fatigué de sa
course.

A son réveil, certain que, depuis son retour, personne
n'avait franchi le seuil de sa maison, le docteur procéda,
non sans une invincible terreur, à la vérification des
faits. Il ignorait lui-même la différence des deux billets
de banque et l'interversion des deux volumes des
« Pandectes ». La somnambule avait bien vu. Il sonna la
Bougival.
— Dites à Ursule de venir me parler, dit-il en
s'asseyant au milieu de sa bibliothèque.
L'enfant vint, elle courut à lui, l'embrassa; le docteur
la prit sur ses genoux, où elle s'assit en mêlant ses belles
touffes blondes aux cheveux blancs de son vieil ami.

— Vous avez quelque chose, mon parrain ?

— Oui, mais promets-moi, par ton salut, de répondre franchement, sans détour, à mes questions.

Ursule rougit jusque sur le front.

— Oh ! je ne te demanderai rien que tu ne puisses me dire, dit-il en continuant et voyant la pudeur du premier amour troubler la pureté jusqu'alors enfantine de ces beaux yeux.

— Parlez, mon parrain.

— Par quelle pensée as-tu fini tes prières du soir, hier, et à quelle heure les as-tu faites ?

— Il était neuf heures un quart, neuf heures et demie.

— Eh bien, répète-moi ta dernière prière.

La jeune fille espéra que sa voix communiquerait sa foi à l'incrédule; elle quitta sa place, se mit à genoux, joignit les mains avec ferveur; une lueur radieuse illumina son visage, elle regarda le vieillard et lui dit :

— Ce que je demandais hier à Dieu, je l'ai demandé ce matin, je le demanderai jusqu'à ce qu'il m'ait exaucée.

Puis elle répéta sa prière avec une nouvelle et plus puissante expression; mais, à son grand étonnement, son parrain l'interrompit en achevant la prière.

— Bien, Ursule, dit le docteur en reprenant sa filleule sur ses genoux. Quand tu t'es endormie la tête sur l'oreiller, n'as-tu pas dit en toi-même : « Ce cher parrain ! avec qui fera-t-il son trictrac à Paris ? »

Ursule se leva comme si la trompette du jugement dernier eut éclaté à ses oreilles : elle jeta un cri de terreur; ses yeux agrandis regardaient le vieillard avec une horrible fixité.

— Qui êtes-vous, mon parrain ? De qui tenez-vous une pareille puissance ? lui demanda-t-elle en imaginant que, pour ne pas croire en Dieu, il devait avoir fait un pacte avec l'ange de l'enfer.

— Qu'as-tu semé hier dans le jardin ?

— Du réséda, des pois de senteur, des balsamines.

— Et en dernier des pieds d'alouette ?

86 URSULE MIROUET

Elle tomba sur ses genoux.

— Ne m'épouvantez pas, mon parrain; mais vous étiez ici, n'est-ce pas ?

— Ne suis-je pas toujours avec toi ? répondit le docteur en plaisantant pour respecter la raison de cette innocente fille. Allons dans ta chambre.

Il lui donna le bras et monta l'escalier.

— Vos jambes tremblent, mon bon ami, dit-elle.

— Oui, je suis comme foudroyé.

— Croiriez-vous donc enfin en Dieu ? s'écria-t-elle avec une joie naïve en laissant voir des larmes dans ses yeux.

Le vieillard regarda la chambre si simple et si coquette qu'il avait arrangée pour Ursule. A terre, un tapis vert uni, peu coûteux, qu'elle maintenait dans une exquise propreté; sur les murs, un papier gris de lin semé de roses avec leurs feuilles vertes; aux fenêtres, qui avaient vue sur la cour, des rideaux de calicot ornés d'une bande d'étoffe rose; entre les deux croisées, sous une haute glace longue, une console en bois doré couverte d'un marbre, sur laquelle était un vase bleu de Sèvres où elle mettait des bouquets; et, en face de la cheminée, une petite commode d'une charmante marqueterie et à dessus de marbre dit brèche d'Alep [102]. Le lit, en vieille perse et à rideaux de perse doublés de rose, était un de ces lits à la duchesse si communs au XVIIIe siècle et qui avait pour ornements une touffe de plumes sculptée au-dessus des quatre colonnettes cannelées de chaque angle. Une vieille pendule, enfermée dans une espèce de monument en écaille incrustée d'arabesques en ivoire, décorait la cheminée, dont le chambranle et les flambeaux de marbre, dont la glace et son trumeau à peinture en grisaille offraient un remarquable ensemble de ton, de couleur et de manière. Une grande armoire, dont les battants offraient des paysages faits avec différents bois, dont quelques-uns avaient des teintes vertes et qui ne se trouvent plus dans le commerce contenait sans doute son linge et ses robes. Il respirait dans cette chambre un parfum du ciel. L'exact arrangement des choses attestait un esprit d'ordre, un sens de l'harmonie qui certes aurait saisi tout le monde, même un Minoret-Levrault. On voyait surtout combien les choses qui l'environnaient étaient chères à Ursule et combien elle se plaisait dans une chambre qui tenait, pour ainsi dire, à toute sa vie d'enfant et de jeune fille. En passant tout en revue par maintien, le tuteur s'assurait que, de la chambre d'Ursule, on pouvait voir chez Mᵐᵉ de Portenduère. Pendant la nuit, il avait médité sur la conduite qu'il devait tenir avec Ursule relativement au secret surpris de cette passion naissante. Un interrogatoire le compromettrait vis-à-vis de sa pupille. Ou il approuverait ou il désapprouverait cet amour : dans les deux cas, sa position devenait fausse. Il avait donc résolu d'examiner la situation respective du jeune Portenduère et d'Ursule pour savoir s'il devait combattre ce penchant avant qu'il fût irrésistible [103]. Un vieillard pouvait seul déployer tant de sagesse. Encore pantelant sous les atteintes de la vérité des faits magnétiques, il tournait sur lui-même et regardait les moindres choses de cette chambre, il voulait jeter un coup d'œil sur l'almanach suspendu au coin de la cheminée.

— Ces vilains flambeaux sont trop lourds pour tes jolies menottes, dit-il en prenant les chandeliers en marbre ornés de cuivre.

Il les soupesa, regarda l'almanach, le prit et dit :

— Ceci me semble bien laid aussi. Pourquoi gardes-tu cet almanach de facteur dans une si jolie chambre ?

— Oh ! laissez-le-moi, mon parrain.

— Non, tu en auras un autre demain.

Il descendit en emportant cette pièce de conviction, s'enferma dans son cabinet, chercha saint Savinien, et trouva, comme l'avait dit la somnambule, un petit point rouge devant le 19 octobre; il en vit [104] également-

ment un en face du jour de saint Denis, son patron à
lui, et devant saint Jean, le patron du curé. Ce point,
gros comme la tête d'une épingle, la femme endormie
l'avait aperçu malgré la distance et les obstacles. Le
vieillard médita jusqu'au soir sur ces événements,
plus immenses encore pour lui que pour tout autre.
Il fallait se rendre à l'évidence. Une forte muraille
s'écroula pour ainsi dire, en lui-même, car il vivait
appuyé sur deux bases : son indifférence en matière de
religion et sa négation du magnétisme. En prouvant
que les sens, construction purement physique, organes
dont tous les effets s'expliquaient, étaient terminés par
quelques-uns des attributs de l'infini, le magnétisme
renversait ou du moins lui paraissait renverser la puissante argumentation de Spinosa : l'infini et le fini,
deux éléments, incompatibles selon ce grand homme,
se trouvaient l'un dans l'autre. Quelque puissance qu'il
accordât à la divisibilité, à la mobilité de la matière, il
ne pouvait pas lui reconnaître des qualités quasi divines.
Enfin il était devenu trop vieux pour rattacher ces phénomènes à un système, pour les comparer à ceux du
sommeil, de la vision, de la lumière. Toute sa science,
basée sur les assertions de l'école de Locke et Condillac,
était en ruine. En voyant ses creuses idoles en pièces,
nécessairement son incrédulité chancelait. Ainsi tout
l'avantage, dans le combat de cette enfance catholique
contre cette vieillesse voltairienne, allait être à Ursule.
Dans ce fort démantelé, sur ces ruines ruisselait une
lumière. Du sein de ces décombres éclatait la voix de la
prière ! Néanmoins, l'obstiné vieillard chercha querelle
à ses doutes. Encore qu'il fût atteint au cœur, il ne se
décidait pas, il luttait toujours contre Dieu. Cependant,
son esprit parut vacillant, il ne fut plus le même. Devenu
songeur outre mesure, il lisait les Pensées de Pascal,
il lisait la sublime Histoire des Variations de Bossuet,
il lisait Bonald, il lut saint Augustin; il voulut aussi
parcourir les œuvres de Swedenborg et de feu Saint-

Martin [105] desquels lui avait parlé l'homme mystérieux.
l'édifice bâti chez cet homme par le matérialisme cra-
quait de toutes parts, il ne fallait plus qu'une secousse;
et, quand son cœur fut mûr pour Dieu, il tomba dans
la vigne céleste comme tombent les fruits. Plusieurs fois
déjà, le soir, en jouant avec le curé, sa filleule à côté
d'eux, il avait fait des questions qui, relativement à ses
opinions, paraissaient singulières à l'abbé Chaperon,
ignorant encore du travail intérieur par lequel Dieu
redressait cette belle conscience.

— Croyez-vous aux apparitions ? demanda l'incrédule à son pasteur en interrompant la partie.

— Cardan [106], un grand philosophe du XVIᵉ siècle,
a dit en avoir eu, répondit le curé.

— Je connais toutes celles qui ont occupé les savants,
je viens de relire Plotin [107]. Je vous interroge en ce
moment comme catholique et vous demande si vous
pensez que l'homme mort puisse revenir voir les vivants.

— Mais Jésus est apparu aux apôtres après sa mort,
reprit le curé. L'Église doit avoir foi dans les apparitions
de notre Sauveur. Quant aux miracles, nous n'en man-
quons pas, dit l'abbé Chaperon en souriant : voulez-
vous connaître le plus récent ? il a eu lieu pendant le
XVIIIᵉ siècle.

— Bah !

— Oui, le bienheureux Marie-Alphonse de Liguori
a su bien loin de Rome la mort du pape, au moment où
le saint-père expirait, et il y a de nombreux témoins
de ce miracle. Le saint évêque, entré en extase, entendit
les dernières paroles du souverain pontife et les répéta
devant plusieurs personnes. Le courrier chargé d'annoncer l'événement ne vint que trente heures après [108]...

— Jésuite ! répondit le vieux Minoret en plaisantant,
je ne vous demande pas de preuves, je vous demande si
vous y croyez.

— Je crois que l'apparition dépend beaucoup de celui
qui la voit, dit le curé continuant à plaisanter l'incrédule.

— Mon ami, je ne vous tends pas de piège; que croyez-vous sur ceci ?

— Je crois la puissance de Dieu infinie, dit l'abbé.

— Quand je serai mort, si je me réconcilie avec Dieu, je le prierai de me laisser vous apparaître, dit le docteur en riant.

— C'est précisément la convention faite entre Cardan et son ami, répondit le curé.

— Ursule, dit Minoret, si jamais un danger te menaçait, appelle-moi, je viendrai.

— Vous venez de dire en un seul mot la touchante élégie intitulée *Néère*, d'André Chénier [109], répondit le curé. Mais les poètes ne sont grands que parce qu'ils savent revêtir les faits ou les sentiments d'images éternellement vivantes.

— Pourquoi parlez-vous de votre mort, mon cher parrain ? dit d'un ton douloureux la jeune fille; nous ne mourons pas, nous autres chrétiens, notre tombe est le berceau de notre âme.

— Enfin, dit le docteur en souriant, il faut bien s'en aller de ce monde, et, quand je n'y serai plus, tu seras bien étonnée de ta fortune.

— Quand vous ne serez plus, mon bon ami, ma seule consolation sera de vous consacrer ma vie.

— A moi, mort ?

— Oui. Toutes les bonnes œuvres que je pourrai faire seront faites en votre nom pour racheter vos fautes. Je prierai Dieu tous les jours, afin d'obtenir de sa clémence infinie qu'il ne punisse pas éternellement les erreurs d'un jour, et qu'il mette près de lui, parmi les âmes des bienheureux, une âme aussi belle, aussi pure que la vôtre.

Cette réponse, dite avec une candeur angélique, prononcée d'un accent plein de certitude, confondit l'erreur et convertit Denis Minoret à la façon de saint Paul. Un rayon de lumière intérieure l'étourdit, en même temps que cette tendresse, étendue sur sa vie à venir, lui fit

venir les larmes aux yeux. Ce subit effet de la grâce
eut quelque çhose d'électrique. Le curé joignit les mains
et se leva troublé. La petite, surprise de son triomphe,
pleura. Le vieillard se dressa comme si quelqu'un l'eût
appelé, regarda dans l'espace comme s'il y voyait une
aurore; puis il fléchit le genou sur son fauteuil, joignit
les mains et baissa les yeux vers la terre en homme profondément humilié.

— Mon Dieu ! dit-il d'une voix émue en relevant
son front, si quelqu'un peut obtenir ma grâce et m'amener vers toi, n'est-ce pas cette créature sans tache ?
Pardonne à cette vieillesse repentie que cette glorieuse
enfant te présente !

Il éleva mentalement son âme à Dieu, le priant d'achever de l'éclairer par sa science après l'avoir foudroyé
de sa grâce; il se tourna vers le curé et, lui tendant la
main :

— Mon cher pasteur, je redeviens petit, je vous appar-
tiens et vous livre mon âme.

Ursule couvrit de larmes joyeuses les mains de son
parrain en les lui baisant. Le vieillard prit cette enfant
sur ses genoux et la nomma gaiement sa marraine. Le
curé tout attendri récita le *Veni, Creator*, dans une
sorte d'effusion religieuse. Cette hymne servit de prière
du soir à ces trois chrétiens agenouillés.

— Qu'y a-t-il ? demanda la Bougival étonnée.

— Enfin ! mon parrain croit en Dieu, répondit
Ursule.

— Ah ! ma foi, tant mieux; il ne lui manquait que
ça pour être parfait, s'écria la vieille Bressane en se
signant avec une naïveté sérieuse.

— Cher docteur, dit le bon prêtre, vous aurez compris bientôt les grandeurs de la religion et la nécessité
de ses pratiques; vous trouverez sa philosophie, dans ce
qu'elle a d'humain, bien plus élevée que celle des esprits
les plus audacieux.

Le curé, qui manifestait une joie presque enfantine,

convint alors de catéchiser ce vieillard en conférant
avec lui deux fois par semaine. Ainsi, la conversion
attribuée à Ursule et à un esprit de calcul sordide fut
spontanée. Le curé, qui s'était abstenu pendant quatorze
années de toucher aux plaies de ce cœur, tout en les
déplorant, avait été sollicité comme on va quérir le
chirurgien en se sentant blessé. Depuis cette scène,
tous les soirs, les prières prononcées par Ursule avaient
été faites en commun. De moment en moment, le vieillard avait senti la paix succédant en lui-même aux
agitations. En ayant, comme il le disait, Dieu pour
éditeur responsable des choses inexplicables, son esprit
était à l'aise. Sa chère enfant lui répondait qu'il se
voyait bien à ceci qu'il avançait dans le royaume de
Dieu. Pendant la messe, il venait de lire les prières
en y appliquant son entendement, car il s'était élevé
dans une première conférence à la divine idée de la
communion entre tous les fidèles. Ce vieux néophyte
avait compris le symbole éternel attaché à cette nourriture, et que la foi rend nécessaire quand il a été pénétré
dans son sens intime, profond, radieux. S'il avait paru
pressé de revenir au logis, c'était pour remercier sa
chère petite filleule de l'avoir fait entrer en religion,
selon la belle expression du temps passé. Aussi la tenait-
il sur ses genoux dans son salon, et la baisait-il sainte-
ment au front au moment où, salissant de leurs craintes
ignobles une si sainte influence, ses héritiers collatéraux
prodiguaient à Ursule les outrages les plus grossiers.
L'empressement du bonhomme à rentrer chez lui,
son prétendu dédain pour ses proches, ses mordantes
réponses au sortir de l'église, étaient naturellement
attribués par chacun des héritiers à la haine qu'Ursule
lui inspirait contre eux.

VIII

DOUBLE CONSULTATION

Pendant que la filleule jouait à son parrain des variations sur la *Dernière Pensée* de Weber, il se tramait dans la salle à manger de la maison Minoret-Levrault un honnête complot qui devait avoir pour résultat d'amener sur la scène un des principaux personnages de ce drame. Le déjeuner, bruyant comme tous les déjeuners de province, et animé par d'excellents vins qui arrivent à Nemours par le canal, soit de la Bourgogne, soit de la Touraine, dura plus de deux heures. Zélie avait fait venir du coquillage, du poisson de mer et quelques raretés gastronomiques, afin de fêter le retour de Désiré.

La salle à manger, au milieu de laquelle la table ronde offrait un spectacle réjouissant, avait l'air d'une salle d'auberge. Satisfaite de la grandeur de ses communs, Zélie s'était bâti un pavillon entre sa vaste cour et son jardin cultivé en légumes, plein d'arbres fruitiers. Tout, chez elle, était seulement propre et solide. L'exemple de Levrault-Levrault avait été terrible pour le pays. Aussi [110] défendit-elle à son maître architecte de la jeter dans de pareilles sottises. Cette salle était donc tendue d'un papier verni, garnie de chaises en noyer, de buffets en noyer, ornée d'un poêle en faïence, d'un cartel et d'un baromètre. Si la vaisselle était en porcelaine blanche commune, la table brillait par le linge et par une argenterie abondante. Une fois le café servi par Zélie, qui allait et venait comme un grain de plomb dans une bouteille de vin de Champagne, car elle se

contentait d'une cuisinière; quand Désiré, le futur
avocat, eut été mis au fait du grand événement de la
matinée et de ses conséquences, Zélie ferma la porte,
et la parole fut donnée au notaire Dionis. Par le silence
qui se fit, et par les regards que chaque héritier attacha
sur cette face authentique, il était facile de reconnaître
l'empire que ces hommes exercent sur les familles.

— Mes chers enfants, dit-il, votre oncle, étant né
en 1746, a ses quatre-vingt-trois ans aujourd'hui;
or, les vieillards sont sujets à des folies, et cette petite...

— Vipère ! s'écria Mme Massin.

— Misérable ! dit Zélie.

— Ne l'appelons que par son nom, reprit Dionis.

— Eh bien, c'est une voleuse, dit Mme Crémière.

— Une jolie voleuse, répliqua Désiré Minoret.

— Cette petite Ursule, reprit Dionis, lui tient au
cœur. Je n'ai pas attendu, dans l'intérêt de vous tous,
qui êtes mes clients, à ce matin pour prendre des renseignements, et voici ce que je sais sur cette jeune...

— Spoliatrice ! s'écria le receveur.

— Captatrice de succession ! dit le greffier.

— Chut, mes amis, dit le notaire, ou je prends mon
chapeau, je vous laisse, et bonsoir.

— Allons, papa, s'écria Minoret en lui versant un petit
verre de rhum, prenez !... il est de Rome même. Et
allez, il y a cent sous de guides.

— Ursule est, il est vrai, la fille légitime de Joseph
Mirouët; mais son père est le fils naturel de Valentin
Mirouët, beau-père de votre oncle. Ursule est donc la
nièce naturelle du docteur Denis Minoret. Comme
nièce naturelle, le testament que ferait le docteur en
sa faveur serait peut-être attaquable; et, s'il lui laisse
ainsi sa fortune, vous intenteriez à Ursule un procès
assez mauvais pour vous, car on ne peut soutenir qu'il
n'existe aucun lien de parenté entre Ursule et le docteur;
mais ce procès effrayerait certes une jeune fille [111] sans
défense et donnerait lieu à quelque transaction.

— La rigueur de la loi est si grande sur les droits des enfants naturels, dit le licencié de fraîche date, jaloux de montrer son savoir, qu'aux termes d'un arrêt de la cour de cassation du 7 juillet 1817 l'enfant naturel ne peut rien réclamer de son *aïeul naturel*, pas même des aliments. Ainsi vous voyez qu'on a étendu la *parenté* de l'enfant naturel [112]. La loi poursuit l'enfant naturel jusque dans sa descendance légitime, car elle suppose que les libéralités faites aux petits-enfants s'adressent au fils naturel par *interposition* de personne. Ceci résulte des articles 757, 908 et 911 du Code civil rapprochés. Aussi la cour royale de Paris, le 26 décembre de l'année dernière, a-t-elle réduit un legs fait à l'enfant légitime du fils naturel par l'aïeul, qui, certes, en tant qu'aïeul, était aussi étranger pour le petit-fils naturel que le docteur, en tant qu'oncle, peut l'être [113] relativement à Ursule.

— Tout cela, dit Goupil, ne me paraît concerner que la question des libéralités faites par les aïeux à la descendance naturelle; il ne s'agit pas du tout des oncles, qui ne me paraissent avoir aucun lien [114] de parenté avec les enfants légitimes de leurs beaux-frères naturels. Ursule est une étrangère pour le docteur Minoret. Je me souviens d'un arrêt de la cour royale de Colmar, rendu en 1825 pendant que j'achevais mon droit, et par lequel on a déclaré que, l'enfant naturel une fois décédé, sa descendance ne pouvait plus être l'objet d'une *interposition*. Or, le père d'Ursule est mort.

L'argumentation de Goupil produisit ce que, dans les comptes rendus des séances législatives, les journalistes désignent par ces mots : *(Profonde sensation.)*

— Qu'est-ce que cela signifie ? s'écria Dionis. Que le cas de libéralités faites par l'oncle d'un enfant naturel ne s'est pas encore présenté devant les tribunaux; mais, qu'il s'y présente, et la rigueur de la loi française envers les enfants naturels sera d'autant mieux appliquée, que nous sommes dans un temps où la religion est

honorée. Aussi puis-je répondre que, sur ce procès, il
y aurait transaction, surtout quand on vous saurait
déterminés à conduire Ursule jusqu'en cour de cassation.

Une joie d'héritiers trouvant des monceaux d'or
éclata par des sourires, par des haut-le-corps, par des
gestes autour de la table qui ne permirent pas d'apercevoir une dénégation de Goupil. Puis, à cet élan, le
profond silence et l'inquiétude succédèrent au premier
mot du notaire, mot terrible :

— Mais !...

Comme s'il eût tiré le fil d'un de ces petits théâtres
dont tous les personnages marchent par saccades au
moyen d'un rouage, Dionis vit alors tous les yeux
braqués sur lui, tous les visages ramenés à une pose
unique.

— Mais aucune loi ne peut empêcher votre oncle
d'adopter ou d'épouser Ursule [115], reprit-il. Quant à
l'adoption, elle serait contestée et vous auriez, je crois,
gain de cause : les Cours Royales ne badinent pas en
matière d'adoption, et vous seriez entendus dans
l'enquête. Le docteur a beau porter le cordon de Saint-
Michel [116], être officier de la Légion d'honneur et ancien
médecin de l'ex-empereur, il succomberait. Mais, si
vous êtes avertis en cas d'adoption, comment sauriez-
vous le mariage ? Le bonhomme est assez rusé pour
aller se marier à Paris après un an [117] de domicile, et
reconnaître à sa future, par le contrat, une dot d'un
million. Le seul acte qui mette votre succession en
danger est donc le mariage de la petite avec son oncle.

Ici, le notaire fit une pause.

— Il existe un autre danger, dit encore Goupil
d'un air capable, celui d'un testament fait à un tiers, le
père Bongrand, par exemple, qui aurait un fidéicommis
relatif à Mlle Ursule Mirouët.

— Si vous taquinez votre oncle, reprit Dionis en
coupant la parole à son maître clerc, si vous n'êtes
pas tous excellents pour Ursule, vous le pousserez soit

au mariage, soit au fidéicommis dont vous parle Goupil;
mais je ne le crois pas capable de recourir au fidéicommis, moyen dangereux. Quand au mariage, il est facile
de l'empêcher. Désiré n'a qu'à faire un doigt de cour à
la petite, elle préférera toujours un charmant jeune
homme, le coq de Nemours, à un vieillard.

— Ma mère, dit à l'oreille de Zélie le fils du maître
de poste, autant alléché par la somme que par la beauté
d'Ursule, si je l'épousais, nous aurions tout.

— Es-tu fou ? toi qui auras un jour cinquante mille
livres de rente et qui dois devenir député ! Tant que je
serai vivante, tu ne te casseras pas le cou par un sot
mariage. Sept cent mille francs ?... la belle poussée !
La fille unique à M. le maire aura cinquante mille francs
de rente, et m'a déjà été proposée...

Cette réponse, où pour la première fois de sa vie sa
mère lui parlait avec rudesse, éteignit en Désiré tout
espoir de mariage avec la belle Ursule [118], car son père
et lui ne l'emporteraient jamais sur la décision écrite
dans les terribles yeux bleus de Zélie.

— Eh ! mais, dites donc, monsieur Dionis, s'écria
Crémière, à qui sa femme avait poussé le coude, si le
bonhomme prenait la chose au sérieux et mariait sa
pupille à Désiré en lui donnant la nue propriété de toute
la fortune, adieu la succession ! Et qu'il vive encore
cinq ans, notre oncle aura bien un million.

— Jamais, s'écria Zélie, ni de ma vie ni de mes jours,
Désiré n'épousera la fille d'un bâtard, une fille prise
par charité, ramassée sur la place ! Vertu de chou !
mon fils doit représenter les Minoret à la mort de son
oncle, et les Minoret ont cinq cents ans de bonne
bourgeoisie. Cela vaut la noblesse. Soyez tranquilles
là-dessus : Désiré se mariera quand nous saurons ce qu'il
peut devenir à [119] la Chambre des Députés.

Cette hautaine déclaration fut appuyée par Goupil,
qui dit :

— Désiré, doté de vingt-quatre mille livres de rente,

deviendra ou Président de Cour Royale ou procureur général, ce qui mène à la pairie; et un sot mariage l'enfoncerait.

Les héritiers se parlèrent tous alors les uns aux autres; mais ils se turent au coup de poing que Minoret frappa sur la table pour maintenir la parole au notaire.

— Votre oncle est un brave et digne homme, reprit Dionis. Il se croit immortel; et, comme tous les gens d'esprit, il se laissera surprendre par la mort sans avoir testé. Mon opinion est donc pour le moment de le pousser à placer ses capitaux de manière à rendre votre dépossession difficile, et l'occasion s'en présente. Le petit Portenduère est à Sainte-Pélagie écroué pour cent et quelques mille francs de dettes [120]. Sa vieille mère le sait en prison, elle pleure comme une Madeleine et attend l'abbé Chaperon à dîner, sans doute pour causer avec lui de ce désastre. Eh bien, j'irai ce soir engager votre oncle à vendre ses rentes cinq pour cent consolidés, qui sont à cent dix-huit, et à prêter à Mme de Portenduère, sur sa ferme des Bordières et sur sa maison, la somme nécessaire pour dégager l'enfant prodigue. Je suis dans mon rôle de notaire en lui parlant pour ce petit niais de Portenduère, il est très naturel que je veuille lui faire déplacer ses rentes : j'y gagne des actes, des ventes, des affaires. Si je puis devenir son conseil, je lui proposerai d'autres placements en terre pour le surplus du capital, et j'en ai d'excellents à mon étude. Une fois sa fortune mise en propriétés foncières ou en créances hypothécaires dans le pays, elle ne s'envolera pas facilement. On peut toujours faire naître des embarras entre la volonté de réaliser et la réalisation.

Les héritiers, frappés de la justesse de cette argumentation, bien plus habile que celle de M. Josse [121], firent entendre des murmures approbatifs.

— Entendez-vous donc bien, dit le notaire en terminant, pour garder votre oncle à Nemours, où il a ses habitudes, où vous pourrez le surveiller. En donnant un amant à la petite, vous empêchez le mariage...

— Mais si le mariage se faisait ? dit Goupil, étreint par une pensée ambitieuse.

— Ce ne serait pas déjà si bête, car la perte serait chiffrée, on saurait ce que le bonhomme veut lui donner, répondit le notaire. Mais, si vous lui lâchez Désiré, il peut bien lambiner la petite jusqu'à la mort du bonhomme. Les mariages se font et se défont.

— Le plus court, dit Goupil, si le docteur doit vivre encore longtemps, serait de la marier à un bon garçon qui vous en débarrasserait en allant s'établir avec elle à Sens, à Montargis, à Orléans, avec cent mille francs.

Dionis, Massin, Zélie et Goupil, les seules têtes fortes de cette assemblée, échangèrent quatre regards remplis de pensées.

— Ce serait le ver dans la poire, dit Zélie à l'oreille de Massin.

— Pourquoi l'a-t-on laissé venir ? répondit le greffier.

— Ça t'irait ! cria Désiré à Goupil; mais pourrais-tu jamais te tenir assez proprement pour plaire au vieillard et à sa pupille ?

— Tu ne te frottes pas le ventre avec un panier, dit le maître de poste qui finit par comprendre l'idée de Goupil.

Cette grosse plaisanterie eut un succès prodigieux. Le maître clerc examina les rieurs par un regard circulaire si terrible, que le silence se rétablit aussitôt.

— Aujourd'hui, dit Zélie à l'oreille de Massin [111], les notaires ne connaissent que leurs intérêts; et, si Dionis allait, pour faire des actes, se mettre du côté d'Ursule ?

— Je suis sûr de lui, répondit le greffier en jetant à sa cousine un regard de ses petits yeux malicieux.

Il allait ajouter : « J'ai de quoi le perdre ! » mais il se retint.

— Je suis tout à fait de l'avis de Dionis, dit-il à haute voix.

— Et moi aussi, s'écria Zélie, qui cependant soupçonnait déjà le notaire d'une collusion d'intérêts avec le
greffier.

— Ma femme a voté ! dit le maître de poste en humant
un petit verre, quoique déjà sa face fût violacée par la
digestion du déjeuner et par une notable absorption
de liquides.

— C'est très bien, dit le percepteur.

— J'irai donc après le dîner ? reprit Dionis.

— Si M. Dionis a raison, dit Mme Crémière à
Mme Massin, il faut aller chez notre oncle comme autrefois, en soirée, tous les dimanches, et faire tout ce que
vient de nous dire M. Dionis.

— Oui, pour être reçus comme nous l'étions !
s'écria Zélie. Après tout, nous avons plus de quarante
bonnes mille livres de rente, et il a refusé toutes nos
invitations; nous le valons bien. Si je ne sais pas faire
des ordonnances, je sais mener ma barque, moi !

— Comme je suis loin d'avoir quarante mille livres
de rente, dit Mme Massin, un peu piquée, je ne me soucie
pas d'en perdre dix mille !

— Nous sommes ses nièces, nous le soignerons :
nous y verrons clair, dit Mme Crémière, et vous nous
en saurez gré quelque jour, cousine.

— Ménagez bien Ursule, le vieux bonhomme de
Jordy lui a laissé ses économies ! fit le notaire en levant
son index droit à la hauteur de sa lèvre.

— Je vais me mettre sur mon cinquante et un [123],
s'écria Désiré.

— Vous avez été aussi fort que Desroches, le plus
fort des avoués de Paris [124], dit Goupil à son patron
en sortant de la poste.

— Et ils discutent nos honoraires ! répondit le
notaire en souriant avec amertume.

Les héritiers, qui reconduisaient Dionis et son premier
clerc, se trouvèrent, le visage assez allumé par le déjeuner, tous, à la sortie des vêpres. Selon les prévisions du

notaire, l'abbé Chaperon donnait le bras à la vieille Mᵐᵉ de Portenduère.

— Elle l'a traîné à vêpres, s'écria Mᵐᵉ Massin en montrant à Mᵐᵉ Crémière Ursule et son parrain qui sortaient de l'église.

— Allons lui parler, dit Mᵐᵉ Crémière en s'avançant vers le vieillard.

Le changement que la conférence avait opéré sur tous ces visages surprit le docteur Minoret. Il se demanda la cause de cette amitié de commande, et, par curiosité, favorisa la rencontre d'Ursule et des deux femmes, empressées de la saluer avec une affection exagérée et des sourires forcés.

— Mon oncle, nous permettrez-vous de venir vous voir ce soir ? dit Mᵐᵉ Crémière. Nous avons cru quelquefois vous gêner; mais il y a bien longtemps que nos enfants ne vous ont rendu leurs devoirs, et voilà nos filles en âge de faire connaissance avec notre chère Ursule.

— Ursule est digne de son nom, répliqua le docteur, elle est très sauvage ¹²⁵.

— Laissez-nous l'apprivoiser, dit Mᵐᵉ Massin. Et puis, tenez, mon oncle, ajouta cette bonne ménagère en essayant de cacher ses projets sous un calcul d'économie, on nous a dit que votre chère filleule a un si beau talent sur le *forte*, que nous serions bien enchantées de l'entendre. Mᵐᵉ Crémière et moi, nous sommes assez disposées à prendre son maître pour nos petites; car, s'il avait sept ou huit élèves, il pourrait mettre les prix de ses leçons à la portée de nos fortunes...

— Volontiers, dit le vieillard, et cela se trouvera d'autant mieux que je veux aussi donner un maître de chant à Ursule.

— Eh bien, à ce soir, mon oncle; nous viendrons avec votre petit neveu Désiré, que voilà maintenant avocat.

— A ce soir, répondit Minoret, qui voulut pénétrer ces petites âmes.

Les deux nièces serrèrent la main d'Ursule en lui
disant avec une grâce affectée :

— Au revoir.

— Oh ! mon parrain, vous lisez donc dans mon cœur ?
s'écria Ursule en jetant au vieillard un regard plein de
remerciements.

— Tu as de la voix, dit-il. Et je veux te donner aussi
des maîtres de dessin et d'italien. Une femme, reprit
le docteur en regardant Ursule au moment où il ouvrait
la grille de sa maison, doit être élevée de manière à
se trouver à la hauteur de toutes les positions où son
mariage peut la mettre.

Ursule devint rouge comme une cerise : son tuteur
semblait penser à la personne à laquelle elle pensait
elle-même. En se sentant près d'avouer au docteur le
penchant involontaire qui la poussait à s'occuper de
Savinien et à lui rapporter tous ses désirs de perfection,
elle alla s'asseoir sous le massif de plantes grimpantes,
où, de loin, elle se détachait comme une fleur blanche et
bleue.

— Vous voyez bien, mon parrain, que vos nièces
sont bonnes pour moi; elles ont été gentilles, dit-elle
en le voyant venir et pour lui donner le change sur les
pensées qui la rendaient rêveuse.

— Pauvre petite ! s'écria le vieillard.

Il étala sur son bras la main d'Ursule, en la tapotant,
et l'emmena le long de la terrasse au bord de la rivière,
où personne ne pouvait les entendre.

— Pourquoi dites-vous : « Pauvre petite » ?

— Ne vois-tu pas qu'elles te craignent ?

— Et pourquoi ?

— Mes héritiers sont en ce moment tous inquiets
de ma conversion; ils l'ont sans doute attribuée à
l'empire que tu exerces sur moi, et s'imaginent que je
les frustrerai de ma succession pour t'enrichir.

— Mais ce ne sera pas ?... dit naïvement Ursule
en regardant son parrain.

— Oh ! divine consolation de mes vieux jours, dit le vieillard, qui enleva de terre sa pupille et la baisa sur les deux joues. C'est bien pour elle et non pour moi, mon Dieu, que je vous ai prié tout à l'heure de me laisser vivre jusqu'au jour où je l'aurai confiée à quelque bon être digne d'elle. Tu verras, mon petit ange, les comédies que les Minoret, les Crémière et les Massin vont venir jouer ici. Tu veux embellir et prolonger ma vie, toi ! Eux, ils ne pensent qu'à ma mort...

— Dieu nous défend de haïr; mais, si cela est... oh ! je les méprise bien ! fit Ursule.

— Le dîner ! cria la Bougival du haut du perron qui, du côté du jardin, se trouvait au bout du corridor.

Ursule et son tuteur étaient, au dessert, dans la jolie salle à manger décorée de peintures chinoises en façon de laque, la ruine de Levrault-Levrault, lorsque le juge de paix se présenta; le docteur lui offrit, telle était sa grande marque d'intimité, une tasse de son café Moka mélangé de café Bourbon et de café Martinique, brûlé, moulu [126], fait par lui-même, dans une cafetière d'argent dite à la Chaptal [127].

— Eh bien, dit Bongrand en relevant ses lunettes et regardant le vieillard d'un air narquois, la ville est en l'air ! Votre apparition à l'église a révolutionné vos parents ! Vous laissez votre fortune aux prêtres, aux pauvres ! Vous les avez remués, et ils se remuent, ah ! J'ai vu leur première émeute sur la place, ils étaient affairés comme des fourmis à qui on a pris leurs œufs.

— Que te disais-je, Ursule ? s'écria le vieillard. Au risque de te peiner, mon enfant, ne dois-je pas t'apprendre à connaître le monde et te mettre en garde contre des inimitiés imméritées ?

— Je voudrais vous dire un mot à ce sujet, reprit Bongrand, en saisissant cette occasion de parler à son vieil ami de l'avenir d'Ursule.

Le docteur mit un bonnet de velours noir sur sa tête

blanche, le juge de paix garda son chapeau pour se
garantir de la fraîcheur, et tous deux ils se promenèrent
le long de la terrasse en discutant les moyens d'assurer
à Ursule ce que son parrain voudrait lui donner. Le juge
de paix connaissait l'opinion de Dionis sur l'invalidité
d'un testament fait par le docteur en faveur d'Ursule,
car Nemours se préoccupait trop de la succession Minoret pour que cette question n'eût pas été agitée entre
les jurisconsultes de la ville. Bongrand avait décidé
qu'Ursule Mirouët était une étrangère à l'égard du
docteur Minoret, mais il sentait bien que l'esprit de la
législation repoussait de la famille les superfétations
illégitimes. Les rédacteurs du Code n'avaient prévu
que la faiblesse des pères et des mères pour les enfants
naturels, sans imaginer que des oncles ou des tantes
épouseraient la tendresse de l'enfant naturel en faveur
de sa descendance. Évidemment, il se rencontrait une
lacune dans la loi.

— En tout autre pays, dit-il au docteur en achevant
de lui exposer l'état de la jurisprudence que Goupil,
Dionis et Désiré venaient d'expliquer aux héritiers,
Ursule n'aurait rien à craindre; elle est fille légitime,
et l'incapacité de son père ne devrait avoir d'effet qu'à
l'égard de la succession de Valentin Mirouët, votre
beau-père; mais, en France, la magistrature est malheureusement très spirituelle et conséquentielle, elle
recherche l'esprit de la loi. Des avocats parleront morale
et démontreront que la lacune du Code vient de la
bonhomie des législateurs qui n'ont pas prévu le cas,
mais qui n'en ont pas moins établi un principe. Le procès
sera long et dispencieux. Avec Zélie, on irait jusqu'en
cour de cassation, et je ne suis pas sûr d'être encore
vivant quand ce procès se fera.

— Le meilleur des procès ne vaut encore rien,
s'écria le docteur. Je vois déjà des mémoires sur cette
question : *Jusqu'à quel degré l'incapacité qui, en matière
de succession, frappe les enfants naturels, doit-elle s'étendre ?*

et la gloire d'un bon avocat consiste à gagner de mauvais procès.

— Ma foi, dit Bongrand, je n'oserais prendre sur moi d'affirmer que les magistrats n'étendraient pas le sens de la loi dans l'intention d'étendre la protection accordée au mariage, base éternelle des sociétés.

Sans se prononcer sur ses intentions, le vieillard rejeta le fidéicommis. Mais, quant à la voie d'un mariage que Bongrand lui proposa de prendre pour assurer sa fortune à Ursule :

— Pauvre petite ! s'écria le docteur. Je suis capable de vivre encore quinze ans, que deviendrait-elle ?

— Eh bien, que comptez-vous donc faire ?... dit Bongrand.

— Nous y penserons... Je verrai, répondit le vieux docteur, évidemment embarrassé de répondre.

En ce moment, Ursule vint annoncer aux deux amis que Dionis demandait à parler au docteur.

— Déjà Dionis [118] ! s'écria Minoret en regardant le juge de paix. — Oui, répondit-il à Ursule, qu'il entre.

— Je gagerais mes lunettes contre une allumette, qu'il est le paravent de vos héritiers; ils ont déjeuné tous à la poste avec Dionis, il s'y est machiné quelque chose.

Le notaire, amené par Ursule, arriva jusqu'au fond du jardin. Après les salutations et quelques phrases insignifiantes, Dionis obtint un moment d'audience particulière. Ursule et Bongrand se retirèrent au salon.

— Nous y penserons ! Je verrai ! se disait en lui-même Bongrand en répétant les dernières paroles du docteur. Voilà le mot des gens d'esprit; la mort les surprend, et ils laissent dans l'embarras les êtres qui leur sont chers !

La défiance que les hommes d'élite inspirent aux gens d'affaires est remarquable : ils ne leur accordent pas le *moins* en leur reconnaissant le *plus*. Mais peut-être

cette défiance est-elle un éloge. En leur voyant habiter
le sommet des choses humaines, les gens d'affaires ne
croient pas les hommes supérieurs capables [111] de
descendre aux infiniment petits des détails qui, de même
que les intérêts en finance et les microscopiques en
science naturelle, finissent par égaler les capitaux et
par former des mondes. Erreur ! L'homme de cœur
et l'homme de génie voient tout. Bongrand, piqué
du silence que le docteur avait gardé, mais mû sans
doute par l'intérêt d'Ursule et le croyant compromis,
résolut de la défendre contre les héritiers. Il était désespéré de ne rien savoir de cet entretien du vieillard avec
Dionis.

— Quelque pure que soit Ursule, pensa-t-il en l'examinant, il est un point sur lequel les jeunes filles ont
coutume de faire à elles seules la jurisprudence et la
morale. Essayons ! — Les Minoret-Levrault, dit-il
à Ursule en raffermissant ses lunettes, sont capables
de vous demander en mariage pour leur fils.

La pauvre petite pâlit : elle était trop bien élevée, elle
avait une trop sainte délicatesse pour aller écouter
ce qui se disait entre Dionis et son oncle; mais, après
une petite délibération intime, elle crut pouvoir se
montrer, en pensant que, si elle était de trop, son parrain
le lui ferait sentir. Le pavillon chinois où se trouvait le
cabinet du docteur avait les persiennes de sa porte-
fenêtre ouvertes. Ursule inventa d'aller tout y fermer
elle-même. Elle s'excusa de laisser seul au salon le juge
de paix, qui lui dit en souriant :

— Faites, faites.

IX

LA PREMIÈRE CONFIDENCE

Ursule arriva sur les marches du perron par où l'on descendait du pavillon chinois au jardin, et y resta pendant quelques minutes, manœuvrant les persiennes avec lenteur et regardant le coucher du soleil. Elle entendit alors cette réponse faite par le docteur, qui venait vers le pavillon chinois :

— Mes héritiers seraient enchantés de me voir des biens-fonds, des hypothèques; ils s'imaginent que ma fortune serait beaucoup plus en sûreté : je devine tout ce qu'ils se disent, et peut-être venez-vous de leur part... Apprenez, mon cher monsieur, que mes dispositions sont irrévocables. Mes héritiers auront le capital de la fortune que j'ai apportée ici, qu'ils se tiennent pour avertis et me laissent tranquille. Si l'un d'eux dérangeait quelque chose à ce que je crois devoir faire pour cet enfant (il désigna sa filleule), je reviendrais de l'autre monde pour les tourmenter! Ainsi, M. Savinien de Portenduère peut bien rester en prison, si l'on compte sur moi pour l'en tirer, ajouta le docteur. Je ne vendrai point mes rentes [130].

En entendant ce dernier fragment de phrase, Ursule éprouva la première, la seule douleur [131] qui l'eût atteinte; elle appuya son front à la persienne en s'y attachant pour se soutenir.

— Mon Dieu! qu'a-t-elle ? s'écria le vieux médecin, elle est sans couleur. Une pareille émotion après dîner peut la tuer.

Il étendit le bras pour prendre Ursule, qui tombait presque évanouie.

— Adieu, monsieur, laissez-moi, dit-il au notaire.

Il transporta sa filleule sur une immense bergère du temps de Louis XV, qui se trouvait dans son cabinet, saisit un flacon d'éther au milieu de sa pharmacie et le lui fit respirer.

— Remplacez-moi, mon ami, dit-il à Bongrand effrayé, je veux rester seul avec elle.

Le juge de paix reconduisit le notaire jusqu'à la grille, en lui demandant, sans y mettre aucun empressement :

— Qu'est-il donc arrivé à Ursule ?

— Je ne sais pas, répondit M. Dionis. Elle était sur les marches à nous écouter; et quand *son oncle* m'a refusé de prêter la somme nécessaire au jeune Portenduère, qui est en prison pour dettes, car il n'a pas eu, comme M. du Rouvre, un M. Bongrand pour le défendre, elle a pâli, chancelé... L'aimerait-elle ? Y aurait-il entre eux...

— A quinze ans ? répliqua Bongrand [132] en interrompant Dionis.

— Elle est née en février 1814, elle aura seize ans dans quatre mois.

— Elle n'a jamais vu le voisin, répondit le juge de paix. Non, c'est une crise.

— Une crise de cœur, répliqua le notaire.

Le notaire était assez enchanté de cette découverte, qui devait empêcher le redoutable mariage *in extremis* par lequel le docteur pouvait frustrer ses héritiers, tandis que Bongrand voyait ses châteaux en Espagne démolis : depuis longtemps, il pensait à marier son fils avec Ursule.

— Si la pauvre enfant aimait ce garçon, ce serait un malheur pour elle : Mme de Portenduère est Bretonne et entichée de noblesse, répondit le juge de paix après une pause.

— Heureusement... pour l'honneur des Portenduère, répliqua le notaire, qui faillit se laisser deviner.

Rendons au brave et honnête juge de paix la justice de dire qu'en venant de la grille au salon il abandonna, non sans douleur pour son fils, l'espérance qu'il avait caressée de pouvoir un jour nommer Ursule sa fille. Il comptait donner six mille livres de rente à son fils le jour où il serait nommé substitut; et, si le docteur eût voulu doter Ursule de cent mille francs, ces deux jeunes gens devaient être la perle des ménages; son Eugène était un loyal et charmant garçon. Peut-être avait-il un peu trop vanté cet Eugène, et peut-être la défiance du vieux Minoret venait-elle de là.

— Je me rabattrai sur la fille du maire, pensa Bongrand. Mais Ursule sans dot vaut mieux que Mlle Levrault-Crémière avec son million. Maintenant, il faut manœuvrer pour faire épouser à Ursule ce petit Portenduère, si toutefois elle l'aime.

Après avoir fermé la porte du côté de la bibliothèque et celle du jardin, le docteur avait amené sa pupille à la fenêtre qui donnait sur le bord de l'eau.

— Qu'as-tu, cruelle enfant ? lui dit-il. Ta vie est ma vie. Sans ton sourire, que deviendrais-je ?

— Savinien en prison ! répondit-elle.

Après ces mots, un torrent de larmes sortit de ses yeux, et les sanglots vinrent.

— Elle est sauvée ! pensa le vieillard, qui lui tâtait le pouls avec une anxiété de père. Hélas ! elle a toute la sensibilité de ma pauvre femme, se dit-il en allant prendre un stéthoscope qu'il mit sur le cœur d'Ursule en y appliquant son oreille. Allons, tout va bien, se dit-il. — Je ne savais pas, mon cœur, que tu l'aimasses autant déjà, reprit-il en la regardant. Mais pense avec moi comme avec toi-même, et raconte-moi tout ce qui s'est passé entre vous deux.

— Je ne l'aime pas, mon parrain, nous ne nous sommes jamais rien dit, répondit-elle en sanglotant. Mais apprendre que ce pauvre jeune homme est en

prison et savoir que vous refusez durement de l'en tirer,
vous si bon !

— Ursule, mon bon petit ange, si tu ne l'aimes pas,
pourquoi fais-tu devant le jour de saint Savinien un
point rouge comme devant le jour de saint Denis ?
Allons, raconte-moi les moindres événements [133] de
de cette affaire de cœur.

Ursule rougit, retint quelques larmes, et il se fit
entre elle et son oncle un moment de silence.

— As-tu peur de ton père, de ton ami, de ta mère,
de ton médecin, de ton parrain, dont le cœur a été
depuis quelques jours rendu plus tendre encore qu'il
ne l'était ?...

— Eh bien, cher parrain, reprit-elle, je vais vous
ouvrir mon âme. Au mois de mai, M. Savinien est
venu voir sa mère. Jusqu'à ce voyage, je n'avais jamais
fait la moindre attention à lui. Quand il est parti pour
demeurer à Paris, j'étais une enfant, et ne voyais,
je vous le jure, aucune différence entre un jeune homme
et vous autres, si ce n'est que je vous aimais, sans imaginer jamais pouvoir aimer mieux qui que ce soit.
M. Savinien est arrivé par la malle la veille du jour de
la fête de sa mère, sans que nous le sussions. A sept
heures du matin, après avoir dit mes prières, en ouvrant
la fenêtre pour donner de l'air à ma chambre, je vois
les fenêtres de la chambre de M. Savinien ouvertes,
et M. Savinien en robe de chambre, occupé à se faire
la barbe, et mettant à ses mouvements une grâce...
enfin, je l'ai trouvé gentil. Il a peigné ses moustaches
noires, sa virgule sous le menton, et j'ai vu son cou
blanc, rond... Faut-il vous dire tout ?... je me suis
aperçue que ce cou si frais, ce visage et ces beaux
cheveux noirs étaient bien différents des vôtres, quand
je vous regardais vous faisant la barbe. Il m'a monté,
je ne sais d'où, comme une vapeur par vagues au cœur,
dans le gosier, à la tête, et si violemment que je me suis
assise. Je ne pouvais me tenir debout, je tremblais.

Mais j'avais tant envie de le voir, que je me suis mise sur la pointe du pied; il m'a vue alors, et m'a, pour plaisanter, envoyé du bout des doigts un baiser, et...

— Et... ?

— Et, reprit-elle, je me suis cachée, aussi honteuse qu'heureuse, sans m'expliquer pourquoi j'avais honte de ce bonheur. Ce mouvement, qui m'éblouissait l'âme en y amenant je ne sais quelle puissance, s'est renouvelé toutes les fois qu'en moi-même je revoyais cette jeune figure. Enfin je me plaisais à retrouver cette émotion, quelque violente qu'elle fût. En allant à la messe, une force invincible m'a poussée à regarder M. Savinien donnant le bras à sa mère : sa démarche, ses vêtements, tout, jusqu'au bruit de ses bottes sur le pavé, me paraissait joli. La moindre [124] chose de lui, sa main, si finement gantée, exerçait sur moi comme un charme. Cependant, j'ai eu la force de ne pas penser à lui pendant la messe. A la sortie, je suis restée dans l'église de manière à laisser partir Mᵐᵉ de Portenduère la première et à marcher ainsi après lui. Je ne saurais vous exprimer combien ces petits arrangements m'intéressaient. En rentrant, quand je me suis retournée pour fermer la grille...

— — Et la Bougival ? dit le docteur.

— Oh ! je l'avais laissée aller à sa cuisine, dit naïvement Ursule. J'ai donc pu voir naturellement M. Savinien planté sur ses jambes et me contemplant. Oh ! parrain, je me suis sentie si fière en croyant remarquer dans ses yeux une sorte de surprise et d'admiration, que je ne sais pas ce que j'aurais fait pour lui fournir l'occasion de me regarder. Il m'a semblé que je ne devais plus désormais m'occuper que de lui plaire. Son regard est maintenant la plus douce récompense de mes bonnes actions. Depuis ce moment, je songe à lui sans cesse et malgré moi. M. Savinien est reparti le soir, je ne l'ai plus revu, la rue des Bourgeois m'a paru vide, et il a comme emporté mon cœur avec lui, sans le savoir.

— Voilà tout ? dit le docteur.

— Tout, mon parrain, dit-elle avec un soupir où le regret de ne pas avoir à en dire davantage était étouffé sous la douleur du moment.

— Ma chère petite, dit le docteur en asseyant Ursule sur ses genoux, tu vas attraper tes seize ans bientôt, et ta vie de femme va commencer. Tu es entre ton enfance bénie, qui cesse, et les agitations de l'amour, qui te feront une existence orageuse, car tu as le système nerveux d'une exquise sensibilité. Ce qui t'arrive, c'est l'amour, ma fille, dit le vieillard avec une expression de profonde tristesse, c'est l'amour dans sa sainte naïveté, l'amour comme il doit être : involontaire, rapide, venu comme un voleur qui prend tout.. oui, tout ! Et je m'y attendais. J'ai bien observé les femmes, et sais que, si chez la plupart l'amour ne s'empare d'elles qu'après bien des témoignages, des miracles d'affection; si celles-là ne rompent leur silence et ne cèdent que vaincues, il en est d'autres qui, sous l'empire d'une sympathie explicable aujourd'hui par les fluides magnétiques, sont envahies en un instant. Je puis te le dire aujourd'hui : aussitôt que j'ai vu la charmante femme qui portait ton nom, j'ai senti que je l'aimerais uniquement et fidèlement, sans savoir si nos caractères, si nos personnes se conviendraient. Y a-t-il en amour une seconde vue ? Quelle réponse faire, après avoir vu tant d'unions célébrées sous les auspices d'un si céleste contrat, plus tard brisées, engendrant des haines presque éternelles, des répulsions absolues ? Les sens peuvent, pour ainsi dire, s'appréhender et les idées être en désaccord : et. peut-être certaines personnes vivent-elles plus par les idées que par le corps. Au contraire, souvent les caractères s'accordent et les personnes se déplaisent. Ces deux phénomènes si différents, qui rendraient raison de bien des malheurs, démontrent la sagesse des lois qui laissent aux parents la haute main sur le mariage de leurs enfants; car une jeune fille est souvent la dupe de l'une de ces deux hallucinations. Aussi ne te blâmé-je pas. Les sensations que tu éprouves, ce mouvement de ta sensibilité qui se précipite de son centre encore inconnu sur ton cœur et sur ton intelligence, ce bonheur avec lequel tu penses à Savinien, tout est naturel. Mais, mon enfant adorée, comme te l'a dit notre bon abbé Chaperon, 'la société demande le sacrifice de beaucoup de penchants naturels. Autres sont les destinées de l'homme, autres sont celles de la femme. J'ai pu choisir Ursule Mirouët pour femme, et venir à elle en lui disant combien je l'aimais; tandis qu'une jeune fille ment à ses vertus en sollicitant l'amour de celui qu'elle aime : la femme n'a pas, comme nous, la faculté de poursuivre au grand jour l'accomplissement de ses vœux. Aussi la pudeur est-elle, chez vous, et surtout chez toi, la barrière infranchissable qui garde les secrets de votre cœur. Ton hésitation à me confier tes premières émotions m'a dit assez que tu souffrirais les plus cruelles tortures plutôt que d'avouer à Savinien...

— Oh oui ! dit-elle.

— Mais, mon enfant, tu dois faire plus : tu dois réprimer les mouvements de ton cœur, les oublier.

— Pourquoi ?

— Parce que, mon petit ange, tu ne dois aimer que l'homme qui sera ton mari; et, quand même M. Savinien de Portenduère t'aimerait...

— Je n'y ai pas encore pensé.

— Écoute-moi... Quand même il t'aimerait, quand sa mère me demanderait ta main pour lui, je ne consentirais à ce mariage qu'après avoir soumis Savinien à un long et mûr examen. Sa conduite vient de le rendre suspect à toutes les familles, et de mettre entre les héritières et lui des barrières qui tomberont difficilement.

Un sourire divin sécha les pleurs d'Ursule, qui dit :

— A quelque chose malheur est bon !

Le docteur fut sans réponse à cette naïveté.

— Qu'a-t-il fait, mon parrain ? reprit-elle.

— En deux ans, mon petit ange, il a fait à Paris pour cent vingt mille francs de dettes ! Il a eu la sottise de se laisser mettre à Sainte-Pélagie, maladresse qui déconsidère à jamais un jeune homme, par le temps qui court. Un dissipateur capable de plonger une pauvre mère dans la douleur et la misère fait, comme ton pauvre père, mourir sa femme de désespoir !

— Croyez-vous qu'il puisse se corriger ? demanda-t-elle.

— Si sa mère paye pour lui, il sera mis sur la paille, et je ne sais pas de pire correction pour un noble que d'être sans fortune.

Cette réponse rendit Ursule pensive : elle essuya ses larmes et dit à son parrain :

— Si vous pouvez le sauver, sauvez-le, mon parrain; ce service vous donnera le droit de le conseiller : vous lui ferez des remontrances...

— Et, dit le docteur en imitant le parler d'Ursule, il pourra venir ici, la vieille dame y viendra, nous les verrons, et...

— Je ne songe en ce moment qu'à lui-même, répondit Ursule en rougissant.

— Ne pense plus à lui, ma pauvre enfant; c'est une folie ! dit gravement le docteur. Jamais Mme de Portendurère, une Kergarouët, n'eût-elle que trois cents livres par an pour vivre, ne consentirait au mariage du vicomte Savinien de Portendurère petit-neveu du feu comte de Portendurère, lieutenant général des armées navales du roi et fils du vicomte de Portendurère, capitaine de vaisseau, avec qui ? avec Ursule Mirouët, fille d'un musicien de régiment, sans fortune, et dont le père, hélas ! voici le moment de te le dire, était le bâtard d'un organiste, de mon beau-père.

— O mon parrain, vous avez raison : nous ne sommes égaux que devant Dieu. Je ne songerai plus à lui que dans mes prières ! dit-elle au milieu des sanglots que cette révélation excita. Donnez-lui tout ce que vous me destinez. De quoi peut avoir besoin une pauvre fille comme moi ?... En prison, lui !

— Offre à Dieu toutes tes mortifications, et peut-être nous viendra-t-il en aide.

Le silence régna pendant quelques instants. Quand Ursule, qui n'osait regarder son parrain, leva les yeux sur lui, son cœur fut profondément remué lorsqu'elle vit des larmes rouler sur ses joues flétries. Les pleurs des vieillards sont aussi terribles que ceux des enfants sont naturels.

— Qu'avez-vous, mon Dieu ? dit-elle en se jetant à ses pieds et lui baisant les mains. N'êtes-vous pas sûr de moi ?

— Moi qui voudrais satisfaire à tous tes vœux, je suis obligé de te causer la première grande douleur de ta vie ! Je souffre autant que toi. Je n'ai pleuré qu'à la mort de mes enfants et à celle d'Ursule... Tiens, je ferai tout ce que tu voudras ! s'écria-t-il.

A travers ses larmes, Ursule jeta sur son parrain un regard qui fut comme un éclair : elle sourit.

— Allons au salon, et sache te garder le secret à toi-même sur tout ceci, ma petite, dit le docteur en laissant sa filleule dans son cabinet.

Ce père se sentit si faible contre ce divin sourire, qu'il allait dire un mot d'espérance et tromper ainsi sa filleule.

X

LES PORTENDUÈRE

En ce moment, Mme de Portenduère, seule avec le curé dans sa froide petite salle au rez-de-chaussée, avait fini de confier ses douleurs à ce bon prêtre, son seul ami. Elle tenait à la main des lettres que l'abbé Chaperon venait de lui rendre après les avoir lues, et qui avaient mis ses misères au comble. Assise dans sa bergère d'un côté de la table carrée où se voyaient les restes du dessert, la vieille dame regardait le curé, qui, de l'autre côté, ramassé dans son fauteuil, se caressait le menton par ce geste commun aux valets de théâtre, aux mathématiciens, aux prêtres, et qui trahit quelque méditation sur un problème difficile à résoudre.

Cette petite salle, éclairée par deux fenêtres sur la rue et garnie de boiseries peintes en gris, était si humide, que les panneaux du bas offraient aux regards les fendillements géométriques du bois pourri quand il n'est plus maintenu que par la peinture. Le carreau, rouge et frotté par l'unique servante de la vieille dame, exigeait devant chaque siège de petits ronds en sparterie sur l'un desquels l'abbé tenait ses pieds. Les rideaux, de vieux damas vert clair à fleurs vertes, étaient tirés, et les persiennes avaient été fermées. Deux bougies éclairaient la table, tout en laissant la chambre dans le clair-obscur. Est-il besoin de dire qu'entre les deux fenêtres un beau pastel de Latour montrait le fameux amiral de Portenduère, le rival des Suffren, des Kergarouët, des Guichen et des Simeuse [138] ? Sur la boiserie, en face de la cheminée, on apercevait le vicomte de

Portenduère et la mère de la vieille dame, une Kergarouët Ploëgat.

Savinien avait donc pour grand-oncle le vice amiral
de Kergarouët, et pour cousin le comte de Portenduère,
petit-fils de l'amiral, l'un et l'autre fort riches. Le vice-
amiral de Kergarouët habitait Paris, et le comte de
Portenduère le château de ce nom dans le Dauphiné.
Son cousin le comte représentait la branche aînée, et
Savinien était le seul rejeton du cadet de Portenduère.
Le comte, âgé de plus de quarante ans, marié à une
femme riche, avait trois enfants. Sa fortune, accrue de
plusieurs héritages, se montait, disait-on, à soixante
mille livres de rente. Député de l'Isère, il passait ses
hivers à Paris, où il avait racheté l'hôtel de Portenduère
avec les indemnités que lui valait la loi Villèle [136].
Le vice-amiral de Kergarouët avait récemment épousé
sa nièce, Mlle de Fontaine [137], uniquement pour lui
assurer sa fortune. Les fautes du vicomte devaient donc
lui faire perdre deux puissantes protections.

Jeune et joli garçon, si Savinien fût entré dans la
marine, avec son nom et appuyé par un amiral, par
un député, peut-être à vingt-trois ans eût-il été
déjà lieutenant de vaisseau; mais sa mère, opposée
à ce que son fils unique se destinât à l'état militaire,
l'avait fait élever à Nemours par un vicaire de l'abbé
Chaperon, et s'était flattée de pouvoir conserver jusqu'à
sa mort son fils près d'elle. Elle voulait sagement le
marier avec une demoiselle d'Aiglemont, riche de
douze mille livres de rente, à la main de laquelle le nom
de Portenduère et la ferme des Bordières permettaient
de prétendre. Ce plan restreint mais sage, et qui pouvait
relever la famille à la seconde génération, eût été déjoué
par les événements. Les d'Aiglemont étaient alors ruinés,
et une de leurs filles, l'aînée, Hélène, avait disparu
sans que la famille expliquât ce mystère [138].

L'ennui d'une vie sans air, sans issue et sans action,
sans autre aliment que l'amour des fils pour leurs mères,

fatigua tellement Savinien, qu'il rompit ses chaînes,
quelque douces qu'elles fussent, et jura de ne jamais
vivre en province, en comprenant, un peu tard, que son
avenir n'était pas rue des Bourgeois. A vingt et un ans,
il avait donc quitté sa mère pour se faire reconnaître
de ses parents et tenter la fortune à Paris.

Ce devait être un funeste contraste que celui de la
vie de Nemours et de la vie de Paris, pour un jeune
homme de vingt et un ans, libre, sans contradicteur,
nécessairement affamé de plaisirs, et à qui le nom de
Portenduère et sa parenté si riche ouvraient les salons.
Certain que sa mère gardait les économies de vingt
années amassées dans quelque cachette, Savinien eut
bientôt dépensé les six mille francs qu'elle lui donna
pour voir Paris. Cette somme ne défraya pas ses six
premiers mois, et il dut alors le double de cette somme
à son hôtel, à son tailleur, à son bottier, à son loueur
de voitures et de chevaux, à un bijoutier, à tous les
marchands qui concourent au luxe des jeunes gens. A
peine avait-il réussi à se faire connaître, à peine savait-il
parler, se présenter, porter ses gilets et les choisir,
commander ses habits et mettre sa cravate, qu'il se
trouvait à la tête de trente mille francs de dettes et n'en
était encore qu'à chercher une tournure délicate pour
déclarer son amour à la sœur du marquis de Ronquerolles, Mme de Sérizy, femme élégante, mais dont la
jeunesse avait brillé sous l'empire [139].

— Comment vous en êtes-vous tirés, vous autres ?
dit un jour, à la fin d'un déjeuner, Savinien à quelques
élégants avec lesquels il s'était lié, comme se lient
aujourd'hui des jeunes gens dont les prétentions en
toutes choses visent au même but et qui réclament une
impossible égalité. Vous n'étiez pas plus riches que
moi, vous marchez sans soucis, vous vous maintenez, et,
moi, j'ai déjà des dettes !

— Nous avons tous commencé par là, lui dirent en
riant Rastignac [140], Lucien de Rubempré [141], Maxime

de Trailles [142], Émile Blondet [143], les dandys d'alors.

— Si de Marsay [144] s'est trouvé riche au début de la vie, c'est un hasard ! dit l'amphitryon, un parvenu nommé Finot [145], qui tentait de frayer avec ces jeunes gens. Et, s'il n'eût pas été lui-même, ajouta-t-il en le saluant, sa fortune pouvait le ruiner.

— Le mot y est, dit Maxime de Trailles.

— Et l'idée aussi, répliqua Rastignac.

— Mon cher, dit gravement de Marsay à Savinien, les dettes sont la commandite de l'expérience. Une bonne éducation universitaire avec maîtres d'agréments et de désagréments, qui ne vous apprend rien, coûte soixante mille francs. Si l'éducation par le monde coûte le double, elle vous apprend la vie, les affaires, la politique, les hommes et quelquefois les femmes.

Blondet acheva cette leçon par cette traduction d'un vers de la Fontaine :

Le monde vend très cher ce qu'on pense qu'il donne. [146].

Au lieu de réfléchir à ce que les plus habiles pilotes de l'archipel parisien lui disaient de sensé, Savinien n'y vit que des plaisanteries.

— Prenez garde, mon cher, lui dit de Marsay, vous avez un beau nom, et, si vous n'acquérez pas la fortune qu'exige votre nom, vous pourrez aller finir vos jours sous un habit de maréchal des logis dans un régiment de cavalerie...

Nous avons vu tomber de plus illustres têtes,

ajouta-t-il en déclamant ce vers de Corneille et prenant le bras de Savinien. — Il nous est venu, reprit-il, voici bientôt six ans, un jeune comte d'Esgrignon [147], qui n'a pas vécu plus de deux ans dans le paradis du grand monde ! Hélas ! il a vécu ce que vivent les fusées. Il s'est élevé jusqu'à la duchesse de Maufrigneuse [148], et il est retombé dans sa ville natale, où il expie ses fautes

entre un vieux père à catarrhe et une partie de whist
à deux sous la fiche. Dites votre situation à Mme de
Sérizy tout naïvement, sans honte; elle vous sera très
utile; tandis que, si vous jouez avec elle la charade du
premier amour, elle se posera en Madone de Raphaël,
jouera aux jeux innocents, et vous fera voyager à grands
frais dans le pays de Tendre.

Savinien, trop jeune encore, tout au pur honneur du
gentilhomme, n'osa pas avouer sa position de fortune
à Mme de Sérisy.[149] Mme de Portenduère, dans [150] un
moment où son fils ne savait où donner de la tête, envoya
vingt mille francs, tout ce qu'elle possédait, sur une
lettre où Savinien, instruit par ses amis dans la balistique
des ruses dirigées par les enfants contre les coffres-forts
paternels, parlait de billets à payer et du déshonneur
de laisser protester sa signature. Il atteignit, avec ce
secours, à la fin de la première année.

Pendant la seconde, attaché au char de Mme de
Sérizy, sérieusement éprise de lui, et qui d'ailleurs le
formait, il usa de la dangereuse ressource des usuriers.
Un député de ses amis, un ami de son cousin de Portenduère, des Lupeaulx [151], l'adressa, dans un jour de
détresse, à Gobseck [152], à Gigonnet [153] et à Palma [154], qui,
bien et dûment informés de la valeur des biens de sa
mère, lui rendirent l'escompte doux et facile. L'usure et
le trompeur secours des renouvellements lui firent
mener une vie heureuse pendant environ dix-huit
mois. Sans oser quitter Mme de Sérizy, le pauvre enfant
devint amoureux fou de la belle comtesse de Kergarouët, prude comme toutes les jeunes personnes qui
attendent la mort d'un vieux mari, et qui font l'habile
report de leur vertu sur un second mariage. Incapable
de comprendre qu'une vertu raisonnée est invincible,
Savinien faisait la cour à Émilie de Kergarouët en
grande tenue d'homme riche : il ne manquait ni un bal
ni un spectacle où elle devait se trouver.

— Mon petit, tu n'as pas assez de poudre pour faire

sauter ce rocher-là, lui dit un soir en riant de Marsay.

Ce jeune roi de la fashion parisienne eut beau, par commisération, expliquer Émilie de Fontaine à cet enfant, il fallut les sombres clartés du malheur et les ténèbres de la prison pour éclairer Savinien. Une lettre de change, imprudemment souscrite à un bijoutier, d'accord avec les usuriers, qui ne voulaient pas avoir l'odieux de l'arrestation, fit écrouer, pour cent dix-sept mille francs, Savinien de Portenduère à Sainte-Pélagie, à l'insu de ses amis. Aussitôt que cette nouvelle fut sue par Rastignac, par de Marsay et par Lucien de Rubempré, tous trois vinrent voir Savinien et lui offrirent chacun un billet de mille francs, en le trouvant dénué de tout. Le valet de chambre, acheté par deux créanciers, avait indiqué l'appartement secret où Savinien logeait, et tout y avait été saisi, moins les habits et le peu de bijoux qu'il portait. Les trois jeunes gens, munis d'un excellent dîner, et tout en buvant le vin de Xérès apporté par de Marsay, s'informèrent de la situation de Savinien, en apparence afin d'organiser son avenir [161], mais sans doute pour le juger.

— Quand on s'appelle Savinien de Portenduère, s'était écrié Rastignac, quand on a pour cousin un futur pair de France et pour grand-oncle l'amiral de Kergarouët, si l'on commet l'énorme faute de se laisser mettre à Sainte-Pélagie, il ne faut pas y rester, mon cher !

— Pourquoi ne m'avoir rien dit ? s'écria de Marsay. Vous aviez à vos ordres ma voiture de voyage, dix mille francs et des lettres pour l'Allemagne. Nous connaissons Gobseck, Gigonnet et autres crocodiles, nous les aurions fait capituler. Et d'abord, quel âne vous a mené boire à cette source mortelle ? demanda de Marsay.

— Des Lupeaulx.

Les trois jeunes gens se regardèrent en se communiquant ainsi la même pensée, un soupçon, mais sans l'exprimer.

— Expliquez-moi vos ressources, montrez-moi votre
jeu ? demanda de Marsay.

Lorsque Savinien eut dépeint sa mère et ses bonnets
à coques, sa petite maison à trois croisées dans la rue des
Bourgeois, sans autre jardin qu'une cour à puits et à
hangar pour serrer le bois; qu'il leur eut chiffré la valeur
de cette maison, bâtie en grès, crépie en mortier rougeâtre, et prisé la ferme des Bordières, les trois dandys se
regardèrent et dirent d'un air profond le mot de l'abbé
dans *les Marrons du feu*, d'Alfred de Musset, dont les,
Contes d'Espagne venaient de paraître :

— Triste [156] !

— Votre mère payera sur une lettre habilement écrite,
dit Rastignac.

— Oui, mais après ?... s'écria de Marsay.

— Si vous n'eussiez été que mis dans le fiacre, dit
Lucien, le gouvernement du roi vous caserait dans la
diplomatie; mais Sainte-Pélagie n'est pas l'antichambre
d'une ambassade.

— Vous n'êtes pas assez fort pour la vie de Paris,
dit Rastignac.

— Voyons ! reprit de Marsay, qui toisa Savinien
comme un maquignon estime un cheval. Vous avez de
beaux yeux bleus bien fendus, vous avez un front
blanc bien dessiné, des cheveux noirs magnifiques,
de petites moustaches qui font bien sur votre joue
pâle, et une taille svelte; vous avez un pied qui annonce
de la race, des épaules et une poitrine pas trop commis-
sionnaires et cependant solides. Vous êtes ce que j'appelle
un brun élégant. Votre figure est dans le genre de celle
de Louis XIII, peu de couleurs, le nez d'une jolie forme;
et vous avez de plus ce qui plaît aux femmes, un je ne
sais quoi dont ne se rendent pas compte les hommes
eux-mêmes et qui tient à l'air, à la démarche, au son de
voix, au *lancer* du regard, au geste, à une foule de petites
choses que les femmes voient et auxquelles elles attachent un certain sens qui nous échappe. Vous ne vous

connaissez pas, mon cher. Avec un peu de tenue, en
six mois, vous enchanteriez une Anglaise de cent mille
livres, en prenant surtout le titre de vicomte de Portenduère auquel vous avez droit. Ma charmante belle-
mère lady Dudley [167], qui n'a pas sa pareille pour em-
brocher deux cœurs, vous la découvrirait dans quelques-
uns des terrains d'alluvion de la Grande-Bretagne. Mais
il faudrait pouvoir et savoir reporter vos dettes à quatre-
vingt-dix jours par une habile manœuvre de haute
banque. Pourquoi ne m'avoir rien dit ? A Bade, les
usuriers vous auraient respecté, servi peut-être; mais,
après vous avoir mis en prison, ils vous méprisent.
L'usurier est comme la société, comme le peuple, à
genoux devant l'homme assez fort pour se jouer de lui,
et sans pitié pour les agneaux. Aux yeux d'un certain
monde, Sainte-Pélagie est une diablesse qui roussit
furieusement l'âme des jeunes gens. Voulez-vous mon
avis, mon cher enfant ? Je vous dirai comme au petit
d'Esgrignon : Payez vos dettes avec mesure, en gardant de quoi vivre pendant trois ans, et mariez-vous en
province avec la première fille qui aura trente mille
livres de rente. En trois ans, vous aurez trouvé quelque
sage héritière qui voudra se nommer Mme de Portenduère. Voilà la sagesse. Buvons donc. Je vous porte ce
toast : A la fille d'argent !

Les jeunes gens ne quittèrent leur ex-ami qu'à l'heure
officielle des adieux, et sur le pas de la porte ils se dirent :

— Il n'est pas fort ! — Il est bien abattu ! — Se
relèvera-t-il ?

Le lendemain, Savinien écrivit à sa mère une confession
générale en vingt-deux pages. Après avoir pleuré pendant
toute une journée, Mme de Portenduère écrivit d'abord
à son fils, en lui promettant de le tirer de prison; puis
aux comtes de Portenduère et de Kergarouët.

Les lettres que le curé venait de lire et que la pauvre
mère tenait à la main, humides de ses larmes, étaient
arrivées le matin même et lui avaient brisé le cœur.

A Madame de Portenduère

« Paris, septembre 1829.

« Madame,

« Vous ne pouvez pas douter de l'intérêt que, l'amiral et moi, nous prenons à vos peines. Ce que vous mandez à M. de Kergarouët m'afflige d'autant plus, que ma maison était celle de votre fils : nous étions fiers de lui. Si Savinien avait eu plus de confiance en l'amiral, nous l'eussions pris avec nous, il serait déjà placé convenablement; mais il ne nous a rien dit, le malheureux enfant ! L'amiral ne saurait payer cent mille francs; il est endetté lui-même, et s'est obéré pour moi, qui ne savais rien de sa position pécuniaire. Il est d'autant plus désespéré, que Savinien nous a, pour le moment, lié les mains en se laissant arrêter. Si mon beau neveu n'avait pas eu pour moi je ne sais quelle sotte passion qui étouffait la voix du parent par l'orgueil de l'amoureux, nous l'eussions fait voyager en Allemagne pendant que ses affaires se seraient accommodées ici. M. de Kergarouët aurait pu demander une place pour son petit-neveu dans les bureaux de la marine; mais un emprisonnement pour dettes va sans doute paralyser les démarches de l'amiral. Payez les dettes de Savinien, qu'il serve dans la marine, il fera son chemin en vrai Portenduère, il a à leur feu dans ses beaux yeux noirs, et nous l'aiderons tous.

« Ne vous désespérez donc pas, madame; il vous reste des amis au nombre desquels je veux être comprise comme une des plus sincères, et je vous envoie mes vœux avec les respects de

« Votre très affectionnée servante,

« Émilie de Kergarouet. »

A Madame de Portenduère

« Portenduère, août 1929.

« Ma chère tante, je suis aussi contrarié qu'affligé des escapades de Savinien. Marié, père de deux fils et d'une fille, ma fortune, déjà si médiocre relativement à ma position et à mes espérances, ne me permet pas de l'amoindrir d'une somme de cent mille francs pour payer la rançon d'un Portenduère pris par les lombards[156]. Vendez votre ferme, payez ses dettes et venez à Portenduère, vous y trouverez l'accueil que nous vous devons, quand même nos cœurs ne seraient pas entièrement à vous. Vous vivrez heureuse, et nous finirons par marier Savinien, que ma femme trouve charmant. Cette frasque n'est rien, ne vous désolez pas, elle ne se saura jamais dans notre province, où nous connaissons plusieurs filles d'argent très riches, et qui seront enchantées de nous appartenir.

« Ma femme se joint à moi pour vous dire toute la joie que vous nous ferez, et vous prie d'agréer ses vœux pour la réalisation de ce projet et l'assurance de nos respects affectueux.

« Luc-Savinien, comte de Portenduère. »

— Quelles lettres pour une Kergarouët ! s'écria la vieille Bretonne en s'essuyant les yeux.

— L'amiral ne sait pas que son neveu est en prison, dit enfin l'abbé Chaperon ; la comtesse a seule lu votre lettre, et seule a répondu. Mais il faut prendre un parti, poursuivit-il après une pause, et voici ce que j'ai l'honneur de vous conseiller. Ne vendez pas votre ferme. Le bail est à fin, et voici vingt-quatre ans qu'il dure ; dans quelques mois, vous pourrez porter son fermage à six mille francs, et vous faire donner un pot-de-vin d'une valeur de deux années. Empruntez à un honnête homme, et non aux gens de la ville qui font le commerce des hypothèques. Votre voisin est un digne homme, un homme de bonne compagnie, qui a vu le beau monde avant la Révolution, et qui d'athée est devenu catholique. N'ayez point de répugnance à le venir voir ce soir, il sera très sensible à votre démarche ; oubliez un moment que vous êtes une Kergarouët.

— Jamais ! dit la vieille mère d'un ton de voix strident.

— Enfin soyez une Kergarouët aimable ; venez quand

il sera seul, il ne vous prêtera qu'à trois et demi, peut-être à trois pour cent, et vous rendra service avec délicatesse, vous en serez contente; il ira délivrer lui-même Savinien, car il sera forcé de vendre des rentes, et vous le ramènera.

— Vous parlez donc de ce petit Minoret ?

— Ce petit à quatre-vingt-trois ans, reprit l'abbé Chaperon en souriant. Ma chère dame, ayez un peu de charité chrétienne, ne le blessez pas, il peut vous être utile de plus d'une manière.

— Et comment ?

— Mais il a un ange auprès de lui, la plus céleste jeune fille...

— Oui, cette petite Ursule... Eh bien, après ?

Le pauvre curé n'osa poursuivre en entendant cet : Eh bien, après ? dont la sécheresse et l'âpreté tranchaient d'avance la proposition qu'il voulait faire.

— Je crois le docteur Minoret puissamment riche...

— Tant mieux pour lui.

— Vous avez déjà très indirectement causé les malheurs actuels de votre fils en ne lui donnant pas de carrière, prenez garde à l'avenir ! dit sévèrement le curé. Dois-je annoncer votre visite à votre voisin ?

— Mais pourquoi, sachant que j'ai besoin de lui, ne viendrait-il pas ?

— Ah ! madame, en allant chez lui, vous payerez trois pour cent, et, s'il vient chez vous, vous payerez cinq, dit le curé, qui trouva cette belle raison afin de décider la vieille dame. Et, si vous étiez forcée de vendre votre ferme par Dionis le notaire, par le greffier Massin, qui vous refuseraient des fonds en espérant profiter de votre désastre, vous perdriez la moitié de la valeur des Bordières. Je n'ai pas la moindre influence sur des Dionis, des Massin, des Levrault, les gens riches du pays qui convoitent votre ferme et savent votre fils en prison.

— Ils le savent, ils le savent, s'écria-t-elle en levant

les bras. — Oh ! mon pauvre curé, vous avez laissé refroidir votre café... — Tiennette ! Tiennette !

Tiennette, une vieille Bretonne à casaquin et à bonnet bretons, âgée de soixante ans, entra lestement et prit, pour le faire chauffer, le café du curé.

— Soyez paisible, monsieur le recteur, dit-elle en voyant que le curé voulait boire, je le mettrai dans le bain-marie, il ne deviendra point mauvais.

— Eh bien, reprit le curé de sa voix insinuante, j'irai prévenir M. le docteur de votre visite, et vous viendrez.

La vieille mère ne céda qu'après une heure de discussion, pendant laquelle le curé fut obligé de répéter dix fois ses arguments. Et encore l'altière Kergarouët ne fut-elle vaincue que par ces derniers mots :

— Savinien irait !

— Il vaut mieux alors que ce soit moi, dit-elle.

XI

SAVINIEN SAUVÉ

Neuf heures sonnaient quand la petite porte ménagée dans la grande se fermait sur le curé, qui sonna vivement à la grille du docteur. L'abbé Chaperon tomba de Tiennette en Bougival, car la vieille nourrice lui dit :

— Vous venez bien tard, monsieur le curé ! comme l'autre lui avait dit : Pourquoi quittez-vous sitôt madame, quand elle a du chagrin ?

Le curé trouva nombreuse compagnie dans le salon vert et brun du docteur, car Dionis était allé rassurer les héritiers, en passant chez Massin pour lui répéter les paroles de leur oncle.

— Ursule, dit-il, a, je crois, un amour au cœur qui ne lui donnera que peine et souci; elle paraît romanesque (l'excessive sensibilité s'appelle ainsi chez les notaires), et nous la verrons longtemps fille. Ainsi, pas de défiance : soyez aux petits soins avec elle, et soyez les serviteurs de votre oncle, car il est plus fin que cent Goupils, ajouta le notaire, sans savoir que Goupil est la corruption du mot latin *vulpes*, renard.

Donc, Mmes Massin et Crémière, leurs maris, le maître de poste et Désiré formaient, avec le médecin de Nemours et Bongrand, une assemblée inaccoutumée et turbulente chez le docteur. L'abbé Chaperon entendit en entrant les sons du piano. La pauvre Ursule achevait la *Symphonie en* la de Bethoven. Avec la ruse permise à l'innocence, l'enfant, que son parrain avait éclairée et à qui les héritiers déplaisaient, choisit cette musique grandiose et qui doit être étudiée pour être comprise, afin de dégoûter ces femmes de leur envie. Plus la musique est belle, moins les ignorants la goûtent. Aussi, quand la porte s'ouvrit et que l'abbé Chaperon montra sa tête vénérable : Ah ! voilà M. le curé ! s'écrièrent les héritiers, heureux de se lever tous et de mettre un terme à leur supplice.

L'exclamation trouva un écho à la table de jeu, où Bongrand, le médecin de Nemours, et le vieillard étaient victimes de l'outrecuidance avec laquelle le percepteur, pour plaire à son grand-oncle, avait proposé de faire le quatrième au whist. Ursule quitta le *forté*. Le docteur se leva comme pour saluer le curé, mais bien pour arrêter la partie. Après de grands compliments adressés à leur oncle sur le talent de sa filleule, les héritiers tirèrent leur révérence.

— Bonsoir, mes amis, s'écria le docteur quand la grille retentit.

— Ah ! voilà ce qui coûte si cher ? dit Mme Crémière à Mme Massin quand elles furent à quelques pas.

— Dieu me garde de donner de l'argent pour que ma petite Aline me fasse des charivaris pareils dans la maison ! répondit Mme Massin.

— Elle dit que c'est de *Bethovan*, qui passe cependant pour un grand musicien, dit le receveur, il a de la réputation.

— Ma foi, ce ne sera pas à Nemours, reprit Mme Crémière, et il est bien nommé Bête à vent.

— Je crois que notre oncle l'a fait exprès pour que nous n'y revenions plus, dit Massin, car il a cligné des yeux en montrant le volume vert à sa petite mijaurée.

— Si c'est avec ce carillon-là qu'ils s'amusent, reprit le maître de poste, ils font bien de rester entre eux.

— Il faut que M. le juge de paix aime bien à jouer pour entendre ces *sonacles*, dit Mme Crémière.

— Je ne saurai jamais jouer devant des personnes qui ne comprennent pas la musique, dit Ursule en venant s'asseoir auprès de la table de jeu.

— Les sentiments, chez les personnes richement
organisées, ne peuvent se développer que dans une
sphère amie, dit le curé de Nemours. De même que le
prêtre ne saurait bénir en présence du Mauvais Esprit [159],
que le châtaignier meurt dans une terre grasse, un musicien de génie éprouve une défaite intérieure quand il
est entouré d'ignorants. Dans les arts, nous devons
recevoir, des âmes qui servent de milieu à notre âme,
autant de force que nous leur en communiquons. Cet
axiome qui régit les affections humaines a dicté les proverbes : — Il faut hurler avec les loups; — Qui se ressemble s'assemble. — Mais la souffrance que vous devez
avoir éprouvée n'atteint que les natures tendres et
délicates.

— Aussi, mes amis, dit le docteur, une chose qui ne
ferait que de la peine à une femme pourrait-elle tuer
ma petite Ursule. Ah ! quand je ne serai plus, élevez
entre cette chère fleur et le monde cette haie protec-
trice dont parlent les vers de Catulle : *Ut flos*, etc. [160].

— Ces dames ont été cependant bien flatteuses pour
vous, Ursule, dit le juge de paix en souriant.

— Grossièrement flatteuses, fit observer le médecin
de Nemours.

— J'ai toujours remarqué de la grossièreté dans les
flatteries de commande, répondit le vieux Minoret;
et pourquoi ?

— Une pensée vraie porte avec elle sa finesse, dit
l'abbé.

— Vous avez dîné chez Mme de Portenduère ? dit
alors Ursule, qui interrogea l'abbé Chaperon en lui
jetant un regard plein d'inquiète curiosité.

— Oui; la pauvre dame est bien affligée, et il ne
serait pas impossible qu'elle vînt vous voir ce soir,
monsieur Minoret.

— Si elle est dans le chagrin et qu'elle ait besoin de
moi, j'irai chez elle, s'écria le docteur. Achevons le
dernier *rubber* [161].

Par-dessous la table, Ursule pressa la main du vieillard.

— Son fils, dit le juge de paix, était un peu trop simple pour habiter Paris sans un mentor. Quand j'ai su qu'on prenait ici, près du notaire, des renseignements sur la ferme de la vieille dame, j'ai deviné qu'il escomptait la mort de sa mère.

— L'en croyez-vous capable ? dit Ursule en lançant un regard terrible à M. Bongrand, qui se dit en lui-même : Hélas ! oui, elle l'aime.

— Oui et non, dit le médecin de Nemours. Savinien a du bon et la raison en est qu'il est en prison : les fripons n'y vont jamais.

— Mes amis, s'écria le vieux Minoret, en voici bien assez pour ce soir; il ne faut pas laisser pleurer une pauvre mère une minute de plus, quand on peut sécher ses larmes.

Les quatre amis se levèrent et sortirent. Ursule les accompagna jusqu'à la grille, regarda son parrain et le curé frappant à la porte en face; et, quand Tiennette les eut introduits, elle s'assit sur une des bornes extérieures de la maison, ayant la Bougival près d'elle.

— Madame la vicomtesse [162], dit le curé, qui entra le premier dans la petite salle, M. le docteur Minoret n'a point voulu que vous prissiez la peine de venir chez lui...

— Je suis trop de l'ancien temps, madame, reprit le docteur, pour ne pas savoir tout ce qu'un homme doit à une personne de votre qualité, et je suis trop heureux, d'après ce que m'a dit M. le curé, de pouvoir vous servir en quelque chose.

Mme de Portenduère, à qui la démarche convenue pesait tant, que, depuis le départ de l'abbé Chaperon, elle voulait s'adresser au notaire de Nemours, fut si surprise de la délicatesse de Minoret, qu'elle se leva pour répondre à son salut et lui montra un fauteuil.

— Asseyez-vous, monsieur, dit-elle d'un air royal. Notre cher curé vous aura dit que le vicomte est en

prison pour quelques dettes de jeune homme, cent
mille livres... Si vous pouviez les lui prêter, je vous
donnerais une garantie sur ma ferme des Bordières.

— Nous en parlerons, madame la vicomtesse,
quand [163] je vous aurai ramené monsieur votre fils,
si vous me permettez d'être votre intendant en cette
circonstance.

— Très bien, monsieur le docteur, répondit la
vieille dame en inclinant la tête et regardant le curé d'un
air qui voulait dire : Vous avez raison, il est homme de
bonne compagnie.

— Mon ami le docteur, dit alors le curé, vous le
voyez, madame, est plein de dévouement pour votre
maison.

— Nous vous en aurons de la reconnaissance,
monsieur, dit Mme de Portenduère en faisant visiblement
un effort; car, à votre âge, s'aventurer dans Paris à la
piste des méfaits d'un étourdi...

— Madame, en soixante-cinq, j'eus l'honneur de
voir l'illustre amiral de Portenduère chez cet excellent
M. de Malesherbes, et chez M. le comte de Buffon, qui
désirait le questionner sur plusieurs faits curieux de
ses voyages. Il n'est pas impossible que feu M. de
Portenduère, votre mari, s'y soit trouvé. La marine
française était alors glorieuse, elle tenait tête à l'Angleterre, et le capitaine apportait dans cette partie sa quote-
part de courage. Avec quelle impatience, en quatre-
vingt-trois et quatre, attendait-on des nouvelles du
camp de Saint-Roch ! J'ai failli partir comme médecin
des armées du roi. Votre grand-oncle, qui vit encore,
l'amiral de Kergarouët, a soutenu dans ce temps-là son
fameux combat, car il était sur *la Belle-Poule* [164].

— Ah ! s'il savait son petit-neveu en prison !

— M. le vicomte n'y sera [165] plus dans deux jours,
dit le vieux Minoret en se levant.

Il tendit la main pour prendre celle de la vieille
dame, qui se la laissa prendre, il y déposa un baiser

respectueux, la salua profondément et sortit; mais il rentra pour dire au curé :

— Voulez-vous, mon cher abbé, m'arrêter une place à la diligence pour demain matin ?

Le curé resta pendant une demi-heure environ à chanter les louanges du docteur Minoret, qui avait voulu faire et avait fait la conquête de la vieille dame.

— Il est étonnant pour son âge, dit-elle; il parle d'aller à Paris et de faire les affaires de mon fils, comme s'il n'avait que vingt-cinq ans. Il a vu la bonne compagnie.

— La meilleure, madame; et, aujourd'hui, plus d'un fils de pair de France pauvre serait bien heureux d'épouser sa pupille avec un million. Ah ! si cette idée passait par le cœur de Savinien, les temps sont si changés, que ce n'est pas de votre côté que seraient les plus grandes difficultés, après la conduite de votre fils.

L'étonnement profond où cette dernière phrase jeta la vieille dame permit au curé de l'achever.

— Vous avez perdu le sens, mon cher abbé Chaperon.

— Vous y penserez, madame, et Dieu veuille que votre fils se conduise désormais de manière à conquérir l'estime de ce vieillard !

— Si ce n'était pas vous, monsieur le curé, dit Mme de Portenduère, si c'était un autre qui me parlât ainsi...

— Vous ne le verriez plus, dit en souriant l'abbé Chaperon. Espérons que votre cher fils vous apprendra ce qui se passe à Paris en fait d'alliances. Vous songerez au bonheur de Savinien, et, après avoir déjà compromis son avenir, ne l'empêcherez pas de se faire une position.

— Et c'est vous qui me dites cela !

— Si je ne vous le disais point, qui donc vous le dirait ? s'écria le prêtre en se levant et faisant une prompte retraite.

Le curé vit Ursule et son parrain tournant sur eux-mêmes dans la cour. Le faible docteur avait été tant

tourmenté par sa filleule, qu'il venait de céder : elle
voulait aller à Paris et lui donnait mille prétextes. Il
appela le curé, qui vint, et le pria de retenir tout le
coupé pour lui le soir même, si le bureau de la diligence
était encore ouvert.

Le lendemain, à six heures et demie du soir, le vieillard et la jeune fille arrivèrent à Paris, où, dans la soirée
même, le docteur alla consulter son notaire. Les événements politiques étaient menaçants. Le juge de paix
de Nemours avait dit plusieurs fois la veille au docteur,
pendant sa conversation, qu'il fallait être fou pour
conserver un sou de rente dans les fonds tant que la
querelle élevée entre la Presse et la Cour ne serait pas
vidée. Le notaire de Minoret approuva le conseil indirectement donné par le juge de paix. Le docteur profita
donc de son voyage pour réaliser ses actions industrielles
et ses rentes, qui toutes se trouvaient en hausse, et
déposer ses capitaux à la Banque. Le notaire engagea
son vieux client à vendre aussi les fonds laissés par
M. de Jordy à Ursule, et qu'il avait fait valoir en bon
père de famille. Il promit de mettre en campagne un
agent d'affaires excessivement rusé pour traiter avec
les créanciers de Savinien; mais il fallait, pour réussir,
que le jeune homme eût le courage de rester quelques
jours encore en prison.

— La précipitation dans ces sortes d'affaires coûte
au moins quinze pour cent, dit le notaire au docteur.
Et d'abord, vous n'aurez pas vos fonds avant sept
ou huit jours.

Quand Ursule apprit que Savinien serait encore au
moins une semaine en prison, elle pria son tuteur de la
laisser l'y accompagner une seule fois. Le vieux Minoret
refusa. L'oncle et la nièce étaient logés dans un hôtel
de la rue Croix-des-Petits-Champs, où le docteur avait
pris tout un appartement convenable; et, connaissant
la religion de sa pupille, il lui fit promettre de n'en point
sortir quand il serait dehors pour ses affaires. Le bon-

homme promenait Ursule dans Paris, lui faisait voir les passages, les boutiques, les boulevards; mais rien ne l'amusait ni ne l'intéressait.

— Que veux-tu ? lui disait le vieillard.

— Voir Sainte-Pélagie, répondait-elle avec obstination.

Minoret prit alors un fiacre et la mena jusqu'à la rue de la Clef, où la voiture stationna devant l'ignoble façade de cet ancien couvent transformé en prison [166]. La vue de ces hautes murailles grisâtres dont toutes les fenêtres sont grillées, celle de ce guichet où l'on ne peut entrer qu'en se baissant (horrible leçon !), cette masse sombre dans un quartier plein de misères et où elle se dresse [167] entourée de rues désertes comme une misère suprême : cet ensemble de choses tristes saisit Ursule et lui fit verser quelques larmes.

— Comment, dit-elle, emprisonne-t-on des jeunes gens pour de l'argent ? comment une dette donne-t-elle à un usurier un pouvoir que le roi lui-même n'a pas ? *Il est donc là !* s'écria-t-elle. Et où, mon parrain ? ajouta-t-elle en regardant de fenêtre en fenêtre.

— Ursule, dit le vieillard, tu me fais faire des folies. Ce n'est pas l'oublier, cela.

— Mais, reprit-elle, s'il faut renoncer à lui, dois-je aussi ne lui porter aucun intérêt ? Je puis l'aimer et ne me marier à personne.

— Ah ! s'écria le bonhomme, il y a tant de raison dans ta déraison, que je me repens de t'avoir amenée.

Trois jours après, le vieillard avait les quittances en règle, les titres et toutes les pièces établissant la libération de Savinien. Cette liquidation, y compris les honoraires de l'homme d'affaires, s'était opérée pour une somme de quatre-vingt mille francs. Il restait au docteur huit cent mille francs, que son notaire lui fit mettre en bons du Trésor, afin de ne pas perdre trop d'intérêts. Il gardait vingt mille francs en billets de banque pour Savinien. Le docteur alla lui-même lever l'écrou le

samedi, à deux heures, et le jeune vicomte, instruit
déjà par une lettre de sa mère, remercia son libérateur
avec une sincère effusion de cœur.

— Vous ne devez pas tarder à venir voir votre mère,
lui dit le vieux Minoret.

Savinien répondit avec une sorte de confusion qu'il
avait contracté dans sa prison une dette d'honneur, et
raconta la visite de ses amis.

— Je vous soupçonnais quelque dette privilégiée,
s'écria le docteur en souriant. Votre mère m'emprunte
cent mille francs, mais je n'en ai payé que quatre-vingt
mille : voici le reste, ménagez-le bien, monsieur, et
considérez ce que vous en garderez comme votre enjeu
au tapis vert de la fortune.

Pendant les huit derniers jours, Savinien avait fait
des réflexions sur l'époque actuelle. La concurrence en
toutes choses exige de grands travaux à qui veut une
fortune. Les moyens illégaux demandent plus de talent
et de pratiques souterraines qu'une recherche à ciel
ouvert. Les succès dans le monde, loin de donner une
position, dévorent le temps [168] et veulent énormément
d'argent. Le nom de Portenduère, que sa mère lui
disait tout-puissant, n'était rien à Paris. Son cousin le
député, le comte de Portenduère, faisait petite figure
au sein de la Chambre élective en présence [169] de la
Pairie, de la Cour, et n'avait pas trop de son crédit pour
lui-même. L'amiral de Kergarouët n'existait que par sa
femme. Il avait vu des orateurs, des gens venus du
milieu social inférieur à la noblesse ou de petits gentilshommes être des personnages influents. Enfin l'argent
était le pivot, l'unique moyen, l'unique mobile d'une
Société que Louis XVIII avait voulu créer à l'instar
de celle d'Angleterre. De la rue de la Clef à la rue Croix-
des-Petits-Champs, le gentilhomme développa le résumé
de ses méditations, en harmonie d'ailleurs avec le
conseil de de Marsay, au vieux médecin.

— Je dois, dit-il, me faire oublier pendant trois ou

quatre ans, et chercher une carrière. Peut-être me
ferais-je un nom par un livre de haute politique ou de
statistique morale, par quelque traité sur une des grandes
questions actuelles. Enfin, tout en cherchant à me
marier avec une jeune personne qui me donne l'éligi-
bilité, je travaillerai dans l'ombre et le silence.

En étudiant avec soin la figure du jeune homme, le
docteur y reconnut le sérieux de l'homme blessé qui
veut une revanche. Il approuva beaucoup ce plan.

— Mon voisin, lui dit-il en terminant, si vous avez
dépouillé la peau de la vieille noblesse, qui n'est plus de
mise aujourd'hui, après trois ou quatre ans de vie sage
et appliquée, je me charge de vous trouver une jeune
personne supérieure, belle, aimable, pieuse, et riche de
sept à huit cent mille francs, qui vous rendra heureux
et de laquelle vous serez fier, mais qui ne sera noble que
par le cœur.

— Eh ! docteur, s'écria le jeune homme, il n'y a plus
de noblesse aujourd'hui, il n'y a plus qu'une aristocratie.

— Allez payer vos dettes d'honneur, et revenez ici;
je vais retenir le coupé de la diligence, car ma pupille
est avec moi, dit le vieillard.

Le soir, à six heures, les trois voyageurs partirent par
la Ducler de la rue Dauphine [170]. Ursule, qui avait mis
un voile, ne dit pas un mot. Après avoir envoyé, par
un mouvement de galanterie superficielle, ce baiser qui
fit chez Ursule autant de ravage qu'en aurait fait un
livre d'amour, Savinien avait entièrement oublié la
pupille du docteur dans l'enfer de ses dettes à Paris, et,
d'ailleurs, son amour sans espoir pour Émilie de Kergarouët ne lui permettait pas d'accorder un souvenir à
quelques regards échangés avec une petite fille de
Nemours; il ne la reconnut donc pas quand le vieillard
la fit monter la première et se mit auprès d'elle pour la
séparer du jeune vicomte [171].

— J'aurai des comptes à vous rendre, dit le docteur
au jeune homme, je vous apporte toutes vos paperasses.

— J'ai failli ne pas partir, dit Savinien, car il m'a fallu me commander des habits et du linge; les Philistins m'ont [172] tout pris, et j'arrive en enfant prodigue.

Quelque intéressants que fussent les sujets de conversation entre le jeune homme et le vieillard, quelque spirituelles que fussent certaines réponses de Savinien, la jeune fille resta muette jusqu'au crépuscule, son voile vert baissé, ses mains croisées sur son châle.

— Mademoiselle n'a pas l'air d'être enchantée de Paris? dit enfin Savinien piqué.

— Je reviens à Nemours avec plaisir, répondit-elle d'une voix émue en levant son voile.

Malgré l'obscurité, Savinien la reconnut alors à la grosseur de ses nattes et à ses brillants yeux bleus.

— Et moi, je quitte Paris sans regret pour venir m'enterrer à Nemours, puisque j'y trouve ma belle voisine, dit-il. J'espère, monsieur le docteur, que vous me recevrez chez vous; j'aime la musique, et je me souviens d'avoir entendu le piano de Mlle Ursule.

— Je ne sais pas, monsieur, dit gravement le docteur, si madame votre mère vous verrait avec plaisir chez un vieillard qui doit avoir pour cette chère enfant toute la sollicitude d'une mère.

Cette réponse mesurée fit beaucoup penser Savinien, qui se souvint alors du baiser si légèrement envoyé. La nuit était venue, la chaleur était lourde, Savinien et le docteur s'endormirent les premiers. Ursule, qui veilla longtemps en faisant des projets, succomba vers minuit. Elle avait ôté son petit chapeau de paille commune tressée. Sa tête, couverte d'un bonnet brodé, se posa bientôt sur l'épaule de son parrain. Au petit jour, à Bouron, Savinien s'éveilla le premier. Il aperçut alors Ursule dans le désordre où les cahots avaient mis sa tête : le bonnet s'était chiffonné, retroussé; les nattes déroulées tombaient de chaque côté de ce visage animé par la chaleur de la voiture; mais, dans cette situation, horrible pour les femmes auxquelles la toilette est

nécessaire, la jeunesse et la beauté triomphent. L'innocence a toujours un beau sommeil. Les lèvres entr'ouvertes laissaient voir de jolies dents, le châle défait
permettait de remarquer, sans offenser Ursule, sous les
plis d'une robe de mousseline peinte, toutes les grâces
du corsage. Enfin, la pureté de cette âme vierge brillait
sur cette physionomie et se laissait voir d'autant mieux,
qu'aucune autre expression ne la troublait. Le vieux
Minoret, qui s'éveilla, replaça la tête de sa fille [173]
dans le coin de la voiture pour qu'elle fût plus à son
aise; elle se laissa faire sans s'en apercevoir, tant elle
dormait profondément, après toutes les nuits employées
à penser au malheur de Savinien.

— Pauvre petite ! dit-il à son voisin, elle dort comme
une enfant qu'elle est.

— Vous devez en être fier, reprit Savinien, car elle
paraît être aussi bonne qu'elle est belle !

— Ah ! c'est la joie de la maison. Elle serait ma fille,
je ne l'aimerais pas davantage. Elle aura seize ans le
5 février prochain. Dieu veuille que je vive assez pour
la marier à un homme qui la rende heureuse ! J'ai voulu
la mener au spectacle à Paris, où elle venait pour la
première fois; elle n'a pas voulu, le curé de Nemours
le lui avait défendu. — Mais, lui ai-je dit, quand tu seras
mariée, si ton mari veut t'y conduire ? — Je ferai
tout ce que désirera mon mari, m'a-t-elle répondu.
S'il me demande quelque chose de mal et que je sois
assez faible pour lui obéir, il sera chargé de ces fautes-là
devant Dieu; aussi puiserai-je la force de résister dans
son intérêt bien entendu.

En entrant à Nemours, à cinq heures du matin,
Ursule s'éveilla toute honteuse de son désordre et de
rencontrer le regard plein d'admiration de Savinien.
Pendant l'heure que la diligence mit à venir de Bouron,
où elle s'arrêta quelques minutes, le jeune homme s'était
épris d'Ursule. Il avait étudié la candeur de cette âme,
la beauté du corps, la blancheur du teint, la finesse des

traits, le charme de la voix qui avait prononcé la phrase
si courte et si expressive où la pauvre enfant disait tout
en ne voulant rien dire. Enfin je ne sais quel pressentiment lui fit voir dans Ursule la femme que le docteur
lui avait dépeinte, en l'encadrant d'or avec ces mots
magiques : Sept à huit cent mille francs !

— Dans trois ou quatre ans, elle aura vingt ans, j'en
aurai vingt-sept; le bonhomme a parlé d'épreuves, de
travail, de bonne conduite ! Quelque fin qu'il paraisse,
il finira par me dire son secret.

Les trois voisins se séparèrent en face de leurs maisons,
et Savinien mit de la coquetterie dans ses adieux en
lançant à Ursule un regard plein de sollicitations.
Mme de Portenduère laissa son fils dormir jusqu'à midi.
Malgré la fatigue du voyage, le docteur et Ursule
allèrent à la grand'messe. La délivrance de Savinien et
son retour en compagnie du docteur avaient expliqué
le but de son absence aux politiques de la ville et aux
héritiers réunis sur la place en un conciliabule semblable
à celui qu'ils y tenaient quinze jours auparavant. Au
grand étonnement des groupes, à la sortie de la messe,
Mme de Portenduère arrêta le vieux Minoret, qui lui
offrit le bras et la reconduisit. La vieille dame voulait
le prier à dîner, ainsi que sa pupille, aujourd'hui même,
en lui disant que M. le curé serait l'autre convive.

— Il aura voulu montrer Paris à Ursule, dit Minoret-
Levrault.

— Peste ! le bonhomme ne fait pas un pas sans sa
petite bonne, s'écria Crémière.

— Pour que la bonne femme Portenduère lui ait
donné le bras, il doit se passer des choses bien intimes [174]
entre eux, dit Massin.

— Et vous n'avez pas deviné que votre oncle a
vendu ses rentes et débloqué le petit Portenduère !
s'écria Goupil. Il avait refusé mon patron, mais il n'a
pas refusé sa patronne... Ah ! vous êtes [175] cuits. Le
vicomte proposera de faire un contrat au lieu d'une obli-

gation, et le docteur fera reconnaître à son bijou de filleule par le mari tout ce qu'il sera nécessaire de donner pour conclure une pareille alliance.

— Ce ne serait pas une maladresse que de marier Ursule avec M. Savinien, dit le boucher. La vieille dame donne à dîner aujourd'hui à M. Minoret, Tiennette est venue dès cinq heures me retenir un filet de bœuf.

— Eh bien, Dionis, il se fait de belle besogne !... dit Massin en courant au-devant du notaire qui venait sur la place.

— Eh bien, quoi ? Tout va bien, répliqua le notaire. Votre oncle a vendu ses rentes, et Mme de Portenduère m'a prié de passer chez elle pour signer une obligation de cent mille francs hypothéqués sur ses biens et prêtés par votre oncle.

— Oui; mais si les jeunes gens allaient se marier ?

— C'est comme si vous disiez que Goupil est mon successeur, répondit le notaire.

— Les deux choses ne sont pas impossibles, dit Goupil.

En revenant de la messe, la vieille dame fit dire par Tiennette à son fils de passer chez elle.

Cette petite maison avait trois chambres au premier étage. Celle de Mme de Portenduère et celle de feu son mari se trouvaient du même côté, séparées par un grand cabinet de toilette qu'éclairait un jour de souffrance, et réunies par une petite antichambre qui donnait sur l'escalier.

La fenêtre de l'autre chambre, habitée de tout temps par Savinien, était, comme celle de son père, sur la rue. L'escalier se développait derrière, de manière à laisser pour cette chambre un petit cabinet éclairé par un œil-de-bœuf sur la cour.

La chambre de Mme de Portenduère, la plus triste de toute la maison, avait vue sur la cour; mais la veuve passait sa vie dans la salle au rez-de-chaussée, qui

communiquait par un passage avec la cuisine, bâtie
au fond de la cour; en sorte que cette salle servait à la
fois de salon et de salle à manger. Cette chambre de
feu M. de Portenduère restait dans l'état où elle fut au
jour [176] de sa mort : il n'y avait que le défunt de moins.
Mme de Portenduère avait fait elle-même le lit, en mettant dessus l'habit de capitaine de vaisseau, l'épée, le
cordon rouge, les ordres et le chapeau de son mari. La
tabatière d'or dans laquelle le vicomte prisa [177] pour la
dernière fois se trouvait sur la table de nuit, avec son
livre de prières, avec sa montre et la tasse dans laquelle
il avait bu. Ses cheveux blancs, encadrés et disposés
en une seule mèche roulée, étaient suspendus au-dessus
du crucifix à bénitier placé dans l'alcôve. Enfin les
babioles dont il se servait, ses journaux, ses meubles,
son crachoir hollandais, sa longue-vue de campagne
accrochée à sa cheminée, rien n'y manquait. La veuve
avait arrêté le vieux cartel à l'heure de la mort, qu'il
indiquait ainsi à jamais. On y sentait encore la poudre
et le tabac du défunt. Le foyer était comme il l'avait
laissé. Entrer là, c'était le revoir en retrouvant toutes les
choses qui parlaient de ses habitudes. Sa grande canne
à pomme d'or restait où il l'avait posée, ainsi que ses
gros gants de daim tout auprès. Sur la console brillait
un vase d'or grossièrement sculpté, mais d'une valeur
de mille écus, offert par la Havane, que, lors de la guerre
de l'indépendance américaine, il avait préservée [178] d'une
attaque des Anglais en se battant contre des forces
supérieures, après avoir fait entrer à bon port le convoi
qu'il protégeait. Pour le récompenser, le roi d'Espagne
l'avait fait chevalier de ses ordres. Porté pour ce fait
dans la première promotion au grade de chef d'escadre,
il eut le cordon rouge [179]. Sûr alors de la première
vacance, il épousa sa femme, riche de deux cent mille
francs. Mais la Révolution empêcha la promotion, et
M. de Portenduère émigra.

— Où est ma mère ? dit Savinien à Tiennette.

— Elle vous attend dans la chambre de votre père, répondit la vieille servante bretonne.

Savinien ne put retenir un tressaillement. Il connaissait la rigidité des principes de sa mère, son culte de l'honneur, sa loyauté, sa foi dans la noblesse, et il prévit une scène. Aussi allait-il comme à un assaut, le cœur agité, le visage presque pâle. Dans le demi-jour qui filtrait à travers les persiennes, il aperçut sa mère, vêtue de noir, et qui avait arboré un air solennel en harmonie avec cette chambre mortuaire.

— Monsieur le vicomte, lui [180] dit-elle en le voyant, se levant et lui saisissant la main pour l'amener devant le lit paternel, là a expiré votre père, homme d'honneur, mort sans avoir un reproche à se faire. Son esprit est là. Certes, il a dû gémir là-haut en apercevant son fils souillé par un emprisonnement pour dettes. Sous l'ancienne monarchie, on vous eût épargné cette tache de boue en sollicitant une lettre de cachet et en vous enfermant pour quelques jours dans une prison d'État. Mais, enfin, vous voilà devant votre père, qui vous entend. Vous qui savez tout ce que vous avez fait avant d'aller dans cette ignoble prison, pouvez-vous me jurer devant cette ombre et devant Dieu, qui voit tout, que vous n'avez commis aucune action déshonorante, que vos dettes ont été la suite de l'entraînement de la jeunesse, et qu'enfin l'honneur est sauf ? Si votre irréprochable père [181] était là, vivant, dans ce fauteuil, s'il vous demandait compte de votre conduite, après vous avoir écouté, vous embrasserait-il ?

— Oui, ma mère, dit le jeune homme avec une gravité pleine de respect.

Elle ouvrit alors ses bras et serra son fils sur son cœur en versant quelques larmes.

— Oublions donc tout, dit-elle; ce n'est que de l'argent de moins; je prierai Dieu qu'il nous le fasse retrouver, et, puisque tu es toujours digne de ton nom, embrasse-moi, car j'ai bien souffert !

— Je jure, ma chère mère, dit-il en étendant la main sur ce lit, de ne plus te donner le moindre chagrin de ce genre, et de tout faire pour réparer mes premières fautes.

— Viens déjeuner, mon enfant, dit-elle en sortant de la chambre.

S'il faut appliquer les lois de la scène au récit, l'arrivée de Savinien, en introduisant à Nemours le seul person-nage qui manquât encore à ceux qui doivent être en présence dans ce petit drame, termine ici l'exposition.

XII

OBSTACLES ENTRE LES AMANTS

L'ACTION commença par le jeu d'un ressort tellement usé dans la vieille comme dans la nouvelle littérature, que personne ne pourrait croire à ses effets en 1829, s'il ne s'agissait pas d'une vieille Bretonne, d'une Kergarouët, d'une émigrée ! Mais, hâtons-nous de le reconnaître, en 1829, la noblesse avait reconquis dans les mœurs un peu de terrain perdu dans la politique. D'ailleurs, le sentiment qui gouverne les grands parents dès qu'il s'agit des convenances matrimoniales est un sentiment impérissable, lié très étroitement à l'existence des sociétés civilisées et puisé dans l'esprit de famille. Il règne à Genève comme à Vienne, comme à Nemours, où Zélie Levrault refusait naguère à son fils de consentir à son mariage avec la fille d'un bâtard. Néanmoins, toute loi sociale a ses exceptions. Savinien pensait donc à faire plier l'orgueil de sa mère devant la noblesse innée d'Ursule. L'engagement eut lieu sur-le-champ. Dès que Savinien fut attablé, sa mère lui parla des lettres horribles, selon elle, que les Kergarouët et les Portenduère lui avaient écrites.

— Il n'y a plus de famille aujourd'hui, ma mère, lui répondit Savinien, il n'y a plus que des individus ! Les nobles ne sont plus solidaires. Aujourd'hui, on ne vous demande pas si vous êtes un Portenduère, si vous êtes brave, si vous êtes homme d'État; tout le monde vous dit : — Combien payez-vous de contributions ?

— Et le roi ? demanda la vieille dame.

— Le roi se trouve pris entre les deux Chambres

comme un homme entre sa femme légitime et sa maîtresse. Aussi dois-je me marier avec une fille riche,
à quelque famille qu'elle appartienne, avec la fille d'un
paysan, si elle a un million de dot et si elle est suffisamment bien élevée, c'est-à-dire si elle sort d'un pen-
sionnat.

— Ceci est autre chose ! fit la vieille dame.

Savinien fronça les sourcils en entendant cette parole.
Il connaissait cette volonté granitique, appelée l'entêtement breton, qui distinguait sa mère, et voulut savoir
aussitôt son opinion sur ce point délicat.

— Ainsi, dit-il, si j'aimais une jeune personne, comme
par exemple la pupille de notre voisin, la petite Ursule,
vous vous opposeriez donc à mon mariage ?

— Tant que je vivrai, dit-elle. Après ma mort,
tu seras seul responsable de l'honneur et du sang des
Portenduère et des Kergarouët.

— Ainsi vous me laisseriez mourir de faim et de
désespoir pour une chimère qui ne devient aujourd'hui
une réalité que par le lustre de la fortune ?

— Tu servirais la France et tu te fierais à Dieu !

— Vous ajourneriez mon bonheur au lendemain
de votre mort ?

— Ce serait horrible de ta part, voilà tout.

— Louis XIV a failli épouser la nièce de Mazarin,
un parvenu.

— Mazarin lui-même s'y est opposé.

— Et la veuve de Scarron ?

— C'était une d'Aubigné ! D'ailleurs, le mariage a
été secret. Mais je suis bien vieille, mon fils, dit-elle
en hochant la tête. Quand je ne serai plus, vous vous
marierez à votre fantaisie.

Savinien aimait et respectait à la fois sa mère; il
opposa sur-le-champ, mais silencieusement, à l'entêtement de la vieille Kergarouët, un entêtement égal, et
résolut de ne jamais avoir d'autre femme qu'Ursule,
à qui cette opposition donna, comme il arrive toujours

en semblable occurrence, le mérite de la chose défendue.

Lorsque, après vêpres, le docteur Minoret et Ursule, mise en blanc et rose entrèrent dans cette froide salle, l'enfant fut saisie d'un tremblement nerveux comme si elle se fût trouvée en présence de la reine de France et qu'elle eût une grâce à lui demander. Depuis son explication avec le docteur, cette petite maison avait pris les proportions d'un palais, et la vieille dame toute la valeur sociale qu'une duchesse devait avoir au moyen âge aux yeux de la fille d'un vilain. Jamais Ursule ne mesura plus désespérément qu'en ce moment la distance qui séparait un vicomte de Portenduère de la fille d'un capitaine de musique, ancien chanteur aux Italiens, fils naturel d'un organiste, et dont l'existence tenait aux bontés d'un médecin.

— Qu'avez-vous, mon enfant ? lui dit la vieille dame en la faisant asseoir près d'elle.

— Madame, je suis confuse de l'honneur que vous daignez me faire...

— Eh ! ma petite, répliqua Mme de Portenduère de son ton le plus aigre, je sais combien votre tuteur vous aime et je veux lui être agréable, car il m'a ramené l'enfant prodigue.

— Mais, ma chère mère, di Savinien, atteint au cœur en voyant la vive rougeur d'Ursule et la contraction horrible par laquelle elle réprima ses larmes, quand même vous n'auriez aucune obligation à M. le chevalier Minoret, il me semble que nous pourrions toujours être heureux du plaisir que mademoiselle veut bien nous donner en acceptant votre invitation.

Et le jeune gentilhomme serra la main du docteur d'une façon significative, en ajoutant :

— Vous portez, monsieur, l'ordre de Saint-Michel, le plus vieil ordre de France et qui confère toujours la noblesse.

L'excessive beauté d'Ursule, à qui son amour presque sans espoir avait prêté depuis quelques jours cette pro-

fondeur que les grands peintres ont imprimée à ceux
de leurs portraits où l'âme est fortement mise en relief
avait soudain frappé Mme de Portenduère en lui faisant
soupçonner un calcul d'ambitieux sous la générosité
du docteur. Aussi la phrase à laquelle répondait alors
Savinien fut-elle dite avec une intention qui blessa le
vieillard en ce qu'il avait de plus cher; mais il ne put
réprimer un sourire en s'entendant nommer chevalier
par Savinien, et reconnut dans cette exagération l'audace
des amoureux qui ne reculent devant aucun ridicule.

— L'ordre de Saint-Michel, qui jadis fit commettre
tant de folies pour être obtenu, est tombé, monsieur
le vicomte, répondit l'ancien médecin du roi, comme
sont tombés tant de privilèges ! Il ne se donne plus
aujourd'hui qu'à des médecins, à de pauvres artistes.
Aussi les rois ont-ils bien fait de le réunir à celui de
Saint-Lazare, lequel saint était, je crois, un pauvre
diable rappelé à la vie par un miracle ! Sous ce rapport,
l'ordre de Saint-Michel et Saint-Lazare serait, pour nous,
un symbole.¹⁸²

Après cette réponse à la fois empreinte de moquerie
et de dignité, le silence régna sans que personne le voulût rompre, et il était devenu gênant, quand on frappa.

— Voici notre cher curé, dit la vieille dame, qui se
leva, laissant Ursule seule et allant au-devant de l'abbé
Chaperon, honneur qu'elle n'avait fait ni à Ursule ni
au docteur.

Le vieillard sourit en regardant tour à tour sa pupille
et Savinien. Se plaindre des manières de Mme de Portenduère ou s'en offenser était un écueil sur lequel un
homme d'un petit esprit aurait touché; mais Minoret
avait trop d'acquis pour ne pas l'éviter : il se mit à
causer avec le vicomte du danger que courait alors
Charles X, après avoir confié la direction des affaires ¹⁸³
au prince de Polignac. Lorsqu'il y eut assez de temps
écoulé pour qu'en parlant d'affaires le docteur n'eût
point l'air de se venger, il présenta, presque en plai-

santant, à la vieille dame, les dossiers de poursuites
et les mémoires acquittés qui appuyaient un compte
fait par son notaire.

— Mon fils l'a reconnu ? dit-elle en jetant à Savinien
un regard auquel il répondit en inclinant la tête. Eh bien,
c'est l'affaire de Dionis, ajouta-t-elle en repoussant les
papiers et traitant cet affaire avec le dédain qu'à ses
yeux méritait l'argent.

Rabaisser la richesse, c'était, dans les idées de Mme de
Portenduère, élever la noblesse et ôter toute son importance à la bourgeoisie.

Quelques instants après, Goupil vint, de la part de
son patron, demander les comptes entre Savinien et
M. Minoret.

— Et pourquoi ? dit la vieille dame.

— Pour en faire la base de l'obligation : il n'y a pas
délivrance d'espèces, répondit le premier clerc en jetant
autour de lui des regards effrontés.

Ursule et Savinien, qui pour la première fois échangèrent un coup d'œil avec cet horrible personnage,
éprouvèrent la sensation que cause un crapaud, mais
aggravée par un sinistre pressentiment. Tous deux, ils
eurent cette indéfinissable et confuse vision de l'avenir
sans nom dans la langue, mais qui serait explicable par
une action de l'être intérieur dont avait parlé le swedenborgiste au docteur Minoret. La certitude que ce veni-
meux Goupil leur serait fatal fit trembler Ursule ; mais
elle se remit de son trouble en sentant un indicible
plaisir à voir Savinien partageant son émotion.

— Il n'est pas beau, le clerc de M. Dionis ! dit
Savinien quand Goupil eut fermé la porte.

— Et qu'est-ce que cela fait, que ces gens-là soient
beaux ou laids ? dit Mme de Portenduère.

— Je ne lui en veux pas de sa laideur, reprit le curé,
mais de sa méchanceté, qui passe les bornes : il y met
de la scélératesse.

Malgré son désir d'être aimable, le docteur devint

digne et froid. Les deux amoureux furent gênés. Sans
la bonhomie de l'abbé Chaperon, dont la gaieté douce
anima le dîner, la situation du docteur et de sa pupille
eût été presque intolérable. Au dessert, en voyant
pâlir Ursule, il lui dit :

— Si tu ne te trouves pas bien, mon enfant, tu n'as
que la rue à traverser.

— Qu'avez-vous, mon cœur ? dit la vieille dame à
la jeune fille.

— Hélas ! madame, reprit sévèrement le docteur,
son âme a froid, habituée comme elle l'est à ne rencontrer que des sourires.

— Une bien mauvaise éducation, monsieur le docteur, dit Mme de Portenduère. N'est-ce pas, monsieur
le curé ?

— Oui, madame, répondit Minoret en jetant un
regard au curé, qui se trouva sans parole. J'ai rendu,
je le vois, la vie impossible à cette nature angélique,
si elle devait aller dans le monde; mais je ne mourrai
pas sans l'avoir mise à l'abri de la froideur, de l'indifférence et de la haine [184].

— Mon parrain !... je vous en prie... assez. Je ne
souffre pas ici, dit-elle en affrontant le regard de Mme de
Portenduère plutôt que de donner trop de signification
à ses paroles en regardant Savinien.

— Je ne sais pas, madame, dit alors Savinien à sa
mère, si Mlle Ursule souffre, mais je sais que vous me
mettez au supplice.

En entendant ce mot arraché par les façons de sa mère
à ce généreux jeune homme, Ursule pâlit et pria Mme de
Portenduère de l'excuser; elle se leva, prit le bras de
son tuteur, salua, sortit, revint chez elle, entra précipitamment dans le salon de son parrain, où elle s'assit
près de son [185] piano, mit sa tête dans ses mains et fondit
en larmes.

— Pourquoi ne laisses-tu pas la conduite de tes
sentiments à ma vieille expérience, cruelle enfant ?...

s'écria le docteur au désespoir. Les nobles ne se croient jamais obligés par nous autres bourgeois. En les servant nous faisons notre devoir, voilà tout. D'ailleurs, la vieille dame a vu que Savinien te regardait avec plaisir, elle a peur qu'il ne t'aime.

— Enfin, il est sauvé ! dit-elle. Mais essayer d'humilier un homme comme vous...

— Attends-moi, ma petite.

Quand le docteur revint chez Mme de Portenduère, il y trouva Dionis, accompagné de MM. Bongrand et Levrault, le maire, témoins exigés par la loi pour la validité des actes passés dans les communes où il n'existe qu'un notaire. Minoret prit à part M. Dionis et lui dit un mot à l'oreille, après lequel le notaire fit la lecture de l'obligation : Mme de Portenduère y donnait une hypothèque sur tous ses biens jusqu'au remboursement des cent mille francs prêtés par le docteur au vicomte, et les intérêts y étaient stipulés à cinq pour cent. A la lecture de cette clause, le curé regarda Minoret, qui répondit à l'abbé par un léger coup de tête approbatif. Le pauvre prêtre alla dire à l'oreille de sa pénitente quelques mots auxquels elle répondit à mi-voix :

— Je ne veux rien devoir à ces gens-là.

— Ma mère, monsieur, me laisse le beau rôle, dit Savinien au docteur [186]; elle vous rendra tout l'argent et me charge de la reconnaissance.

— Mais il vous [187] faudra trouver onze mille francs la première année, à cause des frais du contrat, reprit le curé.

— Monsieur, dit Minoret à Dionis, comme M. et Mme de Portenduère sont hors d'état de payer l'enregistrement, joignez les frais de l'acte au capital, je vous les payerai.

Dionis fit des renvois, et le capital fut alors fixé à cent sept mille francs. Quand tout fut signé, Minoret prétexta de sa fatigue pour se retirer en même temps que le notaire et les témoins.

— Madame, dit le curé, qui resta seul avec le vicomte, pourquoi choquer cet excellent M. Minoret, qui vous a sauvé cependant au moins vingt-cinq mille francs à Paris, et qui a eu la délicatesse d'en laisser vingt mille à votre fils pour ses dettes d'honneur ?...

— Votre Minoret est un sournois, dit-elle en prenant une pincée de tabac, il sait bien ce qu'il fait.

— Ma mère croit qu'il veut m'obliger à épouser sa pupille en englobant notre ferme, comme si l'on pouvait forcer un Portenduère, fils d'une Kergarouët, à se marier contre son gré.

Une heure après, Savinien se présenta chez le docteur, où les héritiers se trouvaient, amenés par la curiosité. L'apparition du jeune vicomte produisit une sensation d'autant plus vive, que, chez chacun des assistants, elle excita des émotions différentes. M\u1lles Crémière et Massin chuchotèrent en regardant Ursule, qui rougissait. Les mères dirent à Désiré que Goupil pouvait bien avoir raison à l'égard de ce mariage. Les yeux de toutes les personnes présentes se tournèrent alors sur le docteur, qui ne se leva point pour recevoir le gentilhomme et se contenta de le saluer par une inclination de tête sans quitter le cornet, car il faisait une partie de trictrac avec M. Bongrand. L'air froid du docteur surprit tout le monde.

— Ursule, mon enfant, dit-il, fais-nous un peu de musique.

En voyant la jeune fille, heureuse d'avoir une contenance, sauter sur l'instrument et remuer les volumes reliés en vert, les héritiers acceptèrent avec des démonstrations de plaisir le supplice et le silence qui allaient leur être infligés, tant ils tenaient à savoir qui se tramait entre leur oncle et les Portenduère.

Il arrive souvent qu'un morceau pauvre en lui-même, mais exécuté par une jeune fille sous l'empire d'un sentiment profond, fasse plus d'impression qu'une grande ouverture pompeusement dite par un orchestre habile.

Il existe en toute musique, outre la pensée du compositeur, l'âme de l'exécutant, qui, par un privilège acquis seulement à cet art, peut donner du sens et de la poésie à des phrases sans grande valeur. Chopin prouve aujourd'hui pour l'ingrat piano la vérité de ce fait, déjà démontré par Paganini pour le violon. Ce beau génie est moins un musicien qu'une âme qui se rend sensible et qui se communiquerait par toute espèce de musique, même par de simples accords. Par sa sublime et périlleuse organisation, Ursule appartenait à cette école de génies si rares; mais le vieux Schmucke, le maître qui venait chaque samedi et qui, pendant le séjour d'Ursule à Paris, la vit tous les jours, avait porté le talent de son élève à toute sa perfection. Le songe de Rousseau, morceau choisi par Ursule, une des compositions de la jeunesse d'Hérold [188], ne manque pas d'ailleurs d'une certaine profondeur qui peut se développer à l'exécution; elle y jeta les sentiments qui l'agitaient et justifia bien le titre de *Caprice* que porte ce fragment. Par un jeu à la fois suave et rêveur, son âme parlait à l'âme du jeune homme et l'enveloppait comme d'un nuage par des idées presque visibles. Assis au bout du piano, le coude appuyé sur le couvercle et la tête dans sa main gauche, Savinien admirait Ursule, dont les yeux arrêtés sur la boiserie semblaient interroger un monde mystérieux. On serait devenu profondément amoureux à moins. Les sentiments vrais ont leur magnétisme, et Ursule voulait en quelque sorte montrer son âme, comme une coquette se pare pour plaire. Savinien pénétra donc dans ce délicieux royaume, entraîné par ce cœur qui, pour s'interpréter lui-même, empruntait la puissance du seul art qui parle à la pensée par la pensée même, sans le secours de la parole, des couleurs ou de la forme. La candeur a sur l'homme le même pouvoir que l'enfance, elle en a les attraits et les irrésistibles séductions; or, jamais Ursule ne fut plus candide qu'en ce moment où elle naissait à une nouvelle vie.

Le curé vint arracher le gentilhomme à son rêve,
en lui demandant de faire le quatrième au whist. Ursule
continua de jouer, les héritiers partirent, à l'exception
de Désiré, qui cherchait à connaître les intentions de
son grand-oncle, du vicomte et d'Ursule.

— Vous avez autant de talent que d'âme, mademoiselle, dit Savinien quand la jeune fille ferma son piano
pour venir s'asseoir à côté de son parrain. Quel est donc
votre maître ?

— Un Allemand logé précisément auprès de la rue
Dauphine, sur le quai Conti, dit le docteur. S'il n'avait
pas donné tous les jours une leçon à Ursule pendant
notre séjour à Paris, il serait venu ce matin.

— C'est non seulement un grand musicien, dit
Ursule, mais un homme adorable de naïveté.

— Ces leçons-là doivent coûter cher ! s'écria Désiré.

Un sourire d'ironie fut échangé par les joueurs.
Quand la partie se termina, le docteur, soucieux jusqu'alors, prit en regardant Savinien l'air d'un homme
peiné d'avoir à remplir une obligation.

— Monsieur, lui-dit-il, je vous sais beaucoup de gré
du sentiment qui vous a porté à me faire si promptement
visite; mais madame votre mère me suppose des arrière-
pensées très peu nobles, et je lui donnerais le droit de
les croire vraies si je ne vous priais pas de ne plus venir
me voir, malgré l'honneur que me feraient vos visites et
le plaisir que j'aurais à cultiver votre société. Mon
honneur et mon repos exigent que nous cessions toute
relation de voisinage. Dites à madame votre mère que,
si je ne vais point la prier de nous faire l'honneur, à
ma pupille et à moi, d'accepter à dîner dimanche prochain, c'est à cause de la certitude où je suis qu'elle
serait indisposée ce jour-là.

Le vieillard tendit la main au jeune vicomte, qui la
lui serra respectueusement, en lui disant :

— Vous avez raison, monsieur !

Et il se retira, non sans faire à Ursule un salut qui

révélait plus de mélancolie que de désappointement.

Désiré sortit en même temps que le gentilhomme; mais il lui fut impossible d'échanger un mot, car Savinien se précipita chez lui.

Le désaccord des Portenduère et du docteur Minoret défraya, pendant deux jours, la conversation des héritiers, qui rendirent hommage au génie de Dionis, et regardèrent alors leur succession comme sauvée. Ainsi, dans un siècle où les rangs se nivellent, où la manie de l'égalité met de plain-pied tous les individus et menace tout, jusqu'à la subordination militaire, dernier retranchement du pouvoir en France; où, par conséquent, les passions n'ont plus d'autres obstacles à vaincre que les antipathies personnelles ou le défaut d'équilibre entre les fortunes, l'obstination d'une vieille Bretonne et la dignité du docteur Minoret élevaient entre ces deux amants des barrières destinées, comme autrefois, moins à détruire qu'à fortifier l'amour. Pour un homme passionné, toute femme vaut ce qu'elle lui coûte; or, Savinien apercevait une lutte, des efforts, des incertitudes qui lui rendaient déjà cette jeune fille chère : il voulait la conquérir. Peut-être nos sentiments obéissent-ils aux lois de la nature sur la durée de ses créations : à longue vie, longue enfance !

XIII

LES FIANÇAILLES DU CŒUR

LE lendemain matin, en se levant, Ursule et Savinien eurent une même pensée. Cette entente ferait naître l'amour si elle n'en était pas déjà la plus délicieuse preuve. Lorsque la jeune fille écarta légèrement ses rideaux afin de donner à ses yeux l'espace strictement nécessaire pour voir chez Savinien, elle aperçut la figure de son amant au-dessus de l'espagnolette en face. Quand on songe aux immenses services que rendent les fenêtres aux amoureux, il semble assez naturel d'en faire l'objet d'une contribution. Après avoir ainsi protesté contre la dureté de son parrain, Ursule laissa retomber les rideaux, et ouvrit ses fenêtres pour fermer ses persiennes, à travers lesquelles elle pourrait désormais voir sans être vue. Elle monta bien sept ou huit fois pendant la journée à sa chambre, et trouva toujours le jeune vicomte écrivant, déchirant des papiers et recommençant à écrire, à elle sans doute !

Le lendemain matin, au réveil d'Ursule, la Bougival lui monta la lettre suivante :

A MADEMOISELLE URSULE

« Mademoiselle,

« Je ne me fais point illusion sur la défiance que doit inspirer un jeune homme qui s'est mis dans la position d'où je ne suis sorti que par l'intervention de votre tuteur : il me faut donner désormais plus de garanties que tout autre ; aussi, mademoiselle, est-ce avec une profonde humilité que je me mets à vos pieds pour vous avouer mon amour. Cette déclaration n'est pas dictée par une passion; elle vient d'une certitude qui embrasse la vie entière. Une folle passion pour ma jeune tante, madame de Kergarouët, m'a jeté en prison; ne trouverez-vous pas une marque de sincère amour dans la complète disparition de mes souvenirs, et de cette image effacée de mon cœur par la vôtre ? Dès que je vous ai vue endormie et si gracieuse dans votre sommeil d'enfant, à Bouron, vous avez occupé mon âme en reine qui prend possession de son empire. Je ne veux pas d'autre femme que vous. Vous avez toutes les distinctions que je souhaite dans celle qui doit porter mon nom. L'éducation que vous avez reçue et la dignité de votre cœur vous mettent à la hauteur des situations les plus élevées. Mais je doute trop de moi-même pour essayer de vous bien peindre à vous-même, je ne puis que vous aimer. Après vous avoir entendue hier, je me suis souvenu de ces phrases qui semblent écrites pour vous :

» Faite pour attirer les cœurs et charmer les yeux, à la
» fois douce et intelligente, spirituelle et raisonnable, polie
» comme si elle avait passée sa vie dans les cours, simple
» comme le solitaire qui n'a jamais connu le monde, le feu
» de son âme est tempéré dans ses yeux par une divine
» modestie [189]. »

« J'ai senti le prix de cette belle âme qui se révèle en vous dans les plus petites choses. Voilà ce qui me donne la hardiesse de vous demander, si vous n'aimez encore personne, de me laisser vous prouver par mes soins et par ma conduite que je suis digne de vous. Il s'agit de ma vie, vous ne pouvez douter que toutes mes forces ne soient employées non seulement à vous plaire, mais encore à mériter votre estime, qui peut tenir lieu de celle de toute la terre. Avec cet espoir, Ursule, et si vous me permettez de vous nommer dans mon cœur comme une adorée, Nemours sera pour moi le paradis, et les plus difficiles entreprises ne m'offriront que des jouissances qui vous seront rapportées comme on rapporte tout à Dieu. Dites-moi donc que je puis me dire

« Votre Savinien. »

Ursule baisa cette lettre; puis, après l'avoir relue et
tenue avec des mouvements insensés, elle s'habilla pour
aller la montrer à son parrain.

— Mon Dieu ! j'ai failli sortir sans faire mes prières,
dit-elle en rentrant pour s'agenouiller à son prie-Dieu.

Quelques instants après, elle descendit au jardin et
y trouva son tuteur, à qui elle fit lire la lettre de Savinien.
Tous deux, ils s'assirent sur le banc, sous le massif de
plantes grimpantes, en face du pavillon chinois : Ursule
attendait un mot du vieillard, et le vieillard réfléchissait
beaucoup trop longtemps pour une fille impatiente.
Enfin, de leur entretien secret, il résulta la lettre suivante,
que le docteur avait sans doute en partie dictée :

« Monsieur,

« Je ne puis être que fort honorée de la lettre par laquelle
vous m'offrez votre main; mais, à mon âge, et d'après les
lois de mon éducation, j'ai dû la communiquer à mon tuteur,
qui est toute ma famille, et que j'aime à la fois comme un
père et comme un ami. Voici donc les cruelles objections
qu'il m'a faites et qui doivent me servir de réponse.

« Je suis, monsieur le vicomte, une pauvre fille dont la
fortune à venir dépend entièrement non seulement des bons
vouloirs de mon parrain, mais encore des mesures chan-
ceuses qu'il prendra pour éluder les mauvais vouloirs de ses
héritiers à mon égard. Quoique fille légitime de Joseph
Mirouët, capitaine de musique au 45ᵉ régiment d'infanterie,
comme il est le beau-frère naturel de mon tuteur, on pourrait,
quoique sans raison, faire un procès à une jeune fille qui
resterait sans défense. Vous voyez, monsieur, que mon peu
de fortune n'est pas mon plus grand malheur. J'ai bien des
raisons d'être humble. C'est pour vous et non pour moi que
je vous soumets de pareilles observations, qui sont souvent
d'un poids léger pour des cœurs aimants et dévoués. Mais
considérez aussi, monsieur, que, si je ne vous les soumettais
pas, je serais soupçonnée de vouloir faire passer votre tendresse par-dessus des obstacles que le monde et surtout
votre mère trouveraient invincibles. J'aurai seize ans dans
quatre mois. Peut-être reconnaîtrez-vous que nous sommes

l'un et l'autre trop jeunes et trop inexpérimentés pour combattre les misères d'une vie commencée sans autre fortune que ce que je tiens de la bonté de feu M. de Jordy. Mon tuteur désire, d'ailleurs, ne pas me marier avant que j'aie atteint vingt ans. Qui sait ce que le sort vous réserve durant ces quatre années, les plus belles de votre vie ? Ne la brisez donc pas pour une pauvre fille.

« Après vous avoir exposé, monsieur, les raisons de mon cher tuteur, qui, loin de s'opposer à mon bonheur, veut y contribuer de toutes ses forces et souhaite voir sa protection, bientôt débile, remplacée par une tendresse égale à la sienne, il me reste à vous dire combien je suis touchée et de votre offre et des compliments affectueux qui l'accompagnent. La prudence qui dicte cette réponse est d'un vieillard à qui la vie est bien connue; mais la reconnaissance que je vous exprime est d'une jeune fille à qui nul autre sentiment n'est entré dans l'âme.

« Ainsi, monsieur, je puis me dire, en toute vérité,

« Votre servante,

« URSULE MIROUET. »

Savinien ne répondit pas. Faisait-il des tentatives auprès de sa mère ? Cette lettre avait-elle éteint son amour ? Mille questions semblables, toutes insolubles, tourmentaient horriblement Ursule et, par ricochet, le docteur, qui souffrait des moindres agitations de sa chère enfant. Ursule montait souvent à sa chambre et regardait chez Savinien, qu'elle voyait pensif, assis devant sa table et tournant souvent les yeux vers ses fenêtres à elle. A la fin de la semaine, pas plus tôt, elle reçut la lettre suivante de Savinien, dont le retard s'expliquait par un surcroît d'amour :

A MADEMOISELLE URSULE MIROUET

« Chère Ursule, je suis un peu Breton; et, une fois mon parti pris, rien ne m'en fait changer. Votre tuteur, que Dieu conserve encore longtemps, a raison; mais ai-je donc tort de vous aimer ? Aussi voudrais-je seulement savoir de vous si vous m'aimez. Dites-le-moi, ne fût-ce que par un signe, et c'est alors que ces quatre années deviendront les plus belles de ma vie !

« Un de mes amis a remis à mon grand-oncle, le vice-amiral de Kergarouët, une lettre où je lui demande sa protection pour entrer dans la marine. Ce bon vieillard, ému par mes malheurs, m'a répondu que la bonne volonté du roi serait contrecarrée par les règlements, dans le cas où je voudrais un grade. Néanmoins, après trois mois d'études à Toulon, le ministre me fera partir comme maître de timonerie; puis, après une croisière contre les Algériens, avec lesquels nous sommes en guerre, je puis subir un examen et devenir aspirant. Enfin, si je me distingue dans l'expédition qui se prépare contre Alger, je serai certainement enseigne; mais dans combien de temps ? ... Personne ne peut le dire. Seulement, on rendra les ordonnances aussi élastiques qu'il sera possible pour réintégrer le nom de Portenduère à la marine. Je ne dois vous obtenir que de votre parrain, je le vois; et votre respect pour lui vous rend plus chère à mon cœur. Avant de répondre, je vais donc avoir une entrevue avec lui : de sa réponse dépendra tout mon avenir Quoi qu'il advienne, sachez que, riche ou pauvre, fille d'un capitaine de musique ou fille d'un roi, vous êtes pour moi celle que la voix de mon cœur a désignée. Chère Ursule, nous sommes dans un temps où les préjugés, qui jadis nous eussent séparés, n'ont pas assez de force pour empêcher notre mariage. A vous donc tous les sentiments de mon cœur, et à votre oncle des garanties qui lui répondent de votre félicité ! Il ne sait pas que je vous ai dans quelques instants plus aimée qu'il ne vous aime depuis quinze ans... A ce soir. »

— Tenez, mon parrain, dit Ursule en lui tendant cette lettre par un mouvement d'orgueil.

— Ah ! mon enfant, s'écria le docteur après avoir lu la lettre, je suis plus content que toi. Le gentilhomme a, par cette résolution, réparé toutes ses fautes.

Après le dîner, Savinien se présenta chez le docteur qui se promenait alors avec Ursule le long de la balustrade de la terrasse sur la rivière. Le vicomte avait reçu ses habits de Paris, et l'amoureux n'avait pas manqué de rehausser ses avantages naturels par une mise aussi soignée, aussi élégante que s'il se fût agi de plaire à la belle et fière comtesse de Kergarouët. En le voyant venir du perron vers eux, la pauvre petite serra le bras de son oncle absolument comme si elle se retenait pour ne pas tomber dans un précipice, et le docteur entendit de profondes et sourdes palpitations qui lui donnèrent le frisson.

— Laisse-nous, mon enfant, dit-il à sa pupille, qui s'assit sur les marches du pavillon chinois après avoir laissé prendre sa main par Savinien, qui y déposa un baiser respectueux.

— Monsieur, donnerez-vous cette chère personne à un capitaine de vaisseau ? dit le jeune vicomte à voix basse au docteur.

— Non, dit Minoret en souriant; nous pourrions attendre trop longtemps; mais... à un lieutenant de vaisseau.

Des larmes de joie humectèrent les yeux du jeune homme, qui serra très affectueusement la main du vieillard.

— Je vais donc partir, répondit-il, aller étudier et tâcher d'apprendre en six mois ce que les élèves de l'École de marine ont appris en six ans.

— Partir ? dit Ursule en s'élançant du perron vers eux.

— Oui, mademoiselle, pour vous mériter. Ainsi, plus j'y mettrai d'empressement, plus d'affection je vous témoignerai.

— Nous sommes aujourd'hui le 3 octobre, dit-elle en le regardant avec une tendresse infinie, partez après le 19.

— Oui, dit le vieillard, nous fêterons la Saint-Savinien.

— Adieu donc, s'écria le jeune homme. Je dois aller passer cette semaine à Paris, y faire les démarches nécessaires, mes préparatifs et mes acquisitions de livres,

d'instruments de mathématiques, me concilier la faveur
du ministre et obtenir les meilleures conditions possibles.

Ursule et son parrain reconduisirent Savinien jusqu'à
la grille. Après l'avoir vu rentrant chez sa mère, ils
le virent sortir accompagné de Tiennette, qui portait
une petite malle.

— Pourquoi, si vous êtes riche, le forcez-vous à
servir dans la marine ? dit Ursule à son parrain.

— Je crois que ce sera bientôt moi qui aurai fait
ses dettes, dit le docteur en souriant. Je ne le force
point; mais l'uniforme, mon cher cœur, et la croix de
la Légion d'Honneur gagnée dans un combat, effaceront
bien des taches. En quatre ans, il peut arriver à commander un bâtiment, et voilà tout ce que je lui demande.

— Mais il peut périr, dit-elle en montrant au docteur un visage pâle.

— Les amoureux ont, comme les ivrognes, un dieu
pour eux, répondit le docteur en plaisantant.

A l'insu de son parrain, la pauvre petite, aidée par la
Bougival, coupa pendant la nuit une quantité suffisante de ses longs et beaux cheveux blonds pour faire
une chaîne; puis, le surlendemain, elle séduisit son
maître de musique, le vieux Schmucke, qui lui promit
de veiller à ce que les cheveux ne fussent pas changés
et que la chaîne fût achevée pour le dimanche suivant.

A son retour, Savinien apprit au docteur et à sa
pupille qu'il avait signé son engagement. Il devait
être rendu le 25 à Brest. Invité par le docteur à dîner
pour le 18, il passa deux journées presque entières chez
le docteur; et, malgré les plus sages recommandations,
les deux amoureux ne purent s'empêcher de trahir leur
bonne intelligence aux yeux du curé, du juge de paix,
du médecin de Nemours et de la Bougival.

— Enfants, leur dit le vieillard, vous jouez votre
bonheur en ne vous gardant pas le secret à vous-mêmes.

Enfin, le jour de sa fête, après la messe, pendant
laquelle il y eut quelques regards échangés, Savinien,

épié par Ursule, traversa la rue et vint dans ce petit
jardin où tous deux se trouvèrent presque seuls. Par
indulgence, le bonhomme lisait ses journaux dans le
pavillon chinois.

— Chère Ursule, dit Savinien, voulez-vous me faire
une fête plus grande que ne pourrait me la faire ma mère
en me donnant une seconde fois la vie ?...

— Je sais ce que vous voulez me demander, dit
Ursule en l'interrompant. Tenez, voici ma réponse,
ajouta-t-elle en prenant dans la poche de son tablier
la chaîne faite de ses cheveux et la lui présentant dans
un tremblement nerveux qui accusait une joie illimitée.
Portez ceci, dit-elle, pour l'amour de moi. Puisse mon
présent écarter de vous tous les périls en vous rappelant
que ma vie est attachée à la vôtre !

— Ah ! la petite masque, elle lui donne une chaîne
de ses cheveux, se disait le docteur. Comment s'y est-
elle prise ? Couper dans ses belles tresses blondes !...
mais elle lui donnerait donc mon sang ?

— Ne trouverez-vous pas bien mauvais de vous
demander, avant de partir, une promesse formelle de
n'avoir jamais d'autre mari que moi ? dit Savinien
en baisant cette chaîne et regardant Ursule sans pouvoir
retenir une larme.

— Si je ne vous l'ai pas trop dit déjà, moi qui suis
venue contempler les murs de Sainte-Pélagie quand
vous y étiez, répondit-elle en rougissant, je vous le
répète, Savinien : je n'aimerai jamais que vous et ne
serai jamais qu'à vous.

En voyant Ursule à demi cachée dans le massif, le
jeune homme ne tint pas contre le plaisir de la serrer
sur son cœur et de l'embrasser au front; mais elle jeta
comme un cri faible, se laissa tomber sur le banc, et,
lorsque Savinien se mit auprès d'elle en lui demandant
pardon, il vit le docteur devant eux.

— Mon ami, dit-il, Ursule est une véritable sensitive
qu'une parole amère tuerait. Pour elle, vous devrez

modérer l'éclat de l'amour. Ah ! si vous l'eussiez aimée
depuis seize ans, vous vous seriez contenté de sa parole,
ajouta-t-il pour se venger du mot par lequel Savinien
avait terminé sa dernière lettre.

Deux jours après, Savinien partit. Malgré les lettres
qu'il écrivit régulièrement à Ursule, elle fut en proie
à une maladie sans cause sensible. Semblable à ces beaux
fruits attaqués par un ver, une pensée lui rongeait le
cœur. Elle perdit l'appétit et ses belles couleurs. Quand
son parrain lui demanda la première fois ce qu'elle
éprouvait :

— Je voudrais voir la mer, dit-elle.

— Il est difficile de te mener en décembre voir un
port de mer, lui répondit le vieillard.

— Irai-je donc ? dit-elle.

De grands vents s'élevaient-ils, Ursule éprouvait
des commotions en croyant, malgré les savantes distinctions de son parrain, du curé, du juge de paix, entre
les vents de mer et ceux de terre, que Savinien se trouvait aux prises avec un ouragan. Le juge de paix la
rendit heureuse pour quelques jours avec une gravure
qui représentait un aspirant en costume. Elle lisait les
journaux en imaginant qu'ils donneraient des nouvelles
de la croisière pour laquelle Savinien était parti. Elle
dévora les romans maritimes de Cooper, et voulut
apprendre les termes de marine. Ces preuves de la fixité
de la pensée, souvent jouées par les autres femmes,
furent si naturelles chez Ursule, qu'elle vit en rêve
chacune des lettres de Savinien, et ne manqua jamais
à les annoncer le matin même, en racontant le songe
avant-coureur.

— Maintenant, dit-elle au docteur, la quatrième
fois que ce fait eut lieu sans que le curé et le médecin
en fussent surpris, je suis tranquille : à quelque distance
que Savinien soit, s'il est blessé, je le sentirai dans le
même instant.

Le vieux médecin resta plongé dans une profonde

méditation que le juge de paix et le curé jugèrent douloureuse, à voir l'expression de son visage.

— Qu'avez-vous ? lui demandèrent-ils quand Ursule
les eut laissés seuls.

— Vivra-t-elle ? répondit le vieux médecin. Une si
délicate et si tendre fleur résistera-t-elle à des peines
de cœur ?

Néanmoins, *la petite rêveuse,* comme la surnomma le
curé, travaillait avec ardeur; elle comprenait l'importance d'une grande instruction pour une femme du
monde, et tout le temps qu'elle ne donnait pas au chant,
à l'étude de l'Harmonie et de la Composition, elle le
passait à lire les livres que lui choisissait l'abbé Chaperon
dans la riche bibliothèque de son parrain. Tout en menant
cette vie occupée, elle souffrait, mais sans se plaindre.
Parfois, elle restait des heures entières à regarder la
fenêtre de Savinien. Le dimanche, à la sortie de la messe,
elle suivait Mme de Portenduère en la contemplant
avec tendresse, car, malgré ses duretés, elle aimait en
elle la mère de Savinien. Sa piété redoublait, elle allait
à la messe tous les matins, car elle crut fermement que
ses rêves étaient une faveur de Dieu.

Effrayé des ravages produits par cette nostalgie de
l'amour, le jour de la naissance d'Ursule, son parrain
lui promit de la conduire à Toulon voir le départ de
l'expédition d'Alger sans que Savinien, qui en faisait
partie, en fût instruit. Le juge de paix et le curé gardèrent
le secret au docteur sur le but de ce voyage, qui parut
être entrepris pour la santé d'Ursule, et qui intrigua beaucoup les héritiers Minoret. Après avoir revu Savinien
en uniforme d'aspirant, après avoir monté sur le beau
vaisseau de l'amiral, à qui le ministre avait recommandé
le jeune Portenduère, Ursule, à la prière de son ami,
alla respirer l'air de Nice, et parcourut la côte de la
Méditerranée jusqu'à Gênes, où elle apprit l'arrivée de
la flotte devant Alger et les heureuses nouvelles du
débarquement.

Le docteur aurait voulu continuer ce voyage à travers l'Italie, autant pour distraire Ursule que pour achever en quelque sorte son éducation en agrandissant ses idées par la comparaison des mœurs, des pays, et par les enchantements de la terre où vivent les chefs-d'œuvre de l'art, et où tant de civilisations ont laissé leurs traces brillantes; mais la nouvelle de la résistance opposée par le trône aux électeurs de la fameuse Chambre de 1830 rappela le docteur en France, où il ramena sa pupille dans un état de santé florissante, et riche d'un charmant petit modèle du vaisseau sur lequel servait Savinien. [190]

XIV

URSULE ENCORE UNE FOIS ORPHELINE

Les Élections de 1830 donnèrent de la consistance aux héritiers, qui, par les soins de Désiré Minoret et de Goupil, formèrent à Nemours un comité dont les efforts firent nommer à Fontainebleau le candidat libéral. Massin exerçait une énorme influence sur les électeurs de la campagne. Cinq des fermiers du maître de poste étaient électeurs. Dionis représentait plus de onze voix. En se réunissant chez le notaire, Crémière, Massin, le maître de poste et leurs adhérents finirent par prendre l'habitude de s'y voir. Au retour du docteur, le salon de Dionis était donc devenu le camp des héritiers. Le juge de paix et le maire, qui se lièrent alors pour résister aux libéraux de Nemours, battus par l'Opposition malgré les efforts des châteaux situés aux environs, furent étroitement unis par leur défaite. Lorsque Bongrand et l'abbé Chaperon apprirent au docteur le résultat de cet antagonisme qui dessina, pour la première fois, deux partis dans Nemours, et donna de l'importance aux héritiers Minoret, Charles X partait de Rambouillet pour Cherbourg. Désiré Minoret, qui partageait les opinions du barreau de Paris, avait fait venir de Nemours quinze de ses amis commandés par Goupil, et à qui le maître de poste donna des chevaux pour courir à Paris, où ils arrivèrent chez Désiré dans la nuit du 28. Goupil et Désiré coopérèrent avec cette troupe à la prise de l'Hôtel de Ville. Désiré Minoret fut décoré de la Légion d'Honneur, et nommé substitut du procureur du roi à Fontainebleau. Goupil eut la

croix de Juillet. Dionis fut élu maire de Nemours en
remplacement du *sieur* Levrault, et le conseil municipal
se composa de Minoret-Levrault, adjoint; de Massin,
de Crémière et de tous les adhérents du salon de Dionis.
Bongrand ne garda sa place que par l'influence de son
fils, fait procureur du roi à Melun, et dont le mariage
avec Mlle Levrault parut alors probable.

En voyant le trois pour cent à quarante-cinq, le
docteur partit en poste pour Paris, et plaça cinq cent
quarante mille francs en inscriptions au porteur. Le
reste de sa fortune, qui allait environ à deux cent
soixante et dix mille francs, lui donna, mis à son nom
dans le même fonds, ostensiblement quinze mille francs
de rente. Il employa de la même manière le capital légué
par le vieux professeur à Ursule, ainsi que les huit
mille francs produits en neuf ans par les intérêts, ce
qui fit à sa pupille quatorze cents francs de rente, au
moyen d'une petite somme qu'il ajouta pour arrondir
ce léger revenu. D'après les conseils de son maître, la
vieille Bougival eut trois cent cinquante francs de
rente en plaçant ainsi cinq mille et quelques cents francs
d'économies. Ces sages opérations, méditées entre le
docteur et le juge de paix, furent accomplies dans le
plus profond secret à la faveur des troubles politiques.

Quand le calme fut à peu près rétabli, le docteur
acheta une petite maison contiguë à la sienne, et l'abattit,
ainsi que le mur de sa cour, pour faire construire à la
place une remise et une écurie. Employer le capital de
mille francs de rente à se donner des communs parut
une folie à tous les héritiers Minoret. Cette prétendue
folie fut le commencement d'une ère nouvelle dans la
vie du docteur, qui, par un moment où les chevaux et
les voitures se donnaient presque, ramena de Paris
trois superbes chevaux et une calèche.

Quand, au commencement de novembre 1830, le
vieillard vint pour la première fois, par un temps
pluvieux, en calèche à la messe, et descendit pour donner

la main à Ursule, tous les habitants accoururent sur la place, autant pour voir la voiture du docteur et questionner son cocher, que pour gloser sur la pupille, à l'excessive ambition de laquelle Massin, Crémière, le maître de poste et leurs femmes attribuaient les folies de leur oncle.

— La calèche ! hé, Massin ! cria Goupil. Votre succession va bon train, hein ?

— Tu dois avoir demandé de bons gages, Cabirolle ? dit le maître de poste au fils d'un de ses conducteurs qui restait auprès des chevaux, car il faut espérer que tu n'useras pas beaucoup de fers chez un homme de quatre-vingt-quatre ans. Combien les chevaux ont-ils coûté ?

— Quatre mille francs. La calèche, quoique de hasard, a été payée deux mille francs [191]; mais elle est belle, les roues sont à patente [192].

— Comment dites-vous, Cabirolle ? demanda Mme Crémière.

— Il dit *à ma tante*, répondit Goupil, c'est une idée des Anglais, qui ont inventé ces roues-là. Tenez ! voyez-vous, on ne voit rien du tout, c'est emboîté, c'est joli, on n'accroche pas, il n'y a plus ce vilain bout de fer carré, qui dépassait l'essieu [193].

— A quoi rime *ma tante ?* dit alors innocemment Mme Crémière.

— Comment, dit Goupil, ça ne vous *tente* donc pas ?

— Ah ! je comprends, dit-elle.

— Eh bien, non, vous êtes une honnête femme, dit Goupil, il ne faut pas vous tromper, le vrai mot, c'est *à patte entre*, parce que la fiche est cachée.

— Oui, madame, dit Cabirolle, qui fut la dupe de l'explication de Goupil, tant le clerc la donna sérieusement.

— C'est une belle voiture, tout de même, s'écria Crémière, et il faut être riche pour prendre un pareil genre.

— Elle va bien, la petite, dit Goupil. Mais elle a

raison, elle vous apprend à jouir de la vie. Pourquoi
n'avez-vous pas de beaux chevaux et des calèches, vous,
papa Minoret ? Vous laisserez-vous humilier ? A votre
place, moi, j'aurais une voiture de prince !

— Voyons, Cabirolle, dit Massin, est-ce la petite qui
lance notre oncle dans ces luxes-là ?

— Je ne sais pas, répondit Cabirolle, mais elle est
quasiment la maîtresse au logis. Il vient maintenant
maître sur maître de Paris. Elle va, dit-on, étudier
la peinture.

— Je saisirai cette occasion pour faire *tirer* mon
portrait, dit Mme Crémière.

En province, on dit encore *tirer*, au lieu de *faire*
un portrait [194].

— Le vieil Allemand n'est cependant pas renvoyé,
dit Mme Massin.

— Il y est encore aujourd'hui, répondit Cabirolle.

— Abondance de chiens ne nuit pas [195], dit Mme Crémière, qui fit rire tout le monde.

— Maintenant, s'écria Goupil, vous ne devez plus
compter sur la succession. Ursule a bientôt dix-sept ans,
elle est plus jolie que jamais; les voyages forment la
jeunesse, et la petite farceuse tient votre oncle par le
bon bout. Il y a cinq ou six paquets pour elle aux voitures par semaine, et les couturières, les modistes viennent lui essayer ici ses robes et ses affaires. Aussi ma
patronne est-elle furieuse. Attendez Ursule à la sortie
et regardez son petit châle de cou, un vrai cachemire
de six cents francs.

La foudre serait tombée au milieu du groupe des
héritiers, elle n'aurait pas produit plus d'effet que les
derniers mots de Goupil, qui se frottait les mains.

Le vieux salon vert du docteur fut renouvelé par un
tapissier de Paris. Jugé sur le luxe qu'il déployait, le
vieillard était tantôt accusé d'avoir celé sa fortune et de
posséder soixante mille livres de rente, tantôt de dépenser ses capitaux pour plaire à Ursule. On faisait de lui

tour à tour un richard et un libertin. Ce mot : « C'est un vieux fou ! » résuma l'opinion du pays. Cette fausse direction des jugements de la petite ville eut pour avantage de tromper les héritiers, qui ne soupçonnèrent point l'amour de Savinien pour Ursule, véritable cause des dépenses du docteur, enchanté d'habituer sa pupille à son rôle de vicomtesse, et qui, riche de plus de cinquante mille francs de rente, se donnait le plaisir de parer son idole.

Au mois de février 1832, le jour où Ursule avait dix-sept ans, le matin même en se levant, elle vit Savinien, en costume d'enseigne, à sa fenêtre.

— Comment n'en ai-je rien su ? se dit-elle.

Depuis la prise d'Alger, où Savinien se distingua par un trait de courage qui lui valut la croix, la corvette sur laquelle il servait étant restée pendant plusieurs mois à la mer, il lui avait été tout à fait impossible d'écrire au docteur, et il ne voulait pas quitter le service sans l'avoir consulté. Jaloux de conserver à la marine un nom illustre, le nouveau gouvernement avait profité du remue-ménage de Juillet pour donner le grade d'enseigne à Savinien. Après avoir obtenu un congé de quinze jours, le nouvel enseigne arrivait de Toulon par la malle-poste pour la fête d'Ursule et pour prendre en même temps l'avis du docteur.

— Il est arrivé ! cria la filleule en se précipitant dans la chambre de son parrain.

— Très bien, répondit-il ; je devine le motif qui lui fait quitter le service, et il peut maintenant rester à Nemours.

— Ah ! voilà ma fête : elle est toute dans ce mot, dit-elle en embrassant le docteur.

Sur un signe qu'elle alla faire au gentilhomme, Savinien vint [196] aussitôt ; elle voulait l'admirer, car il lui semblait changé en mieux. En effet, le service militaire imprime aux gestes, à la démarche, à l'air des hommes une décision mêlée de gravité, je ne sais quelle rectitude qui permet au plus superficiel observateur de recon-

naître un militaire sous l'habit bourgeois : rien ne
démontre mieux que l'homme est fait pour commander.
Ursule en aima davantage encore Savinien, et ressentit
une joie d'enfant à se promener dans le petit jardin en
lui donnant le bras et lui faisant raconter la part qu'il
avait eue, *en sa qualité d'aspirant*, à la prise d'Alger.
Évidemment, Savinien avait pris Alger. Elle voyait,
disait-elle, tout en rouge, quand elle regardait la décoration de Savinien. Le docteur, qui, de sa chambre,
les surveillait en s'habillant, vint les retrouver. Sans
s'ouvrir entièrement au vicomte, il lui dit alors qu'au
cas ou Mme de Portenduère consentirait à son mariage
avec Ursule la fortune de sa filleule rendait superflu
le traitement des grades qu'il pouvait acquérir.

— Hélas ! dit Savinien, il faudra bien du temps pour
vaincre l'opposition de ma mère. Avant mon départ,
placée entre l'alternative de me voir rester près d'elle
si elle consentait à mon mariage avec Ursule, ou de
ne plus me revoir que de loin en loin et de me savoir
exposé aux dangers de ma carrière, elle m'a laissé partir...

— Mais, Savinien, nous serons ensemble, dit Ursule
en lui prenant la main et la lui secouant avec une espèce
d'impatience.

Se voir et ne plus se quitter, c'était pour elle tout
l'amour; elle ne voyait rien au delà; et son joli geste, la
mutinerie de son accent exprimèrent tant d'innocence,
que Savinien et le docteur en furent attendris. La démis-
sion fut envoyée, et la fête d'Ursule reçut de la présence
de son fiancé le plus bel éclat. Quelques mois après, vers
le mois de mai, la vie intérieure reprit chez le docteur
Minoret le calme d'autrefois, mais avec un habitué de
plus. Les assiduités du jeune vicomte furent d'autant
plus promptement interprétées comme celles d'un
futur [197], que, soit à la messe, soit à la promenade, ses
manières et celles d'Ursule, quoique réservées, trahissaient l'entente de leurs cœurs. Dionis fit observer aux
héritiers que le bonhomme ne demandait point ses

intérêts à Mme de Portenduère, et que [198] la vieille dame
lui devait déjà trois années.

— Elle sera forcée de céder, de consentir à la mésal-
liance de son fils, dit le notaire. Si ce malheur arrive, il
est probable qu'une grande partie de la fortune de votre
oncle servira, selon Basile, d'argument irrésistible [199].

L'irritation des héritiers, en devinant que leur oncle
leur préférait trop Ursule pour ne pas assurer son bonheur à leurs dépens, devint alors aussi sourde que profonde. Réunis tous les soirs chez Dionis depuis la révolution de Juillet, ils y maudissaient les deux amants,
et la soirée ne s'y terminait guère sans qu'ils eussent
cherché, mais vainement, les moyens de contrecarrer
le vieillard. Zélie, qui sans doute avait profité, comme
le docteur, de la baisse des rentes pour placer avantageusement ses énormes capitaux, était la plus acharnée
après l'orpheline et les Portenduère. Un soir, où Goupil,
qui se gardait cependant de s'ennuyer dans ces soirées,
était venu pour se tenir au courant des affaires de la ville
qui se discutaient là, Zélie eut une recrudescence de
haine : elle avait vu le matin le docteur, Ursule et Savinien revenant en calèche d'une promenade aux environs, [200] dans une intimité qui disait tout.

— Je donnerais bien trente mille francs pour que
Dieu rappelât à lui notre oncle avant que le mariage de
ce Portenduère et de la *mijaurée* se fasse, dit-elle.

Goupil reconduisit M. et Mme Minoret jusqu'au
milieu de leur grande cour, et leur dit en regardant autour
de lui pour savoir s'ils étaient bien seuls :

— Voulez-vous me donner les moyens d'acheter
l'étude de Dionis, et je ferai rompre le mariage de M. de
Portenduère avec Ursule ?

— Comment ? demanda le colosse.

— Me croyez-vous assez niais pour vous dire mon
projet ? répondit le maître clerc.

— Eh bien, mon garçon, brouille-les, et nous verrons,
dit Zélie.

— Je ne m'embarque point dans de pareils tracas
sur un : nous verrons ! Le jeune homme est un crâne
qui pourrait me tuer, et je dois être ferré à glace, être
de sa force à l'épée et au pistolet. Établissez-moi, je
vous tiendrai parole.

— Empêche ce mariage et je t'établirai, répondit le
maître de poste.

— Voici neuf mois que vous regardez à me prêter
quinze mille malheureux francs pour acheter l'étude
de Lecœur, l'huissier[201], et vous voulez que je me fie
à cette parole ? Allez, vous perdrez la succession de
votre oncle et ce sera bien fait.

— S'il ne s'agissait que de quinze mille francs et de
l'étude de Lecœur, je ne dis pas, répondit Zélie; mais
vous cautionner pour cinquante mille écus !...

— Mais je payerai, dit Goupil, en lançant à Zélie
un regard fascinateur qui rencontra le regard impérieux
de la maîtresse de poste.

Ce fut comme du venin sur de l'acier.

— Nous attendrons, dit Zélie.

— Ayez donc le génie du mal ! pensa Goupil. Si
jamais je les tiens, ceux-là, se dit-il en sortant, je les
presserai comme des citrons.

En cultivant la société du docteur, du juge de paix et
du curé, Savinien leur prouva l'excellence de son caractère. L'amour de ce jeune homme pour[202] Ursule,
si dégagé de tout intérêt, si persistant, intéressa si
vivement les trois amis, qu'ils[203] ne séparaient plus ces
deux enfants dans leurs pensées. Bientôt la monotonie
de cette vie patriarcale et la certitude que les amants
avaient de leur avenir finirent par donner à leur affection
une apparence de fraternité. Souvent le docteur laissait
Ursule et Savinien seuls. Il avait[204] bien jugé ce charmant jeune homme, qui baisait la main d'Ursule en
arrivant et ne la lui eût pas demandée seul avec elle,
tant il était pénétré de respect pour l'innocence, pour
la candeur de cette enfant, dont l'excessive sensibilité,

souvent éprouvée, lui avait appris qu'une expression dure, un air froid ou des alternatives de douceur et de brusquerie pouvaient la tuer. Les grandes hardiesses des deux amants se commettaient en présence des vieillards, le soir. Deux années, pleines de joies secrètes, se passèrent ainsi, sans autre événement que les tentatives inutiles du jeune homme pour obtenir le consentement de sa mère à son mariage avec Ursule. Il parlait quelquefois des matinées entières, sa mère l'écoutait sans répondre à ses raisons et à ses prières, autrement que par un silence de Bretonne ou par des refus. A dix-neuf ans, Ursule, élégante, excellente musicienne et bien élevée, n'avait plus rien à acquérir : elle était parfaite. Aussi obtint-elle une renommée de beauté, de grâce et d'instruction qui s'étendit au loin. Un jour, le docteur eut à refuser la marquise d'Aiglemont, qui pensait à Ursule pour son fils aîné. Six mois plus tard, malgré le profond secret gardé par Ursule, par le docteur et par Mme d'Aiglemont, Savinien fut instruit par hasard de cette circonstance. Touché de tant de délicatesse, il argua de ce procédé pour vaincre l'obstination de sa mère, qui lui répondit :

— Si les d'Aiglemont veulent se mésallier, est-ce une raison pour nous ?

Au mois de décembre 1834, le pieux et bon vieillard déclina visiblement. En le voyant sortir de l'église, la figure jaune et grippée, les yeux pâles, toute la ville parla de la mort prochaine du bonhomme, alors âgé de quatre-vingt-huit ans.

— Vous saurez ce qui en est, disait-on aux héritiers.

En effet, le décès du vieillard avait l'attrait d'un problème. Mais le docteur ne se savait pas malade, il avait des illusions, et ni la pauvre Ursule, ni Savinien, ni le juge de paix, ni le curé, ne voulaient, par délicatesse, l'éclairer sur sa position; le médecin de Nemours, qui le venait voir tous les soirs, n'osait lui rien prescrire. Le vieux Minoret ne sentait aucune douleur, il s'éteignait

doucement. Chez lui [205], l'intelligence demeurait ferme
et puissante. Chez les vieillards ainsi constitués, l'âme
domine le corps et lui donne la force de mourir debout.
Le curé, pour ne pas avancer le terme fatal, dispensa
son paroissien de venir entendre la messe à l'église,
et lui permit de lire les offices chez lui; car le docteur
accomplissait minutieusement ses devoirs de religion :
plus il alla vers la tombe, plus il aima Dieu. Les clartés
éternelles lui expliquaient de plus en plus les difficultés
de tout genre. Au commencement de la nouvelle année,
Ursule obtint de lui qu'il vendît ses chevaux, sa voiture,
et qu'il congédiât Cabirolle.

Le juge de paix, dont les inquiétudes sur l'avenir
d'Ursule étaient loin de se calmer par les demi-confi-
dences du vieillard, entama la question [206] délicate
de l'héritage, en démontrant un soir à son vieil ami la
nécessité d'émanciper Ursule. La pupille serait alors
habile à recevoir un compte de tutelle et à posséder;
ce qui permettait de l'avantager. Malgré cette ouverture,
le vieillard, qui cependant avait déjà consulté le juge
de paix, ne lui confia point le secret de ses dispositions
envers Ursule; mais il adopta le parti de l'émancipation.
Plus le juge de paix mettait d'insistance à vouloir connaître les moyens choisis par son vieil ami pour enrichir
Ursule, plus le docteur devenait défiant. Enfin Minoret
craignit positivement de confier au juge de paix ses
trente-six mille francs de rente au porteur.

— Pourquoi, lui dit Bongrand, mettre contre vous le
hasard ?

— Entre deux hasards, répondit le docteur, on évite
le plus chanceux.

Bongrand mena l'affaire de l'émancipation assez
rondement pour qu'elle fût terminée le jour où Mlle Mirouët eut ses vingt ans. Cet anniversaire devait être la
dernière fête du vieux docteur, qui, pris sans doute d'un
pressentiment de sa fin prochaine, célébra somptueuse-
ment cette journée en donnant un petit bal auquel il

invita les jeunes personnes et les jeunes gens des quatre familles Dionis, Crémière, Minoret et Massin. Savinien, Bongrand, le curé, ses deux vicaires, le médecin de Nemours et Mmes Zélie Minoret, Massin et Crémière, ainsi que Schmucke, furent les convives du grand dîner qui précéda le bal.

— Je sens que je m'en vais, dit le vieillard au notaire à la fin de la soirée. Je vous prie donc de venir demain pour rédiger le compte de tutelle que je dois rendre à Ursule, afin de ne pas en compliquer ma succession. Dieu merci ! je n'ai pas fait tort d'une obole à mes héritiers, et n'ai disposé que de mes revenus. MM. Crémière, Massin et Minoret, mon neveu, sont membres du conseil de famille institué pour Ursule, ils assisteront à cette reddition de compte.

Ces paroles, entendues par Massin et colportées dans le bal, y répondirent la joie parmi les trois familles, qui depuis quatre ans vivaient en de continuelles alternatives, se croyant tantôt riches, tantôt déshéritées.

— C'est une langue qui s'éteint, dit Mme Crémière.

Quand, vers deux heures du matin, il ne resta plus dans le salon que Savinien, Bongrand et le curé Chaperon, le vieux docteur dit en leur montrant Ursule, charmante en habit de bal, qui venait de dire adieu aux jeunes demoiselles Crémière et Massin :

— C'est à vous, mes amis, que je la confie ! Dans quelques jours, je ne serai plus là pour la protéger : mettez-vous tous entre elle et le monde, jusqu'à ce qu'elle soit mariée... J'ai peur pour elle.

Ces paroles firent une impression pénible. Le compte, rendu quelques jours après en conseil de famille, établissait le docteur Minoret reliquataire de dix mille six cents francs, tant pour les arrérages de l'inscription de quatorze cents francs de rente, dont l'acquisition était expliquée par l'emploi du legs du capitaine de Jordy, que pour un petit capital de cinq mille francs provenant des dons faits, depuis quinze ans, par le docteur à sa

pupille, à leurs jours de fête ou anniversaires de naissance respectifs.

Cette authentique reddition de compte avait été recom-
mandée par le juge de paix, qui redoutait les effets de
la mort du docteur Minoret, et qui, malheureusement,
avait raison. Le lendemain de l'acceptation du compte
de tutelle qui rendait Ursule riche de dix mille six cents
francs et de quatorze cents francs de rente, le vieillard fut pris d'une faiblesse qui le contraignit à garder le
lit. Malgré la discrétion qui enveloppait la maison du
docteur, le bruit de sa mort se répandit en ville, où
les héritiers coururent par les rues comme les grains
d'un chapelet dont le fil est rompu. Massin, qui vint
savoir les nouvelles, apprit d'Ursule elle-même que le
bonhomme était au lit. Malheureusement [207], le médecin
de Nemours avait déclaré que le moment où Minoret
s'aliterait serait celui de sa mort. Dès lors, malgré le
froid, les héritiers stationnèrent dans les rues, sur la
place ou sur le pas de leurs portes, occupés à causer de
cet événement attendu depuis si longtemps, et à épier le
moment où le curé porterait au vieux docteur les sacre-
ments dans l'appareil en usage dans les villes de province.

Aussi, quand, deux jours après, [208] l'abbé Chaperon,
accompagné de son vicaire et des enfants de chœur,
précédé du sacristain portant la croix, traversa la Grand'
Rue, les héritiers se joignirent-ils à lui pour occuper la
maison, empêcher toute soustraction et jeter leurs mains
avides sur les trésors présumés. Lorsque le docteur
aperçut, à travers le clergé, ses héritiers agenouillés
qui, loin de prier, l'observaient par des regards aussi
vifs que les lueurs des cierges, il ne put retenir un
malicieux sourire. Le curé se retourna, les vit et dit alors
assez lentement les prières. Le maître de poste, le premier, quitta sa gênante posture, sa femme le suivit;
Massin craignit que Zélie et son mari ne missent la
main sur quelque bagatelle, il les rejoignit au salon, et
bientôt tous les héritiers s'y trouvèrent réunis.

— Il est trop honnête homme pour voler l'extrême-onction, dit Crémière, ainsi nous voilà bien tranquilles.

— Oui, nous allons avoir chacun environ vingt mille francs de rente, répondit Mᵐᵉ Massin.

— J'ai dans l'idée, dit Zélie, que, depuis trois ans, il ne *plaçait* plus; il *aimait* à thésauriser...

— Le trésor est sans doute dans sa cave ? disait Massin à Crémière.

— Pourvu que nous trouvions quelque chose, dit Minoret-Levrault.

— Mais, après ses déclarations au bal, s'écria Mᵐᵉ Massin, il n'y a plus de doute.

— En tout cas, dit Crémière, comment ferons-nous ? partagerons-nous ? liciterons-nous ? ou distribuerons-nous par lots ? car enfin, nous sommes tous majeurs.

Une discussion, qui s'envenima promptement, s'éleva sur la manière de procéder. Au bout d'une demi-heure, un bruit de voix confus, sur lequel se détachait l'organe criard de Zélie, retentissait dans la cour et jusque dans la rue.

— Il doit être mort, dirent alors les curieux attroupés dans la rue.

Ce tapage parvint aux oreilles du docteur, qui entendit ces mots :

— Mais la maison, la maison vaut trente mille francs ! Je la prends, moi, pour trente mille francs ! criés ou plutôt beuglés par Crémière.

— Eh bien, nous la payerons ce qu'elle vaudra, répondit aigrement Zélie.

— Monsieur le curé, dit le vieillard à l'abbé Chaperon, qui demeura auprès de son ami après l'avoir administré, faites que je demeure en paix. Mes héritiers, comme ceux du cardinal Ximénès [209], sont capables de piller ma maison avant ma mort, et je n'ai pas de singe pour me rétablir. Allez leur signifier que je ne veux personne chez moi.

Le curé, le médecin, descendirent, répétèrent l'ordre

du moribond, et, dans un accès d'indignation, y ajou-
tèrent de vives paroles pleines de blâme.

— Madame Bougival, dit le médecin, fermez la
grille et ne laissez entrer personne; il semble qu'on ne
puisse pas mourir tranquille. Vous préparerez un cata-
plasme de farine de moutarde, afin d'appliquer des
sinapismes aux pieds de monsieur.

— Votre oncle n'est pas mort, et il peut vivre encore
longtemps, disait l'abbé Chaperon en congédiant les
héritiers, venus avec leurs enfants. Il réclame le plus
profond silence et ne veut que sa pupille auprès de lui.
Quelle différence entre la conduite de cette jeune fille
et la vôtre !

— Vieux cafard ! s'écria Crémière. Je vais faire sen-
tinelle. Il est bien possible qu'il se machine quelque
chose contre nos intérêts.

Le maître de poste avait déjà disparu dans le jardin,
avec l'intention de veiller son oncle en compagnie
d'Ursule et de se faire admettre dans la maison comme
un aide. Il revint à pas de loup sans que ses bottes
fissent le moindre bruit, car il y avait des tapis dans
le corridor et sur les marches de l'escalier. Il put alors
arriver jusqu'à la porte de la chambre de son oncle sans
être entendu. Le curé, le médecin, étaient partis, la
Bougival préparait le sinapisme.

— Sommes-nous bien seuls ? dit le vieillard à sa
pupille.

Ursule se haussa sur la pointe du pied pour voir dans
la cour.

— Oui, dit-elle, M. le curé a tiré la grille lui-même
en s'en allant.

— Mon enfant aimée, dit le mourant, mes heures,
mes minutes même sont comptées. Je n'ai pas été
médecin pour rien : le sinapisme du docteur ne me fera
pas aller jusqu'à ce soir. Ne pleure pas, Ursule, dit-il
en se voyant interrompu par les pleurs de sa filleule,
mais écoute-moi bien : il s'agit d'épouser Savinien.

Aussitôt que la Bougival sera montée avec le sinapisme, descends au pavillon chinois, en voici la clef; soulève le marbre du buffet de Boulle [210] et dessous tu trouveras une lettre cachetée à ton adresse : prends-là, reviens me la montrer, car je ne mourrai tranquille qu'en te la voyant entre les mains. Quand je serai mort, tu ne le diras pas sur-le-champ; tu feras venir M. de Portenduère, vous lirez la lettre ensemble, et tu me jures en son nom et au tien d'exécuter mes dernières volontés. Quand il m'aura obéi, vous annoncerez ma mort, et la comédie des héritiers commencera. Dieu veuille que ces monstres ne te maltraitent pas !

— Oui, mon parrain.

Le maître de poste n'écouta point le reste de la scène; il détala sur la pointe du pied, en se souvenant que la serrure du cabinet se trouvait du côté de la bibliothèque. Il avait assisté dans le temps au débat de l'architecte et du serrurier, qui prétendait que, si l'on s'introduisait dans la maison par la fenêtre donnant sur la rivière, il fallait par prudence mettre la serrure du côté de la bibliothèque, le cabinet devant être une des pièces de plaisance pour l'été. Ébloui par l'intérêt et les oreilles pleines de sang, Minoret dévissa la serrure au moyen d'un couteau avec la prestesse des voleurs. Il entra dans le cabinet, y prit le paquet de papiers sans s'amuser [211] à le décacheter, revissa la serrure, remit les choses en état, et alla s'asseoir dans la salle à manger, en attendant que la Bougival montât le sinapisme pour quitter la maison. Il opéra sa fuite avec d'autant plus de facilité, que la pauvre Ursule trouva plus urgent de voir appliquer le sinapisme que d'obéir aux recommandations de son parrain.

— La lettre ! la lettre ! cria d'une voix mourante le vieillard; obéis-moi, voici la clef. Je veux te voir la lettre à la main.

Ces paroles furent jetés avec des regards si égarés, que la Bougival dit à Ursule :

— Mais faites donc ce que veut votre parrain, ou vous allez causer sa mort.

Elle le baisa sur le front, prit la clef et descendit; mais, bientôt rappelée par les cris perçants de la Bougival, elle accourut. Le vieillard l'embrassa par un regard, lui vit les mains vides, se dressa sur son séant, voulut parler, et mourut en faisant un horrible dernier soupir, les yeux hagards de terreur. La pauvre petite, qui voyait la mort pour la première fois, tomba sur ses genoux et fondit en larmes. La Bougival ferma les yeux du vieillard et le disposa dans son lit. Quand, selon son expression, elle eut *paré* le mort, la vieille nourrice courut prévenir M. Savinien; mais les héritiers, qui se tenaient au bout de la rue, entourés de curieux et absolument comme des corbeaux qui attendent qu'un cheval soit enterré pour venir gratter la terre et la fouiller de leurs pattes et du bec, accoururent avec la célérité des oiseaux de proie.

XV

LE TESTAMENT DU DOCTEUR

Pendant ces événements, le maître de poste était allé chez lui pour savoir ce que contenait le mystérieux paquet.

Voici ce qu'il trouva :

A MA CHÈRE URSULE MIROUET, FILLE DE MON BEAU-FRÈRE NATUREL JOSEPH MIROUET ET DE DINAH GROLLMAN

« Nemours, 15 janvier 1830.

« Mon petit ange, mon affection paternelle, que tu as si bien justifiée, a eu pour principe non seulement le serment que j'ai fait à ton pauvre père de le remplacer, mais encore ta ressemblance avec Ursule Mirouët, ma femme, de qui tu m'as sans cesse rappelé les grâces, l'esprit, la candeur et le charme. Ta qualité de fille du fils naturel de mon beau-père pourrait rendre des dispositions testamentaires faites en ta faveur sujettes à contestation... »

— Le vieux gueux ! cria le maître de poste.

« Ton adoption aurait été l'objet d'un procès. Enfin, j'ai [112] toujours reculé devant l'idée de t'épouser pour te transmettre ma fortune; car j'aurais pu vivre longtemps et déranger l'avenir de ton bonheur, qui n'est retardé que par la vie de madame de Portenduère. Ces difficultés mûrement pesées, et voulant te laisser la fortune nécessaire à une belle existence... »

— Le scélérat, il a pensé à tout !

« Sans nuire en rien à mes héritiers... »

— Le jésuite ! comme s'il ne nous devait pas toute sa fortune !

« Je t'ai destiné le fruit des économies que j'ai faites pendant dix-huit années et que j'ai constamment fait valoir, par les soins de mon notaire, en vue de te rendre aussi heureuse qu'on peut l'être par la richesse. Sans argent, ton éducation et tes idées élevées feraient ton malheur. D'ailleurs, tu dois une belle dot au charmant jeune homme qui t'aime. Tu trouveras donc dans le milieu du troisième volume des Pandectes, in-folio, reliées en maroquin rouge, et qui est le dernier volume du premier rang, au-dessus de la tablette de la bibliothèque. dans le dernier corps, du côté du salon, trois inscriptions de rentes en trois pour cent, au porteur, de chacune douze mille francs... »

— Quelle profondeur de scélératesse ! s'écria le maître de poste. Ah ! Dieu ne permettra pas que je sois ainsi frustré.

« Prends-les aussitôt, ainsi que le peu d'arrérages économisés au moment de ma mort, et qui seront dans le volume précédent. Songe, mon enfant adorée, que tu dois obéir aveuglément à une pensée qui a fait le bonheur de toute ma vie, et qui m'obligerait à demander le secours de Dieu, si tu me désobéissais. Mais, en prévision d'un scrupule de ta chère conscience, que je sais ingénieuse à se tourmenter, tu trouveras ci-joint un testament en bonne forme de ces inscriptions au profit de M. Savinien de Portenduère. Ainsi, soit que tu les possèdes toi-même, soit qu'elles te viennent de celui que tu aimes, elles seront ta légitime propriété.

« Ton parrain,

« Denis Minoret. »

A cette lettre était jointe, sur un carré de papier timbré, la pièce suivante :

CECI EST MON TESTAMENT

« Moi, Denis Minoret, docteur en médecine, domicilié à Nemours, sain d'esprit et de corps, ainsi que la date de ce testament le démontre, lègue mon âme à Dieu, le priant de me pardonner mes longues erreurs en faveur de mon sincère repentir. Puis, ayant reconnu en M. le vicomte Savinien de Portenduère une véritable affection pour moi, je lui lègue trente-six mille francs de rente perpétuelle trois pour cent, à prendre dans ma succession, par préférence à tous mes héritiers.

« Fait et écrit en entier de ma main, à Nemours, le 11 janvier 1831.

« DENIS MINORET. »

Sans hésiter, le maître de poste, qui, pour être bien seul, s'était enfermé dans la chambre de sa femme, y chercha le briquet phosphorique, et reçut deux avis du ciel par l'extinction de deux allumettes qui successivement ne voulurent pas s'allumer. La troisième prit feu. Il brûla dans la cheminée et la lettre et le testament. Par une précaution superflue, il enterra les vestiges du papier et de la cire dans les cendres. Puis, affriolé par l'idée de posséder les trente-six mille francs de rente à l'insu de sa femme, il revint au pas de course chez son oncle, aiguillonné par la seule idée, idée simple et nette, qui pouvait traverser sa lourde tête. En voyant la maison de son oncle envahie par les trois familles enfin maîtresses de la place, il trembla de ne pouvoir accomplir un projet sur lequel il ne se donnait pas le temps de réfléchir en ne pensant qu'aux obstacles.

— Que faites-vous donc là ? dit-il à Massin et à Crémière. Croyez-vous que nous allons laisser la maison et les valeurs au pillage ? Nous sommes trois héritiers, nous ne pouvons pas camper là ! Vous, Crémière, courez donc chez Dionis et dites-lui de venir constater le décès. Je ne puis pas, quoique adjoint, dresser l'acte mortuaire de mon oncle... Vous, Massin, allez prier le père Bongrand d'apposer les scellés. Et vous, tenez donc compagnie à Ursule, mesdames, dit-il à sa femme, à mesdames Massin et Crémière. Ainsi rien ne se perdra. Surtout fermez la grille, que personne ne sorte !

Les femmes, qui sentirent la justesse de cette observation, coururent dans la chambre d'Ursule et trouvèrent
cette noble créature, déjà si cruellement soupçonnée,
agenouillée et priant Dieu, le visage couvert de larmes.
Minoret, devinant que les trois héritières ne resteraient
pas longtemps avec Ursule, et craignant la défiance de
ses cohéritiers, alla dans la bibliothèque, y vit le volume,
l'ouvrit, prit les trois inscriptions, et trouva dans l'autre
une trentaine de billets de banque. En dépit de sa nature
brutale, le colosse crut entendre un carillon à chacune
de ses oreilles, le sang lui sifflait aux tempes en accomplissant ce vol. Malgré la rigueur de la saison, il eut
sa chemise mouillée dans le dos; enfin ses jambes flageo-
laient au point qu'il tomba sur un fauteuil du salon,
comme s'il eût reçu quelque coup de massue à la tête.

— Ah ! comme une succession délie la langue au
grand Minoret ! avait dit Massin en courant par la ville.
L'avez-vous entendu ? disait-il à Crémière. « Allez ici !
allez là ! » Comme il connaît la manœuvre !

— Oui, pour une grosse bête, il avait un certain air...

— Tenez, dit Massin alarmé, sa femme y est, ils sont
trop de deux ! Faites les commissions, j'y retourne.

Au moment où le maître de poste s'asseyait, il aperçut
donc à la grille la figure allumée du greffier, qui revenait
avec une célérité de fouine à la maison mortuaire.

— Eh bien, qu'y a-t-il ? demanda le maître de poste
en allant ouvrir à son cohéritier.

— Rien; je reviens pour les scellés, lui répondit
Massin en [218] lui lançant un regard de chat sauvage.

— Je voudrais qu'ils fussent déjà posés, et nous
pourrions tous revenir chacun chez nous, reprit Minoret.

— Ma foi, nous mettrons un gardien des scellés,
le greffier. La Bougival est capable de tout dans l'intérêt
de la mijaurée. Nous y placerons Goupil.

— Lui ? dit le maître de poste. Il prendrait la gre-
nouille et nous n'y verrions que du feu.

— Voyons, reprit Massin. Ce soir, on veillera le mort,

et nous aurons fini d'apposer les scellés dans une heure; ainsi nos femmes les garderont elles-mêmes. Nous aurons demain, à midi, l'enterrement. On ne peut procéder à l'inventaire que dans huit jours.

— Mais, dit le colosse en souriant, faisons déguerpir cette mijaurée, et nous commettrons le tambour de la mairie à la garde des scellés et de la maison.

— Bien ! s'écria le greffier. Chargez-vous de cette expédition, vous êtes le chef des Minoret.

— Mesdames, mesdames, dit Minoret, veuillez rester toutes au salon; il ne s'agit pas d'aller dîner, mais de procéder à l'apposition des scellés pour la conservation de tous les intérêts.

Puis il prit sa femme à part pour lui communiquer les idées de Massin relativement à Ursule. Aussitôt les femmes, dont le cœur était rempli de vengeance et qui souhaitaient prendre une revanche sur la mijaurée, accueillirent avec enthousiasme le projet de la chasser.

Bongrand parut et fut indigné de la proposition que Zélie et Mme Massin lui firent, en qualité d'ami du défunt, de prier Ursule de quitter la maison.

— Allez vous-mêmes la chasser de chez son père, de chez son parrain, de chez son oncle, de chez son bienfaiteur, de chez son tuteur ! Allez-y, vous qui ne devez cette succession qu'à la noblesse de son âme, prenez-la par les épaules et jetez-la dans la rue, à la face de toute la ville ! Vous la croyez capable de vous voler ? Eh bien, constituez un gardien des scellés, vous serez dans votre droit. Sachez d'abord que je n'apposerai pas les scellés sur sa chambre; elle y est chez elle, tout ce qui s'y trouve est sa propriété; je vais l'instruire de ses droits, et lui dire d'y rassembler tout ce qui lui appartient... Oh ! en votre présence, ajouta-t-il en entendant un grognement d'hérithiers.

— Hein ? dit le percepteur au maître de poste et aux femmes, stupéfaites de la colérique allocution de Bongrand.

— En voilà un *de* magistrat ! s'écria le maître de poste.

Assise sur une petite causeuse, à demi évanouie, la tête renversée, ses nattes défaites, Ursule laissait échapper un sanglot de temps en temps. Ses yeux étaient troubles, elle avait les paupières enflées, enfin elle se trouvait en proie à une prostration morale et physique qui eût attendri les êtres les plus féroces, excepté des héritiers.

— Ah ! monsieur Bongrand, après ma fête, la mort et le deuil ! dit-elle avec cette poésie naturelle aux belles âmes. Vous savez, vous, ce qu'il était : en vingt ans, pas une parole d'impatience avec moi ! J'ai cru qu'il vivrait cent ans ! Il a été ma mère, cria-t-elle, et une bonne mère !

Ce peu d'idées exprimées attira deux torrents de larmes entrecoupées de sanglots, puis elle retomba comme une masse.

— Mon enfant, reprit le juge de paix en entendant les héritiers dans l'escalier, vous avez toute la vie pour le pleurer, et vous n'avez qu'un instant pour vos affaires : réunissez dans votre chambre tout ce qui, dans la maison, est à vous. Les héritiers me forcent à mettre les scellés...

— Ah ! ses héritiers peuvent bien tout prendre, s'écria Ursule en se dressant dans un accès d'indignation sauvage. J'ai là tout ce qu'il y a de précieux, dit-elle en se frappant la poitrine.

— Et quoi ? demanda le maître de poste, qui, de même que Massin, montra sa terrible face.

— Le souvenir de ses vertus, de sa vie, de toutes ses paroles, une image de son âme céleste, dit-elle, les yeux et le visage étincelants, en levant une main par un superbe mouvement.

— Et vous y avez aussi une clef ! s'écria Massin en se coulant comme un chat et allant saisir une clef qui tomba chassée des plis du corsage par le mouvement d'Ursule.

— C'est, dit-elle en rougissant, la clef de son cabinet, il m'y envoyait au moment d'expirer.

Après avoir échangé d'affreux sourires, les deux héritiers regardèrent le juge de paix en exprimant un flétrissant soupçon. Ursule, qui surprit et devina ce regard, calculé chez le maître de poste, involontaire chez Massin, se dressa sur ses pieds, devint pâle comme si son sang la quittait; ses yeux lancèrent cette foudre qui peut-être ne jaillit qu'aux dépens de la vie, et, d'une voix étranglée :

— Ah ! monsieur Bongrand, dit-elle, tout ce qui est dans cette chambre me vient des bontés de mon parrain, on peut tout me prendre, je n'ai sur moi que mes vêtements, je vais sortir et n'y rentrerai plus.

Elle alla dans la chambre de son tuteur, d'où nulle supplication ne put l'arracher, car les héritiers eurent un peu honte de leur conduite. Elle dit à la Bougival de lui retenir deux chambres à l'auberge de la Vieille-Poste, jusqu'à ce qu'elle eût trouvé quelque logement en ville où elles pussent vivre toutes les deux. Elle rentra chez elle pour y chercher son livre de prières, et resta presque toute la nuit avec le curé, le vicaire et Savinien, à prier et à pleurer. Le gentilhomme vint après le coucher de sa mère, et s'agenouilla sans mot dire auprès d'Ursule, qui lui jeta le plus triste sourire en le remerciant d'être fidèlement venu prendre une part de ses douleurs.

— Mon enfant, dit M. Bongrand en apportant à Ursule un paquet volumineux, une des héritières de votre oncle a pris dans votre commode tout ce qui vous était nécessaire, car on ne lèvera les scellés que dans quelques jours, et vous recouvrerez alors ce qui vous appartient. Dans votre intérêt, j'ai mis les scellés à votre chambre.

— Merci, monsieur, répondit-elle en allant à lui et lui serrant la main. Voyez-le donc encore une fois : ne dirait-on pas qu'il dort ?

Le vieillard offrait en ce moment cette fleur de beauté

passagère qui se pose sur la figure des morts expirés
sans douleur, il semblait rayonner.

— Ne vous a-t-il rien remis en secret avant de mourir ?
dit le juge de paix à l'oreille d'Ursule.

— Rien, dit-elle; il m'a seulement parlé d'une lettre...

— Bon ! elle se trouvera, reprit Bongrand. Il est alors
très heureux pour vous qu'ils aient voulu les scellés.

Au petit jour, Ursule fit ses adieux à cette maison où
son heureuse enfance s'était écoulée, surtout à cette
modeste chambre où son amour avait commencé, et
qui lui était si chère, qu'au milieu de son noir chagrin
elle eut des larmes de regret pour cette paisible et douce
demeure. Après avoir une dernière fois contemplé
tour à tour ses fenêtres et Savinien [214], elle sortit pour
se rendre à l'auberge, accompagnée de la Bougival,
qui portait son paquet, du juge de paix, qui lui donnait
le bras, et de Savinien, son doux protecteur. Ainsi,
malgré les plus sages précautions, le défiant jurisconsulte
se trouvait avoir raison : il allait voir Ursule sans fortune
et aux prises avec les héritiers.

Le lendemain soir, toute la ville était aux obsèques du
docteur Minoret. Quand [215] on y apprit la conduite des
héritiers envers sa fille d'adoption, l'immense majorité
la trouva naturelle et nécessaire : il s'agissait d'une
succession, le bonhomme était *cachotier ;* Ursule pouvait
se croire des droits, les héritiers défendaient leur bien, et,
d'ailleurs, elle les avait assez humiliés pendant la vie de
leur oncle qui les recevait comme des chiens dans un
jeu de quilles. Désiré Minoret, qui ne faisait pas mer-
veilles dans sa place, disaient les envieux du maître de
poste, arriva pour le service. Hors d'état d'assister au
convoi, Ursule était au lit, en proie à une fièvre nerveuse
autant causée par l'insulte que les héritiers lui avaient
faite que par sa profonde affliction.

— Voyez donc cet hypocrite qui pleure ! disaient
quelques-uns des héritiers en se montrant Savinien,
vivement affligé de la mort du docteur.

— La question est de savoir s'il a raison de pleurer, observa Goupil. Ne vous pressez pas de rire, les scellés ne sont pas levés.

— Bah ! dit Minoret, qui savait à quoi s'en tenir, vous nous avez toujours effrayés pour rien.

Au moment où le convoi partit de l'église pour se rendre au cimetière, Goupil eut un amer déboire : il voulut prendre le bras de Désiré, mais, en le lui refusant, le substitut renia son camarade en présence de tout Nemours.

— Ne nous fâchons point, je ne pourrais plus me venger, pensa le maître clerc, dont le cœur sec se gonfla comme une éponge dans sa poitrine.

XVI

LES DEUX ADVERSAIRES

Avant de lever les scellés et de procéder à l'inventaire, il fallut le temps au procureur du roi, tuteur légal des orphelins, de commettre Bongrand pour le représenter. La succession Minoret, de laquelle on parla pendant dix jours, s'ouvrit alors, et fut constatée avec la rigueur des formalités judiciaires. Dionis y trouvait son compte, Goupil aimait assez à faire le mal; et, comme l'affaire était bonne, les vacations se multiplièrent. On déjeunait presque toujours après la première vacation. Notaire, clerc, héritiers et témoins buvaient les vins les plus précieux de la cave.

En province, et surtout dans les petites villes, où chacun possède sa maison, il est assez difficile de se loger. Aussi, quand on y achète un établissement quelconque, la maison fait-elle presque toujours partie de la vente. Le juge de paix, à qui le procureur du roi recommanda les intérêts de l'orpheline, ne vit d'autre moyen, pour la retirer de l'auberge, que de lui faire acquérir dans la Grand'Rue, à l'encoignure du pont sur le Loing, une petite maison à porte bâtarde ouvrant sur un corridor, et n'ayant au rez-de-chaussée qu'une salle à deux croisées sur la rue, et derrière laquelle il y avait une cuisine, dont la porte-fenêtre donnait sur une cour intérieure d'environ trente pieds carrés. Un petit escalier, éclairé sur la rivière par des jours de souffrance, menait au premier étage, composé de trois chambres et au-dessus duquel se trouvaient deux mansardes. Le juge de paix prit à la Bougival deux mille francs d'économies pour payer la première portion du prix de cette maison, qui valait six mille francs, et il obtint des termes pour le surplus.

Pour pouvoir placer les livres qu'Ursule voulait racheter, Bongrand fit détruire la cloison intérieure de deux pièces au premier étage, après avoir observé que la profondeur de la maison répondait à la longueur du corps de bibliothèque. Savinien et le juge de paix pressèrent si bien les ouvriers qui nettoyaient cette maisonnette, la peignaient et y mettaient tout à neuf, que, vers la fin du mois de mars, l'orpheline put quitter son auberge, et retrouva dans cette laide maison une chambre pareille à celle d'où les héritiers l'avaient chassée, car elle fut meublée de ses meubles repris par le juge de paix, à la levée des scellés. La Bougival, logée au-dessus, pouvait descendre à l'appel d'une sonnette placée au chevet du lit de sa jeune maîtresse. La pièce destinée à la bibliothèque, la salle du rez-de-chaussée et la cuisine, encore vides, mises en couleur seulement, tendues de papiers frais et repeintes, attendaient les acquisitions que la filleule ferait à la vente du mobilier de son parrain.

Quoique le caractère d'Ursule leur fut connu, le juge de paix et le curé craignirent pour elle ce passage si subit à une vie dénuée des recherches et du luxe auxquels le défunt docteur avait voulu l'habituer. Quant à Savinien, il en pleurait. Aussi avait-il donné secrètement aux ouvriers et au tapissier plus d'une soulte afin qu'Ursule ne trouvât aucune différence, à l'intérieur du moins, entre l'ancienne et la nouvelle chambre. Mais la jeune fille, qui puisait tout son bonheur dans les yeux de Savinien, montra la plus douce résignation. En cette circonstance, elle charma ses deux vieux amis et leur prouva, pour la millième fois, que les peines du cœur pouvaient seules la faire souffrir. La douleur que lui causait la perte de son parrain était trop profonde pour qu'elle sentît l'amertume de ce changement de fortune, qui cependant apportait de nouveaux obstacles à son mariage. La tristesse de Savinien, en la voyant si réduite, lui fit tant de mal, qu'elle fut obligée de lui dire à l'oreille, en sortant de la messe, le matin de son entrée dans sa nouvelle maison :

— L'amour ne va pas sans la patience, nous attendrons !

Dès que l'intitulé de l'inventaire fut dressé, Massin, conseillé par Goupil, qui se tourna vers lui par haine secrète contre Minoret, en espérant mieux du calcul de cet usurier que de la prudence de Zélie, fit mettre en demeure Mme et M. de Portenduère, dont le remboursement était échu. La vieille dame fut étourdie par une sommation de payer cent vingt-neuf mille cinq cent dix-sept francs cinquante-cinq centimes aux héritiers dans les vingt-quatre heures, et les intérêts à compter du jour de la demande, à peine de saisie immobilière. Emprunter pour payer était chose impossible. Savinien alla consulter un avoué à Fontainebleau.

— Vous avez affaire à de mauvaises gens qui ne transigeront point : ils veulent poursuivre à outrance pour avoir la ferme des Bordières, lui dit l'avoué. Le mieux serait de laisser convertir la vente en vente volontaire, afin d'éviter les frais.

Cette triste nouvelle abattit la vieille Bretonne, à qui son fils fit observer doucement que, si elle avait voulu consentir à son mariage du vivant de Minoret, le docteur aurait [216] donné ses biens au mari d'Ursule. Aujourd'hui, leur maison serait dans l'opulence au lieu d'être dans la misère. Quoique dite sans reproche, cette argumentation tua la vieille dame tout autant que l'idée d'une prochaine et violente dépossession. En apprenant ce désastre, Ursule, à peine remise de la fièvre et du coup que les héritiers lui avaient porté, resta stupide d'accablement. Aimer et se trouver impuissante à secourir celui qu'on aime est une des plus effroyables souffrances qui puissent ravager l'âme des femmes nobles et délicates.

— Je voulais acheter la maison de mon oncle, j'achèterai celle de votre mère, lui dit-elle.

— Est-ce possible ? dit Savinien. Vous êtes mineure et ne pouvez vendre votre inscription de rente sans des formalités auxquelles le procureur du roi ne se prêterait point. Nous n'essayerons d'ailleurs pas de résister. Toute la ville voit avec plaisir la déconfiture d'une maison noble. Ces bourgeois sont comme des chiens à la curée. Il me reste heureusement dix mille francs avec lesquels je pourrai faire vivre ma mère jusqu'à la fin de ces déplorables affaires. Enfin, l'inventaire de votre parrain n'est pas terminé : M. Bongrand espère encore trouver quelque chose pour vous. Il est aussi étonné que moi de vous savoir sans aucune fortune. Le docteur s'est si souvent expliqué, soit avec lui, soit avec moi, sur le bel avenir qu'il vous avait arrangé, que nous ne comprenons rien à ce dénoûment.

— Bah ! dit-elle, pourvu que je puisse acheter la bibliothèque et les meubles de mon parrain pour éviter qu'ils ne se dispersent ou n'aillent en des mains étrangères, je suis contente de mon sort.

— Mais qui sait le prix que mettront ces infâmes héritiers à ce que vous voudrez avoir ?

On ne parlait, de Montargis à Fontainebleau, que des héritiers Minoret et du million qu'ils cherchaient; mais les plus minutieuses recherches, faites dans la maison depuis la levée des scellés, n'amenaient aucune découverte. Les cent vingt-neuf mille francs de la créance Portenduère, les quinze mille francs de rente dans le trois pour cent, alors à soixante-seize, et qui donnaient un capital de trois cent quatre-vingt mille francs, la maison estimée quarante mille francs et son riche mobilier, produisaient un total d'environ six cent mille francs qui semblaient à tout le monde une assez jolie fiche de consolation. Minoret eut alors quelques inquiétudes mordantes. La Bougival et Savinien, qui persistaient à croire, aussi bien que le juge de paix, à l'existence de quelque testa-

ment, arrivaient à la fin de chaque vacation et venaient
demander à Bongrand le résultat des perquisitions.
L'ami du vieillard s'écriait quelquefois, au moment où
les gens d'affaires et les héritiers sortaient : « Je n'y
comprends rien ! » Comme, pour beaucoup de gens
superficiels, deux cent mille francs constituaient à
chaque héritier une belle fortune de province, personne
ne s'avisa de rechercher comment le docteur avait pu
mener son train de maison avec quinze mille francs seulement, puisqu'il laissait intacts les intérêts de la créance
Portenduère. Bongrand, Savinien et le curé se posaient
seuls cette question dans l'intérêt d'Ursule, et firent, en
l'exprimant, plus d'une fois pâlir le maître de poste.

— Ils ont pourtant bien tout fouillé, eux pour trouver de l'argent, moi pour trouver un testament qui devait
être en faveur de M. de Portenduère, dit le juge de paix
le jour où l'inventaire fut clos. On a éparpillé les cendres,
soulevé les marbres, tâté les pantoufles, percé les bois
de lit, vidé les matelas, piqué les couvertures, les couvre-
pieds, retourné son édredon, visité les papiers pièce
à pièce. les tiroirs, bouleversé le sol de la cave, et je les
poussais à ces dévastations !

— Que pensez-vous ? disait le curé.

— Le testament a été supprimé par un héritier.

— Et les valeurs ?

— Courez donc après ! Devinez donc quelque chose
à la conduite de gens aussi sournois, aussi rusés, aussi
avare que les Massin, que les Crémière ! Voyez donc clair
dans une fortune comme celle de Minoret, qui touche
deux cent mille francs de la succession, qui va, dit-on,
vendre son brevet, sa maison et ses intérêts dans les
messageries, trois cent cinquante mille francs ?...
Quelles sommes ! sans compter les économies de ses
trente et quelques mille livres de rente en fonds de terre...
Pauvre docteur !

— Le testament aura peut-être été caché dans la
bibliothèque ? dit Savinien.

— Aussi ne détourné-je pas la petite de l'acheter !
Sans cela, ne serait-ce pas une folie que de lui laisser
mettre son seul argent comptant à des livres qu'elle
n'ouvrira jamais ?

La ville entière croyait la filleule du docteur nantie
des capitaux introuvables [217]; mais, quand on sut positivement que ses quatorze cents francs de rente et ses
reprises constituaient toute sa fortune, la maison du
docteur et son mobilier excitèrent alors une curiosité
générale. Les uns pensèrent qu'il se trouverait des
sommes en billets de banque cachés dans les meubles;
les autres, que le vieillard en avait fourré dans ses livres.
Aussi la vente offrit-elle le spectacle des étranges précautions prises par les héritiers. Dionis, faisant les fonctions d'huissier-priseur, déclarait à chaque objet crié
que les héritiers n'entendaient vendre que le meuble
et non ce qu'il pourrait contenir de valeurs; puis, avant
de le livrer, tous ils le soumettaient à des investigations
crochues, le faisaient sonner et sonder; enfin, ils le
suivaient des mêmes regards qu'un père jette à son
fils unique en le voyant partir pour les Indes.

— Ah ! mademoiselle, dit la Bougival consternée,
en revenant de la première vacation, je n'irai plus. Et
M. Bongrand a raison, vous ne pourriez pas soutenir
un pareil spectacle. Tout est par les places. On va et
on vient partout comme dans la rue, les plus beaux
meubles servent à tout, *ils* montent dessus, et c'est un
fouillis où une poule ne retrouverait pas ses poussins !
On se croirait à un incendie. Les affaires sont dans la
cour, les armoires sont ouvertes, rien dedans ! Oh !
le pauvre cher homme, il a bien fait de mourir, sa vente
l'aurait tué.

Bongrand, qui rachetait pour Ursule les meubles
affectionnés par le défunt et de nature à parer la petite
maison, ne parut point à la vente de la bibliothèque.
Plus fin que les héritiers, dont l'avidité pouvait lui faire
payer les livres trop cher, il avait donné commission à

un fripier-bouquiniste de Melun, venu exprès à Nemours,
et qui déjà s'était fait adjuger plusieurs lots. Par suite
de la défiance des héritiers, la bibliothèque se vendit
ouvrage par ouvrage. Trois mille volumes furent exa-
minés, fouillés un à un, tenus par les deux côtés de la
couverture relevée, et agités pour en faire sortir des
papiers qui pouvaient y être cachés ; enfin leurs couvertures furent interrogées et les gardes examinées. Le total
des adjudications s'éleva, pour Ursule, à six mille
cinq cents francs environ, la moitié de ses répétitions
contre la succession. Le corps de la bibliothèque ne
fut livré qu'après avoir été soigneusement examiné
par un ébéniste célèbre pour les *secrets*, mandé de Paris.
Lorsque le juge de paix donna l'ordre de transporter
le corps de bibliothèque et les livres chez Mlle Mirouët,
il y eut chez les héritiers des craintes vagues, qui plus
tard furent dissipées quand on la vit tout aussi pauvre
qu'auparavant.

Minoret acheta la maison de son oncle, que ses cohéritiers poussèrent jusqu'à cinquante mille francs, en
imaginant que le maître de poste espérait trouver un
trésor dans les murs. Aussi le cahier des charges conte-
nait-il des réserves à ce sujet. Quinze jours après la
liquidation de la succession, Minoret, qui vendit son
relais et ses établissements au fils d'un riche fermier,
s'installa dans la maison de son oncle, où il dépensa
des sommes considérables en ameublements et en res-
taurations. Ainsi Minoret se condamnait lui-même à
vivre à quelques pas d'Ursule.

— J'espère, avait-il dit chez Dionis le jour où la
mise en demeure fut signifiée à Savinien et à sa mère,
que nous serons débarrassés de ces nobliaux-là ! Nous
chasserons les autres après.

— La vieille aux quatorze quartiers, lui répondit
Goupil, ne voudra pas être témoin de son désastre ;
elle ira mourir en Bretagne, où elle trouvera sans doute
une femme pour son fils.

— Je ne le crois pas, répondit le notaire, qui, le matin, avait rédigé le contrat de l'acquisition faite par Bongrand. Ursule vient d'acheter la maison de la veuve Ricard [218].

— Cette maudite pécore ne sait quoi s'inventer pour nous ennuyer ! s'écria très imprudemment le maître de poste.

— Et qu'est-ce que cela vous fait, qu'elle demeure à Nemours ? demanda Goupil, surpris par le mouvement de contrariété qui échappait au colosse imbécile.

— Vous ne savez pas, répondit Minoret en devenant rouge comme un coquelicot, que mon fils a la bêtise d'être amoureux d'elle. Aussi donnerais-je bien cent écus pour qu'Ursule quittât Nemours.

Sur ce premier mouvement, chacun comprend combien Ursule, pauvre et résignée, allait gêner le riche Minoret. Le tracas d'une succession à liquider, la vente de ses établissements et les courses nécessitées par des affaires insolites, ses débats avec sa femme à propos des plus légers détails et de l'acquisition de la maison du docteur, où Zélie voulut vivre bourgeoisement dans l'intérêt de son fils; ce hourvari [219], qui contrastait avec la tranquillité de sa vie ordinaire, empêcha le grand Minoret de songer à sa victime. Mais, quelques jours après son installation rue des Bourgeois, vers le milieu du mois de mai, au retour d'une promenade, il entendit la voix du piano, vit la Bougival assise à la fenêtre comme un dragon gardant un trésor, et entendit soudain en lui-même une voix importune.

Expliquer pourquoi, chez un homme de la trempe de l'ancien maître de poste, la vue d'Ursule, qui ne soupçonnait même pas le vol commis à son préjudice, devint aussitôt insupportable; comment le spectacle de cette grandeur dans l'infortune lui inspira le désir de renvoyer de la ville cette jeune fille; et comment ce désir prit les caractères de la haine et de la passion, ce serait peut-être faire tout un traité de morale. Peut-être ne se croyait-il pas le légitime possesseur des trente-six mille livres

de rente, tant que celle à qui elles appartenaient serait
à deux pas de lui. Peut-être croyait-il vaguement à un
hasard qui ferait découvrir son vol, tant que ceux qu'il
avait dépouillés seraient là. Peut-être, chez cette nature
en quelque sorte primitive, presque grossière, et qui
jusqu'alors n'avait rien fait que de légal, la présence
d'Ursule éveillait-elle des remords. Peut-être ces
remords le poignaient-ils d'autant plus, qu'il avait
plus de bien légitimement acquis. Il attribua sans doute
ces mouvements de sa conscience à la seule présence
d'Ursule, en imaginant que, la jeune fille disparue, ces
troubles gênants disparaîtraient aussi. Enfin, peut-être
le crime a-t-il sa doctrine de perfection. Un commencement de mal veut sa fin, une première blessure appelle
le coup qui tue. Peut-être le vol conduit-il fatalement à
l'assassinat. Minoret avait commis la spoliation sans
la moindre réflexion, tant les faits s'étaient succédé
rapidement : la réflexion vint après. Or, si vous avez
bien saisi la physionomie et l'encolure de cet homme,
vous comprendrez le prodigieux effet qu'y devait produire une pensée. Le remords est plus qu'une pensée, il
provient d'un sentiment qui ne se cache pas plus que
l'amour, et qui a sa tyrannie. Mais, de même que Minoret
n'avait pas fait la moindre réflexion en s'emparant de la
fortune destinée à Ursule, de même il voulut machina-
lement la chasser de Nemours quand il se sentit blessé
par le spectacle de cette innocence trompée. En sa qualité
d'imbécile, il ne songea point aux conséquences, il alla
de péril en péril, poussé par son instinct cupide, comme
un animal fauve qui ne prévoit aucune ruse du chasseur,
et qui compte sur sa vélocité, sur sa force. Bientôt, les
riches bourgeois qui se réunissaient chez le notaire
Dionis remarquèrent un changement dans les manières,
dans l'attitude de cet homme, jadis sans soucis.

— Je ne sais pas ce qu'a Minoret, il est *tout chose !*
disait sa femme, à laquelle il avait résolu de cacher son
hardi coup de main.

Tout le monde expliqua l'ennui de Minoret, car la pensée sur cette figure ressemblait à de l'ennui, par la cessation absolue de toute occupation, par le passage subit de la vie active à la vie bourgeoise. Pendant que Minoret songeait à briser la vie d'Ursule, la Bougival ne passait pas une journée sans faire à sa fille de lait quelque allusion à la fortune qu'elle aurait dû avoir, ou sans comparer son misérable sort à celui que feu monsieur lui réservait et dont il lui avait parlé, à elle, la Bougival.

— Enfin, disait-elle, ce n'est pas par intérêt, ce que j'en dis, mais est-ce que feu monsieur, bon comme il était, ne m'aurait pas laissé quelque petite chose ?...

— Ne suis-je pas là, répondait Ursule, en défendant à la Bougival de lui dire un mot à ce sujet.

Elle ne voulut pas salir par des pensées d'intérêt les affectueux, tristes et doux souvenirs qui accompagnaient la noble figure du vieux docteur, dont une esquisse au crayon noir et blanc, faite par son maître de dessin, ornait sa petite salle. Pour sa neuve et belle imagination, l'aspect de ce croquis lui suffisait pour toujours revoir son parrain, à qui elle pensait sans cesse, surtout entourée des objets qu'il affectionnait : sa grande bergère à la duchesse, les meubles de son cabinet et son trictrac, ainsi que le piano donné par lui. Les deux vieux amis qui lui restaient, l'abbé Chaperon et M. Bongrand, les seules personnes qu'elle voulût recevoir, étaient, au milieu de ces choses presque animées par ses regrets, comme deux vivants souvenirs de sa vie passée, à laquelle elle rattacha son présent par l'amour que son parrain avait béni. Bientôt, la mélancolie de ses pensées, insensiblement adoucie, teignit en quelque sorte ses heures et relia toutes ces choses par une indéfinissable harmonie : ce fut une exquise propreté, la plus exacte symétrie dans la disposition des meubles, quelques fleurs données chaque jour par Savinien, des riens élégants, une paix que les habitudes de la jeune fille com-

muniquaient aux choses et qui rendit son chez soi
aimable. Après le déjeuner et après la messe, elle continuait à étudier et à chanter; puis elle brodait, assise à sa
fenêtre sur la rue. A quatre heures, Savinien, au retour
d'une promenade qu'il faisait par tous les temps, trouvait la fenêtre entr'ouverte, et s'asseyait sur le bord
extérieur de la fenêtre pour causer une demi-heure avec
elle. Le soir, le curé, le juge de paix la venaient voir,
mais elle ne voulut jamais que Savinien les accompagnât.
Enfin elle n'accepta point la proposition de Mme de
Portenduère, que son fils avait amenée à prendre Ursule
chez elle. La jeune personne et la Bougival vécurent,
d'ailleurs, avec la plus sordide économie : elles ne dépen-
saient pas, tout compris, plus de soixante francs par
mois. La vieille nourrice était infatigable : elle savon-
nait et repassait, elle ne faisait la cuisine que deux fois
par semaine, elle gardait les viandes cuites, que la maîtresse et la servante mangeaient froides [220]; car Ursule
voulait économiser sept cents francs par an pour payer
le reste du prix de sa maison. Cette sévérité de conduite,
cette modestie et sa résignation à une vie pauvre et
dénuée, après avoir joui d'une existence de luxe où ses
moindres caprices étaient adorés, eurent du succès
auprès de quelques personnes. Ursule gagna d'être
respectée et de n'encourir aucun propos. Une fois satis-
faits, les héritiers lui rendirent d'ailleurs justice. Savinien
admirait cette force de caractère chez une si jeune fille.
De temps en temps, au sortir de la messe, Mme de Portenduère adressa quelques paroles bienveillantes à
Ursule, elle l'invita deux fois à dîner et la vint chercher
elle-même. Si ce n'était pas encore le bonheur, du
moins ce fut la tranquillité. Mais un succès, ou le juge
de paix montra sa vieille science d'avoué, fit éclater la
persécution encore sourde et à l'état de vœu que Minoret
méditait contre Ursule.

Dès que toutes les affaires de la succession furent
finies, le juge de paix, supplié par Ursule, prit en main

la cause des Portenduère et lui promit de les tirer
d'embarras; mais, en allant chez la vieille dame, dont la
résistance au bonheur d'Ursule le rendait furieux, il
ne lui laissa point ignorer qu'il se vouait à ses intérêts
uniquement pour plaire à Mlle Mirouët. Il choisit l'un
de ses anciens clercs pour avoué des Portenduère, à
Fontainebleau, et dirigea lui-même la demande en
nullité de la procédure. Il voulait profiter de l'inter-
valle qui s'écoulerait entre l'annulation de la poursuite
et la nouvelle instance de Massin, pour renouveler
le bail de la ferme à six mille francs, tirer des fermiers
un pot-de-vin et le payement anticipé de la dernière
année [221]. Dès lors, la partie de whist se réorganisa,
chez Mme de Portenduère, entre lui, le curé, Savinien
et Ursule, que Bongrand et l'abbé Chaperon allaient
prendre et ramenaient tous les soirs. En juin, Bongrand
fit prononcer la nullité de la procédure suivie par Massin
contre les Portenduère. Aussitôt il signa le nouveau
bail, obtint trente-deux mille francs du fermier, et un
fermage de six mille francs pour dix-huit ans; puis, le
soir, avant que ces opérations s'ébruitassent, il alla
chez Zélie, qu'il savait assez embarrassée de placer ses
fonds, et lui proposa l'acquisition des Bordières pour
deux cent vingt mille francs.

— Je ferais immédiatement affaire, dit Minoret,
si je savais que les Portenduère allassent vivre ailleurs
qu'à Nemours.

— Mais, répondit le juge de paix, pourquoi ?

— Nous voulons nous passer de nobles à Nemours.

— Je crois avoir entendu dire à la vieille dame que,
si ses affaires s'arrangeaient, elle ne pourrait plus guère
vivre qu'en Bretagne avec ce qui lui resterait. Elle
parle de vendre sa maison.

— Eh bien, vendez-la moi, dit Minoret.

— Mais tu parles comme si tu étais le maître, dit
Zélie. Que veux-tu faire de deux maisons ?

— Si je ne termine pas ce soir avec vous pour les

Bordières, reprit le juge de paix, notre bail sera connu, nous serons saisis de nouveau dans trois jours, et je manquerai cette liquidation, qui me tient au cœur. Aussi vais-je de ce pas à Melun, où des fermiers que j'y connais m'achèteront les Bordières les yeux fermés. Vous perdrez ainsi l'occasion de placer en terre à trois pour cent dans les terroirs du Rouvre.

— Eh bien, pourquoi venez-vous nous trouver ? dit Zélie.

— Parce que vous avez l'argent, tandis que mes anciens clients auront besoin de quelques jours pour me cracher cent vingt-neuf mille francs. Je ne veux pas de difficultés.

— Qu'*elle* quitte Nemours, et je vous les donne ! dit encore Minoret.

— Vous comprenez que je ne puis pas engager la volonté des Portenduère, répondit Bongrand; mais je suis certain qu'ils ne resteront pas à Nemours.

Sur cette assurance, Minoret, à qui d'ailleurs Zélie poussa le coude, promit les fonds pour solder la dette des Portenduère envers la succession du docteur. Le contrat de vente fut alors passé chez Dionis, et l'heureux juge de paix y fit accepter les conditions du nouveau bail à Minoret, qui s'aperçut un peu tard, ainsi que Zélie, de la perte de la dernière année payée [222] à l'avance. Vers la fin de juin, Bongrand apporta le quitus de sa fortune à Mme de Portenduère, cent vingt-neuf mille francs, en [223] l'engageant à les placer sur l'État, qui lui donnerait six mille francs de rente dans le cinq pour cent en y joignant les dix mille francs de Savinien. Ainsi, loin de perdre sur ses revenus, la vieille dame gagnait deux mille francs de rente à sa liquidation. La famille de Portenduère demeura donc à Nemours.

Minoret crut avoir été joué, comme si le juge de paix avait dû savoir que la présence d'Ursule lui était insupportable, et il en conçut un vif ressentiment qui accrut sa haine contre sa victime. Alors commença le drame

secret, mais terrible en ses effets, de la lutte de deux sentiments, celui qui poussait Minoret à chasser Ursule de
Nemours, et celui qui donnait à Ursule la force de supporter des persécutions dont la cause fut pendant un
certain temps impénétrable : situation étrange et bizarre,
vers laquelle tous les événements antérieurs avaient
marché, qu'ils avaient préparée et à laquelle ils servent de
préface.

XVII

LES TERRIBLES MALICES DE LA PROVINCE

Madame Minoret, à qui son mari fit cadeau d'une argenterie et d'un service de table complet d'environ vingt mille francs, donnait un superbe dîner tous les dimanches, le jour où son fils le substitut amenait quelques amis de Fontainebleau. Pour ces dîners somptueux, Zélie faisait venir quelques raretés de Paris, en obligeant ainsi le notaire Dionis à imiter son faste. Goupil que les Minoret s'efforçaient de bannir de leur société comme une personne tarée qui tachait leur splendeur, ne fut invité que vers la fin du mois de juillet, un mois après l'inauguration de la vie bourgeoise menée par les anciens maîtres de poste. Le maître clerc, déjà sensible à cet oubli calculé, fut obligé de dire *vous* à Désiré, qui, depuis l'exercice de ses fonctions, avait pris un air grave et rogue jusque dans sa famille.

— Vous ne vous souvenez donc plus d'Esther, pour aimer ainsi Mlle Mirouët ? dit Goupil au substitut.

— D'abord Esther est morte [224], monsieur. Puis je n'ai jamais pensé à Ursule, répondit le magistrat.

— Eh bien, que me disiez-vous donc, papa Minoret ? s'écria très insolemment Goupil.

Minoret, pris en flagrant délit de mensonge par un homme si redoutable, eût perdu contenance sans le projet pour lequel il avait invité Goupil à dîner, en se souvenant de la proposition jadis faite par le maître clerc d'empêcher le mariage d'Ursule et du jeune Portenduère. Pour toute réponse, il emmena brusquement le clerc au fond de son jardin.

— Vous avez bientôt vingt-huit ans, mon cher, lui dit-il, et je ne vous vois pas encore sur le chemin de la fortune. Je vous veux du bien, car enfin vous avez été le camarade de mon fils. Ecoutez-moi : si vous décidez la petite Mirouët, qui d'ailleurs possède quarante mille francs, à devenir votre femme, aussi vrai que je m'appelle Minoret, je vous donnerai les moyens d'acheter une charge de notaire à Orléans.

— Non, dit Goupil, je ne serais pas assez en vue; mais à Montargis...

— Non, repartit Minoret, mais à Sens...

— Va pour Sens ! s'écria le hideux premier clerc. Il y a un archevêque, je ne hais pas un pays de dévotion : avec un peu d'hypocrisie on y fait mieux son chemin. D'ailleurs, la petite est dévote, elle y réussira.

— Il est bien entendu, reprit Minoret, que je ne donne les cent mille francs qu'au mariage de notre parente, à qui je veux faire un sort par considération pour défunt mon oncle.

— Et pourquoi pas un peu pour moi ? dit malicieusement Goupil en soupçonnant quelque secret dans la conduite de Minoret. N'est-ce pas à mes renseignements que vous devez d'avoir pu réunir vingt-quatre mille francs de rente d'un seul tenant, sans enclaves, autour du château du Rouvre ? Avec vos prairies et votre moulin qui sont de l'autre côté du Loing, vous y ajouteriez seize mille francs ! Voyons, gros père, voulez-vous jouer avec moi franc jeu ?

— Oui.

— Eh bien, afin de vous faire sentir mes crocs, je mijotais pour Massin l'acquisition du Rouvre, ses parcs, ses jardins, ses réserves et son bois.

— Avise-toi de cela ! dit Zélie, en intervenant.

— Eh bien, dit Goupil en lui lançant un regard de vipère, si je veux, demain Massin aura tout cela pour deux cent mille francs.

— Laisse-nous, ma femme, dit alors le colosse en pre-

nant Zélie par le bras et la renvoyant, je m'entends avec
lui... Nous avons eu tant d'affaires, reprit Minoret en
revenant à Goupil, que nous n'avons pu penser à vous;
mais je compte bien sur votre amitié pour nous avoir
le Rouvre.

— Un ancien marquisat, dit malicieusement Goupil,
et qui vaudrait bientôt entre vos mains cinquante mille
livres de rente, plus de deux millions au prix où sont les
biens.

— Et notre substitut épouserait alors la fille d'un
maréchal de France, ou l'héritière d'une vieille famille
qui le pousserait dans la magistrature à Paris, dit le
maître de poste en ouvrant sa large tabatière et offrant
une prise à Goupil.

— Eh bien, jouons-nous franc jeu ? s'écria Goupil
en se secouant les doigts.

Minoret serra les mains de Goupil en lui répondant :

— Parole d'honneur !

Comme tous les gens rusés, le maître clerc crut,
heureusement pour Minoret, que son mariage avec
Ursule était un prétexte pour se raccommoder avec lui,
depuis qu'il leur opposait Massin.

— Ce n'est pas lui, se dit-il, qui a trouvé cette bourde,
je reconnais ma Zélie, elle lui a dicté son rôle. Bah !
lâchons Massin. Avant trois ans, je serai, moi, le député
de Sens, pensa-t-il.

En apercevant alors Bongrand qui allait faire son
whist en face, il se précipita dans la rue.

— Vous vous intéressez beaucoup à Ursule Mirouët,
mon cher monsieur Bongrand, lui dit-il, vous ne pouvez
pas être indifférent à son avenir. Voici le programme :
elle épouserait un notaire dont l'étude serait dans un
chef-lieu d'arrondissement. Ce notaire, qui sera nécessairement député dans trois ans, lui reconnaîtrait cent
mille francs de dot.

— Elle a mieux, dit sèchement Bongrand. Mme de
Portenduère depuis ses malheurs ne va guère bien;

hier encore, elle était horriblement changée, le chagrin la tue; il reste à Savinien six mille francs de rente, Ursule a quarante mille francs, je leur ferai valoir leurs capitaux à la Massin, mais honnêtement, et, dans dix ans, ils auront une petite fortune.

— Savinien ferait une sottise; il peut épouser quand il voudra Mlle du Rouvre [225], une fille unique à qui son oncle et sa tante veulent laisser deux héritages superbes.

— Quand l'amour nous tient, adieu la prudence, a dit La Fontaine [226]. Mais qui est-ce, votre notaire? car après tout..., reprit Bongrand par curiosité.

— Moi, répondit Goupil, qui fit tressaillir le juge de paix.

— Vous? répondit Bongrand sans cacher son dégoût.

— Ah bien, votre serviteur, monsieur répliqua Goupil en lui lançant un regard plein de fiel, de haine et de défi.

— Voulez-vous être la femme d'un notaire qui vous reconnaîtrait cent mille francs de dot? s'écria Bongrand en entrant dans la petite salle et s'adressant à Ursule, qui se trouvait assise auprès de Mme de Portenduère.

Ursule et Savinien tressaillirent par un même mouvement, et se regardèrent: elle en souriant, lui sans oser se montrer inquiet.

— Je ne suis pas maîtresse de mes actions, répondit Ursule en tendant la main à Savinien sans que la vieille mère pût voir ce geste.

— Aussi ai-je refusé sans seulement vous consulter.

— Et pourquoi? dit Mme de Portenduère. Il me semble, ma petite, que c'est un bel état que celui de notaire?

— J'aime mieux ma douce misère, répondit-elle, car, relativement à ce que je devais attendre de la vie, c'est pour moi l'opulence. Ma vieille nourrice m'épargne d'ailleurs bien des soucis, et je n'irai pas troquer le présent, qui me plaît, contre un avenir inconnu.

Le lendemain, la poste versa dans deux cœurs le

poison de deux lettres anonymes : une à Mme de Por-
tènduère et l'autre à Ursule. Voici celle que reçut la
vieille dame :

« Vous aimez votre fils, vous voulez l'établir comme
l'exige le nom qu'il porte, et vous favorisez son caprice pour
une petite ambitieuse sans fortune, en recevant chez vous
une Ursule, la fille d'un musicien de régiment; tandis que
vous pourriez le marier avec Mlle du Rouvre, dont les deux
oncles, MM. le marquis de Ronquerolles [227] et le chevalier du
Rouvre [228], riches chacun de trente mille livres de rente, pour
ne pas laisser leur fortune à ce vieux fou de M. du Rouvre
qui mange tout, sont dans l'intention d'en avantager leur
nièce au contrat. Mme de Sérizy, tante de Clémentine du
Rouvre, qui vient de perdre son fils unique dans la campagne
d'Alger, adoptera sans doute aussi sa nièce. Quelqu'un
qui vous veut du bien croit savoir que Savinien serait
accepté. »

Voici la lettre faite pour Ursule :

« Chère Ursule, il est dans Nemours un jeune homme qui
vous idolâtre, il ne peut pas vous voir travaillant à votre
fenêtre sans des émotions qui lui prouvent que son amour
est pour la vie. Ce jeune homme est doué d'une volonté de
fer et d'une persévérance que rien ne décourage : accueillez
donc favorablement son amour, car il n'a que des intentions
pures et vous demande humblement votre main, dans le
désir de vous rendre heureuse. Sa fortune, quoique déjà
convenable, n'est rien comparée à celle qu'il vous fera quand
vous serez sa femme. Vous serez un jour reçue à la cour
comme la femme d'un ministre et l'une des premières du
pays. Comme il vous voit tous les jours sans que vous
puissiez le voir, mettez sur votre fenêtre un des pots d'œillets
de la Bougival, vous lui aurez dit ainsi qu'il peut se présenter. »

Ursule brûla cette lettre sans en parler à Savinien.
Deux jours après, elle reçut une autre lettre ainsi conçue :

« Vous avez eu tort, chère Ursule, de ne pas répondre à
celui qui vous aime plus que sa vie. Vous croyez épouser
Savinien, vous vous trompez étrangement. Ce mariage

n'aura pas lieu. Mme de Portenduère, qui ne vous recevra plus chez elle, va ce matin au Rouvre, à pied, malgré l'état de souffrance où elle est, y demander pour Savinien la main de Mlle du Rouvre. Savinien finira par céder. Que peut-il objecter ? les oncles de la demoiselle assurent par le contrat leur fortune à leur nièce. Cette fortune consiste en soixante mille livres de rente. »

Cette lettre ravagea le cœur d'Ursule en lui faisant connaître les tortures de la jalousie, une souffrance jusqu'alors inconnue qui, dans cette organisation si riche, si facile à la douleur, couvrit de deuil le présent, l'avenir et même le passé. Depuis le moment où elle eut ce fatal papier, elle resta dans la bergère du docteur, le regard arrêté sur l'espace, et perdue dans un rêve douloureux. En un instant elle sentit le froid de la mort substitué aux ardeurs d'une belle vie. Hélas ! ce fut pis : ce fut, en réalité, l'atroce réveil des morts apprenant qu'il n'y a pas de Dieu, le chef-d'œuvre de cet étrange génie appelé Jean-Paul ²²¹. Quatre fois la Bougival essaya de faire déjeuner Ursule, elle lui vit prendre et quitter son pain sans pouvoir le porter à ses lèvres. Quand elle voulait hasarder une remontrance, Ursule lui répondait par un geste de main et par un terrible mot : « Chut ! » aussi despotiquement dit que jusqu'alors sa parole avait été douce. La Bougival, qui surveillait sa maîtresse à travers le vitrage de la porte de communication, l'aperçut alternativement rouge comme si la fièvre la dévorait, et violette comme si le frisson succédait à la fièvre. Cet état s'empira sur les quatre heures, alors que, de moment en moment, Ursule se leva pour regarder si Savinien venait, et que Savinien ne vint pas. La jalousie et le doute ôtent à l'amour toute sa pudeur. Ursule, qui jusqu'alors ne se serait pas permis un geste où l'on pût deviner sa passion, mit son chapeau, son petit châle, et s'élança dans son corridor pour aller au-devant de Savinien, mais un reste de pudeur la fit rentrer dans sa petite salle. Elle y pleura. Quand le curé se

présenta le soir, la pauvre nourrice l'arrêta sur le seuil
de la porte.

— Ah ! monsieur le curé, je ne sais pas ce qu'a mademoiselle; elle...

— Je le sais, répondit tristement le prêtre en fermant
ainsi la bouche à la nourrice effrayée.

L'abbé Chaperon apprit alors à Ursule ce qu'elle
n'avait pas osé faire vérifier : Mme de Portenduère
était allée dîner au Rouvre.

— Et Savinien ?

— Aussi.

Ursule eut un petit tressaillement nerveux qui fit
frissonner l'abbé Chaperon comme s'il avait reçu la
décharge d'une bouteille de Leyde, et il éprouva de plus
une durable commotion au cœur.

— Ainsi nous n'irons pas ce soir chez elle, dit le
curé; mais, mon enfant, il sera sage à vous de n'y plus
retourner. La vieille dame vous recevrait de manière
à blesser votre fierté. Nous qui l'avions amenée à
entendre parler de votre mariage, nous ignorons d'où
souffle le vent par lequel elle a été changée en un moment.

— Je m'attends à tout, et rien ne peut plus m'étonner,
dit Ursule d'un ton pénétré. Dans ces sortes d'extrémités, on éprouve une grande consolation à savoir que
l'on n'a pas offensé Dieu.

— Soumettez-vous, ma chère fille, sans jamais
sonder les voies de la Providence, dit le curé.

— Je ne voudrais pas soupçonner injustement le
caractère de M. de Portenduère...

— Pourquoi ne dites-vous plus Savinien ? demanda
le curé, qui remarqua quelque légère aigreur dans l'accent
d'Ursule.

— De mon cher Savinien, reprit-elle en pleurant.
Oui, mon bon ami, reprit-elle en sanglotant, une voix
me crie encore qu'il est aussi noble de cœur que de race.
Il ne m'a pas seulement avoué qu'il m'aimait uniquement, il me l'a prouvé par des délicatesses infinies et

en contenant avec héroïsme son ardente passion. Dernièrement, lorsqu'il a pris la main que je lui tendais, quand M. Bongrand me proposait ce notaire pour mari, je vous jure que je la lui donnais pour la première fois. S'il a débuté par une plaisanterie en m'envoyant un baiser à travers la rue, depuis, cette affection n'est jamais sortie, vous le savez, des limites les plus étroites ; mais je puis vous le dire, à vous qui lisez dans mon âme, excepté dans ce coin dont la vue était réservée aux anges, eh bien, ce sentiment est chez moi le principe de bien des mérites : il m'a fait accepter mes misères, il m'a peut-être adouci l'amertume de la perte irréparable dont le deuil est plus dans mes vêtements que dans mon âme ! Oh ! j'ai eu tort. Oui, l'amour était chez moi plus fort que ma reconnaissance envers mon parrain, et Dieu l'a vengé. Que voulez-vous ! je respectais en moi la femme de Savinien ; j'étais trop fière, et peut-être est-ce cet orgueil que Dieu punit. Dieu seul, comme vous me l'avez dit, doit être le principe et la fin de nos actions.

Le curé fut attendri en voyant les larmes qui roulaient sur ce visage déjà pâli. Plus la sécurité de la pauvre fille avait été grande, plus bas elle tombait.

— Mais, dit-elle en continuant, revenue à ma condition d'orpheline, je saurai en reprendre les sentiments. Après tout, puis-je être une pierre au cou de celui que j'aime ? Que fait-il ici ? Qui suis-je pour prétendre à lui ? Ne l'aimé-je pas d'ailleurs d'une amitié si divine, qu'elle va jusqu'à l'entier sacrifice de mon bonheur, de mes espérances ?... Et vous savez que je me suis souvent reproché d'asseoir mon amour sur un tombeau, de le savoir ajourné au lendemain de la mort de cette vieille dame. Si Savinien est riche et heureux par une autre, j'ai précisément assez pour payer ma dot au couvent, où j'entrerai promptement. Il ne doit pas plus y avoir dans le cœur d'une femme deux amours qu'il n'y a deux maîtres dans le ciel. La vie religieuse aura des attraits pour moi.

— Il ne pouvait pas laisser aller sa mère seule au Rouvre, dit doucement le bon prêtre.

— N'en parlons plus, mon bon monsieur Chaperon; je lui écrirai ce soir pour lui donner sa liberté. Je suis enchantée d'avoir à fermer les fenêtres de cette salle.

Et elle mit le vieillard au fait des lettres anonymes, en lui disant qu'elle ne voulait pas autoriser les poursuites de son amant inconnu.

— Eh ! c'est une lettre anonyme adressée à Mme de Portenduère qui l'a fait aller au Rouvre, s'écria le curé. Vous êtes sans doute persécutée par de méchantes gens.

— Et pourquoi ? Ni Savinien ni moi, nous n'avons fait de mal à personne, et nous ne blessons plus aucun intérêt ici.

— Enfin, ma petite, nous profiterons de cette bourrasque, qui disperse notre société, pour ranger la bibliothèque de notre pauvre ami. Les livres restent en tas; Bongrand et moi, nous les mettrons en ordre [180], car nous pensons à y faire des recherches. Placez votre confiance en Dieu; mais songez aussi que vous avez dans le bon juge de paix et en moi deux amis dévoués.

— C'est beaucoup, dit-elle en reconduisant le curé jusque sur le seuil de son allée, en tendant le cou comme un oiseau qui regarde hors de son nid, espérant encore apercevoir Savinien.

En ce moment, Minoret et Goupil, au retour de quelque promenade dans les prairies, s'arrêtèrent en passant, et l'héritier du docteur dit à Ursule :

— Qu'avez-vous, ma cousine ? car nous sommes toujours cousins, n'est-ce pas ? Vous paraissez changée.

Goupil jetait à Ursule des regards si ardents, qu'elle en fut effrayée : elle rentra sans répondre.

— Elle est farouche, dit Minoret au curé.

— Mademoiselle Mirouët a raison de ne pas causer sur le pas de sa porte avec des hommes; elle est trop jeune...

— Oh ! fit Goupil, vous devez savoir qu'elle ne manque pas d'amoureux.

Le curé s'était hâté de saluer, et se dirigeait à pas précipités vers la rue des Bourgeois.

— Eh bien, dit le premier clerc à Minoret, ça chauffe ! Elle est déjà pâle comme une morte; mais, avant quinze jours, elle aura quitté la ville. Vous verrez.

— Il vaut mieux vous avoir pour ami que pour ennemi, s'écria Minoret, effrayé de l'atroce sourire qui donnait au visage de Goupil l'expression diabolique prêtée par Joseph Bridau [221] au Méphistophélès de Gœthe.

— Je le crois bien, répondit Goupil. Si elle ne m'épouse pas, je la ferai crever de chagrin.

— Fais-le, petit, et je te *donne* les fonds pour être notaire à Paris. Tu pourras alors épouser une femme riche...

— Pauvre fille ! Que vous a-t-elle donc fait ? demanda le clerc surpris.

— Elle m'embête ! dit grossièrement Minoret.

— Attendez à lundi, et vous verrez alors comment je la scierai, reprit Goupil en étudiant la physionomie de l'ancien maître de poste.

Le lendemain, la vieille Bougival alla chez Savinien et dit en lui tendant une lettre :

— Je ne sais pas ce que vous écrit la chère enfant; mais elle est ce matin comme une morte.

Qui, par cette lettre écrite à Savinien, n'imaginerait pas les souffrances qui avaient assailli Ursule pendant la nuit ?

« Mon [222] cher Savinien, votre mère veut vous marier à Mlle du Rouvre, m'a-t-on dit, et peut-être a-t-elle raison. Vous vous trouvez entre une vie presque misérable et une vie opulente, entre la fiancée de votre cœur et une femme selon le monde, entre obéir à votre mère et à votre choix, car je crois encore que vous m'avez choisie. Savinien, si vous avez une détermination à prendre, je veux qu'elle soit

prise en toute liberté : je vous rends la parole que vous
vous étiez donnée à vous-même et non à moi dans un moment
qui ne s'effacera jamais de ma mémoire, et qui fut, comme tous
les jours qui se sont succédé depuis, d'une pureté, d'une
douceur angéliques. Ce souvenir suffit à toute ma vie. Si
vous persistiez dans votre serment, désormais une noire et
terrible idée troublerait mes félicités. Au milieu de vos privations, acceptées si gaiement aujourd'hui, vous pourriez
penser plus tard que, si vous eussiez observé les lois du monde,
il en eût été bien autrement pour vous. Si vous étiez homme
à exprimer cette pensée, elle serait pour moi l'arrêt d'une mort
douloureuse; et, si vous ne la disiez pas, je soupçonnerais
les moindres nuages qui couvriraient votre front. Cher
Savinien, je vous ai toujours préféré à tout sur cette terre.
Je le pouvais, puisque mon parrain, quoique jaloux, me disait:
« Aime-le, ma fille ! vous serez bien certainement l'un à
» l'autre un jour. » Quand je suis allée à Paris, je vous aimais
sans espoir, et ce sentiment me contentait. Je ne sais si je
puis y revenir, mais je le tenterai. Que sommes-nous d'ailleurs
en ce moment ? Un frère et une sœur. Restons ainsi. Épousez
cette heureuse fille, qui aura la joie de rendre à votre nom le
lustre qu'il doit avoir, et que, selon votre mère, je diminue-
rais. Vous n'entendrez jamais parler de moi. Le monde vous
approuvera. Moi, je ne vous blâmerai jamais, et je vous
aimerai toujours. Adieu donc. »

— Attendez ! s'écria le gentilhomme.

Il fit signe à la Bougival de s'asseoir, et il griffonna
ce peu de mots :

« Ma chère Ursule, votre lettre me brise le cœur en ce que
vous vous êtes fait inutilement beaucoup de mal, et que
pour la première fois nos cœurs ont cessé de s'entendre. Si
vous n'êtes pas ma femme, c'est que je ne puis encore me
marier sans le consentement de ma mère. Enfin, huit mille
livres de rente dans un joli cottage, sur les bords du Loing,
n'est-ce pas une fortune ? Nous avons calculé qu'avec la
Bougival nous économiserions cinq mille francs par an !
Vous m'avez permis, un soir, dans le jardin de votre oncle,
de vous regarder comme ma fiancée, et vous ne pouvez
briser à vous seule des liens qui nous sont communs. Ai-je

donc besoin de vous dire qu'hier j'ai nettement déclaré à M. du Rouvre que, si j'étais libre, je ne voudrais pas recevoir ma fortune d'une jeune personne qui me serait inconnue ? Ma mère ne veut plus vous voir, je perds le bonheur de nos soirées, mais ne me retranchez pas le court moment pendant lequel je vous parle à votre fenêtre... A ce soir. Rien ne peut nous séparer. »

— Allez, ma vieille. Elle ne doit pas être inquiète un moment de trop...

Le soir, à quatre heures, au retour de la promenade qu'il faisait tous les jours exprès pour passer devant la maison d'Ursule, Savinien trouva sa maîtresse un peu pâlie par des bouleversements si subits.

— Il me semble que jusqu'à présent je n'ai pas su ce que c'était que le plaisir de vous voir, lui dit-elle.

— Vous m'avez dit, répondit Savinien en souriant, car je me souviens de toutes vos paroles : « L'amour ne va pas sans la patience, j'attendrai ! » Vous avez donc, chère enfant, séparé l'amour de la foi ?... Ah ! voici qui termine nos querelles. Vous prétendiez me mieux aimer que je ne vous aime. Ai-je jamais douté de vous ? lui demanda-t-il en lui présentant un bouquet composé de fleurs des champs dont l'arrangement exprimait ses pensées.

— Vous n'avez aucune raison pour douter de moi, répondit-elle. Et d'ailleurs, vous ne savez pas tout, ajouta-t-elle d'une voix troublée.

Elle avait fait refuser à la poste toutes ses lettres. Mais, sans qu'elle eût pu deviner par quel sortilège la chose avait eu lieu, quelques instants après la sortie de Savinien, qu'elle avait regardé tournant de la rue des Bourgeois dans la Grand'Rue, elle avait trouvé sur sa bergère un papier où était écrit : *Tremblez ! l'amant dédaigné deviendra pire qu'un tigre.* Malgré les supplications de Savinien, elle ne voulut pas, par prudence, lui confier le terrible secret de sa peur. Le plaisir ineffable de

revoir Savinien après l'avoir cru perdu pouvait seul lui
faire oublier le froid mortel qui venait de la saisir. Pour
tout le monde, attendre un malheur indéfini constitue
un horrible supplice. La souffrance prend alors les
proportions de l'inconnu, qui certes est l'infini de l'âme.
Mais, pour Ursule, ce fut la plus grande douleur. Elle
éprouvait en elle-même d'affreux sursauts au moindre
bruit, elle se défiait du silence, elle soupçonnait ses
murailles de complicité. Enfin son heureux sommeil
fut troublé. Goupil, sans rien savoir de cette constitution
délicate comme celle d'une fleur, avait trouvé, par
l'instinct du méchant, le poison qui devait la flétrir,
la tuer.

Cependant, la journée du lendemain se passa sans
surprise. Ursule joua du piano fort tard, elle se coucha
presque rassurée et accablée de sommeil. A minuit
environ, elle fut réveillée par un concert composé d'une
clarinette, d'un hautbois, d'une flûte, d'un cornet à
pistons, d'un trombone, d'un basson, d'un flageolet
et d'un triangle. Tous les voisins étaient aux fenêtres.
La pauvre enfant, déjà saisie en voyant du monde dans
la rue, reçut un coup terrible au cœur en entendant une
voix d'homme enrouée, ignoble, qui cria :

« Pour la belle Ursule Mirouët, de la part de son amant ! »

Le lendemain, dimanche, toute la ville fut en rumeur,
et, à l'entrée comme à la sortie d'Ursule à l'église, elle
vit sur la place des groupes nombreux occupés d'elle
et manifestant une horrible curiosité. La sérénade
mettait toutes les langues en mouvement, car chacun
se perdait en conjectures. Ursule revint chez elle plus
morte que vive et ne sortit plus, le curé lui avait conseillé
de dire ses vêpres chez elle. En rentrant, elle vit dans
le corridor carrelé en briques qui menait de la rue à la
cour une lettre glissée sous la porte; elle la ramassa,
la lut, poussée par le désir d'y trouver une explication.

Les êtres les moins sensibles peuvent deviner ce qu'elle dut éprouver en lisant ces terribles lignes :

« Résignez-vous à devenir ma femme, riche et adorée. Je vous veux. Si je ne vous ai vivante, je vous aurai morte. Attribuez à vos refus les malheurs qui n'atteindront pas que vous.
   « *Celui qui vous aime et à qui vous serez un jour.* »

Chose étrange ! au moment où la douce et tendre victime de cette machination était abattue comme une fleur coupée, mesdemoiselles Massin, Dionis et Crémière enviaient son sort.

— Elle est bien heureuse, disaient-elles. On s'occupe d'elle, on flatte ses goûts, on se la dispute ! La sérénade était, à ce qu'il paraît, charmante ! Il y avait un cornet à pistons !

— Qu'est-ce qu'un cornet à pistons ?

— Un nouvel instrument de musique ! tiens, grand comme ça, disait Angéline Crémière à Paméla Massin.

Dès le matin, Savinien était allé jusqu'à Fontainebleau tâcher de savoir qui avait demandé des musiciens du régiment en garnison; mais, comme il y avait deux hommes pour chaque instrument, il fut impossible de connaître ceux qui étaient allés à Nemours. Le colonel fit défendre aux musiciens de jouer chez des particuliers sans sa permission. Le gentilhomme eut une entrevue avec le procureur du roi, tuteur d'Ursule, et lui expliqua la gravité de ces sortes de scènes sur une jeune fille si délicate et si frêle, en le priant de rechercher l'auteur de cette sérénade par les moyens dont dispose le parquet. Trois jours après, au milieu de la nuit, trois violons, une flûte, une guitare et un hautbois donnèrent une seconde sérénade. Cette fois, les musiciens se sauvèrent du côté de Montargis, où se trouvait alors une troupe de comédiens. Une voix stridente et liquoreuse avait crié entre deux morceaux :

— A la fille du capitaine de musique Mirouët !

Tout Nemours apprit ainsi la profession du père
d'Ursule, ce secret si soigneusement gardé par le vieux
docteur Minoret.

Savinien n'alla point cette fois à Montargis; il reçut
dans la journée une lettre anonyme venue de Paris,
où il lut cette horrible prophétie :

« Tu n'épouseras pas Ursule. Si tu veux qu'elle vive, hâte-
toi de la céder à celui qui l'aime plus que tu ne l'aimes;
car il s'est fait musicien et artiste pour lui plaire, et préfère
la voir morte à la savoir ta femme. »

Le médecin de Nemours venait alors trois fois par
jour chez Ursule, que ces poursuites occultes avaient
mise en danger de mort. En se sentant plongée par une
main infernale dans un bourbier, cette suave jeune fille
gardait une attitude de martyre : elle restait dans un
profond silence, levait les yeux au ciel et ne pleurait
plus, elle attendait les coups en priant avec ferveur et
en implorant celui qui lui donnerait la mort.

— Je suis heureuse de ne pas pouvoir descendre dans
la salle, disait-elle à MM. Bongrand et Chaperon, qui
la quittaient le moins possible; *il* y viendrait, et je me
sens indigne de recevoir les regards par lesquels *il*
a coutume de me bénir ! Croyez-vous qu'il me soup-
çonne ?

— Mais, si Savinien ne trouve pas l'auteur de ces
infamies, il compte aller requérir l'intervention de la
police de Paris, dit Bongrand.

— Les inconnus doivent me savoir frappée à mort,
répondit-elle; ils vont se tenir tranquilles.

Le curé, Bongrand et Savinien se perdaient en conjectures et en suppositions. Savinien, Tiennette la Bougival et deux personnes dévouées au curé se firent espions
et se tinrent sur leurs gardes pendant une semaine;
mais aucune indiscrétion ne pouvait trahir Goupil,
qui machinait tout à lui seul. Le juge de paix, le premier,
pensa que l'auteur du mal était effrayé de son ouvrage.

Ursule arrivait à la pâleur, à la faiblesse des jeunes Anglaises en consomption. Chacun se relâcha de ses soins. Il n'y eut plus de sérénades ni de lettres. Savinien attribua l'abandon de ces moyens odieux aux recherches secrètes du parquet, auquel il avait envoyé les lettres reçues par Ursule, celle reçue par sa mère et la sienne. Cet armistice ne fut pas de longue durée. Quand le médecin eut arrêté la fièvre nerveuse d'Ursule, au moment où elle avait repris courage, un matin, vers la mi-juillet, on trouva une échelle de corde attachée à sa fenêtre. Le postillon qui, pendant la nuit, avait conduit la malle, déclara qu'un petit homme était en train de descendre au moment où il passait; et, malgré son désir de s'arrêter, ses chevaux, lancés à la descente du pont, au coin duquel se trouvait la maison d'Ursule, l'avaient emporté bien au delà de Nemours.

Une opinion partie du salon Dionis, attribuait ces manœuvres au marquis du Rouvre, alors excessivement gêné, sur qui Massin avait des lettres de change, et qui, par un prompt mariage de sa fille avec Savinien devait, disait-on, soustraire le château du Rouvre à ses créanciers. Mme de Portenduère voyait aussi avec plaisir, disait-on, tout ce qui pouvait afficher, déconsidérer et déshonorer Ursule; mais, en présence de cette jeune mort, la vieille dame se trouvait quasi vaincue. Le curé Chaperon fut si vivement affecté de cette dernière méchanceté, qu'il en tomba malade assez sérieusement pour rester chez lui durant quelques jours. La pauvre Ursule, à qui cette odieuse attaque avait causé une rechute, reçut par la poste une lettre du curé, qu'on ne refusa point en reconnaissant l'écriture :

« Mon enfant, quittez Nemours, et déjouez ainsi la malice de vos ennemis inconnus. Peut-être cherche-t-on à mettre en danger la vie de Savinien. Je vous en dirai davantage quand je pourrai vous aller voir. »

Ce billet était signé : *Votre dévoué* CHAPERON.

Lorsque Savinien, qui devint comme fou, alla voir le curé, le pauvre prêtre relut la lettre, tant il fut épouvanté de la perfection avec laquelle son écriture et sa signature étaient imitées; car il n'avait rien écrit, et, s'il eût écrit, il ne se serait point servi de la poste pour envoyer sa lettre chez Ursule. L'état mortel où cette dernière atrocité mit Ursule obligea Savinien à recourir de nouveau au procureur du roi en lui portant la fausse lettre du curé.

— Il se commet un assassinat par des moyens que la loi n'a point prévus, et sur une orpheline que le Code vous donne pour pupille, dit le gentilhomme au magistrat.

— Si vous trouvez des moyens de répression, lui répondit le procureur du roi, je les adopterai; mais je n'en connais pas ! L'infâme anonyme a donné le meilleur avis. Il faut envoyer ici Mlle Mirouët chez les dames de l'Adoration du Saint-Sacrement [233]. En attendant, le commissaire de police de Fontainebleau, sur ma demande, vous autorisera à porter des armes pour votre défense. Je suis allé moi-même au Rouvre, et M. du Rouvre a été justement indigné des soupçons qui planaient sur lui. Minoret, le père de mon substitut, est en marché pour son château. Mlle du Rouvre épouse un riche comte polonais. Enfin, M. du Rouvre quittait la campagne, le jour où je m'y suis transporté, pour éviter les effets d'une contrainte par corps.

Désiré, que son chef questionna, n'osa lui dire sa pensée : il reconnaissait Goupil ! Goupil était seul capable de conduire une œuvre qui côtoyait le Code pénal sans tomber dans le précipice d'aucun article. L'impunité, le secret, le succès, accrurent l'audace de Goupil. Le terrible clerc faisait poursuivre par Massin, devenu sa dupe, le marquis du Rouvre, afin de forcer le gentilhomme à vendre les restes de sa terre à Minoret. Après avoir entamé des négociations avec un notaire de Sens il résolut de tenter un dernier coup pour avoir Ursule.

Il voulait imiter quelques jeunes gens de Paris qui ont dû leur femme et leur fortune à un enlèvement. Les services rendus à Minoret, à Massin et à Crémière, la protection de Dionis, maire de Nemours, lui permettaient d'assoupir l'affaire. Il se décida sur-le-champ à lever le masque, en croyant Ursule incapable de lui résister dans l'état de faiblesse où il l'avait mise.

Néanmoins, avant de risquer le dernier coup de son ignoble partie, il jugea nécessaire d'avoir une explication au Rouvre, où il accompagna Minoret, qui s'y rendait pour la première fois depuis la signature du contrat. Minoret venait de recevoir une lettre confidentielle où son fils lui demandait des renseignements sur ce qui se passait à propos d'Ursule, avant de l'aller chercher lui-même avec le procureur du roi pour la mettre dans un couvent, à l'abri de quelque nouvelle infamie. Le substitut engageait son père, au cas où cette persécution serait l'ouvrage d'un de leurs amis, à lui donner de sages conseils. Si la justice ne pouvait pas toujours tout punir, elle finirait par tout savoir et en garder bonne note.

Minoret avait atteint un grand but. Désormais propriétaire incommutable du château du Rouvre, un des plus beaux du Gâtinais, il réunissait pour quarante et quelques mille francs de revenus en beaux et riches domaines autour du parc. Le colosse pouvait se moquer de Goupil. Enfin, il comptait vivre à la campagne, où le souvenir d'Ursule ne l'importunerait plus.

— Mon petit, dit-il à Goupil en se promenant sur la terrasse, laisse ma cousine en repos !

— Bah !... dit le clerc, ne pouvant rien deviner dans cette conduite bizarre, car la bêtise a aussi sa profondeur.

— Oh ! je ne suis pas ingrat : tu m'as fait avoir pour deux cent quatre-vingt mille francs ce beau château en briques et en pierres de taille qui ne se bâtirait pas aujourd'hui pour deux cent mille écus, la ferme du

château, les réserves, le parc, les jardins et les bois...
Eh bien... oui, ma foi ! je te donne dix pour cent, vingt
mille francs, avec lesquels tu peux acheter une étude
d'huissier à Nemours. Je te garantis ton mariage avec
une des petites Crémière, avec l'aînée.

— Celle qui parle piston ? s'écria Goupil.

— Mais ma cousine lui donne trente mille francs,
reprit Minoret. Vois-tu, mon petit, tu es né pour être
huisiser, comme, moi, j'étais fait pour être maître de
poste, et il faut toujours suivre sa vocation.

— Eh bien, reprit Goupil tombé du haut de ses
espérances, voici des timbres, signez-moi vingt mille
francs d'acceptations, afin que je puisse traiter argent sur
table.

Minoret avait dix-huit mille francs à recevoir pour
le semestre des inscriptions que sa femme ne connaissait
pas ; il crut se débarrasser ainsi de Goupil, et signa. Le
premier clerc, en voyant l'imbécile et colossal Machiavel
de la rue des Bourgeois dans un accès de fièvre seigneu-
riale, lui jeta pour adieu un « Au revoir ! » et un regard
qui eussent fait trembler tout autre qu'un niais parvenu,
regardant du haut d'une terrasse les jardins et les magnifiques toits d'un château bâti dans le style à la mode sous
Louis XIII.

— Tu ne m'attends pas ? cria-t-il en voyant Goupil
s'en allant à pied.

— Vous me retrouverez sur votre chemin, papa !
lui répondit le futur huissier, altéré de vengeance et qui
voulait savoir le mot de l'énigme offerte à son esprit
par les étranges zigzags de la conduite du gros Minoret.

XVIII

LES DEUX VENGEANCES

Depuis le jour où la plus infâme calomnie avait souillé sa vie, Ursule, en proie à une de ces maladies inexplicables dont le siège est dans l'âme, marchait rapidement à la mort. D'une pâleur extrême, disant à de rares intervalles des paroles faibles et lentes, jetant des regards d'une douceur tiède, tout en elle, même son front, trahissait une pensée dévorante. Elle la croyait tombée, cette idéale couronne de fleurs chastes que, de tout temps, les peuples ont voulu voir sur la tête des vierges. Elle écoutait, dans le vide et dans le silence, les propos déshonorants, les commentaires malicieux, les rires de la petite ville. Cette charge était trop pesante pour elle, et son innocence avait trop de délicatesse pour survivre à une pareille meurtrissure. Elle ne se plaignait plus, elle gardait un douloureux sourire sur les lèvres, et ses yeux se levaient souvent vers le ciel comme pour appeler de l'injustice des hommes au Souverain des anges.

Quand Goupil rentra dans Nemours, Ursule avait été descendue de sa chambre au rez-de-chaussée sur les bras de la Bougival et du médecin de Nemours. Il s'agissait d'un événement immense. Après avoir appris que cette jeune fille se mourait comme une hermine, encore qu'elle fût moins atteinte dans son honneur que ne le fut Clarisse Harlowe, Mme de Portenduère allait venir la voir et la consoler. Le spectacle de son fils, qui pendant toute la nuit précédente avait parlé de se tuer, fit plier la vieille Bretonne. Mme de Portenduère trouva, d'ailleurs, de sa dignité de rendre le courage à une jeune fille si pure, et

vit dans sa visite un contre-poids à tout le mal fait par
la petite ville. Son opinion, sans doute plus puissante
que celle de la foule, consacrerait le pouvoir de la
noblesse. Cette démarche, annoncée par l'abbé Chaperon,
avait opéré chez Ursule une révolution et rendit de
l'espoir au médecin désespéré, qui parlait de demander
une consultation aux plus illustres docteurs de Paris.
On avait mis Ursule sur la bergère de son tuteur, et tel
était le caractère de sa beauté, que, dans son deuil et
dans sa souffrance, elle parut plus belle qu'en aucun
moment de sa vie heureuse. Quand Savinien, donnant
le bras à sa mère, se montra, la jeune malade reprit de
belles couleurs.

— Ne vous levez pas, mon enfant, dit la vieille dame
d'une voix impérative; quelque malade et faible que
je sois moi-même, j'ai voulu vous venir voir pour vous
dire ma pensée sur ce qui se passe : je vous estime
comme la plus pure, la plus sainte et la plus charmante
fille du Gâtinais, et vous trouve digne de faire le bonheur
d'un gentilhomme.

D'abord Ursule ne put répondre; elle prit les mains
desséchées de la mère de Savinien et les baisa en y
laissant des pleurs.

— Ah ! madame, répondit-elle d'une voix affaiblie,
je n'aurais jamais eu la hardiesse de penser à m'élever
au-dessus de ma condition si je n'y avais été encouragée
par des promesses et mon seul titre était une affection
sans bornes; mais on a trouvé les moyens de me séparer
à jamais de celui que j'aime : on m'a rendue indigne de
lui... Jamais, dit-elle avec un éclat dans la voix qui
frappa douloureusement les spectateurs, jamais je ne
consentirai à donner à qui que ce soit une main avilie,
une réputation flétrie. J'aimais trop... je puis le dire en
l'état où je suis : j'aime une créature presque autant que
Dieu. Aussi, Dieu...

— Allons, allons, ma petite, ne calomniez pas Dieu !
Allons, *ma fille*, dit la vieille dame en faisant un effort,

ne vous exagérez pas la portée d'une infâme plaisanterie à laquelle personne ne croit. Moi, je vous le promets, vous vivrez et vous serez heureuse.

— Tu seras heureuse ! dit Savinien en se mettant à genoux devant Ursule et lui baisant les mains, ma mère t'a nommée *ma fille*.

— Assez, dit le médecin, qui vint prendre le pouls de sa malade, ne la tuez pas de plaisir.

En ce moment, Goupil, qui trouva la porte de l'allée entr'ouverte, poussa celle du petit salon et montra son horrible face animée par les pensées de vengeance qui avaient fleuri dans son cœur pendant le chemin.

— Monsieur de Portenduère ! dit-il d'une voix qui ressemblait au sifflement d'une vipère forcée dans son trou.

— Que voulez-vous ? répondit Savinien en se relevant.

— J'ai deux mots à vous dire.

Savinien sortit dans l'allée, et Goupil l'amena dans la petite cour.

— Jurez-moi, par la vie d'Ursule, que vous aimez, et par votre honneur de gentilhomme auquel vous tenez, de faire qu'il soit entre nous comme si je ne vous avais rien dit de ce que je vais vous dire, et je vais vous éclairer sur la cause des persécutions dirigées contre Mlle Mirouët.

— Pourrais-je les faire cesser ?

— Oui.

— Pourrais-je me venger ?

— Sur l'auteur, oui; mais sur l'instrument, non.

— Pourquoi ?

— Mais... l'instrument, c'est moi...

Savinien pâlit.

— Je viens d'entrevoir Ursule..., reprit le clerc.

— Ursule ? dit le gentilhomme en regardant Goupil.

— Mlle Mirouët, reprit Goupil, que l'accent de Savinien rendit respectueux, et je voudrais racheter

de tout mon sang ce qui a été fait. Je me repens....
Quand vous me tueriez en duel ou autrement, à quoi
vous servirait mon sang ? Le boiriez-vous ? Il vous
empoisonnerait en ce moment.

La froide raison de cet homme et la curiosité domp-
tèrent les bouillonnements du sang de Savinien; il
le regardait fixement d'un air qui fit baisser les yeux à
ce bossu manqué.

— Qui donc t'a mis en œuvre ? dit le jeune homme.

— Jurez-vous ?

— Tu veux qu'il ne te soit rien fait ?

— Je veux que, vous et Mlle Mirouët, vous me par-
donniez.

— Elle te pardonnera; mais moi, jamais !

— Enfin vous oublierez ?

Quelle terrible puissance a le raisonnement appuyé
sur l'intérêt ! Deux hommes, dont l'un voulait déchirer
l'autre, étaient là, dans une petite cour, à deux doigts
l'un de l'autre, obligés de se parler, réunis par un même
sentiment.

— Je te pardonnerai, mais je n'oublierai pas.

— Rien de fait, dit froidement Goupil.

Savinien perdit patience. Il appliqua sur cette face un
soufflet qui retentit dans la cour, qui faillit renverser
Goupil, et après lequel il chancela lui-même.

— Je n'ai que ce que je mérite, dit Goupil; j'ai fait
une bêtise. Je vous croyais plus noble que vous ne
l'êtes. Vous avez abusé d'un avantage que je vous donnais... Vous êtes en ma puissance maintenant ! dit-il
en lançant un regard haineux à Savinien.

— Vous êtes un assassin ! dit le gentilhomme.

— Pas plus que le couteau n'est le meurtrier, répliqua
Goupil.

— Je vous demande pardon, fit Savinien.

— Vous êtez-vous assez vengé ? dit Goupil avec une
féroce ironie. En resterez-vous là ?

— Pardon et oubli réciproques, reprit Savinien.

— Votre main ? dit le clerc en tendant la sienne au gentilhomme.

— La voici, répondit Savinien en dévorant cette honte par amour pour Ursule. Mais parlez : qui vous poussait ?

Goupil regardait, pour ainsi dire, les deux plateaux où pesaient, d'un côté le soufflet de Savinien, de l'autre sa haine contre Minoret. Il resta deux secondes indécis, mais enfin une voix lui cria : « Tu seras notaire ! » Et il répondit :

— Pardon et oubli ? Oui, de part et d'autre, monsieur, en serrant la main du gentilhomme.

— Qui donc persécute Ursule ? fit Savinien.

— Minoret ! il aurait voulu la voir enterrée... Pourquoi ? Je ne le sais pas; mais nous en chercherons la raison. Ne me mêlez point à tout ceci, je ne pourrais plus rien pour vous si l'on se défiait de moi. Au lieu d'attaquer Ursule, je la défendrai; au lieu de servir Minoret, je tâcherai de déjouer ses plans. Je ne vis que pour le ruiner, pour le détruire. Et je le foulerai aux pieds, je danserai sur son cadavre, je me ferai de ses os un jeu de dominos ! Demain, sur toutes les murailles de Nemours, de Fontainebleau, du Rouvre, on lira au crayon rouge : *Minoret est un voleur.* Oh ! je le ferai, nom de... nom ! éclater comme un mortier. Maintenant, nous sommes alliés par une indiscrétion; eh bien, si vous le voulez, je vais me mettre à genoux devant Mlle Mirouët, lui déclarer que je maudis la passion insensée qui me poussait à la tuer, je la supplierai de me pardonner. Ça lui fera du bien ! Le juge de paix et le curé sont là, ces deux témoins suffisent; mais M. Bongrand s'engagera sur l'honneur à ne pas me nuire dans ma carrière. J'ai maintenant une carrière.

— Attendez un moment, répondit Savinien, tout étourdi par cette révélation. — Ursule, mon enfant, dit-il en entrant au salon, l'auteur de tous vos maux a horreur de son ouvrage, se repent et veut vous deman-

der pardon en présence de ces messieurs, à la condition que tout sera oublié.

— Comment, Goupil ? dirent à la fois le curé, le
juge de paix et le médecin.

— Gardez-lui le secret, fit Ursule en levant un doigt
à ses lèvres.

Goupil entendit cette parole, vit le mouvement d'Ursule et se sentit ému.

— Mademoiselle, dit-il d'un ton pénétré, je voudrais
maintenant que tout Nemours pût m'entendre vous
avouant qu'une fatale passion a égaré ma tête et m'a
suggéré des crimes punissables par le blâme des hon-
nêtes gens. Ce que je dis là, je le répéterai partout, en
déplorant le mal produit par de mauvaises plaisanteries,
mais qui vous auront servi peut-être à hâter votre
bonheur, dit-il avec un peu de malice en se relevant,
puisque je vois ici Mme de Portenduère.

— C'est très bien, Goupil, dit le curé; mademoiselle
vous a pardonné; mais vous ne devez jamais oublier que
vous avez failli devenir un assassin.

— Monsieur Bongrand, reprit Goupil en s'adressant au juge de paix, je vais traiter ce soir avec Lecœur
de son étude, j'espère que cette réparation ne me nuira
pas dans votre esprit, et que vous appuierez ma demande
auprès du Parquet et du Ministère.

Le juge de paix fit une pensive inclination de tête,
et Goupil sortit pour aller traiter de la meilleure des
deux études d'huissier à Nemours. Chacun resta chez
Ursule et s'appliqua, pendant cette soirée, à faire renaître
le calme et la tranquillité dans son âme, où la satisfaction que le clerc lui avait donnée opérait déjà des
changements.

— Tout Nemours saura cela, disait Bongrand.

— Vous voyez, mon enfant, que Dieu ne vous en
voulait point, disait le curé.

Minoret revint assez tard du Rouvre et dîna tard.
Vers neuf heures, à la tombée du jour, il était dans son

pavillon chinois, digérant son dîner auprès de sa
femme, avec laquelle il faisait des projets pour l'avenir
de Désiré. Désiré s'était bien rangé depuis qu'il appartenait à la magistrature; il travaillait, il y avait chance
de le voir succéder au procureur du roi de Fontainebleau,
qui, disait-on, passait à Melun. Il fallait lui chercher une
femme, une fille pauvre appartenant à une vieille et noble
famille; il pourrait alors arriver à la magistrature de
Paris. Peut-être pourraient-ils le faire élire député de
Fontainebleau, où Zélie était d'avis d'aller s'établir
l'hiver, après avoir habité le Rouvre pendant la belle
saison. En s'applaudissant intérieurement d'avoir tout
arrangé pour le mieux, Minoret ne pensait plus à Ursule,
au moment même où le drame si niaisement ouvert
par lui se nouait d'une façon terrible.

— M. de Portenduère est là qui veut vous parler,
vint dire Cabirolle.

— Faites entrer, répondit Zélie.

Les ombres du crépuscule empêchèrent Mme Minoret
d'apercevoir la pâleur subite de son mari, qui frissonna
en entendant les bottes de Savinien craquant sur le parquet de la galerie où jadis était la bibliothèque du docteur. Un vague pressentiment de malheur courait dans
les veines du spoliateur. Savinien parut, resta debout,
garda son chapeau sur la tête, sa canne à la main, ses
mains croisées sur la poitrine, immobile devant les deux
époux.

— Je viens savoir, monsieur et madame Minoret,
les raisons que vous avez eues pour tourmenter d'une
manière infâme une jeune fille qui est, au su de toute la
ville de Nemours, ma future épouse, pourquoi vous avez
essayé de flétrir son honneur; pourquoi vous vouliez
sa mort, et pourquoi vous l'avez livrée aux insultes
d'un Goupil... Répondez.

— Etes-vous drôle, monsieur Savinien, dit Zélie,
de venir nous demander les raisons d'une chose qui
nous semble inexplicable ! Je me soucie d'Ursule comme

de l'an quarante. Depuis la mort de l'oncle Minoret,
je n'y ai jamais plus pensé qu'à ma première chemise !
Je n'ai pas soufflé un mot d'elle à Goupil, encore un
singulier drôle à qui je ne confierais pas les intérêts de
mon chien. — Eh bien, répondras-tu, Minoret ? Vas-tu
te laisser manquer par monsieur et accuser d'infamies
qui sont au-dessous de toi ? Comme si un homme qui
a quarante-huit mille livres de rente en fonds de terre
autour d'un château digne d'un prince descendait à de
pareilles sottises ! Lève-toi donc, que tu es là comme
une chiffe !

— Je ne sais pas ce que monsieur veut dire, répondit
enfin Minoret de sa petite voix, dont le tremblement
fut d'autant plus facile à remarquer qu'elle était
claire. Quelle raison aurais-je de persécuter cette
petite ? J'ai dit peut-être à Goupil combien j'étais
contrarié de la voir à Nemours; mon fils Désiré
s'en amourachait, et je ne la lui voulais point pour
femme, voilà.

— Goupil m'a tout avoué, monsieur Minoret.

Il y eut un moment de silence, mais terrible, pendant
lequel les trois personnages s'examinèrent. Zélie avait
vu, dans la grosse figure de son colosse, un mouvement
nerveux.

— Quoique vous ne soyez que des insectes, je veux
tirer de vous une vengeance éclatante, et je saurai la
prendre, poursuivit le gentilhomme. Ce n'est pas à vous,
homme de soixante-sept ans, que je demanderai raison
des insultes faites à Mlle Mirouët, mais à votre fils.
La première fois que M. Minoret fils mettra les pieds
à Nemours, nous nous rencontrerons; il faudra bien
qu'il se batte avec moi, et il se battra ! ou il sera si bien
déshonoré, qu'il ne se présentera jamais nulle part;
s'il ne vient pas à Nemours, j'irai à Fontainebleau,
moi ! J'aurai satisfaction. Il ne sera pas dit que vous
aurez lâchement essayé de déshonorer une pauvre
jeune fille sans défense.

— Mais les calomnies d'un Goupil... ne... sont...,
dit Minoret.

— Voulez-vous, s'écria Savinien en l'interrompant,
que je vous mette face à face avec lui ? Croyez-moi,
n'ébruitez pas l'affaire; elle est entre vous, Goupil
et moi; laissez-la comme elle est, et Dieu la décidera
dans le duel que je ferai à votre fils l'honneur de lui
proposer.

— Mais cela ne se passera pas comme ça ! s'écria Zélie.
Ah ! vous croyez que je laisserai Désiré se battre avec
vous, avec un ancien marin qui fait métier de tirer l'épée
et le pistolet ! Si vous avez à vous plaindre de Minoret,
voilà Minoret, prenez Minoret, battez-vous avec Minoret ! Mais mon garçon, qui, de votre aveu, est innocent de
tout cela, en porterait la peine ?... Vous auriez auparavant un chien de ma chienne dans les jambes, mon petit
monsieur ! — Allons, Minoret, tu restes là tout hébété
comme un grand serin ! Tu es chez toi et tu laisses
monsieur son chapeau sur la tête devant ta femme !
Vous allez, mon petit monsieur, commencer par détaler.
Charbonnier est maître chez lui. Je ne sais pas ce que
vous voulez avec vos *bibus ;* mais tournez-moi les
talons; et, si vous touchez à Désiré, vous aurez affaire
à moi, vous et votre pécore d'Ursule.

Et elle sonna vivement en appelant ses gens.

— Songez bien à ce que je vous ai dit ! répéta Savinien, qui, sans se soucier de la tirade de Zélie, sortit
en laissant cette épée de Damoclès suspendue au-dessus
du couple.

— Ah ça ! Minoret, dit Zélie à son mari, m'expli-
queras-tu ce que cela signifie ? Un jeune homme ne
vient pas sans motif dans une maison bourgeoise faire
de bacchanal sterling et demander le sang d'un fils de
famille.

— C'est quelque tour de ce vilain singe de Goupil,
à qui j'avais promis de l'aider à se faire notaire s'il me
procurait à bon compte le Rouvre. Je lui ai donné dix

pour cent, vingt mille francs en lettres de change, et il
n'est sans doute pas content..

— Oui; mais quelle raison aurait-il eue auparavant
de machiner des sérénades et des infamies contre Ursule ?

— Il la voulait pour femme.

— Une fille sans le sou, lui ? la chatte ! Tiens, Minoret, tu me lâches des bêtises ! et tu es trop bête naturellement pour les faire prendre, mon fils. Il y a là-dessous
quelque chose, et tu me le diras.

— Il n'y a rien.

— Il n'y a rien ? Et moi, je te dis que tu mens, et
nous allons voir !

— Veux-tu me laisser tranquille ?

— Je tournerai le robinet de cette fontaine de venin
que tu sais, Goupil [234], et tu n'en seras pas le bon marchand.

— Comme tu voudras.

— Je sais bien que cela sera comme je voudrai !
Et ce que je veux, surtout, c'est qu'on ne touche pas
à Désiré; s'il lui arrivait malheur, vois-tu, je ferais un
coup qui m'enverrait sur l'échafaud. Désiré !... Mais...
Et tu ne te remues pas plus que ça !

Une querelle ainsi commencée entre Minoret et sa
femme ne devait pas se terminer sans de longs déchi-
rements intérieurs. Ainsi, le sot spoliateur apercevait
sa lutte avec lui-même et avec Ursule agrandie par
sa faute et compliquée d'un nouveau, d'un terrible
adversaire. Le lendemain, quand il sortit pour aller
trouver Goupil, en pensant l'apaiser à force d'argent,
il lut sur les murailles : *Minoret est un voleur !* Tout ceux
qu'il rencontra le plaignirent en lui demandant à lui-
même quel était l'auteur de cette publication anonyme,
et chacun lui pardonna les entortillages de ses réponses
en songeant à sa nullité. Les sots recueillent plus d'avantages de leur faiblesse que les gens d'esprit n'en obtien-
nent de leur force. On regarde sans l'aider un grand
homme luttant contre le sort, et l'on commandite un

épicier qui fera faillite. Savez-vous pourquoi ? On se [235] croit supérieur en protégeant un imbécile, et l'on est fâché de n'être que l'égal d'un homme de génie. Un homme d'esprit eût été perdu s'il avait balbutié, comme Minoret, d'absurdes réponses d'un air effaré. Zélie et ses domestiques effacèrent l'inscription vengeresse partout où elle se trouvait; mais elle resta sur la conscience de Minoret. Quoique Goupil eût échangé la veille sa parole avec l'huissier, il se refusa très impudemment à réaliser son traité.

— Mon cher Lecœur, j'ai pu, voyez-vous, acheter la charge de M. Dionis et je suis en position de vous faire vendre à d'autres. Rengainez votre traité, ce n'est que deux carrés de papier timbré de perdus. Voici soixante et dix centimes.

Lecœur craignait trop Goupil pour se plaindre. Tout Nemours apprit aussitôt que Minoret avait donné sa garantie à Dionis pour faciliter à Goupil l'acquisition de sa charge. Le futur notaire écrivit à Savinien une lettre pour démentir ses aveux relativement à Minoret, en disant au jeune noble que sa nouvelle position, que la législation adoptée par la cour suprême et son respect pour la justice lui défendaient de se battre. Il prévenait, d'ailleurs, le gentilhomme de se bien comporter avec lui désormais, car il savait admirablement *tirer la savate ;* et, à sa première agression, il se promettait de lui casser la jambe.

Les murs de Nemours ne parlèrent plus. Mais la querelle entre Minoret et sa femme subsistait, et Savinien gardait un farouche silence. Le mariage de Mlle Massin l'aînée avec le futur notaire était, dix jours après ces événements, à l'état de rumeur publique. Mlle Massin avait quatre-vingt mille francs et sa laideur pour elle, Goupil avait ses difformités et sa charge : cette union parut donc et probable et convenable.

Deux inconnus cachés saisirent Goupil dans la rue, à minuit, au moment où il sortait de chez Massin, lui

donnèrent des coups de bâton et disparurent. Goupil
garda le plus profond silence sur cette scène de nuit,
et démentit une vieille femme qui croyait l'avoir reconnu
en regardant par sa croisée.

Ces grands petits événements furent étudiés par le
juge de paix, qui reconnut à Goupil un pouvoir mystérieux sur Minoret et se promit d'en deviner la cause.

XIX

LES APPARITIONS

Quoique l'opinion publique de la petite ville eût reconnu [236] la parfaite innocence d'Ursule, Ursule [237] se rétablissait lentement. Dans cet état de prostration corporelle qui laissait l'âme et l'esprit libres, elle devint le théâtre de phénomènes dont les effets furent d'ailleurs terribles et de nature à occuper la science, si la science avait été mise dans une pareille confidence. Dix jours après la visite de Mme de Portenduère, Ursule subit un rêve qui présenta les caractères d'une vision surnaturelle, autant par les faits moraux que par les circonstances, pour ainsi dire, physiques.

Feu Minoret, son parrain, lui apparut et lui fit signe de venir avec lui; elle s'habilla, le suivit au milieu des ténèbres jusque dans la maison de la rue des Bourgeois, où elle retrouva les moindres choses comme elles étaient le jour de la mort de son parrain. Le vieillard portait les vêtements qu'il avait sur lui la veille de sa mort, sa figure était pâle, ses mouvements ne rendaient aucun son; néanmoins, Ursule entendit parfaitement sa voix, quoique faible et comme répétée par un écho lointain. Le docteur amena sa pupille jusque dans le cabinet du pavillon chinois, où il lui fit soulever le marbre du petit meuble de Boule, comme elle l'avait soulevé le jour de sa mort; mais, au lieu de n'y rien trouver, elle vit la lettre que son parrain lui recommandait d'aller y prendre; elle la décacheta, la lut, ainsi que le testament en faveur de Savinien.

— Les caractères de l'écriture, dit-elle au curé, brillaient comme s'ils eussent été tracés avec les rayons du soleil, ils me brûlaient les yeux.

Quand elle regarda son oncle pour le remercier, elle aperçut sur ses lèvres décolorées un sourire bienveillant. Puis, de sa voix faible et néanmoins claire, le spectre lui montra Minoret écoutant la confidence dans le corridor, allant dévisser la serrure et prenant le paquet de papiers. Puis, de sa main droite, il saisit sa pupille et la contraignit à marcher du pas des morts afin de suivre Minoret jusqu'à la poste. Ursule traversa la ville, entra à la poste, dans l'ancienne chambre de Zélie, où le spectre lui fit voir le spoliateur décachetant les lettres, les lisant et les brûlant.

— Il n'a pu, dit Ursule, allumer que la troisième allumette pour brûler les papiers, et il en a enterré les vestiges dans les cendres. Après, mon parrain m'a ramenée à notre maison et j'ai vu M. Minoret-Levrault se glissant dans la bibliothèque, où il a pris, dans le troisième volume des *Pandectes*, les trois inscriptions de chacune douze mille livres de rente, ainsi que l'argent des arrérages en billets de banque. « Il est, m'a dit alors mon parrain, l'auteur des tourments qui t'ont mise à la porte du tombeau; mais Dieu veut que tu sois heureuse. Tu ne mourras point encore, tu épouseras Savinien ! Si tu m'aimes, si tu aimes Savinien, tu redemanderas ta fortune à mon neveu. Jure-le-moi ? »

En resplendissant comme le Sauveur pendant sa transfiguration, le spectre de Minoret avait alors causé, dans l'état d'oppression où se trouvait Ursule, une telle violence à son âme, qu'elle promit tout ce que voulait son oncle pour faire cesser le cauchemar. Elle s'était réveillée debout, au milieu de sa chambre, la face devant le portrait de son parrain, qu'elle y avait mis depuis sa maladie. Elle se recoucha, se rendormit après une vive agitation, et se souvint à son réveil de cette singulière vision; mais elle n'osa pas en parler.

Son jugement exquis et sa délicatesse s'offensèrent de la révélation d'un rêve dont la fin et la cause étaient ses intérêts pécuniaires; elle l'attribua naturellement à la causerie par laquelle la Bougival l'avait endormie, et où il était question des libéralités de son parrain pour elle et des certitudes que conservait sa nourrice à cet égard. Mais ce rêve revint, avec des aggravations qui le lui rendirent excessivement redoutable. La seconde fois, la main glacée de son parrain se posa sur son épaule, et lui causa la plus cruelle douleur, une sensation indéfinissable. — Il faut obéir aux morts ! disait-il d'une vois sépulcrale.

— Et des larmes, dit-elle, tombaient de ses yeux blancs et vides.

La troisième fois, le mort la prit [238] par ses longues nattes et lui fit voir Minoret causant avec Goupil et lui promettant de l'argent s'il emmenait Ursule à Sens. Ursule prit alors le parti d'avouer ses trois rêves à l'abbé Chaperon.

— Monsieur le curé, lui dit-elle un soir, croyez-vous que les morts puissent apparaître ?

— Mon enfant, l'histoire sacrée, l'histoire profane, l'histoire moderne offrent plusieurs témoignages à ce sujet; mais l'Église n'en a jamais fait un article de foi; et, quant à la science, en France, elle s'en moque.

— Que croyez-vous ?

— La puissance de Dieu, mon enfant, est infinie.

— Mon parrain vous a-t-il parlé de ces sortes de choses ?

— Oui, souvent. Il avait entièrement changé d'avis sur ces matières. Sa conversion date du jour, il me l'a dit vingt fois, où dans Paris une femme vous a entendue à Nemours priant pour lui, et a vu le point rouge que vous aviez mis devant le jour de saint Savinien à votre almanach.

Ursule jeta un cri perçant qui fit frémir le prêtre : elle se souvenait de la scène où, de retour à Nemours,

son parrain avait lu dans son âme et s'était emparé de
son almanach.

— Si cela est, dit-elle, mes visions sont possibles.
Mon parrain m'est apparu, comme Jésus à ses disciples.
Il est dans une enveloppe de lumière jaune, il parle !
Je voulais vous prier de dire une messe pour le repos
de son âme et implorer le secours de Dieu afin de faire
cesser ces apparitions, qui me brisent.

Elle raconta dans les plus grands détails ses trois
rêves, en insistant sur la profonde vérité des faits, sur la
liberté de ses mouvements, sur le somnambulisme d'un
être intérieur, qui, dit-elle, se déplaçait sous la conduite
du spectre de son oncle avec une excessive facilité. Ce
qui surprit étrangement le prêtre, à qui la véracité
d'Ursule était connue, fut la description exacte de la
chambre autrefois occupée par Zélie Minoret à son établissement de la poste, où jamais Ursule n'avait pénétré,
de laquelle enfin elle n'avait jamais entendu parler.

— Par quels moyens ces étranges apparitions peu-
vent-elles donc avoir lieu ? dit Ursule. Que pensait
mon parrain ?

— Votre parrain, mon enfant, procédait par hypo-
thèses. Il avait reconnu la possibilité de l'existence d'un
monde spirituel, d'un monde des idées. Si les idées
sont une création propre à l'homme, si elles subsistent [239]
en vivant d'une vie qui leur soit propre, elles doivent
avoir des formes insaisissables à nos sens extérieurs,
mais perceptibles à nos sens intérieurs quand ils sont
dans certaines conditions. Ainsi les idées de votre parrain peuvent vous envelopper, et peut-être les avez-vous
revêtues de son apparence. Puis, si Minoret a commis
ces actions, elle se résolvent en idées; car toute action
est le résultat de plusieurs idées. Or, si les idées se meu-
vent dans le monde spirituel, votre esprit a pu les
apercevoir en y pénétrant. Ces phénomènes ne sont pas
plus étranges que ceux de la mémoire, et ceux de la
mémoire sont aussi surprenants et inexplicables que

ceux du parfum des plantes, qui sont peut-être les idées de la plante.

— Mon Dieu, combien vous agrandissez le monde ! Mais entendre parler un mort, le voir marchant, agissant, est-ce donc possible ?...

— En Suède, Swedenborg, répondit l'abbé Chaperon, a prouvé jusqu'à l'évidence qu'il communiquait avec les morts. Mais, d'ailleurs, venez dans la bibliothèque, et vous lirez dans la vie du fameux duc de Montmorency, décapité à Toulouse, et qui certes n'était pas homme à forger des sornettes, une aventure presque semblable à la vôtre, et qui, cent ans auparavant, était arrivée à Cardan.

Ursule et le curé montèrent au premier étage, et le bonhomme lui chercha une petite édition in-12, imprimée à Paris en 1666, de l'*Histoire de Henri de Montmorency* [240], écrite par un ecclésiastique contemporain, et qui avait connu le prince.

— Lisez, dit le curé en lui donnant le volume aux pages 175 et 176. Votre parrain a souvent relu ce passage, et, tenez, il s'y trouve encore de son tabac.

— Et il n'est plus, lui ! dit Ursule en prenant le livre pour lire ce passage :

« Le siège de Privas fut remarquable par la perte de quelques personnes de commandement : deux maréchaux de camp y moururent, à savoir, le marquis d'*Uxelles*, d'une blessure qu'il reçut aux approches, et le marquis de *Portes*, d'une mousquetade à la tête. Le jour qu'il fut tué, il devait être fait maréchal de France. Environ le moment de la mort du marquis, le duc de *Montmorency*, qui dormait dans sa tente, fut éveillé par une voix semblable à celle du marquis, qui lui disait adieu. L'amour qu'il avait pour une personne qui lui était si proche fit qu'il attribua l'illusion de ce songe à la force de son imagination; et le travail de la nuit, qu'il avait passée, selon sa coutume, à la tranchée, fut cause qu'il se rendormit sans aucune crainte. Mais la même voix l'interrompit encore un coup, et le fantôme, qu'il n'avait vu qu'en dormant, le contraignit de s'éveiller de nouveau et d'ouïr

distinctement les mêmes mots qu'il avait prononcés avant de
disparaître. Le duc se ressouvint alors qu'un jour qu'ils
entendaient discourir le philosophe *Pitart* sur la séparation
de l'âme d'avec le corps, ils s'étaient promis de se dire adieu
l'un à l'autre si le premier qui viendrait à mourir en avait la
permission. Sur quoi, ne pouvant s'empêcher de craindre la
vérité de cet avertissement, il envoya promptement un de ses
domestiques au quartier du marquis, qui était éloigné du
sien. Mais, avant que son homme fût de retour, on vint le
querir de la part du roi, qui lui fit dire, par des personnes
propres à le consoler, l'infortune qu'il avait appréhendée.

« Je laisse à disputer aux docteurs sur la raison de cet
événement, que j'ai ouï plusieurs fois réciter au duc de
Montmorency et dont j'ai cru que la merveille et la vérité
étaient dignes d'être rapportées. »

— Mais alors, dit Ursule, que dois-je faire ?

— Mon enfant, reprit le curé, il s'agit de choses
si graves et qui vous sont si profitables, que vous
devez garder un silence absolu. Maintenant que vous
m'avez confié les secrets de cette apparition, peut-être
n'aura-t-elle plus lieu. D'ailleurs, vous êtes assez forte
pour aller à l'église; eh bien, demain, vous y viendrez
remercier Dieu et le prier de donner le repos à votre
parrain. Soyez d'ailleurs certaine que vous avez mis
votre secret en des mains prudentes.

— Si vous saviez en quelle terreurs je m'endors !
quels regards me lance mon parrain ! La dernière fois,
il s'accrochait à ma robe pour me voir plus longtemps.
Je me suis réveillée le visage tout en pleurs.

— Soyez en paix, il ne reviendra plus, lui dit le curé.

Sans perdre un instant, l'abbé Chaperon alla chez
Minoret et le pria de lui accorder un moment d'audience
dans le pavillon chinois, en exigeant qu'ils fussent seuls.

— Personne ne peut-il nous écouter ? dit l'abbé
Chaperon à Minoret.

— Personne, répondit Minoret.

— Monsieur, mon caractère doit vous êtes connu,

dit le bonhomme en attachant sur la figure de Minoret un regard doux mais attentif; j'ai à vous parler de choses graves, extraordinaires, qui ne concernent que vous, et sur lesquelles vous pouvez compter que e garderai le plus profond secret, mais il m'est impossible de ne pas vous en instruire. Dans le temps que vivait votre oncle, il y avait là, dit le prêtre en montrant la place du meuble, un petit buffet de Boule à dessus de marbre (Minoret devint blême), et, sous ce marbre, votre oncle avait mis une lettre pour sa pupille...

Le curé raconta, sans omettre la moindre circonstance, la propre conduite de Minoret à Minoret. L'ancien maître de poste, en entendant le détail des deux allumettes qui s'étaient éteintes avant de s'enflammer, sentit ses cheveux frétillant dans leur cuir chevelu.

— Qui donc a pu forger de semblables sornettes ? dit-il au curé d'une voix étranglée, quand le récit fut terminé.

— Le mort lui-même

Cette réponse causa un léger frémissement à Minoret, qui voyait aussi le docteur en rêve.

— Dieu, monsieur le curé, est bien bon de faire des miracles pour moi, reprit Minoret, à qui son danger inspira la seule plaisanterie qu'il fit dans toute sa vie.

— Tout ce que Dieu fait est naturel, répondit le prêtre.

— Votre fantasmagorie ne m'effraye point, dit le colosse en retrouvant un peu de sang-froid.

— Je ne viens pas vous effrayer, mon cher monsieur, car jamais je ne parlerai de ceci à qui que ce soit au monde, dit le curé. Vous seul savez la vérité. C'est une affaire entre vous et Dieu.

— Voyons, monsieur le curé, me croyez-vous capable d'un si horrible abus de confiance ?

— Je ne crois qu'aux crimes que l'on me confesse et desquels on se repent, dit le prêtre d'un ton apostolique.

— Un crime ? s'écria Minoret.

— Un crime affreux dans ses conséquences.

— En quoi ?

— En ce qu'il échappe à la justice humaine. Les crimes qui ne sont pas expiés ici-bas le seront dans l'autre vie. Dieu venge lui-même l'innocence.

— Vous croyez que Dieu s'occupe de ces misères ?

— S'il ne voyait pas les mondes dans tous leurs détails et d'un seul regard, comme vous faites tenir tout un paysage dans votre œil, il ne serait pas Dieu.

— Monsieur le curé, vous me donnez votre parole que vous n'avez eu ces détails que de mon oncle ?

— Votre oncle est apparu trois fois à Ursule pour les lui répéter. Fatiguée de ses rêves, elle m'a confié ces révélations sous le secret, et les trouve si dénuées de raison, qu'elle n'en parlera jamais. Aussi pouvez-vous être tranquille à ce sujet.

— Mais je suis tranquille de toute manière, monsieur Chaperon.

— Je le souhaite, dit le vieux prêtre. Quand même je taxerais d'absurdité ces avertissements donnés en rêve, je trouverais encore nécessaire de vous les communiquer, à cause de la singularité des détails. Vous êtes un honnête homme, et vous avez trop légalement gagné votre belle fortune pour vouloir y ajouter quelque chose par le vol. D'ailleurs, vous êtes un homme presque primitif, vous seriez trop tourmenté par les remords. Nous avons en nous un sentiment de juste, chez l'homme le plus civilisé comme chez le plus sauvage, qui ne nous permet pas de jouir en paix du bien mal acquis selon les lois de la société dans laquelle nous vivons, car les sociétés bien constituées sont modelées sur l'ordre même imposé par Dieu aux mondes. Les sociétés sont en ceci d'origine divine. L'homme ne trouve pas d'idées, il n'invente pas de formes, il imite les rapports éternels qui l'enveloppent de toutes parts. Aussi, voyez ce qui arrive : aucun criminel, allant à l'échafaud et pouvant emporter le secret de ses crimes, ne se laisse trancher la tête sans

faire des aveux auxquels il est poussé par une mysté-
rieuse puissance. Ainsi, mon cher monsieur Minoret,
si vous êtes tranquille, je m'en vais heureux.

Minoret devint si stupide, qu'il ne reconduisit pas le
curé. Quand il se crut seul, il entra dans une colère
d'homme sanguin : il lui échappait les plus étranges
blasphèmes, et il donnait les noms les plus odieux à
Ursule.

— Eh bien, que t'a-t-elle donc fait ? lui dit sa femme,
venue sur la pointe du pied après avoir reconduit le curé.

Pour la première et unique fois de sa vie, Minoret,
enivré [241] par la colère et poussé à bout par les questions
réitérées de sa femme, la battit si bien, qu'il fut obligé,
quand elle tomba meurtrie, de la prendre dans ses bras,
et, tout honteux, de la coucher lui-même. Il fit une petite
maladie : le médecin fut obligé de le saigner deux fois.
Quand il fut sur pied, chacun, dans un temps donné,
remarqua des changements chez lui. Minoret se promenait seul, et souvent il allait par les rues comme un
homme inquiet. Il paraissait distrait en écoutant, lui
qui n'avait jamais eu deux idées dans la tête. Enfin, un
soir, il aborda dans la Grand'Rue le juge de paix, qui,
sans doute, venait chercher Ursule pour la conduire
chez Mme de Portenduère, où la partie de whist avait
recommencé.

— Monsieur Bongrand, j'ai quelque chose d'assez
important à dire à ma cousine, fit-il en prenant le juge
par le bras, et je suis assez aise que vous y soyez, vous
pourrez lui servir de conseil.

Ils trouvèrent Ursule en train d'étudier; elle se leva
d'un air imposant et froid en voyant Minoret.

— Mon enfant, M. Minoret veut vous parler d'affaires,
dit le juge de paix. Par parenthèse, n'oubliez pas de me
donner votre inscription de rente; je vais à Paris,
je toucherai votre semestre et celui de la Bougival.

— Ma cousine, dit Minoret, notre oncle vous avait
accoutumée à plus d'aisance que vous n'en avez.

— On peut se trouver très heureux avec peu d'argent,
dit-elle.

— Je croyais que l'argent faciliterait votre bonheur,
reprit Minoret, et je venais vous en offrir, par respect
pour la mémoire de mon oncle.

— Vous aviez une manière naturelle de la respecter,
dit sévèrement Ursule. Vous pouviez laisser sa maison
telle qu'elle était et me la vendre, car vous ne l'avez
mise à si haut prix que dans l'espoir d'y trouver des
trésors...

— Enfin, dit Minoret évidemment oppressé, si vous
aviez douze mille livres de rente, vous seriez en position
de vous marier plus avantageusement.

— Je ne les ai pas.

— Mais si je vous les donnais, à la condition d'acheter
une terre en Bretagne, dans le pays de Mme de Portenduère, qui consentirait alors à votre mariage avec son
fils ?...

— Monsieur Minoret, dit Ursule, je n'ai point de
droits à une somme si considérable, et je ne saurais
l'accepter de vous. Nous sommes très peu parents et
encore moins amis. J'ai trop subi déjà les malheurs
de la calomnie pour vouloir donner lieu à la médisance.
Qu'ai-je fait pour mériter cet argent ? Sur quoi vous
fonderiez-vous pour me faire un tel présent ? Ces questions, que j'ai le droit de vous adresser, chacun y répon-
drait à sa manière, on y verrait une réparation de quelque
dommage, et je ne veux point en avoir reçu. Votre
oncle ne m'a point élevée dans des sentiments ignobles.
On ne doit accepter que de ses amis : je ne saurais avoir
d'affection pour vous, et je serais nécessairement ingrate,
je ne veux pas m'exposer à manquer de reconnaissance.

— Vous refusez ? s'écria le colosse, à qui jamais
l'idée ne serait venue en tête qu'on pût refuser une
fortune.

— Je refuse, répéta Ursule.

— Mais à quel titre offririez-vous une pareille fortune

à mademoiselle ? demanda l'ancien avoué, qui regarda fixement Minoret. Vous avez une idée; avez-vous une idée ?

— Eh bien, l'idée de la renvoyer de Nemours afin que mon fils me laisse tranquille, il est amoureux d'elle et veut l'épouser.

— Eh bien, nous verrons cela, répondit le juge de paix en raffermissant ses lunettes, laissez-nous le temps de réfléchir.

Il reconduisit Minoret jusque chez lui, tout en approuvant les sollicitudes que lui inspirait l'avenir de Désiré, blâmant un peu la précipitation d'Ursule et promettant de lui faire entendre raison. Aussitôt que Minoret fut rentré, Bongrand alla chez le maître de poste, lui emprunta son cabriolet et son cheval, courut jusqu'à Fontainebleau, demanda le substitut et apprit qu'il devait être chez le sous-préfet, en soirée. Le juge de paix ravi s'y présenta. Désiré faisait une partie de whist avec la femme du procureur du roi, la femme du sous-préfet et le colonel du régiment ²⁴² en garnison.

— Je viens vous apprendre une heureuse nouvelle, dit M. Bongrand à Désiré : vous aimez votre cousine Ursule Mirouët, et votre père ne s'oppose plus à votre mariage.

— J'aime Ursule Mirouët ? s'écria Désiré en riant. Où prenez-vous Ursule Mirouët ? Je me souviens d'avoir vu quelquefois chez feu Minoret, mon archi-grand-oncle, cette petite fille, qui certes est d'une grande beauté; mais elle est d'une dévotion outrée; et, si j'ai, comme tout le monde, rendu justice à ses charmes, je n'ai jamais eu la tête troublée pour cette blonde un peu fadasse, dit-il en souriant à la sous-préfète (la sous-préfète était une brune piquante, selon la vieille expression du dernier siècle). D'où venez-vous, mon cher monsieur Bongrand ? Tout le monde sait que mon père est seigneur suzerain de quarante-huit mille livres de rente en terres groupées autour de son château du

Rouvre, et tout le monde me connaît quarante-huit
mille raisons perpétuelles et foncières pour ne pas aimer
la pupille du Parquet. Si j'épousais une fille de rien, ces
dames me prendraient pour un grand sot.

— Vous n'avez jamais tourmenté votre père au sujet
d'Ursule ?

— Jamais.

— Vous l'entendez, monsieur le procureur du roi ?
dit le juge de paix à ce magistrat, qui les avait écoutés et
qu'il emmena dans une embrasure où ils restèrent
environ un quart d'heure à causer.

Une heure après, le juge de paix, de retour à Nemours
chez Ursule, envoyait la Bougival chercher Minoret,
qui vint aussitôt.

— Mademoiselle..., dit Bongrand à Minoret en le
voyant entrer.

— Accepte ? dit Minoret en interrompant.

— Non, pas encore, répondit le juge en touchant à
ses lunettes, elle a eu des scrupules sur l'état de votre
fils ; car elle a été bien maltraitée à propos d'une passion
semblable, et connaît le prix de la tranquillité. Pouvez-
vous lui jurer que votre fils est fou d'amour, et que vous
n'avez pas d'autre intention que celle de préserver notre
chère Ursule de quelques nouvelles *goupilleries* ?

— Oh ! je le jure, fit Minoret.

— Halte-là, papa Minoret ! dit le juge de paix en
sortant une de ses mains du gousset de son pantalon
pour frapper sur l'épaule de Minoret, qui tressaillit. Ne
faites pas si légèrement un faux serment.

— Un faux serment ?

— Il est entre vous et votre fils, qui vient de jurer
à Fontainebleau, chez le sous-préfet, en présence de
quatre personnes et du procureur du roi, que jamais
il n'avait songé à sa cousine Ursule Mirouët. Vous avez
donc d'autres raisons pour lui offrir un si énorme capital ? J'ai vu que vous aviez avancé des faits hasardés,
je suis allé moi-même à Fontainebleau.

Minoret resta tout ébahi de sa propre sottise.

— Mais il n'y a pas de mal, monsieur Bongrand, à offrir à une parente de rendre possible un mariage qui paraît devoir faire son bonheur, et de chercher des prétextes pour vaincre sa modestie.

Minoret, à qui son danger venait de conseiller une excuse presque admissible, s'essuya le front, où se voyaient de grosses gouttes de sueur.

— Vous connaissez les motifs de mon refus, lui répondit Ursule, je vous prie de ne plus revenir ici. Sans que M. de Portenduère m'ait confié ses raisons, il a pour vous des sentiments de mépris, de haine même, qui me défendent de vous recevoir. Mon bonheur est toute ma fortune, je ne rougis pas de l'avouer; je ne veux donc point le compromettre, car M. de ²⁴³ Portenduère n'attend plus que l'époque de ma majorité pour m'épouser.

— Le proverbe *Monnaie fait tout* est bien menteur, dit le gros et grand Minoret en regardant le juge de paix, dont les yeux observateurs le gênaient beaucoup.

Il se leva, sortit, mais dehors il trouva l'atmosphère aussi lourde que dans la petite salle.

— Il faut pourtant que cela finisse, se dit-il en revenant chez lui.

— Votre inscription, ma petite ? dit le juge de paix, assez étonné de la tranquillité d'Ursule après un événement si bizarre.

En apportant son inscription et celle de la Bougival, Ursule trouva le juge de paix qui se promenait à grands pas.

— Vous n'avez aucune idée sur le but de la démarche de ce gros butor ? dit-il.

— Aucune que je puisse dire, répondit-elle.

M. Bongrand la regarda d'un air surpris.

— Nous avons alors la même idée, répondit-il. Tenez, gardez les numéros de ces deux inscriptions en cas que je les perde : il faut toujours avoir ce soin-là.

Bongrand écrivit alors lui-même sur une carte le numéro de l'inscription d'Ursule et celui de la nourrice.

— Adieu, mon enfant; je serai deux jours absent, mais j'arriverai le troisième pour mon audience.

Cette nuit-là même, Ursule eut une apparition qui se fit d'une façon étrange. Il lui sembla que son lit était dans le cimetière de Nemours, et que la fosse de son oncle se trouvait au bas de son lit. La pierre blanche où elle lut l'inscription tumulaire lui causa le plus violent éblouissement en s'ouvrant comme la couverture oblongue d'un album. Elle jeta des cris perçants, mais le spectre du docteur se dressa lentement. Elle vit d'abord la tête jaune et les cheveux blancs qui brillaient environnés par une espèce d'auréole. Sous le front nu, les yeux étaient comme deux rayons, et il se levait, comme attiré par une force supérieure. Ursule tremblait horriblement dans son enveloppe corporelle, sa chair était comme un vêtement brûlant, et il y avait, dit-elle plus tard, comme une autre elle-même qui s'agitait au dedans.

— Grâce, dit-elle, mon parrain !

— Grâce ? Il n'est plus temps, dit-il d'une voix de mort, selon l'inexplicable expression de la pauvre fille en racontant ce nouveau rêve au curé Chaperon. *Il* a été averti, *il* n'a pas tenu compte des avis. Les jours de son fils sont comptés. S'il n'a pas tout avoué, tout restitué dans quelque temps, il pleurera son fils, qui va mourir d'une mort horrible et violente. Qu'il le sache !

Le spectre montra une rangée de chiffres qui scintillèrent sur la muraille comme s'ils eussent été écrits avec du feu, et dit :

— Voilà son arrêt !

Quand son oncle se recoucha dans sa tombe, Ursule entendit le bruit de la pierre qui retombait, puis dans le lointain un bruit étrange de chevaux et de cris d'homme.

Le lendemain, Ursule se trouva sans force. Elle ne put se lever, tant ce rêve l'avait accablée. Elle pria sa nourrice d'aller aussitôt chez l'abbé Chaperon et de le ramener. Le bonhomme vint après avoir dit sa messe ; mais il ne fut point surpris du récit d'Ursule : il tenait la spoliation pour vraie, et ne cherchait plus à s'expliquer la vie anormale de sa chère *petite rêveuse.* Il quitta promptement Ursule et courut chez Minoret.

— Mon Dieu, monsieur le curé, dit Zélie au prêtre, le caractère de mon mari s'est aigri, je ne sais ce qu'il a. Jusqu'à présent, c'était un enfant ; mais, depuis deux mois, il n'est plus reconnaissable. Pour s'être emporté jusqu'à me frapper, moi qui suis si douce ! il faut que cet homme-là soit changé du tout au tout. Vous le trouverez dans les roches, il y passe sa vie ! A quoi faire ?

Malgré la chaleur, on était alors en septembre 1836, le prêtre passa le canal et prit par un sentier en apercevant Minoret au bas d'une des roches.

— Vous êtes bien tourmenté, monsieur Minoret, dit le prêtre en se montrant au coupable. Vous m'appartenez, car vous souffrez. Malheureusement, je viens sans doute augmenter vos appréhensions. Ursule a eu cette nuit un rêve terrible. Votre oncle a soulevé la pierre de sa tombe pour prophétiser des malheurs dans votre famille. Je ne viens certes pas vous faire peur, mais vous devez savoir si ce qu'il a dit...

— En vérité, monsieur le curé, je ne puis être tranquille nulle part, pas même sur ces roches... Je ne veux rien savoir de ce qui se passe dans l'autre monde.

— Je me retire, monsieur ; je n'ai pas fait ce chemin par la chaleur pour mon plaisir, dit le prêtre en s'essuyant le front.

— Eh bien, qu'a-t-il dit, le bonhomme ? demanda Minoret.

— Vous êtes menacé de perdre votre fils. S'il a raconté des choses que vous seul saviez, c'est à faire frémir pour les choses que nous ne savons pas. Restituez, mon cher monsieur, restituez ! Ne vous damnez pas pour un peu d'or.

— Mais restituer quoi ?

— La fortune que le docteur destinait à Ursule.
Vous avez pris ces trois inscriptions, je le sais maintenant. Vous avez commencé par persécuter la pauvre
fille, et vous finissez par lui offrir une fortune; vous
tombez dans le mensonge, vous vous entortillez dans
ses dédales et vous y faites des faux pas à tout moment.
Vous êtes maladroit, vous avez été mal servi par votre
complice. Goupil, qui se rit de vous. Dépêchez-vous,
car vous êtes observé par des gens spirituels et perspi-
caces, par les amis d'Ursule. Restituez ! et, si vous ne
sauvez pas votre fils, qui peut-être n'est pas menacé,
vous sauverez votre âme, vous sauverez votre honneur.
Est-ce dans une société constituée comme la nôtre,
est-ce dans une petite ville où vous avez tous les yeux
les uns sur les autres, et où tout se devine quand tout
ne se sait pas, que vous pourrez celer une fortune mal
acquise ? Allons, mon cher enfant, un homme innocent
ne me laisserait pas parler si longtemps.

— Allez au diable ! s'écria Minoret; je ne sais pas
ce que vous avez *tous* après moi. J'aime mieux ces
pierres, elles me laissent tranquille.

— Adieu. Vous avez été prévenu par moi, mon cher
monsieur, sans que, ni la pauvre enfant ni moi, nous
ayons dit un seul mot à qui que ce soit au monde. Mais
prenez garde !... il est un homme qui a les yeux sur
vous. Dieu vous prenne en pitié !

Le curé s'éloigna; puis, à quelques pas, il se retourna
pour regarder encore Minoret. Minoret se tenait la
tête entre les mains, car sa tête le gênait. Minoret était
un peu fou. D'abord, il avait gardé les trois inscriptions,
il ne savait qu'en faire, il n'osait aller les toucher lui-
même, il avait peur qu'on ne le remarquât; il ne voulait
pas les vendre, et cherchait un moyen de les transférer.
Il faisait, lui ! des romans d'affaires dont le dénoûment
était toujours la transmission des maudites inscriptions.
Dans cette horrible situation, il pensa néanmoins à

tout avouer à sa femme, afin d'avoir un conseil. Zélie, qui avait si bien mené sa barque, saurait le tirer de ce pas difficile. Les rentes trois pour cent étaient alors à quatre-vingt francs, il s'agissait, avec les arrérages, d'une restitution de près d'un million ! Rendre un million, sans qu'il y ait contre nous aucune preuve qui dise qu'on l'a pris !... ceci n'était pas une petite affaire. Aussi Minoret demeura-t-il pendant le mois de septembre et une partie de celui d'octobre en proie à ses remords, à ses irrésolutions. Au grand étonnement de toute la ville, il maigrit.

XX

LE DUEL

Une circonstance affreuse hâta la confidence que Minoret voulait faire à Zélie : l'épée de Damoclès se remua sur leurs têtes. Vers le milieu du mois d'octobre, M. et Mme Minoret reçurent de leur fils Désiré la lettre suivante :

« Ma chère mère, si je ne suis pas venu vous voir depuis les vacances, c'est que d'abord j'étais de service en l'absence de M. le procureur du roi, puis je savais que M. de Portenduère attendait mon séjour à Nemours pour m'y chercher querelle. Lassé peut-être de voir une vengeance qu'il veut tirer de notre famille toujours remise, le vicomte est venu à Fontainebleau, où il avait donné rendez-vous à l'un de ses amis de Paris, après s'être assuré du concours du vicomte de Soulanges ***, chef d'escadron des hussards, que nous avons en garnison. Il s'est présenté très poliment chez moi, accompagné de ces deux messieurs, et m'a dit que mon père était indubitablement l'auteur des persécutions infâmes exercées sur Ursule Mirouët, sa future : il m'en a donné les preuves en m'expliquant les aveux de Goupil devant témoins, et la conduite de mon père, qui d'abord s'était refusé à exécuter les promesses faites à Goupil pour le récompenser de ses perfides inventions, et qui après lui avoir fourni les fonds pour traiter de la charge d'huissier à Nemours, avait, par peur, offert sa garantie à M. Dionis pour le prix de son étude, et enfin établi Goupil. Le vicomte, ne pouvant se battre avec un homme de soixante-sept ans, et voulant absolument venger les injures faites à Ursule, me demanda formellement une réparation. Son parti, pris et médité dans le silence, était inébranlable. Si je refusais le duel, il avait résolu de me rencontrer dans un salon, en face des personnes à l'estime desquelles je tenais le plus, de m'y insulter si gravement, que je devrais alors me battre ou que ma carrière serait finie [245]. En France, un lâche est unanimement repoussé. D'ailleurs, ses motifs pour exiger une réparation seraient expliqués par des hommes honorables. Il s'est dit fâché d'en venir à de pareilles extrémités. Selon ses témoins, le plus sage à moi serait de régler une rencontre comme des gens d'honneur en avaient l'habitude, afin que la querelle n'eût pas Ursule [246] Mirouët pour motif. Enfin, pour éviter tout scandale en France, nous pouvions faire avec nos témoins un voyage sur la frontière la plus rapprochée. Les choses s'arrangeraient ainsi pour le mieux. Son nom, a-t-il dit, valait dix fois ma fortune, et son bonheur à venir lui faisait risquer plus que je ne risquais dans ce combat, qui serait mortel. Il m'a engagé à choisir mes témoins et à faire décider ces questions. Mes témoins choisis se sont réunis aux siens hier, et ils ont à l'unanimité décidé que je devais une réparation. Dans huit jours donc, je partirai pour Genève avec deux de mes amis. M. de Portenduère, M. de Soulanges et M. de Trailles y vont de leur côté. Nous nous battrons au pistolet; toutes les conditions du duel sont arrêtées : nous tirerons chacun trois fois, et après, quoi qu'il arrive, tout sera fini. Pour ne pas ébruiter une si sale affaire, car je suis dans l'impossibilité de justifier la conduite de mon père, je vous écris au dernier moment. Je ne veux pas vous aller voir, à cause des violences auxquelles vous pourriez vous abandonner et qui ne seraient point convenables. Pour faire mon chemin dans le monde, je dois en suivre les lois; et, là où le fils d'un vicomte a dix raisons pour se battre, il y en a cent pour le fils d'un maître de poste. Je passerai de nuit à Nemours, et vous y ferai mes adieux. »

Cette lettre lue, il y eut entre Zélie et Minoret une scène qui se termina par les aveux du vol, de toutes les circonstances qui s'y rattachaient et des étranges scènes auxquelles il donnait lieu partout, même dans le monde des rêves. Le million fascina Zélie tout autant qu'il avait fasciné Minoret.

— Tiens-toi tranquille ici, dit Zélie à son mari, sans lui faire la moindre remontrance sur ses sottises,

je me charge de tout. Nous garderons l'argent, et Désiré
ne se battra pas.

Mme Minoret mit son châle et son chapeau, courut
avec la lettre de son fils chez Ursule, et la trouva seule,
car il était environ midi.

Malgré son assurance, Zélie Minoret fut saisie par le
regard froid que l'orpheline lui jeta; mais elle se gour-
manda, pour ainsi dire, de sa couardise et prit un ton
dégagé.

— Tenez, mademoiselle Mirouët, faites-moi le plaisir
de lire la lettre que voici, et dites-moi ce que vous en
pensez ? cria-t-elle en tendant à Ursule la lettre du substitut.

Ursule éprouva mille sentiments contraires à la lecture de cette lettre, qui lui apprenait combien elle était
aimée, quel soin Savinien avait de l'honneur de celle
qu'il prenait pour femme; mais elle avait à la fois trop
de religion et trop de charité pour vouloir être la cause
de la mort ou des souffrances de son plus cruel ennemi.

— Je vous promets, madame, d'empêcher ce duel, et
vous pouvez être tranquille; mais je vous prie de me
laisser cette lettre.

— Voyons, mon petit ange, ne pouvons-nous pas
faire mieux? Écoutez-moi bien. Nous avons réuni
quarante-huit mille livres de rente autour du Rouvre,
un vrai château royal; de plus, nous pouvons donner à
Désiré vingt-quatre mille livres de rente sur le grand-
livre, en tout soixante et douze mille francs par an.
Vous conviendrez qu'il n'y a pas beaucoup de partis qui
puissent lutter avec lui. Vous êtes une petite ambitieuse,
et vous avez raison, dit Zélie en apercevant le geste de
dénégation vive que fit Ursule. Je viens vous demander
votre main pour Désiré; vous porterez le nom de votre
parrain, ce sera l'honorer. Désiré, comme vous l'avez
pu voir, est un joli garçon; il est très bien vu à Fontainebleau, le voilà bientôt procureur du roi. Vous êtes
une enjôleuse, vous le ferez venir à Paris. A Paris, nous

vous donnerons un bel hôtel, vous y brillerez, vous y jouerez un rôle, car avec soixante et douze mille francs de rente et les appointements d'une place, vous et Désiré, vous serez de la plus haute société. Consultez vos amis, et vous verrez ce qu'ils vous diront.

— Je n'ai besoin que de consulter mon cœur, madame.

— Ta ta ta ! vous allez me parler de ce petit casse-cœur de Savinien ? Parbleu ! vous achèterez bien cher son nom, ses petites moustaches relevées comme deux crocs, et ses cheveux noirs. Encore un joli cadet ! Vous irez loin dans un ménage, avec sept mille francs de rente, et un homme qui a fait cent mille francs de dettes en deux ans à Paris. D'abord, vous ne savez pas ça encore, tous les hommes se ressemblent, mon enfant ! et, sans me flatter, mon Désiré vaut le fils d'un roi.

— Vous oubliez, madame, le danger que court monsieur votre fils en ce moment, et qui ne peut être détourné que par le désir qu'a M. de Portenduère de m'être agréable. Ce danger serait sans remède s'il apprenait que vous me faites des propositions déshonorantes... Sachez, madame, que je me trouverai plus heureuse dans la médiocre fortune à laquelle vous faites allusion que dans l'opulence par laquelle vous voulez m'éblouir. Par des raisons inconnues encore, car tout se saura, madame, M. Minoret a mis au jour, en me persécutant odieusement, l'affection qui m'unit à M. de Portenduère et qui peut s'avouer, car sa mère la bénira sans doute : je dois donc vous dire que cette affection, permise et légitime, est toute ma vie. Aucune destinée, quelque brillante, quelque élevée qu'elle puisse être, ne me fera changer. J'aime sans retour ni changement possible. Ce serait donc un crime dont je serais punie que d'épouser un homme à qui j'apporterais une âme toute à Savinien. Maintenant, madame, puisque vous m'y forcez, je vous dirai plus : je n'aimerais point M. de Portenduère, je ne saurais encore me résoudre à porter les peines et les joies de la vie dans la compagnie

de monsieur votre fils. Si M. Savinien a fait des dettes
vous avez souvent payé celles de M. Désiré. Nos caractères n'ont ni ces similitudes ni ces différences qui
permettent de vivre ensemble sans amertume cachée.
Peut-être n'aurais-je pas avec lui la tolérance que les
femmes doivent à un époux, je lui serais donc bientôt
à charge. Cessez de penser à une alliance de laquelle je
suis indigne et à laquelle je puis me refuser sans vous
causer le moindre chagrin, car vous ne manquerez pas,
avec de tels avantages, de trouver des jeunes filles plus
belles que moi, d'une condition supérieure à la mienne,
et plus riches.

— Vous me jurez, ma petite, dit Zélie, d'empêcher
que ces deux jeunes gens ne fassent leur voyage et ne
se battent ?

— Ce sera, je le prévois, le plus grand sacrifice que
M. de Portenduère puisse me faire; mais ma couronne
de mariée ne doit pas être prise par des mains ensanglan-
tées.

— Eh bien, je vous remercie, ma cousine, et je souhaite que vous soyez heureuse.

— Et moi, madame, dit Ursule, je souhaite que vous
puissiez réaliser le bel avenir de votre fils.

Cette réponse atteignit au cœur la mère du substitut,
à la mémoire de qui les prédictions du dernier songe
d'Ursule revinrent; elle resta debout, ses petits yeux
attachés sur la figure d'Ursule, si blanche, si pure et
si belle dans sa robe de demi-deuil, car Ursule s'était
levée pour faire partir sa prétendue cousine.

— Vous croyez donc aux rêves ? lui dit-elle.

— J'en souffre trop pour n'y pas croire.

— Mais alors…, dit Zélie.

— Adieu, madame, fit Ursule, qui salua Mme Minoret
en entendant les pas du curé.

L'abbé Chaperon fut surpris de trouver Mme Minoret
chez Ursule. L'inquiétude peinte sur le visage mince et
grimé de l'ancienne régente de la poste engagea naturel-

lement le prêtre à observer tour à tour les deux femmes.

— Croyez-vous aux revenants ? dit Zélie au curé.

— Croyez-vous aux revenus ? répondit le prêtre souriant.

— C'est des finauds, tout ce monde-là, pensa Zélie, ils veulent nous subtiliser. Ce vieux prêtre, ce vieux juge de paix et ce petit drôle de Savinien s'entendent. Il n'y a pas plus de rêves que je n'ai de cheveux dans le creux de la main.

Elle partit après deux révérences sèches et courtes.

— Je sais pourquoi Savinien allait à Fontainebleau, dit Ursule à l'abbé Chaperon, en le mettant au fait du duel et le priant d'employer son ascendant à l'empêcher.

— Et Mme Minoret vous a offert la main de son fils ? dit le vieux prêtre.

— Oui.

— Minoret a probablement avoué son crime à sa femme, ajouta le curé.

Le juge de paix, qui vint en ce moment, apprit la démarche et l'offre que venait de faire Zélie, dont la haine contre Ursule lui était connue, et il regarda le curé comme pour lui dire : « Sortons, je veux vous parler d'Ursule sans qu'elle nous entende. »

— Savinien saura que vous avez refusé quatre-vingt mille francs de rente et le coq de Nemours ! dit-il.

— Est-ce donc un sacrifice ? répondit-elle. Y a-t-il des sacrifices quand on aime véritablement ? Enfin ai-je un mérite quelconque à refuser le fils d'un homme que nous méprisons ? Que d'autres se fassent des vertus de leurs répugnances, ce ne doit pas être la morale d'une fille élevée par des Jordy, des abbé Chaperon et par notre cher docteur ! dit-elle en regardant le portrait.

Bongrand prit la main d'Ursule et la baisa.

— Savez-vous, dit le juge de paix au curé quand ils furent dans la rue, ce que venait faire Mme Minoret ?

— Quoi ? répondit le prêtre en regardant le juge d'un air fin qui paraissait purement curieux.

— Elle voulait faire une affaire de restitution.

— Vous croyez donc... ? reprit l'abbé Chaperon.

— Je ne crois pas, j'ai la certitude, et, tenez, voyez.

Le juge de paix montra Minoret qui venait à eux en retournant chez lui, car, en sortant de chez Ursule, les deux vieux amis remontèrent la Grand'Rue de Nemours.

— Obligé de plaider en cour d'assises, j'ai naturellement étudié bien des remords, mais je n'ai rien vu de pareil à celui-ci ! Qui donc a pu donner cette flaccidité, cette pâleur à des joues dont la peau tendue comme celle d'un tambour crevait de la bonne grosse santé des gens sans soucis ? Qui a cerné de noir ces yeux et amorti leur vivacité campagnarde ? Avez-vous jamais cru qu'il y aurait des plis sur ce front, et que ce colosse pourrait jamais être agité dans sa cervelle ? Il sent enfin son cœur ! Je me connais en remords, comme vous vous connaissez en repentirs, mon cher curé : ceux que j'ai jusqu'à présent observés attendaient leur peine ou allaient la subir pour s'acquitter avec le monde, ils étaient résignés ou respiraient la vengeance; mais voici le remords sans l'expiation, le remords tout pur, avide de sa proie et la déchirant.

— Vous ne savez pas encore, dit le juge de paix en arrêtant Minoret, que Mlle Mirouët vient de refuser la main de votre fils ?

— Mais, dit le curé, soyez tranquille, elle empêchera son duel avec M. de Portenduère.

— Ah ! ma femme a réussi ? dit Minoret. J'en suis bien aise, car je ne vivais pas.

— Vous êtes en effet si changé, que vous ne vous ressemblez plus, dit le juge.

Minoret regardait alternativement Bongrand et le curé pour savoir si le prêtre avait commis une indiscrétion; mais l'abbé Chaperon conservait une immobilité de visage, un calme triste qui rassura le coupable.

— Et c'est d'autant plus étonnant, disait toujours le juge de paix, que vous ne devriez éprouver que contentement. Enfin, vous êtes le seigneur du Rouvre, vous y avez réuni les Bordières, toutes vos fermes, vos moulins, vos prés... Vous avez cent mille livres de rente avec vos placements sur le grand-livre.

— Je n'ai rien sur le grand-livre, dit précipitamment Minoret.

— Bah ! fit le juge de paix. Tenez, il en est de cela comme de l'amour de votre fils pour Ursule, qui tantôt en fait fi, tantôt la demande en mariage. Après avoir essayé de faire mourir Ursule de chagrin, vous la voulez pour belle-fille ! Mon cher monsieur, vous avez quelque chose dans votre sac...

Minoret essaya de répondre, il chercha des paroles, et ne put trouver que :

— Vous êtes drôle, monsieur le juge de paix. — Adieu, messieurs.

Et il entra d'un pas lent dans la rue des Bourgeois.

— Il a volé la fortune de notre pauvre Ursule ! mais où pêcher des preuves ?

— Dieu veuille !... dit le curé.

— Dieu a mis en nous un sentiment qui parle déjà dans cet homme, reprit le juge de paix [247]; mais nous appelons cela des *présomptions*, et la justice humaine exige quelque chose de plus.

L'abbé Chaperon garda le silence du prêtre.

XXI

COMBIEN IL EST DIFFICILE DE VOLER
CE QUI SEMBLE LE PLUS VOLABLE

Comme il [248] arrive en pareille circonstance, il pensait beaucoup plus souvent qu'il ne le voulait à la spoliation presque avouée par Minoret, et au bonheur de Savinien évidemment retardé par le peu de fortune d'Ursule; car la vieille dame reconnaissait en secret avec son confesseur combien elle avait eu tort en ne consentant pas au mariage de son fils pendant la vie du docteur. Le lendemain, en descendant de l'autel, après sa messe, il fut frappé par une pensée qui prit en lui-même la force d'un éclat de voix; il fit signe à Ursule de l'attendre et alla chez elle sans avoir déjeuné.

— Mon enfant, lui dit le curé, je veux voir les deux volumes où votre parrain des rêves prétend avoir mis ses inscriptions et ses billets.

Ursule et le curé montèrent à la bibliothèque et y prirent le troisième volume des *Pandectes*. En l'ouvrant, le vieillard remarqua, non sans étonnement, la marque faite par des papiers sur les feuillets, qui, offrant moins de résistance que la couverture, gardaient encore l'empreinte des inscriptions. Puis, dans l'autre volume, il reconnut l'espèce de bâillement produit par le long séjour d'un paquet et sa trace au milieu des deux pages in-folio.

— Montez donc, monsieur Bongrand ! cria la Bougival au juge de paix, qui passait.

Bongrand arriva précisément au moment où le curé

mettait ses lunettes pour lire trois numéros écrits de la main de défunt Minoret sur la garde en papier vélin coloré, collée intérieurement par le relieur sur la couverture, et qu'Ursule venait d'apercevoir.

— Qu'est-ce que cela signifie ? Notre cher docteur était bien trop bibliophile pour gâter la garde d'une couverture, disait l'abbé Chaperon; voici trois numéros inscrits entre un premier numéro précédé d'une M, et un autre numéro précédé d'un U.

— Que dites-vous ? répondit Bongrand; laissez-moi voir cela. Mon Dieu ! s'écria le juge de paix, ceci n'ouvrirait-il pas les yeux à un athée, en lui démontrant la Providence ? La justice humaine est, je crois, le développement d'une pensée divine qui plane sur les mondes !

Il saisit Ursule et l'embrassa sur le front.

— Oh ! mon enfant, vous serez heureuse, riche, et par moi !

— Qu'avez-vous ? dit le curé.

— Mon cher monsieur, s'écria la Bougival en prenant le juge par sa redingote bleue, oh ! laissez-moi vous embrasser pour ce que vous venez de dire.

— Expliquez-vous, pour ne pas nous donner une fausse joie ! dit le curé.

— Si, pour devenir riche, je dois causer de la peine à quelqu'un, dit Ursule en entrevoyant un procès criminel, je...

— Eh ! songez, dit le juge de paix en interrompant Ursule, à la joie que vous ferez à notre cher Savinien.

— Mais vous êtez fou ! dit le curé.

— Non, mon cher curé, dit le juge de paix; écoutez. Les inscriptions au Grand-Livre ont autant de séries qu'il y a de lettres dans l'alphabet, et chaque numéro porte la lettre de sa série; mais les inscriptions de rente au porteur ne peuvent point avoir de lettres, puisqu'elles ne sont au nom de personne : ainsi ce que vous voyez prouve que, le jour où le bonhomme a placé ses fonds sur l'État, il a pris note du numéro [249] de son inscription

de quinze mille livres de rente qui porte la lettre M
(Minoret), des numéros sans lettres de trois inscriptions
au porteur et de celle d'Ursule Mirouët dont le numéro
est 23.534, et qui suit, comme vous le voyez, immédiatement celui de l'inscription de quinze mille francs.
Cette [250] coïncidence prouve que ces numéros sont ceux
de cinq inscriptions acquises le même jour, et [251] notées
par le bonhomme en cas de perte. Je lui avais conseillé
de mettre la fortune d'Ursule en inscriptions au porteur,
et il a dû employer ses fonds, ceux qu'il destinait à Ursule
et ceux qui appartenaient à sa pupille, le même jour.
Je vais chez Dionis consulter l'inventaire; et, si le numéro
de l'inscription qu'il a laissée en son nom est 23.533,
lettre M, nous serons sûrs qu'il a placé, par le ministère
du même agent de change, le même jour « *primo*,
ses fonds en une seule inscription; *secundo*, ses économies
en trois inscriptions au porteur, numérotées sans lettre de
série; *tertio*, les fonds de sa pupille : le livre [252] des trans-
ferts en offrira des preuves irrécusables. Ah ! Minoret
le sournois, je vous pince. — *Motus*, mes enfants !

Le juge de paix laissa le curé, la Bougival et Ursule
en proie à une profonde admiration des voies par lesquelles Dieu conduisait l'innocence à son triomphe.

— Le doigt de Dieu est dans ceci, s'écria l'abbé
Chaperon.

— Lui fera-t-on du mal ? dit Ursule.

— Ah ! mademoiselle, s'écria la Bougival, je donnerais une corde pour le prendre.

Le juge de paix était déjà chez Goupil, successeur
désigné de Dionis, et entrait dans l'étude d'un air
assez indifférent.

— J'ai, dit-il à Goupil, un petit renseignement à
prendre sur la succession Minoret.

— Qu'est-ce ? lui répondit Goupil.

— Le bonhomme a-t-il laissé une ou plusieurs inscriptions de rente trois pour cent ?

— Il a laissé quinze mille livres de rente trois pour

cent, dit Goupil, en une seule inscription : je l'ai décrite
moi-même.

— Consultez donc l'inventaire, dit le juge.

Goupil prit un carton, y fouilla, ramena la minute,
chercha, trouva et lut : « *Item*, une inscription... »
Tenez, lisez !... « sous le numéro 23.533, lettre M. »

— Faites-moi le plaisir de me délivrer un extrait de
cet article de l'inventaire d'ici à une heure; je l'attends.

— A quoi cela peut-il vous servir ? demanda Goupil.

— Voulez-vous être notaire ? répondit le juge de
paix en regardant avec sévérité le successeur désigné
de Dionis.

— Je le crois bien ! s'écria Goupil; j'ai assez avalé
de couleuvres pour arriver à me faire appeler maître.
Je vous prie de croire, monsieur le juge de paix, que
le misérable premier clerc appelé Goupil n'a rien de
commun avec maître Jean-Sébastien-Marie Goupil,
notaire à Nemours, époux de Mlle Massin. Ces deux
êtres ne se connaissent pas, ils ne se ressemblent même
plus ! Ne me voyez-vous point ?

M. Bongrand fit alors attention au costume de Goupil,
qui portait une cravate blanche, une chemise étincelante
de blancheur ornée de boutons en rubis, un gilet de
velours rouge, un pantalon et un habit en beau drap
noir faits à Paris. Il était chaussé de jolies bottes. Ses
cheveux, rabattus et peignés avec soin, sentaient bon.
Enfin il semblait avoir été métamorphosé.

— Le fait est que vous êtes un autre homme, dit
Bongrand.

— Au moral comme au physique, monsieur ! La
sagesse vient avec l'*étude ;* et, d'ailleurs, la fortune est la
source de la propreté...

— Au moral comme au physique, dit le juge en
raffermissant ses lunettes.

— Eh ! monsieur, un homme de cent mille écus de
rente est-il jamais un démocrate ? — Prenez-moi donc
pour un honnête homme qui se connaît en délicatesse,

et disposé à aimer sa femme, ajouta-t il en voyant entrer
Mme Goupil. Je suis si changé, dit il, que je trouve beaucoup d'esprit à ma cousine Crémière, je la forme; aussi
sa fille ne parle-t-elle plus de pistons; enfin, hier, tenez !
elle a dit du chien de M. Savinien qu'il était superbe
aux arrêts : eh bien, je ne répétai point ce mot, quelque
joli qu'il soit, et je lui ai expliqué sur-le-champ la différence qui existe entre *être à l'arrêt, en arrêt* et *aux arrêts*.
Ainsi, vous le voyez, je suis un tout autre homme, et
j'empêcherais un client de faire une *saleté*.

— Hâtez-vous donc, dit alors Bongrand. Faites que
j'aie cela dans une heure, et le notaire Goupil aura
réparé quelques-uns des méfaits du premier clerc.

Après avoir prié le médecin de Nemours de lui prêter
son cheval et son cabriolet, le juge de paix alla prendre
les deux volumes accusateurs, l'inscription d'Ursule,
et, muni de l'extrait de l'inventaire, il courut à Fontainebleau chez le procureur du roi. Bongrand démontra
facilement la soustraction des trois inscriptions faite par
un héritier quelconque, et, subséquemment, la culpa-
bilité de Minoret.

— Sa conduite s'explique, dit le procureur du roi.

Aussitôt, par mesure de prudence, le magistrat
minuta pour le Trésor une opposition au transfert des
trois inscriptions, chargea le juge de paix d'aller rechercher la quotité de rente des trois inscriptions, et de savoir
si elles avaient été vendues.

Pendant que le juge de paix opérait à Paris, le procureur du roi écrivit poliment à Mme Minoret de passer
au parquet. Zélie, inquiète du duel de son fils, s'habilla,
fit mettre les chevaux à sa voiture, et vint *in fiocchi* [253]
à Fontainebleau. Le plan du procureur du roi était
simple et formidable. En séparant la femme du mari,
il allait, par suite de la terreur que cause la justice,
apprendre la vérité. Zélie trouva le magistrat dans son
cabinet, et fut entièrement foudroyée par ces paroles
dites sans façon.

— Madame, je ne vous crois pas complice d'une soustraction faite dans la succession Minoret, et sur la trace de laquelle la Justice est en ce moment; mais vous pouvez éviter la Cour d'Assises à votre mari par l'aveu complet de ce que vous en savez. Le châtiment qu'encourra votre mari n'est pas, d'ailleurs, la seule chose à redouter : il faut éviter la destitution de votre fils et ne pas lui casser le cou. Dans quelques instants, il ne serait plus temps, la gendarmerie est en selle et le mandat de dépôt va partir pour Nemours.

Zélie se trouva mal. Quand elle eut repris ses sens, elle avoua tout. Après avoir démontré facilement à cette femme qu'elle était complice, le magistrat lui dit que, pour ne perdre ni son fils ni son mari, il allait procéder avec prudence.

— Vous avez eu affaire à l'homme et non au magistrat, dit-il. Il n'y a ni plainte adressée par la victime, ni publicité donnée au vol; mais votre mari a commis d'horribles crimes, madame, qui ressortissent à un tribunal moins commode que je ne le suis. Dans l'état où se trouve cette affaire, vous serez obligée d'être prisonnière... Oh ! chez moi, et sur parole, fit-il en voyant Zélie près de s'évanouir. Songez que mon devoir rigoureux serait de requérir un mandat de dépôt et de faire commencer une instruction; mais j'agis en ce moment comme tuteur de Mlle Ursule Mirouët, et ses intérêts bien entendus exigent une transaction.

— Ah ! dit Zélie.

— Écrivez à votre mari ces mots :

Et il dicta la lettre suivante à Zélie, qu'il fit asseoir à son bureau :

Mone amit, geu suit arraité, et geai tou di. Remais les haincequeripsiont que nautre honcque avet léssées à M. de Portenduère an verretu du tescetamand queue tu a brulai, carre M. le praucureure du roa vien de phaire haupozition o Traitsaur.

— Vous lui éviterez ainsi des dénégations qui le per-

draient, dit le magistrat en souriant de l'orthographe.
Nous allons voir à opérer convenablement la restitution.
Ma femme vous rendra votre séjour chez moi le moins
désagréable possible, et je vous engage à ne point dire
un mot et à ne point paraître affligée.

Une fois la mère de son substitut confessée et claque-
murée, le magistrat fit venir Désiré, lui raconta de point
en point le vol commis par son père occultement au
préjudice d'Ursule, patemment au préjudice de ses cohéritiers, et lui montra la lettre écrite par Zélie. Désiré
demanda le premier à se rendre à Nemours pour faire
faire la restitution par son père.

— Tout est grave, dit le magistrat. Le testament
ayant été détruit, si la chose s'ébruite, les héritiers
Massin et Crémière, vos parents, peuvent intervenir.
J'ai maintenant des preuves suffisantes contre votre
père. Je vous rends votre mère, que cette petite céré-
monie a suffisamment édifiée sur ses devoirs. Vis-à-vis
d'elle, j'aurais l'air d'avoir cédé à vos supplications en
la délivrant [254]. Allez à Nemours avec elle, et menez
à bien toutes ces difficultés. Ne craignez rien de personne.
M. Bongrand aime trop Mlle Mirouët pour jamais
commettre d'indiscrétion.

Zélie et Désiré partirent aussitôt pour Nemours. Trois
heures après le départ de son substitut, le procureur
du roi reçut par un exprès la lettre suivante, dont l'orthographe a été rétablie, afin de ne pas faire rire d'un homme
atteint par le malheur.

A MONSIEUR LE PROCUREUR DU ROI PRÈS LE TRIBUNAL
DE FONTAINEBLEAU

« Monsieur,

« Dieu n'a pas été aussi indulgent que vous l'êtes pour
nous, et nous sommes atteints par un malheur irréparable.
En arrivant au pont de Nemours, un trait s'est décroché.
Ma femme était sans domestique derrière la voiture; les

chevaux sentaient l'écurie; mon fils, craignant leur impatience, n'a pas voulu que le cocher descendît et a mis pied à terre pour raccrocher le trait. Au moment où il se retournait pour monter auprès de sa mère, les chevaux se sont emportés, Désiré ne s'est pas serré contre le parapet assez à temps, le marchepied lui a coupé les jambes, il est tombé, la roue de derrière lui a passé sur le corps. L'exprès qui court à Paris chercher les premiers chirurgiens vous fera parvenir cette lettre, que mon fils, au milieu de ses douleurs, m'a dit de vous écrire, afin de vous faire savoir notre entière soumission à vos décisions pour l'affaire qui l'amenait dans sa famille.

« Je vous serai, jusqu'à mon dernier soupir, reconnaissant de la manière dont vous procédez et je justifierai votre confiance.

«François Minoret. »

Ce cruel événement bouleversait la ville de Nemours. La foule émue, à la grille de la maison Minoret, apprit à Savinien que sa vengeance avait été prise en main par un plus puissant que lui. Le gentilhomme alla promptement chez Ursule, où le curé, de même que la jeune fille, éprouvait plus de terreur que de surprise.

Le lendemain, après les premiers pansements, quand les médecins et les chirurgiens de Paris eurent donné leur avis, qui fut unanime sur la nécessité de couper les deux jambes, Minoret vint abattu, pâle, défait, accompagné du curé, chez Ursule, où se trouvaient Bongrand et Savinien.

— Mademoiselle, lui dit-il, je suis bien coupable envers vous; mais, si tous mes torts ne sont pas complètement réparables, il en est que je puis expier. Ma femme et moi, nous avons fait vœu de vous donner en toute propriété notre terre du Rouvre dans le cas où nous conserverions notre fils, comme dans celui où nous aurions le malheur affreux de le perdre.

Cet homme fondit en larmes à la fin de cette phrase.

— Je puis vous affirmer, ma chère Ursule, dit le curé, que vous pouvez et que vous devez accepter une partie de cette donation.

— Nous pardonnez-vous ? dit humblement le colosse en se mettant à genoux devant cette jeune fille étonnée. Dans quelques heures, l'opération va se faire par le premier chirurgien de l'Hôtel-Dieu; mais je ne me fie point à la science humaine, je crois à la toute-puissance de Dieu ! Si vous me pardonnez, si vous allez demander à Dieu de nous conserver notre fils, il aura la force de supporter ce supplice, et, j'en suis certain, nous aurons le bonheur de le conserver.

— Allons tous à l'église ! dit Ursule en se levant.

Une fois debout, elle jeta un cri perçant, retomba sur son fauteuil et s'évanouit. Quand elle eut repris ses sens, elle aperçut ses amis, moins Minoret, qui s'était précipité dehors pour aller chercher un médecin, tous, les yeux arrêtés sur elle, inquiets, attendant un mot. Ce mot répandit un effroi dans tous les cœurs [255].

— J'ai vu mon parrain à la porte, dit-elle, et il m'a fait signe qu'il n'y avait aucun espoir.

Le lendemain de l'opération, Désiré mourut en effet, emporté par la fièvre et par la révulsion dans les humeurs qui succède à ces opérations. Mme Minoret, dont le cœur n'avait d'autre sentiment que la maternité, devint folle après l'enterrement de son fils, et fut conduite par son mari chez le docteur Blanche [256], où elle est morte en 1841 [257].

Trois mois après ces événements, en janvier 1837, Ursule épousa Savinien, du consentement de Mme de Portenduère. Minoret intervint au contrat pour donner à Mlle Mirouët sa terre du Rouvre et vingt-quatre mille francs de rente sur le grand-livre, en ne gardant de sa fortune que la maison de son oncle et six mille francs de rente. Il est devenu l'homme le plus charitable, le plus pieux de Nemours; il est marguillier de la paroisse et s'est fait la providence des malheureux.

— Les pauvres ont remplacé mon enfant, dit-il.

Si vous avez remarqué sur le bord des chemins, dans les pays où l'on étête le chêne, quelque vieil arbre

blanchi et comme foudroyé, poussant encore des jets,
les flancs ouverts et implorant la hache, vous aurez une
idée du vieux maître de poste, en cheveux blancs, cassé,
maigre, dans lequel les anciens du pays ne retrouvent rien
de l'imbécile heureux que vous avez vu attendant son
fils au commencement de cette histoire; il ne prend plus
son tabac de la même manière, il porte quelque chose de
plus que son corps. Enfin, on sent en toute chose que le
doigt de Dieu s'est appesanti sur cette figure pour en
faire un exemple terrible. Après avoir tant haï la pupille
de son oncle, ce vieillard a, comme [258] le docteur Minoret, si bien concentré ses affections sur Ursule, qu'il
s'est constitué le régisseur de ses biens à Nemours.

M. et Mme de Portenduère passent cinq mois de l'année
à Paris, où ils ont acheté dans le faubourg Saint-Germain
un magnifique hôtel [259]. Après avoir donné sa maison
de Nemours aux sœurs de la Charité pour y tenir une
école gratuite, Mme de Portenduère la mère est allée
habiter le Rouvre, dont la concierge en chef est la
Bougival. Le père de Cabirolle, l'ancien conducteur de
la Ducler, homme de soixante ans, a épousé la Bougival,
qui possède douze cents francs de rente, outre les amples
revenus de sa place. Gabirolle fils est le cocher de M. de
Portenduère.

Quand, en voyant passer aux Champs-Élysées une
de ces charmantes petites voitures basses appelés *escar-
gots*, doublée de soie gris de lin, ornée d'agréments [260]
bleus, vous y admirez une jolie femme blonde, la figure
enveloppée comme d'un feuillage par des milliers de
boucles, montrant des yeux semblables à des pervenches
lumineuses et pleins d'amour, légèrement appuyée
sur un beau jeune homme; si vous étiez mordu par un
désir envieux, pensez que ce beau couple aimé de Dieu
a d'avance payé sa quote-part aux malheurs de la vie.
Ces deux amants mariés seront vraisemblablement le
vicomte de Portenduère et sa femme. Il n'y a pas deux
ménages semblables dans Paris.

— C'est le plus joli bonheur que j'aie jamais vu, disait d'eux dernièrement Mme la comtesse de l'Estorade [261].

Bénissez donc ces heureux enfants au lieu de les jalouser, et recherchez une Ursule Mirouët, une jeune fille élevée par trois vieillards et par la meilleure des mères, par l'adversité.

Goupil, qui rend service à tout le monde et que l'on regarde à juste titre comme l'homme le plus spirituel de Nemours, a l'estime de sa petite ville; mais il est puni dans ses enfants, qui sont horribles, rachitiques, hydrocéphales. Dionis, son prédécesseur, fleurit à la Chambre des députés, dont il est un des plus beaux ornements, [262] à la grande satisfaction du roi des Français, qui voit Mme Dionis à tous ses bals. Mme Dionis raconte à toute la ville de Nemours les particularités de ses réceptions aux Tuileries et les grandeurs de la cour du roi des Français; elle trône à Nemours, au moyen du trône, qui certes devient alors populaire.

Bongrand est président au tribunal de Melun; son fils est en voie de devenir un [263] très honnête procureur général.

Mme Crémière dit toujours les plus jolies choses du monde. Elle ajoute un *g* à tambour*g*, [264] soi-disant parce que sa plume crache. La veille du mariage de sa fille, elle lui a dit en terminant ses instructions, qu'*une femme devait être la chenille ouvrière* de sa maison [265], et y porter en toute chose des *yeux de sphinx*. Goupil fait d'ailleurs un recueil des coq-à-l'âne de sa cousine, un *Crémiérana*.

— Nous avons eu la douleur de perdre le bon abbé Chaperon, a dit cet hiver Mme la vicomtesse de Portenduère, qui l'avait soigné pendant sa maladie. Tout le canton était à son convoi. Nemours a du bonheur, car le successeur de ce saint homme est le vénérable curé de Saint-Lange [266].

Paris, juin-juillet 1841.

APPENDICE

APPENDICE

LES HÉRITIERS BOIROUGE

FRAGMENT D'« HISTOIRE GÉNÉRALE »

AVANT-PROPOS

Avant d'entreprendre le récit de cette histoire, il est nécessaire de se plonger dans le plus ennuyeux tableau synoptique dont un historien ait jamais eu l'idée, mais sans lequel il serait impossible de rien comprendre au sujet.

Il s'agit d'un arbre généalogique aussi compliqué que celui de la famille princière allemande la plus fertile en lignes qui se soit étalée dans l'*Almanach de Gotha,* quoiqu'il ne soit question que d'une race bourgeoise et inconnue [267].

Ce travail a d'ailleurs un mérite. En quelque ville de province que vous alliez, changez les noms, vous retrouverez les choses. Partout, sur le continent, dans les îles, en Europe, dans les plus minces bourgades, sous les dais impériaux, vous rencontrerez les mêmes intérêts, le même fait.

Ceci, pour employer une expression de notre temps, est normal.

I

Sancerre [268] est une des villes de France où le protestantisme a persisté. Là, le protestant forme un peuple assez semblable au peuple juif; le protestant y est généralement artisan, vendeur de merrain, marchand de vin, prêteur à la petite semaine, avare, faiseur de filles, il trace, il talle comme le chiendent, demeure fidèle aux

professions de ses pères, par suite de son obéissance
aux vieilles lois qui lui interdisaient les charges publiques ;
et quoique, depuis la Révolution, les ordonnances prohi-
bitoires aient été abrogées, le libéralisme et l'aristocratie, ces deux opinions ennemies, [ont] fait morale-
ment revivre, sous la Restauration, les anciens préjugés.

Il y a la riche bourgeoisie protestante et les simples
artisans industrieux, deux nuances dans le peuple. Or,
la bourgeoisie protestante ne se composait que de trois
familles, ou plutôt de trois noms, les Chandier, les
Bianchon et les Popinot. Les artisans se concentraient
dans les Boirouge, les Mirouët et les Bongrand.

Toute famille qui n'était pas plus ou moins
Chandier-Popinot, Popinot-Chandier, Bianchon-Popinot,
Popinot-Bianchon, Chandier-Chandier, Bianchon-Chan-
dier, Bianchon - Grandbrar, Chandier - Grossequille.
Popinot *primus*, ou Boirouge-Mirouët, Mirouët-Bon-
grand, Bongrand-Boirouge, etc. — car chacun peut
inventer les entrecroisements et les mille variétés de ce
kaléidoscope génératif — cet homme ou cette femme
était ou quelque pauvre manouvrier, vigneron, domestique sans importance dans la ville.

Après ces deux grandes bandes, où les trois races
primitives se panachaient elles-mêmes, il se trouvait
un troisième clan, dirait Walter Scott, engendré par
les alliances entre la bourgeoisie et les artisans. Ainsi, le
protestantisme sancerrois avait ses Chandier-Boirouge,
ses Popinot-Mirouët, et ses Bianchon-Bongrand, d'où
jaillissaient d'autres familles où les noms se triplaient
et se sextuplaient.

Il résultait de ce lacis constant de familles, un singulier
fait : le Mirouët pauvre était presque étranger au Mirouët
riche ; les parents les plus unis n'étaient pas les plus
proches ; une Chandier tout court, ouvrière à la journée,
venait pour quelques sous travailler chez une Mme Chandier-Popinot, la femme du plus huppé notaire [269].

Les six navettes sancerroises tissaient perpétuellement

une toile humaine, dont chaque lambeau avait sa destinée, serviette ou robe, étoffe splendide ou doublure ;
c'était le même sang qui se trouvait dans ce corps, cervelle, lymphe, sang veineux ou artériel, aux pieds, au
cœur, dans le poumon, aux mains ou ailleurs.

Ces trois clans exportaient leurs aventureux enfants à
Paris, où les uns étaient simples marchands de vin,
à l'angle de deux rues, sous la protection de la *Ville
de Sancerre*. Ces autres embrassaient la chirurgie, la
médecine, étudiaient le droit, ou commerçaient.

Au moment où l'historien écrit cette page de leurs
annales, il existe à Paris un Bianchon, illustre docteur,
de qui la gloire médicale soutient celle de l'École de
Paris [270]. Quel Parisien n'a pas lu sur les murs de sa
cité les grandes affiches de la maison Popinot et compagnie, parfumeur, rue des Lombards [271] ? N'y a-t-il
pas un juge d'instruction au Tribunal de la Seine ayant
nom Popinot, oncle du Popinot parfumeur, et qui avait
épousé une demoiselle Bianchon [272], car les Sancerrois-
Parisiens s'allient entre eux, poussés par la force de la
coutume, et ils se répandent dans la bourgeoisie avec
la ténacité que donne l'esprit de famille.

Portons nos regards un peu plus haut. Examinons
l'humanité. Le coup d'œil sur l'union du protestantisme
sancerrois démontre un singulier fait dont voici la
formule. Toutes les familles nobles du treizième siècle
ont coopéré à la naissance d'un Rohan d'aujourd'hui.
En d'autres termes, tout bourgeois est cousin d'un bourgeois, tout noble est cousin d'un noble. Comme le dit
la sublime page des généalogies bibliques, en mille ans
trois familles peuvent couvrir le globe de leurs enfants.
Il suffit, pour le prouver, d'appliquer à la recherche des
ancêtres et à leur accumulation — qui s'accroît dans les
temps par une progression géométrique multipliée
par elle-même, — le calcul de ce sage qui, demandant au
roi de Perse en récompense d'avoir trouvé le jeu d'échecs,
un grain de blé pour la première case, en doublant la

somme jusqu'à la dernière, fit voir au monarque que son royaume ne pouvait suffire à l'acquitter [373].

Il s'agit donc ici d'établir, en dehors de la loi générale qui régissait les trois principales races protestantes de Sancerre, l'arbre généalogique d'un seul rameau des Boirouge.

En 1832, il existait à Sancerre un vieillard âgé d'environ quatre-vingt-dix ans, respectueusement nommé le père Boirouge.

Lui seul, à Sancerre, se nommait Boirouge tout court, sans aucune annexe. Né en 1742, il était sans doute l'enfant de quelque artisan, échappé aux effets de la révocation de l'Édit de Nantes, à cause de sa pauvreté, car l'histoire nous apprend que les ministres de Louis XIV s'occupèrent alors exclusivement des religionnaires en possession de grands biens territoriaux, et furent indulgents pour les prolétaires. Que votre attention ne se fatigue pas !

En 1760, à l'âge de dix-huit ans, Espérance Boirouge, ayant perdu son père et sa mère, abandonna sa sœur, Marie Boirouge, à la grâce de Dieu, laissa son frère, Pierre Boirouge, vigneron au village de Saint-Satur, et vint à Paris, chez un Chandier, marchand de vin établi carré Saint-Martin, *au Fort-Samson,* enseigne protestante que tout flâneur pouvait voir encore en 1820, au-dessus des barreaux de fer de la boutique, toujours tenue par un Sancerrois, et où se buvait le vin du père Boirouge.

Espérance Boirouge était un petit jeune homme carré, trapu, comme le fort Samson. Il fut second, puis premier garçon du sieur Chandier, célibataire assez morose, âgé de quarante-cinq ans, marchand de vin depuis vingt années, et qui, lassé de son commerce, vendit son fonds à Boirouge, afin de pouvoir retourner à son cher Sancerre. Il y acheta la vieille maison qui fait le coin de la Grande-Rue et de la rue des Saints-Pères, en face de la place de la Panneterie.

Cet événement eu lieu vers la fin de l'année 1765.

Vendre son fonds de Paris à Espérance Boirouge n'était rien, il fallait se faire payer, en toucher le prix.

M. Chandier, sa maison acquise ne possédait que six journées de vignes et les dix mille livres, valeur de son fonds, qu'il voulait placer en vignes, afin d'en vendre les récoltes au *Fort Samson* et vivoter en paix.

Il voulut marier le jeune Boirouge à une Bongrand, fille d'un marchand drapier, qui avait douze mille livres de dot, mais, en y pensant bien, il la garda pour lui-même, n'eut pas d'enfants, mourut au bout de trois ans de mariage sans avoir reçu deux liards de ce *coquin* de Boirouge, disait-il.

Ce coquin de Boirouge vint à Sancerre pour s'entendre avec la veuve, et il s'entendit si bien avec elle qu'il l'épousa.

Sa sœur, Marie Boirouge, s'était mariée à un Mirouët, le meilleur boulanger de Sancerre, et son frère, le vigneron, était mort sans enfants.

A trente et un ans, en 1771, Espérance Boirouge se trouva donc allié avec Bongrand, eut, sans bourse délier, le *Fort Samson*, et sa femme lui apporta douze mille livres, placées en vignes, les vignes du vieux Chandier, et la maison située au coin gauche de la rue des Saints-Pères, dans la Grande-Rue. Cette maison, il la loua; les vignes, il en donna le gouvernement au sieur Bongrand, son beau-père, en se promettant bien d'en vendre lui-même les produits, et il revint à Paris, faire trôner sa femme au comptoir d'étain du *Fort Samson*.

Une circonstance aida à la fortune de l'heureux Boirouge. L'Opéra brûla, fut reconstruit à la Porte Saint-Martin [174], et comme le *Fort Samson* était réputé pour débiter du vin excellent et non frelaté, tous les gens des bonnes maisons vinrent y boire en attendant la sortie de leurs maîtres.

La femme de Boirouge était une bonne ménagère, économe et proprette; elle eut trois enfants, trois garçons; l'aîné Joseph, le second Jacques, le troisième Marie.

Elle les éleva tous trois très bien et mourut après les
avoir établis et mariés à Sancerre, voici comment :

Joseph apprit à Paris le commerce de la draperie et
succéda naturellement à son grand-père maternel
Bongrand; il épousa une Bianchon et fut la tige des
Boirouge-Bianchon.

Le second, mis chez un apothicaire à Paris, vint à
Sancerre épouser la fille d'un Chandier, apothicaire à
la Halle, dont il prit l'établissement et fut la souche des
Boirouge-Chandier.

Le troisième, le plus aimé de Boirouge et de sa femme,
fut placé chez un procureur au Châtelet, et se trouvait
juge à Sancerre, où il avait épousé une Popinot [275].
Il y eut donc une troisième ligne de Boirouge-Popinot.

En 1800, le père Boirouge avait rendu ses comptes
à ses trois enfants, qui avaient également tous hérité
de leurs aïeux maternels et le bonhomme était revenu
habiter sa maison de Sancerre, après avoir vendu le
fonds du *Fort Samson* au fils de sa sœur, Célestin Mirouët,
qui se trouvait sans un sou.

Ce Célestin Mirouët était, depuis dix ans, le garçon
de son oncle et, depuis dix ans il menait une vie dissipée,
en compagnie d'une mauvaise fille de Sancerre, qu'il
avait rencontrée à Paris. Il mourut en 1814, en faisant
[une] faillite où le père Boirouge perdit environ dix
mille francs — le prix de deux récoltes envoyées au
Fort Samson — et son neveu lui recommandait une
petite fille de dix ans, laquelle se trouvait à la mendicité.

Mme Mirouët, mère d'Ursule Mirouët, avait quitté
son mari pour devenir la maîtresse d'un colonel. Elle
fut figurante au théâtre Montausier, et périt misérable-
ment à l'hôpital.

Ainsi la branche collatérale féminine du père Boirouge se trouvait représentée par une pauvre enfant de
six ans, sans pain, sans feu ni lieu. En mémoire de sa
sœur, le vieux Boirouge recueillit donc son arrière-
petite-nièce dans sa maison de Sancerre, en 1810 [276].

Vers la fin de l'année 1821, époque à laquelle commencent les événements de cette histoire, le père Boirouge était à la tête d'une immense famille.

Boirouge-Bongrand, son fils aîné, était mort laissant deux fils et deux filles, tous quatre mariés et ayant tous quatre des enfants, ce qui faisait, de ce côté, quatre héritiers du père Boirouge, ayant chacun des enfants. Or, à quatre par famille, cette branche offrait vingt-quatre têtes, et se composait de Boirouge-Bongrand, dit Ledaim, de Boirouge-Bongrand, dit Grosse-Tête, de Mirouët-Boirouge-Bongrand, dit Luciot, de Popinot-Boirouge-Bongrand, dit Souverain, car chacun des chefs avait, d'un commun accord, adopté des surnoms pour se distinguer et, dans la ville, ils étaient plus connus sous les noms de Ledaim, de Grosse-Tête, de Luciot et de Souverain que sous leurs doubles noms patronymiques. Ledaim était drapier, Grosse-Tête faisait le commerce du merrain, Luciot vendait des fers et des aciers, Souverain tenait le bureau des diligences et était directeur des assurances [277].

La seconde ligne, celle des Boirouge-Chandier, l'apothicaire, s'était divisée en cinq familles, et Boirouge-Chandier avait péri malheureusement en faisant une expérience chimique. Son fils aîné lui avait succédé et gardait le nom de Boirouge-Chandier. Il était encore garçon, mais il avait deux frères et deux sœurs. L'un de ses frères était huissier à Paris; l'autre tenait l'auberge de l'*Écu de France*; l'une de ses sœurs avait épousé un fermier, et l'autre le maître de poste. Cette seconde ligne présentait un total de trente personnes, tenant par ses alliances à toute la population protestante.

La troisième branche issue du père Boirouge était celle du juge Boirouge-Popinot. M. Boirouge-Popinot vivait encore, il avait six enfants, tous destinés au barreau, au notariat et à la magistrature. L'aîné était substitut du procureur du Roi à Nevers, le second était notaire à Sancerre; le troisième avoué à Paris; le quatrième y

faisait son droit, le cinquième âgé de dix ans était au
collège [à Vendôme] [278]. *Le* premier enfant du juge
était une fille, mariée à un médecin de Sancerre, M. Bianchon, le père du célèbre docteur Bianchon de Paris,
lequel avait épousé en seconde noces Mlle Boirouge-
Popinot. Cette ligne avait un personnel de neuf têtes,
mais le juge était le seul héritier vivant direct du père
Boirouge. Ainsi le fils le plus aimé parmi les trois,
restait le dernier.

A moins de quelque mort nouvelle, en 1821, la
succession du père Boirouge se partageait entre neuf
pères de famille. Le juge en prenait un tiers; le second
tiers appartenait aux quatre Boirouge de la première
branche et le dernier aux cinq Boirouge de la deuxième
branche. Le bonhomme avait empli Sancerre de ses
trois lignées, qui se composaient de treize familles et
de soixante-treize personnes, sans compter les parents
par alliance. Aussi, ne doit-on pas s'étonner de la popu-
larité attachée à la vieille maison située dans la Grande-
Rue, que l'on nommait la *Maison aux Boirouge*. Au-
dessus de cette gent formidable, le père Boirouge
s'élevait patriarcalement; uni par sa femme à la grande
famille des Bongrand qui, fleuve humain, avait également envahi le pays sancerrois, et foisonnait à Paris
dans le commerce de la rue Saint-Denis.

Toutes ces tribus protestantes n'expliquaient-elles
pas les tribus d'Israël ? Elles étaient une sorte d'inner-
vation dans le pays; elles y touchaient à tout. Si elles
avaient eu leur égoïsme de race, comme elles avaient
un lien religieux, elles eussent été dangereuses; mais là,
comme ailleurs, la persécution qui resserre les familles
n'existant plus, ce petit monde était divisé par les intérêts, en guerre, en procès pour des riens, et ne s'entendait
bien qu'aux élections. Encore le juge, M. Boirouge-
Popinot, était-il ministériel; il espérait être nommé
président du tribunal, avancement légitimement gagné
par vingt années de service dans la magistrature.

Les membres de cette famille étaient donc plus ou moins haut placés sur l'échelle sociale. Quoique parents, les relations suivaient la loi des *chacun à chacun* de la trigonométrie; elles étaient intimes selon les positions.

Enfin, quoique la succession du père Boirouge intéressât treize famille et une centaine de personnes dans Sancerre, le bonhomme y vivait obscurément; il ne voyait personne; son fils, le juge, le visitait parfois; mais, s'il jouissait du plus grand repos, il mettait, le soir, bien des langues en branle, car il était peu de ses héritiers qui, à propos d'une économie ou d'une dépense, ne dit : « *Quand le père Boirouge aura tortillé l'œil*, j'achèterai, j'établirai, je ferai, je réparerai, je construirai, » etc. Depuis dix ans, ce cercueil était l'enjeu de vingt-cinq personnes dans leur partie avec le hasard, et depuis dix ans le hasard gagnait toujours. Quiconque descendait la Grande-Rue de Sancerre, en allant de la Porte-César à la Porte-Vieille, disait en arrivant à la place de la Panneterie et montrant la vieille maison aux Boirouge : « Il en a des écus, celui-là ! »

Comme dans toutes les villes de province et dans tous les pays, chacun avait fait un devis approximatif de la succession Boirouge.

Ses enfants établis, sa femme morte, ses comptes rendus, le bonhomme possédait la maison que lui avait léguée sa femme, trente journées de vignes, une métairie de sept cents livres de rente et, disait-on, une somme de vingt mille francs en écus, de laquelle il avait frustré ses enfants en la gardant toute pour lui, au lieu de la faire porter à l'actif de la communauté lors de l'inventaire. Comme [le] bonhomme avait, pendant longtemps, prêté à dix pour cent en dedans, et qu'il vendait avantageusement ses récoltes au *Fort-Samson*, ses revenus étaient évalués entre dix et douze mille livres qu'il avait dû mettre de côté chaque année, en grossissant toujours le capital par l'adjonction des intérêts.

Le vieillard avait constamment loué, pour deux cents

francs, le premier étage de sa maison, et sa manière de
vivre permettait de supposer qu'en ajoutant mille francs
à cette somme, ses dépenses étaient couvertes.

Or, vingt-deux ans d'économies produisaient un
capital d'environ trois cent mille francs dont il n'existait
aucune trace à Sancerre. A l'exception de cent arpents
de bois que le père Boirouge avait achetés en 1812, et
d'une seconde métairie, d'un produit d'environ neuf
cents francs, qui jouxtait la sienne et qu'il avait acquise
en 1819, personne ne savait où il plaçait ses économies.
Sa fortune au soleil était évaluée à deux cent cinquante
mille francs par les uns, à cent mille écus par les autres.
Mais, généralement, les capitaux mystérieux et les
biens territoriaux représentaient six cent mille francs
dans l'esprit de chacun. Depuis deux ans, ce capital,
fruit de la longévité, devait donc s'augmenter de dix
mille écus par an.

Quelle serait cette fortune si, comme le prétendaient
quelques malicieux Sancerrois, il prenait fantaisie au
bonhomme d'aller à cent ans !

— Il enterrera ses petits-enfants ! disait, au commencement de l'hiver, en 1821, le fils aîné de Boirouge-
Soldet [270], qui servait de commis à son père, et qui était
venu parler à sa cousine, la femme de Boirouge-Chandier fils aîné, l'apothicaire.

La reine des boutiquiers de la Halle était une Bongrand
célèbre par sa beauté. Elle se tenait sur le seuil de sa
porte, et regardait, ainsi que son cousin, le père Boirouge qui marchandait un sac de blé à un de ses fermiers.

— Oui, cousine, ce seront les enfants de ses arrière-
petits-enfants, qui auront à partager ses biens.

— Beau, *venez-y voir*, répondit-elle. Laissât-il un
million, qu'est-ce que ce sera, s'il faut le distribuer à
cent héritiers ! Tandis qu'aujourd'hui, son fils, le juge,
aurait au moins le plaisir de jouir d'un bel héritage
et mon mari, qui aurait le quart du tiers, pourrait en
faire quelque chose.

— Ses héritiers auront des noix quand ils n'auront plus de dents, dit le fils du maître de poste, qui venait d'acheter de l'avoine, et qui s'approcha de la boutique.

— C'est vrai, répondit Mme Boirouge-Chandier, fils aîné; il se porte comme un charme. Voyez, il fait son marché lui-même, il va sans bâton, il a l'œil clair comme celui des basilics dont Chantier vend de l'huile.

— Le bonhomme, voisine, trouve avec raison que c'est malsain de mourir.

— Que fait-il de ses écus ? Pourquoi n'en donne-t-il pas à ceux de ses héritiers qui en ont besoin ? dit le jeune soldat.

— Cousin, dit la femme de l'apothicaire, ce qu'il ferait pour l'un, il devrait le faire pour l'autre; et alors il aurait trop à faire.

— Tenez, cousine, dit en souriant le fils du maître de poste, le bonhomme a près de lui une pie qui s'entend à becqueter le grain.

Et il salua la femme de l'apothicaire et le jeune soldat, après avoir montré du doigt une jeune fille qui, sans doute, venait quérir le père Boirouge, car elle le cherchait au milieu de la foule, le trouva, lui parla, et reprit de compagnie avec lui le chemin de sa maison. Mais le vieillard fut arrêté précisément à quelques pas de la boutique de l'apothicaire par un [de] ses vignerons.

— Croyez-vous, cousine, ce que l'on dit de cette jeunesse ? demanda Soldet en montrant Ursule Mirouët.

— Elle pourrait bien écorner la succession; en tout cas, elle aurait gagné son argent car le bonhomme n'est pas un Adonis.

Ce méchant propos aurait certes blessé l'âme d'un de ces jeunes gens que les romanciers ne mettent pas en scène sans leur donner une provision de beaux sentiments; mais il fit sourire Augustin Soldet, car il pensa qu'Ursule Mirouët serait alors un bon parti.

— Adieu, cousine, dit-il.

Il vint pour saluer la jeune fille; mais en ce moment

même le bonhomme Boirouge avait fini ses recommandations à son vigneron et prenait la Grande-Rue pour descendre chez lui, car la Grande-Rue de Sancerre est une rue en pente qui mène au point le plus élevé de la ville, à une espèce de mail, situé à la Porte-César que domine cette fameuse tour aperçue par les voyageurs à six lieues à la ronde, la seule qui reste des sept tours du château de Sancerre, dont les débris appartiennent à M. Roy.

Soldet regarda la jupe plissée que portait Ursule, et se plut à deviner la rotondité des formes qu'elle cachait, leur fermeté virginale, en pensant que la femme et la dot étaient deux bonnes affaires qui ne lui échapperaient point. En effet, en passant devant la fenêtre de la salle où se tenait Ursule, il n'avait jamais manqué de s'arrêter et de faire avec elle un petit bout de conversation, en la nommant sa cousine.

II

URSULE MIROUET

Jamais nom ne peignit mieux la personne à laquelle il appartenait : Ursule Mirouët ne réveille-t-il pas dans l'esprit une...

NOTES

NOTES

NOTES

1. Mlle Sophie de Surville était la fille de Mme Laure de Surville, sœur de Balzac. Dans l'édition Souverain, il y a le titre : *Dédicace*.

2. VAR. Les mots « telle qu'elle est » ne sont pas dans l'édition Souverain.

3. En 1842. Cette dédicace est signée « Honoré » et datée du 9 août 1841.

4. RUBAN DE QUEUE : « Ruban qui s'enroule autour de la queue pour la former. Fig. et familièrement : ruban de queue, longue route qui se déroule à perte de vue pour le voyageur » (LITTRÉ, au mot QUEUE.).

5. VAR. : « ... pureté vive à l'horizon... »

6. VAR. : « ...pour s'ennuyer devant... ».

7. Paul Potter (1625-1654), célèbre peintre hollandais qui peignit surtout des animaux et des paysages. Artiste de talent précoce, il commença de produire vers sa quinzième année et, bien qu'il mourût avant la trentaine, il a laissé une œuvre considérable. Il avait commencé par faire de la gravure et, plus tard, quand il avait peint dans la journée, il lui arrivait de travailler la nuit à graver des eaux-fortes. Il y a de lui, au Louvre, deux toiles auxquelles on dirait que Balzac a pensé : *la Prairie* et *Deux chevaux attachés à la porte d'une chaumière*.

8. Meindert Hobbema (1638-1709), l'un des plus illustres paysagistes hollandais. Il a surtout peint des villages, des ruines, des forêts; il peignait le feuillage des arbres avec une netteté et une dégradation de tons admirables; les figures qu'il mettait dans ses paysages étaient en général exécutées par d'autres peintres : Van Loo, Van de Velde, etc.

9. François-Joseph Gall, né le 9 mars 1758, à Tiefenbrunn, près de Pfurzheim, dans le grand-duché de Bade, mort le 22 août 1828 à Montrouge. Il devint médecin et étudia spécialement l'anatomie et la physiologie du cerveau, considéré comme siège et révélateur des facultés intellectuelles et morales. Il établit ainsi une théorie des localisations cérébrales. Il fit à Vienne un cours qui attira de nombreux auditeurs, mais qui fut l'objet de vives hostilités et qui finit par être interdit. Venu à Paris en 1807, il y fit un cours

aussi, auquel s'intéressèrent les savants français, mais dont les journaux se divertirent. Or, ses ouvrages parurent, montrant sur quelle quantité d'observations Gall avait édifié son système. Ces ouvrages traitent du système nerveux et, en particulier, du cerveau.

10. Sterne, au chapitre XIX de son *Tristam Shandy*, écrit que certains noms sont révélateurs du caractère, de la moralité, de la position sociale des personnages. Balzac pensait de même. Dans son *Echantillon de causerie française*, il dit, à propos d'un certain Rusca, de qui on avait raconté une histoire : « Un jour, j'aurai la suite de Rusca. Ce nom me fait pressentir un drame; car je partage, quant aux noms, la superstition de Mme Gautier Shandy. Je n'aimerais pas une demoiselle qui s'appellerait Pétronille ou Sacountala, fût-elle jolie. » (*Œuv. compl.*, XX, 328; Calmann-Lévy, 1926, in-8°.) Voir l'étude de Spoelberch de Lovenjoul : *A propos de la recherche et de la physionomie des noms dans « la Comédie humaine »*, dans son ouvrage : *Un roman d'amour* (Calmann Lévy, 1899, in-16).

11. Poindent, du verbe *poindre*; mais ce verbe au présent de l'indicatif se conjugue ainsi : nous poignons, vous poignez, ils poignent.

12. Parmi ces entreprises de transport, diligences et messageries, l'une des plus importantes était celle que l'on appelait familièrement : la Caillard, mais dont la dénomination était : *Messageries générales de France* et qui était administrée par Laffite, Caillard et Cie, dont les bureaux étaient rue Saint-Honoré, 130, rue de Grenelle et rue d'Orléans-Saint-Honoré. L'entreprise qu'on appelait *La Comtesse* parce qu'elle était administrée par Armand Lecomte et Cie, porte en réalité le nom plus explicite et plus pompeux de *Service général des messageries du Commerce ;* ses bureaux étaient 23, rue du Bouloi. L'entreprise Lecomte avait adressé à ses actionnaires un prospectus fort engageant qui contenait notamment les deux assurances suivantes, l'une qui correspond aux propos que rapporte Balzac et qui est : « La Société s'interdit de faire, avec les établissements rivaux, aucun pacte qui ait pour but d'anéantir la concurrence; » l'autre, qui était peut-être téméraire : « voiture, quelle qu'en soit la forme, à l'abri des accidents qui excitent tant de craintes... » Cité par H. Clouzot et R.-H. Valensi, *le Paris de la Comédie humaine* (pp. 170-171, Le Goupy, 1926, in-8°).

13. VAR. A la suite de cette phrase : « Il est dans le coupé. »

14. L'excellent abbé Chaperon ne paraît que dans le roman d'*Ursule Mirouët*.

15. Ce mot est avec cette orthographe dans toutes les éditions Littré, au sujet de la locution *sens dessus dessous*, selon l'ortho-

graphe, aujourd'hui unanimement adoptée, dit notamment : « La locution est simple et correcte : c'est *ce dessus dessous* : ce qui est dessus mis dessous. Au xxe siècle, on a dit : *c'en dessus dessous* : ce qui est en dessus mis en dessous. Enfin au xvie siècle, l'intelligence de la locution se perdant, on ne sait plus l'écrire ; la prononciation se conserve par la tradition et reste la même, mais l'orthographe se corrompt. La vraie locution est donc... : *c'en dessus dessous*, ce qui a exactement le même son que *sens dessus dessous*. » Littré estime vicieuse l'orthographe *c'en dessus dessous*, à laquelle Balzac, par la suppression de l'apostrophe a donné une forme plus vicieuse encore.

16. Ce n'est pas au xive siècle, mais seulement au commencement du xve en 1404, que Nemours fut érigé en duché, par Charles VI, en faveur du roi de Navarre, Charles III, dit le Noble, qui était comte d'Evreux, de Champagne et de Brie et qui céda à la couronne de France ces trois comtés contre le duché de Nemours et une pension de douze mille livres. Le duché de Nemours passa ensuite à plusieurs familles. En 1528, François Ier le conféra à son oncle maternel Philippe de Savoie dont les descendants furent ducs de Nemours jusqu'en 1659, date où cette descendance s'éteignit. Il n'est donc, en aucune façon, question des Guise en cette affaire.

17. Cet illustre auteur est Bonald qui, dans ses *Recherches philosophiques sur les premiers objets des connaissances morales* traitant, au chapitre II, *de l'Origine du langage*, émet « cette proposition sérieusement méditée : *que l'homme pense sa parole avant de parler sa pensée* ». (*Œuv. compl.*, édition Migne, chez Garnier frères, III, 64); et qui dans l'introduction à *la Démonstration philosophique des principes primitifs de la Société* exprime de nouveau « la nécessité de penser sa parole avant de parler sa pensée. » (I, 19.)

18. Goupil ne paraît que dans ce roman.

19. VAR. : « ...car ses jouissances devaient être chèrement payées. »

20. VAR. : « ...la connaissance... »

21. VAR. : « ...le greffe, l'étude... »

22. SINELLE ou CINELLE, ou encore, et plutôt CENELLE : baie rouge de l'aubépine et du houx.

23. La lampe Carcel est un progrès sur la lampe Argant. Dans la lampe Argant le réservoir d'huile était placé au-dessus du bec et descendait jusqu'à la mèche, par deux tubes cylindriques, mais, par sa disposition, ce réservoir d'huile avait l'inconvénient de produire de l'ombre. Il eût fallu que le réservoir fût placé au-dessous de la flamme. C'est ce perfectionnement que Carcel réalisa en plaçant l'huile dans le pied de la lampe et en instituant une petite

pompe dont le mouvement faisait monter autour de la mèche une quantité suffisante de liquide.

24. Var. : « ... respire et vous... »

25. Bongrand et son fils, de qui il sera question aussi dans *Ursule Mirouët*, ne paraissent que dans ce roman.

26. Var. : « ... répondit Massin le greffier... »

27. Le marquis du Rouvre avait été chambellan de Napoléon Ier. Il avait épousé une demoiselle de Ronquerolles et il avait eu pour maîtresse Sophie Grignault, dite Florine qui fut fille galante et actrice et qui finit par devenir Mme Raoul Nathan. (Voir *Un début dans la vie ; la Fausse maîtresse.*) C'est après cette liaison que le marquis du Rouvre s'était retiré à Nemours. (Cf. *Répertoire*, pp. 449-450.)

28. Il y a un inventaire de cette sorte pour faire connaître la parenté entre eux des divers parents de *Pierrette*. (Cf. *Pierrette* à la suite du *Curé de Tours*, édition Garnier frères, pp. 111 sq.)

29. Les Portenduère, ce sont le comte Luc-Savinien Portenduère et la comtesse, née de Kergarouët (qui ne paraissent que dans le roman d'*Ursule Mirouët*) et leur fils, le vicomte Savinien de Portenduère qui, après avoir aimé sans succès Mlle Émilie de Fontaine, mena à Paris une vie de plaisir et d'emprunts. Voir *le Bal de Sceaux* et *Splendeurs et misères des Courtisanes.* (Cf. *Répertoire*, pp. 416-417.)

30. Les d'Aiglemont, ce sont le marquis et la marquise Victor d'Aiglemont. Le marquis Victor d'Aiglemont paraît dans plusieurs romans. La marquise d'Aiglemont ne paraît que dans *la Femme de trente ans.* Ce roman est sa douloureuse histoire ; le second chapitre la montre retirée pour un temps, après un drame d'amour, au château de Saint-Lange.

31. Les personnages de ces diverses familles mis en scène dans *Ursule Mirouët* ne paraissent que dans ce roman de *la Comédie humaine,* excepté le notaire Massin-Dionis que l'on appelait, d'ailleurs, simplement, M. Dionis.

32. Le père Anselme de Sainte-Marie, de son véritable nom Pierre de Guibourg (1625-1694), religieux de l'ordre des Carmes déchaussés. Il s'adonna à des travaux de généalogie. Il est l'auteur d'une *Histoire généalogique et chronologique de la maison de France et des officiers de la Couronne.* (Paris, 1674; 2 vol. in-4°.)

33. Cf. *Génèse*, chap. xx, dont le dernier verset dit au sujet des descendants de Sem, de Cham et de Japhet : « Ce sont là les familles des enfants de Noë, selon les diverses nations qui en sont sorties et c'est de ces familles que se sont formés les peuples de la terre après le déluge... (*La Sainte Bible,* traduite par Lemaistre

de Sacy, édition revue et corrigée par l'abbé Jacquet, pp. 9-10 (Garnier frères, s. d., in-16).

34. Pierre-Samuel Dupont, de Nemours (1638-1709), économiste; il fut le disciple et, au contrôle général des finances, le collaborateur de Turgot. Après la disgrâce de Turgot, Dupont de Nemours se livra à l'étude des procédés agricoles et industriels. Il voyagea beaucoup à l'étranger et fit un long séjour aux États-Unis. Il a laissé de nombreux ouvrages d'économie politique, une *Philosophie de l'univers*, qui fut jugée hasardeuse et qui fut raillée; il a écrit même des vers [traduction en vers de plusieurs chants du *Roland furieux*] (Paris, 1812, in-8°).

35. André Morellet (1721-1819), tout abbé qu'il fût, était l'ami de Voltaire et il collabora à l'*Encyclopédie*. Il étudia l'économie politique, le droit public, la philosophie et il a, sur ces matières, écrit de nombreux ouvrages. Il a aussi traduit des romans, et notamment des romans d'Anne Radcliffe. Mais c'était pour gagner sa vie quand, pendant la Révolution, ayant perdu le bénéfice dont il était titulaire, il se trouva sans ressources. La Révolution passée, Morellet revint à l'économie politique et il professa cette science aux écoles centrales.

36. Théophile de Bordeu (1722-1776) était d'une famille de médecins et son père le destinait résolument à la médecine. Théophile de Bordeu, heureusement, avait la vocation. Il fut médecin avec ardeur, et même avec passion. Il avança précocement ses études. Il passa à Montpellier sa première thèse de doctorat à vingt ans et la seconde à vingt-deux. Il était béarnais. Il étudia les eaux minérales de son pays et écrivit, en latin, une dissertation sur l'*Usage des eaux thermales des Pyrénées dans les maladies chroniques*.

Mais, ambitieux de gloire, il alla à Paris où l'on pouvait seulement l'obtenir. Son titre de docteur de Montpellier ne lui donnant pas le droit d'exercer à Paris il passa de nouveaux examens de doctorat et fit de nouvelles thèses; devenu une seconde fois docteur il fut nommé médecin à l'hôpital de la Charité. Il avait déjà publié des *Recherches sur les glandes*; il publia des *Recherches sur le pouls*, qui firent beaucoup de bruit. Bordeu eut alors à subir la persécution et les odieuses calomnies de confrères jaloux. Un moment il fut rayé de la liste des médecins de la Faculté mais il y fut réinscrit par un arrêt du Parlement de Paris. La persécution excita l'ardeur de Bordeu qui fit paraître de nouveaux ouvrages dont il faut mentionner surtout : *Recherches sur l'histoire de la médecine ; Recherches sur le tissu muqueux ou cellulaire* et *Recherches sur les maladies chroniques*.

37. Le fameux baume Lelièvre, plus connu sous le nom d'élixir de longue vie, et ce nom même est une attestation de la vogue qu'il eut, est une préparation composée de divers éléments dont le plus abondant, et de beaucoup, est l'aloès et dont on usait comme

stomachique, comme vermifuge et comme purgatif. La formule de cette préparation est dans le codex mais on la trouve aussi dans le grand Larousse.

38. Il y eut deux Rouelle : Guillaume-François (1703-1770) et son frère Hilaire-Marin (1718-1779). Ils furent tous les deux chimistes, le cadet ayant été l'élève et le collaborateur le plus actif de son aîné. Ils furent l'un et l'autre, professeurs de chimie au Jardin du Roi; ils écrivirent l'un et l'autre de nombreux mémoires sur des sujets divers. Hilaire-Marin publia, en 1774, un *Tableau de l'analyse chimique* qui est un résumé de ses leçons au Jardin des Plantes; Guillaume-François avait entrepris de rédiger un *Cours complet de chimie* que, pour des raisons de santé, il dut abandonner.

39. Valentin Mirouët n'est nommé que dans ce roman.

40. Cette dissertation a été éditée : *Discours couronné par la Société royale des arts et manufactures de Metz, sur les questions suivantes proposées pour sujet du prix de l'année* 1784 : 1° *Quelle est l'origine de l'opinion qui étend sur tous les individus d'une même famille...* [la suite comme dans le texte de Balzac], par M. de Robespierre. (Amsterdam; Paris, J.-J. Mérigot jeune, 1785; in-8°; 6 pages.)

41. VAR. : « ... du docteur pouvait... »

42. VAR. : « ... à qui la rencontre la plus bizarre fit... »

43. VAR. : « ... qu'elle ne promettait qu'un paysage... »

44. VAR. : « ... Nemours en y venant de... » (1842 et 1843.)

45. Jean-Louis Geoffroy (1742-1814), critique littéraire et dramatique. Il succéda à Fréron dans la rédaction de l'*Année littéraire*. Après la Révolution il tint le feuilleton dramatique dans le *Journal des Débats*. On a publié, après sa mort, un choix de ses articles sous le titre de *Cours de Littérature dramatique* (Paris, Pierre Blanchard, 1825, 6 vol. in-8°). C'est la deuxième, et d'ailleurs, dernière édition. On y trouve, au tome III, quelques-uns des articles sur *Voltaire*. En réalité il a polémiqué contre Voltaire tout au long de sa carrière de critique. Un rédacteur du *Journal de Paris* a eu la patience de compter les articles de Geoffroy où il est, plus ou moins brièvement, plus ou moins longuement, fait mention de Voltaire. Il en avait dénombré, à la date du 26 juillet 1813 : 7.237; Geoffroy en eut certainement l'occasion, avant sa mort, survenue le 28 février 1814, de le nommer dans d'autres articles encore. (Cf. la thèse de doctorat de M. Charles-Marie des Granges : *Geoffroy et la Critique dramatique sous le Consulat et l'Empire* [1800-1814]; Hachette et Cⁱᵉ, 1897; in-8°.)

46. Elie Fréron (1719-1776), critique littéraire, fondateur et rédacteur de l'*Année littéraire*. Il fut l'objet de nombreuses et parfois cruelles épigrammes de Voltaire qu'il y avait critiqué.

47. Var. : « ... quatre croisées... » (1842 et 1843.)

48. Var. : « ... de la louer... » (*Ibid.*)

49. Jean-Dominique baron Larrey (1766-1842), chirurgien militaire; il eut une belle et active carrière; il devint chirurgien en chef de la Grande Armée. Il exerça ses fonctions avec une habileté et un dévouement unanimement célébrés, créant des ambulances, organisant des hôpitaux modèles, poussant lui-même les blessés; il fut publiquement loué par Napoléon qui l'appelait le plus honnête homme de son siècle. Louis XVIII, qui l'estima grandement aussi, lui donna le titre de chirurgien en chef de la garde royale.

50. Voir la note 182.

51. Peut-être à Nemours prononçait-on et écrivait-on *tintoin* mais le mot *tintouin*, dans son orthographe véritable, est de partout.

52. Jean-Esther van Gobseck est l'un des avares de *la Comédie humaine*. Il avait commencé par être mousse. Ce n'était pas une carrière lucrative. Il parcourut le monde, il fit bien des métiers et les commerces les plus divers. Il devint enfin usurier. Il acquit ainsi une grande fortune et se montra d'une grande avarice. Il mourut à Paris où il vivait pauvrement. Il paraît dans *Gobseck, César Birotteau, le Père Goriot, les Employés, les Comédiens sans le savoir.* (Cf. *Répertoire,* p. 212.)

53. Var. : « ... alors racheter les... » (1842 et 1843.)

54. « *In manus tuas, domine, commendo spiritum meum.* Seigneur, je remets mon âme entre vos mains. » (*La Sainte-Bible,* édit. Garnier frères, II, 56.)

55. Le capitaine de Jordy ne paraît que dans *Ursule Mirouët.*

56. Le fameux Derville était avoué à Paris, rue Vivienne. Les fonds nécessaires à l'achat de son étude lui avaient été fournis par l'usurier Gobseck. Derville fut l'avoué de Mme de Nuringen, du colonel Chabert, du comte de Serizy, du duc de Chaulieu, du duc de Grandlieu. Il paraît dans *Un début dans la vie, Gobseck, le Colonel Chabert, Splendeurs et Misères des courtisanes.* (Cf., *Répertoire,* p. 133.)

57. Antoinette Patris, dite la Bougival, ne paraît que dans *Ursule Mirouët.*

58. « Il ne se mêlait de rien »; c'est que le montant de son impôt foncier ne lui permettait d'être ni candidat ni électeur. La loi électorale du 29 juin 1820, dite du double vote, stipulait que les électeurs au collège d'arrondissement devaient payer au moins trois cents francs d'impôts, et les candidats au moins mille francs.

59. Jean Meslier naquit à Mazerny (Marne) en 1677 et mourut en 1733 à Étrépigny, dont il était le curé, dans le même département. Il avait vécu paisiblement et obscurément; ce n'est qu'après

sa mort que son nom fit du bruit et devint célèbre. On avait trouvé dans ses papiers un écrit : le *Testament de Jean Meslier*, où il déclarait que, depuis longtemps il ne croyait plus à la religion qu'il avait continué d'enseigner et où il prêchait l'incroyance. En 1762, Voltaire publia un *Extrait des sentiments de Jean Meslier*. (Cf. *Œuv. compl.* de Voltaire, édition Garnier frères, in-8°, XXIV, pp. 293 et suiv.) En 1792 parut un ouvrage du baron d'Holbach, attribué par lui à Jean Meslier : *Le bon sens du curé Meslier puisé dans la nature ou Idées naturelles opposées aux idées surnaturelles*, par feu Jean Meslier; in-8°. Cet ouvrage a été réédité un certain nombre de fois au xix° siècle, en 1830, 1834, 1865, 1870, etc. C'est ce *Bon sens du curé Meslier* qu'avait proposé au docteur Minoret le commis-voyageur.

60. Maximilien-Sébastien Foy (1775-1825). Après une active et brillante carrière militaire sous Napoléon, il fit, sous la Restauration une active et brillante carrière parlementaire. Envoyé à la Chambre des Députés, il s'y révéla un grand orateur et y fut un ardent et incessant défenseur des idées libérales. Il mourut en 1825 « dévoré, dit-on, par la tribune ». La France adopta ses enfants; une souscription ouverte en leur faveur produisit plus d'un million. L'année qui suivit celle de sa mort furent édités les *Discours du Général Foy*, précédés d'une *Notice biographique par M. N.-P.-F. Tissot*, d'un *Éloge par Etienne* et d'un *Essai sur l'éloquence politique en France par M. Jay*. (Paris, P.-A. Moutardier, 1826, 2 vol., in-8°.)

61. Var. : « ... pour Minoret et Crémière... »

62. Cabirolle, et son fils, dont il sera parlé aussi, ne paraissent que dans *Ursule Mirouët*.

63. Mme Lebrun, née Élisabeth-Louise Vigée (1755-1842) et, connue, dans l'histoire de l'art, sous le nom de Mme Vigée-Lebrun. Son père était peintre. Elle était encore enfant quand il mourut. Elle eut pour maîtres Greuze et Joseph Vernet. M. Lebrun qu'elle épousa, était un amateur de peinture et un marchand de tableaux. Mme Vigée-Lebrun a peint quelques tableaux d'histoire, mais elle fit surtout des portraits; ceux, notamment, de Marie-Antoinette, de Catherine II, d'autres souveraines encore et de bien des princesses; les portraits de Poniatowsky, roi de Pologne, et ceux d'autres grands seigneurs; elle fit celui de son maître Joseph Vernet, celui de Mme de Staël en Corinne.

64. Var. : « ... d'Esther... » Esther Gobseck certainement, la fille de l'usurier. Voir sur Gobseck la note 52 et sur Esther la note 224. A la réplique suivante, il y a de même, Esther au lieu de Florine. Florine, on l'a rappelé déjà dans la note 27, était le nom de théâtre et de galanterie de la belle Sophie Grignault qui eut bien des amants et quelques riches entreteneurs. Elle finit par épouser l'écrivain et auteur dramatique Raoul Nathan. Elle eut,

rue Pigalle, un hôtel luxueux où fréquente une brillante et assez mêlée société balzacienne. On retrouve Florine dans *la Muse du département*, *Illusions perdues*, *Splendeur et Misères des courtisanes*, *Eugénie Grandet*, *la Rabouilleuse*, *la Fausse maîtresse*, *Un prince de la Bohême*, *Une fille d'Eve*, *les Comédiens sans le savoir*. (Cf. *Répertoire* pp. 380-381.)

65. VAR. : « ... du fameux Nucingen. »

Le baron Frédéric de Nucingen, l'un des deux gendres du père Goriot et le beau-père de Rastignac, était banquier. Il fit des opérations financières qui furent ruineuses pour divers personnages de *la Comédie humaine*. Il eut des maîtresses et il fut au nombre des amants de Florine. Il paraît dans un certain nombre de romans : *la Maison Nucingen ; le Père Goriot ; Pierrette ; César Birotteau ; Illusions perdues ; Splendeurs et Misères des courtisanes ; Autre étude de femmes ; les Secrets de la princesse de Cadignan ; Un homme d'affaires ; la Cousine Bette ; la Muse du département ; les Comédiens sans le savoir*. (Cf. *Répertoire*, pp. 386-387.)

— Raoul Nathan était le fils d'un brocanteur juif. Poète, auteur dramatique, romancier, journaliste, il fut un écrivain fécond et très répandu. Il était de toutes les compagnies où l'on faisait la fête. Il eut des succès féminins et faillit y compter la comtesse Félix de Vandenesse, qui s'était éprise de lui. Mais elle ne succomba pas, ayant été renseignée à temps sur la moralité de Nathan. Il eut, en Florine, une épouse tardive mais digne de lui. Il paraît dans *Illusions perdues, Splendeurs et Misères des courtisanes ; Une fille d'Eve ; Mémoires de deux jeunes mariées ; l'Envers de l'Histoire contemporaine ; la Muse du département ; Un Prince de la Bohême ; Un homme d'affaires, les Comédiens sans le savoir ; la Cousine Bette*. (Cf. *Répertoire*, pp. 378-380.)

66. *Le Château de Kenilworth*, roman de Water Scott. De l'épisode que Goupil rappelle ici, Victor Hugo a tiré son drame d'*Amy Robsart*.

67. Sébastien Erard (1752-1831), ingénieur-mécanicien, qui fut un remarquable facteur d'instruments de musique. Il était Strasbourgeois. Il s'établit à Paris dès l'âge de dix-huit ans. Ses travaux, auxquels était associé son frère Jean-Baptiste, un peu plus âgé que lui, portèrent principalement sur la harpe, sur l'orgue, qu'il perfectionna, et sur le piano qu'il inventa et qui, comme instrument de musique de chambre, remplaça peu à peu le clavecin.

68. Frédéric Melchior, baron de Grimm (1723-1807). Il était Bavarois, né à Ratisbonne. Après de solides études il vint en France où il connut Jean-Jacques Rousseau et, par lui, le monde philosophique d'alors. Rousseau le présenta à Diderot, à d'Alembert, au baron d'Holbach. Par Rousseau aussi, Grimm connut Mme d'Épinay. Sous d'autres auspices, il se fit d'autres relations. Il fut un

homme du monde très répandu. Il suivit, jour par jour, le mouvement littéraire et philosophique en France et il en a tracé un tableau animé dans la *Correspondance littéraire* qu'avait tenue Raynal et qu'il continua. Il raconte les événements, il mentionne les œuvres, et il le fait avec un excellent esprit critique. S'il eut beaucoup d'amis il ne garda pas l'amitié de Rousseau, le premier d'entre eux, à qui il aurait dû, par reconnaissance au moins, conserver quelque bienveillance. La *Correspondance littéraire*, où revit tout le mouvement intellectuel de la deuxième moitié du XIXe siècle a été rééditée par M. Maurice Tourneux. En voici le titre tout au long : *Correspondance littéraire, philosophique et critique, par Grimm, Diderot, Raynal, Meister, etc., revue sur les textes originaux, comprenant, outre ce qui a été publié à diverses époques, les fragments supprimés en 1813 par la censure, les parties inédites, conservées à la bibliothèque ducale de Gotha et à l'Arsenal de Paris ; notices, notes, tables générales, par Maurice Tourneux.* (Garnier frères, 1877-1882, 16 vol., in-8°.)

69. Ernest-Théodore Hoffmann (1776-1822), bien que Balzac le dise Berlinois, naquit à Kœnisberg. Il fut magistrat. Ses fonctions devaient lui laisser d'assez grands loisirs car il fut aussi dessinateur caricaturiste, musicographe, musicien et surtout conteur. Ce sont ses *Contes fantastiques* qui ont fait sa renommée. Balzac ne semble pas avoir goûté beaucoup Hoffmann à la première lecture qu'il en fit. Le 2 novembre 1833 il écrivait à Mme Hanska : « J'ai lu Hoffmann; il est au-dessous de sa réputation; il y a quelque chose, mais pas grand'chose : il parle bien musique; il n'entend rien à l'amour ni à la femme; il ne cause point de peur, il est impossible d'en causer avec les choses physiques. » (*Lettres à l'Etrangère*, I, 72.) Il dut le relire et le mieux apprécier, car on trouve l'influence d'Hoffmann dans plusieurs de ses romans, notamment dans *Melmoth réconcilié*, dans *la Recherche de l'absolu*. Il a d'ailleurs, dans son conte *l'Elexir de longue vie*, délibérément imité *l'Elixir du diable* d'Hoffmann. La première traduction collective des œuvres d'Hoffmann fut faite par Loëve-Weimar et parut chez Eugène Renduel en 1830; elle formait douze volumes in-16.

70. VAR. : « ... blonde Allemande... » Et cette forme semble préférable.

71. VAR. : « ... les doigts ressemblent à des boutons de rose, couverts d'une pellicule sous laquelle le sang se voit. »

72. VAR. : « ... phrénologue... ». Synonyme, d'ailleurs, de phrénologiste.

73. William Schmucke fut maître de chapelle du margrave d'Anspach, puis professeur de musique à Paris. Il eut, parmi les personnages de *la Comédie humaine*, outre Ursule Mirouët, d'autres élèves : Mlles de Grandville (Marie-Angélique qui devint la comtesse Félix de Vandenesse, et Marie-Eugénie qui devint

Mme Fernand du Tillet); Lydie Peyrade qui, par son mariage avec un cousin germain, devint Mme Théodose de La Peyrade (*Splendeurs et Misères des courtisanes* et surtout *Une fille d'Eve*). Schmucke devint plus tard l'ami infiniment dévoué du musicien collectionneur Sylvain Pons. (*Le Cousin Pons.*) [Cf. *Répertoire*, p. 466.]

74. Les notes de la gamme furent d'abord désignées par des lettres de l'alphabet : C, D, E, F, G, A, P. Au XIIe siècle, un moine bénédictin, Gui d'Arezzo, leur substitua la première syllabe des sept premiers hémistiches de l'hymne de saint Jean-Baptiste.

> *Ut queant laxis Resonare fibris*
> *Mira gestorum, Famuli tuorum*
> *Solve polluti Labii reatum*
> *Sancte Johannes.*

Mais il n'y a là que six notes. La septième, le *si*, fut ajoutée par un prêtre français, Nivart.

75. VAR. : « ... de la religion... » (1842 et 1843.) Et ce terme convient évidemment mieux.

76. Frédéric-Antoine Mesmer, né à Itsmang (Souabe) en 1733, mort à Mersbourg en 1815, est l'auteur de la doctrine du magnétisme animal. Il prétendit avoir trouvé le secret de guérir toutes les maladies par le secours des propriétés de l'aimant, puis par la seule puissance magnétique dont sont doués les êtres animés. Il voyagea longtemps en Europe, appliquant sa méthode et acquérant une grande réputation. Il vint à Paris en février 1778. Il se présenta comme un thérapeute mais aussi comme un philanthrope. L'affluence des malades le détermina à concevoir son fameux baquet magnétique qui lui permettait de traiter plusieurs malades à la fois. Ce baquet, fort large et assez plat, contenait une couche faite d'une substance composée de limaille de fer et de verre pilé, et sur laquelle reposaient des bouteilles remplies d'eau dont les unes avaient leur goulot tourné vers le centre et les autres vers la périphérie. De cette cuve, elle-même remplie d'eau, s'élevaient, à travers le couvercle, des tiges de métal, les patients étaient assis autour du baquet et chacun d'eux tenait une des tiges dont il appuyait la pointe sur sa partie malade. Il recevait, par cet intermédiaire, le fluide magnétique animal qui, selon Mesmer, venait s'accumuler dans la cuve, sans qu'il expliquât comment ce phénomène pouvait se produire. Il y avait, en outre, une mise en scène faite pour impressionner : le lieu de l'expérience n'était éclairé que par un demi-jour; les malades participant à une expérience commune étaient reliés les uns aux autres par une corde qui les ceinturaient tous et même, parfois, se tenaient mutuellement le pouce, formant ainsi une et même deux chaînes conductrices; enfin, on y faisait de la musique, tandis que Mesmer se livrait à des passes curatives.

Le mesmérisme ne fut pas sans effet sur des organismes nerveux. Son succès suscita de nouveaux opérateurs. Mesmer eut des concurrents. Mais le succès du mesmérisme finit par décroître. Le mesmérisme avait été une mode. Il passa comme une mode. La foi se dissipa et même il se fit contre Mesmer une réaction telle qu'il dut quitter la France; mais il avait fait fortune. Il a laissé un certain nombre d'ouvrages, parmi lesquels un *Mémoire sur la découverte du magnétisme animal* (Paris, 1779, in-12), où, en vingt-sept leçons, il résume son système, et l'*Histoire abrégée du magnétisme animal*. (Paris, 1783; in-8°.)

77. Samuel Hahnemann (1755-1843) est l'inventeur de l'homéopathie, qui consiste, au lieu de combattre les contraires par les contraires, comme le faisait la médecine traditionnelle, de combattre le semblable par le semblable. La devise de Hahnemann était d'ailleurs *Similia similibus curantur*. On a donné, de la loi de sa thérapeutique cette formule : « Tout vrai remède doit susciter dans un homme jouissant de sa santé une maladie analogue à celle que le remède doit guérir. » Ces remèdes nouveaux étaient appliqués à doses dites infinitésimales sous la forme de préparations liquides à prendre par gouttes, de pilules ou de poudres à délayer. Cette méthode fut raillée. Hahnemann forma des élèves. Lui-même et ses élèves opérèrent des guérisons. L'homéopathie fut pratiquée dans plusieurs pays d'Europe et même d'Amérique. L'homéopathie arriva en France aussi, comme, au dire de Balzac, Hahnemann le souhaitait. Elle y eut du succès. Elle ne détrôna pas la médecine traditionnelle et on ne saurait prévoir qu'elle la détrône jamais mais elle eut, et elle a encore, des adeptes assez nombreux.

78. François-Joseph Gall, né le 9 mars 1758, à Tiefenbrum, près de Pforzheim, dans le Grand-Duché de Bade, mort le 27 août 1828 à Montrouge, près de Paris. Il devint médecin; puis il étudia particulièrement l'anatomie et la physiologie du cerveau, considéré comme le siège et le révélateur des facultés intellectuelles et morales. Il en déduisit une théorie des localisations cérébrales. Il fit à Vienne, sur cette matière, un cours qui attira de nombreux auditeurs, mais qui fut aussi l'objet de vives hostilités et qui finit par être interdit. Venu à Paris en 1807, — est-ce sur le conseil de Metternick comme Balzac le dit ? — il y fit un cours aussi, auquel les savants français s'intéressèrent mais dont les journaux se divertirent. Or, ses ouvrages parurent montrant sur quel grand nombre d'observations il avait édifié son système. Ces ouvrages traitent du système nerveux et, en particulier, du cerveau.

Voici les titres fort explicites des deux principaux : *Anatomie et physiologie du système nerveux en général, et du cerveau en particulier, avec des observations sur la possibilité de reconnaître plusieurs dispositions intellectuelles et morales de l'homme et des animaux, par la configuration de leurs têtes ; et Sur les fonctions du cerveau et sur celles de chacune de ses parties avec des observations sur la possibilité de reconnaître les instincts, les penchants, les talents et les dispositions morales et intellectuelles des hommes et des animaux par la configuration de leur cerveau et de leur tête.* Cf. sur Gall : *La Psycho-physiologie de Gall et ses idées directrices* par le Dʳ Charles Blondel (Félix Alcan, 1914; in-16).

79. Louis-Baptiste Carré de Montgeron (1686-1754), conseiller au Parlement de Paris, et qui, malgré la gravité de sa fonction, menait une existence assez libertine, assista le 7 septembre 1781 aux manifestations des convulsionnaires au cimetière Saint-Médard sur la tombe du diacre Paris. Il fut très frappé. Il se livra à une méditation qui ne dura pas moins de quatre heures : il en sortit converti et mena de ce jour une vie exemplaire. Il entreprit de démontrer dans un grand ouvrage l'authenticité des miracles accomplis par François de Paris; ce fut l'objet d'un ouvrage : *la Vérité des miracles opérés par l'intercession du diacre Paris,* publié en 1737. Il se rendit à Versailles dans l'intention d'en offrir le premier volume au roi, auprès de qui il eut par surprise la chance (si l'on peut dire) de parvenir. Il s'agenouilla et fit au roi un petit discours qu'il avait préparé. Le roi l'écouta d'un air gracieux, mais, à peine Carré de Montgeron s'était-il retiré, qu'il fut arrêté, conduit à la Bastille, puis transféré successivement à Villeneuve-lès-Avignon, à Viviers et enfin à Valence où il mourut. Louis XV n'ayant jamais, malgré des démarches du Parlement, consenti à faire grâce au conseiller coupable d'avoir contrevenu aux règlements sur la police de la librairie en publiant un ouvrage sans en avoir préalablement obtenu le privilège, et d'avoir manqué de respect au roi par la manière dont il avait réussi à pénétrer dans la chambre royale.

80. : « ... tout est inexplicable... »

81. Balzac ne dit pas, et je ne saurais le dire, dans quel ouvrage de Diderot il a trouvé ce texte. Il n'est pas invraisemblable qu'il n'ait voulu citer de mémoire un passage des *Pensées philosophiques* (la pensée *XXII*) qu'il n'a pas rapportée exactement et où il a mentionné l'*Iliade* au lieu de l'*Enéide*. Ce passage est : « J'ouvre les cahiers d'un professeur célèbre et je lis : « Athées, je vous accorde que le mouvement est essentiel à la matière; qu'en concluez-vous ?... que le monde résulte du jet fortuit des atomes ? J'aimerais autant que vous me disiez que l'*Iliade* d'Homère ou la *Henriade* de Voltaire est un résultat de jets fortuits de caractères. Je me garderai bien de faire ce raisonnement à un athée; cette comparaison lui donnerait beau jeu : Selon les lois de l'analyse des sorts, me dirait-il, je ne dois point être surpris qu'une chose arrive lorsqu'elle est possible, e que la difficulté de l'événement est compensée par la quantité des jets. Il y a tel nombre de coups dans lesquels je gagerais, avec

avantage, d'emmener cent mille six à la fois avec cent mille dés.
Quelle que fut la somme finie des caractères avec laquelle on me
proposerait d'engendrer fortuitement l'*Iliade*, il y a telle somme
finie de jets qui me rendrait la proposition avantageuse; mon avantage serait même infini si la quantité de jets accordée était infinie. »
(*Œuv. compl.* de Diderot, I, 135-136; Garnier frères, 1873, in-8°.)
Ce n'est pas, on le voit, Diderot qui disait cela, c'est, au contraire,
à lui que cela était dit.

82. VAR. : « ... pensée due au... »

83. Étienne Geoffroy Saint-Hilaire (1772-1844). Sa famille le
destinait à l'état ecclésiastique, mais les goûts de Geoffroy Saint-
Hilaire le portaient, non pas vers la théologie, mais vers les sciences
naturelles. Il n'avait que vingt et un ans quand Daubenton, de
qui il avait été l'élève, le fit nommer professeur de zoologie des
vertébrés au Muséum; plus tard, il eut la même chaire à la Faculté
des Sciences. Il fit ensuite au Jardin des Plantes un cours de zoologie philosophique et à la Sorbonne un cours sur la philosophie
anatomique. Ces cours furent la matière et déterminèrent le titre
de ses deux principaux ouvrages. Esprit éminemment synthétique,
Geoffroy Saint-Hilaire conduit ses études d'anatomie comparée à
l'énonciation du principe de l'unité originelle des espèces qu'il
formulait ainsi : « L'organisme des animaux est soumis à un plan
général, modifié dans quelques points seulement pour différencier
les espèces; » c'est ce qu'il appelle le « principe d'unité typéale ».
Cette théorie fut vivement et savamment discutée. Dans cette
discussion Geoffroy Saint-Hilaire eut pour principal contradicteur
Cuvier, qui était aussi un grand naturaliste et de qui il était l'ami.

84. Armand-Marie-Jacques du Chastelet, marquis de Puységur
(1751-1825). Il servit dans l'artillerie, devint maréchal de camp
et quitta l'armée en 1792. Sous le Consulat, il fut nommé maire de
Soissons, mais, dès 1806, il se démit de cette fonction et, dans sa
retraite, ne fut plus occupé que de recherches sur le magnétisme
animal et de la composition d'écrits sur ce sujet. Il en simplifia
les expériences en les bornant à l'action directe de l'imposition des
mains, sans les accessoires que, ainsi qu'on l'a vu dans la note 76,
il avait imaginé sur Mesmer.

85. Jean-Philippe-François Deleuze (1753-1835) fut intéressé
par les expériences de Mesmer, et plus encore peut-être par celles,
plus simplement réalisées, du marquis de Puységur. Il était d'un
naturel enthousiaste; il s'enthousiasma pour le magnétisme. Il
s'occupait d'abord de botanique; désormais l'étude du somnambulisme empiéta sur celle de la botanique, et de plus en plus. Deleuze
était Provençal et vivait en Provence. Il estima qu'il fallait à ses
nouvelles études et à l'exercice de son nouvel art un théâtre plus
retentissant. Il alla à Paris où, pourvu d'un emploi de bibliothé-

caire, il put, à ses heures de loisir, se livrer à ses expériences de magnétisme. Il prétendait en tirer des applications thérapeutiques. Il avait une grande conviction et une non moins grande candeur et, sans doute, fut-il l'innocente dupe de plus d'un imposteur. Il a écrit sur le magnétisme plusieurs ouvrages, notamment des *Instructions pratiques sur le magnétisme animal*, publiées en 1819, in-16; et une *Histoire critique du magnétisme*, publiée en 1813 et 1819, 2 vol.

86. Le docteur Bouvard paraît aussi dans la *Dernière incarnation de Vautrin*. On y voit qu'il servit de père au docteur Lebrun, alors médecin de la Conciergerie. (Cf. *Répertoire*, p. 59.)

87. Charles Deslon (?-1786), médecin français. Il fut premier médecin du comte d'Artois et régent de la Faculté des Lettres de Paris. Il était un disciple fervent de Mesmer. Il est l'auteur d'*Observations sur le magnétisme animal*. (Londres, 1784, in-12.)

88. On a vu, sur Gall, la note 78. — Jean-Gaspard Lavater, (1741-1801) fut philosophe et théologien, après s'être adonné, sans succès, à la poésie. L'étude des sciences occultes l'attira aussi; il avait un tel appétit du merveilleux qu'il accepta avec une crédulité sans contrepoids les doctrines des soi-disant prophètes de son temps; il crut en Mesmer et en Cagliostro. Il se livra aussi, avec persévérance, à l'analyse des traits du visage humain, y rechercha les indices révélateurs des traits divers du caractère. Ces études n'étaient pas nouvelles. Elles durent à Lavater une vogue particulière. Il publia un *Essai sur la Physiognomonie, destiné à faire connaître l'homme et à le faire aimer* (La Haye, 1783-1786; 3 vol. in-8°) et les *Règles physiognomoniques ou Observations sur quelques traits caractéristiques* (La Haye et Paris, an XI-1803; in 8°) qui sont le complément de l'ouvrage précédent. Le succès de Lavater fut très grand; l'engouement pour ses doctrines dura jusqu'à l'invention de la phrénologie par le docteur Gall.

Lavater publia bien d'autres ouvrages, car sa fécondité était grande, mais il y a, dans ces écrits, un mysticisme bizarre. Son excessive sensibilité s'était développée aux dépens de ses facultés mentales.

Pour l'influence que Lavater a pu avoir sur Balzac, voir dans les *Études d'histoire littéraire* de M. Fernand Baldensperger (2e série, Hachette, 1910, in-12), l'étude : *les Théories de Lavater dans la littérature française*, particulièrement les pages 70 à 84; on y lit que « Balzac est, de toute la génération de 1830, l'écrivain qui a coordonné le plus rigoureusement — en y ajoutant — les données lavatériennes » et que, « comme Lavater, Balzac attribue au nez une valeur révélatrice éminente. »

89. Thomas Martin, petit fermier de Gallardon, déclarait avoir eu, à partir de janvier 1816, la vision d'un homme qui le chargeait

avec insistance de transmettre à Louis XVIII certains conseils et
de lui faire de graves révélations. On s'occupa beaucoup de
Martin; le curé de sa paroisse, l'évêque de son diocèse inter-
vinrent; la police aussi, bien entendu. Après interrogatoires et
enquêtes, Martin fut enfermé à Charenton. Cependant, le roi,
frappé par ses déclarations, le manda, le reçut, et, entre autres
choses, s'entendit révéler que le dauphin, fils de Louis XVI, n'était
pas mort. Il en fut, paraît-il, très ému. Martin fut libéré. Il retourna
à Gallardon. Il mourut en 1834. Voir, sur ce personnage, l'ouvrage
de G. Lenôtre : *Martin le Visionnaire*. (Perrin et Cie, 1924, in-16.)

90. Emmanuel Svedberg (qui fut anobli sous le nom de Swedenborg, né à Stockholm le 21 janvier 1688, mort à Londres le
29 mars 1772. Il étudia les lettres, les langues anciennes, les mathématiques, les sciences naturelles. Il fut professeur à l'École des
Mines, puis à l'Université d'Upsal. Il fonda, dans cette ville, une
revue *Dédale hyperboréen*, occupée principalement des découvertes
scientifiques.

Swedenborg travaillait beaucoup; il écrivit énormément; cette
activité excessive le surmena, détermina une surexcitation du
système nerveux. Swedenborg eut des hallucinations de la vue
et de l'ouïe; il s'entendit appeler ainsi l'élu de Dieu et, dès lors,
il se voua à sa prétendue mission divine. Il se démit de ses charges
et n'eut plus que le constant souci d'être un digne et efficace intermédiaire entre le monde visible et le monde invisible, jusqu'alors
impénétrable aux hommes; il s'attacha à pénétrer et à dévoiler le
sens spirituel et caché des Écritures, et, par là, à travailler à la
régénération du christianisme. Il le fit par des écrits et par la prédi-
cation. Sa religion, qu'il appelait *la Nouvelle Jérusalem*, est une sorte
de panthéisme mystique qui se rattache aux doctrines de Bœhme.
Parmi les ouvrages de Swedenborg, citons : *Du Ciel et de l'Enfer ;
De la vraie religion chrétienne ; Sagesse angélique sur le divin amour et
sur la divine sagesse ; Arcanes célestes*. Balzac avait étudié Swedenborg et il avait subi son influence; voir, à ce sujet, son roman de
Séraphita, où le père de Séraphita, le baron Séraphitus, est un
cousin bien-aimé de Swedenborg et son disciple.

Dans *Ursule Mirouët* Balzac mentionne les relations de Swedenborg avec les morts. On en aura un exemple dans l'ouvrage
de M. Martin Lamm : *Swedenborg*, publié par la librairie Stock en
1936, avec une préface de Paul Valéry; à la page 187, on y voit
Swedenborg racontant qu'il a reçu la visite de Virgile avec qui il
s'est entretenu et qu'il a trouvé « un très charmant homme. »

91. VAR. : « ... en Suède, les récits... »

92. VAR. : « ... lui écrivant simplement. »

93. L'église de l'Assomption était située entre les numéros 369
et 371 de la rue Saint-Honoré. Elle fut l'église paroissiale du premier

arrondissement, puis le culte paroissial fut transféré à l'église, nouvellement construite, de la Madeleine.

94. Comus était le pseudonyme, ou le surnom, d'un prestidigitateur habile dont les expériences de physique amusante eurent beaucoup de succès, mais qui était aussi un savant physicien et qui fut nommé physicien du roi et de la Faculté de Médecine sous son véritable nom de Nicolas-Philippe Ledru (1731-1807).

95. Louis - Christian - Appolinaire - Auguste Comte (1788- !), escamoteur et prestidigitateur réputé; ventriloque aussi et, en cette qualité, auteur de quelques fameuses mystifications. Il fonda, sous l'Empire, un *Théâtre des jeunes Comédiens*, destiné à l'enfance et, sous la Restauration, un *Théâtre moral* où il entremêla la représentation de pièces de théâtre à des séances de prestidigitation et de ventriloquie.

96. Bartholomeo Bosco (1773-1862), prestidigitateur italien. Il fut soldat et prit part aux guerres de l'Empire; pendant la campagne de Russie il fut blessé et fait prisonnier. Redevenu libre, et ayant quitté l'armée, il voyagea, donnant dans plusieurs pays des spectacles de prestidigitation. Il pratiqua cet art pendant une vingtaine d'années avec un succès constant. Il acquit une telle renommée que l'on fit de son nom le synonyme de : prestidigitateur.

97. VAR. « ... en augmente le volume... »

98. CABAJOUTIS. Ce terme n'est pas dans Littré. Le dictionnaire Larousse en donne cette définition : « vieille construction, formée de parties successivement ajoutées, et tout à fait disparate. » L'exemple cité ensuite de l'emploi de ce mot est une phrase de Balzac.

99. VAR. « ... a suivi la nature... »

100. VAR. : « ... l'amour tiendra son âme... » C'est, vraisemblablement, plutôt une faute d'impression.

101. La rue d'Alger va de la rue de Rivoli, 214, à la rue Saint-Honoré, 219. Elle reçut le nom de rue d'Alger en 1832. On l'avait appelée d'abord rue Louis-Philippe-Ier.

102. On donne le nom de brèche à des marbres composés de parcelles de diverses couleurs, aux contours limités et anguleux et qui sont comme une sorte de mosaïque irrégulièrement disposée. Il y en a de plusieurs sortes. Leur imitation en stuc est particulièrement difficile.

103. VAR. : « ... qu'il ne fût irrésistible... » (1842 et 1843.)

104. VAR. : « ... mais il en vit... »

105. Sur Swedenborg, voir la note 90. — Louis-Claude de Saint-Martin, surnommé *le Philosophe inconnu*, naquit à Amboise le 18 janvier 1743 et mourut à Aulnay le 13 octobre 1803.

Destiné à la magistrature, il fut avocat du roi au siège présidial de Tours, mais il résigna cette charge au bout de six mois et entra dans l'armée. Son régiment était en garnison à Bordeaux. Dans cette ville, Saint-Martin s'affilia à une société occulte que dirigeait un juif portugais, d'origine orientale, converti d'ailleurs au christianisme, et qui s'appelait Martinez-Pasquali. Saint-Martin apporta à ce maître une âme candide et un esprit docile. Il était plutôt fait pour les spéculations mystiques que pour la vie militaire. Il quitta l'armée au bout de six ans de service, voyagea alors en France et à l'étranger. Il fit plusieurs séjours à Lyon où il trouvait un foyer de mysticité. Il lisait les écrivains mystiques. Dans la secte que présidait Martinez-Pasqualis il trouvait trop de pratiques, quelque chose de trop matériel. Il se livrait, de plus en plus, à la méditation intérieure. Il écrivait des ouvrages. Sa philosophie n'était pas très claire; du moins ne le parut-elle pas à Lavater et à Chateaubriand. Sainte-Beuve, qui l'a étudiée avec sympathie, ne s'arrête pas à ce qui dans Saint-Martin est du prophète et du voyant, mais à ce qui révèle en lui un philosophe et un moraliste.

Les principales œuvres de Saint-Martin sont : *Des Erreurs et de la Vérité ou les Hommes rappelés au principe universel de la science* (Lyon, 1775); *Tableau du naturel des rapports qui existent entre Dieu, l'homme et l'univers* (Lyon, 1782); *l'Homme de désir* (Lyon, 1790); *Ecce homo* (Paris, 1792); *le Nouvel homme* (Paris, 1792); *le Ministère de l'homme-esprit* (Paris, 1802).

106. Jérôme Cardan (1501-1576), médecin et mathématicien italien. Il fut professeur de mathématiques, puis professeur de médecine. Il a, sur ces deux matières, écrit des ouvrages remarquables. Il a, en algèbre, formulé la règle pour la solution des équations du troisième degré. Il a écrit aussi, et c'est la moins bonne partie de son œuvre, des ouvrages d'astrologie. Il tirait des horoscopes; il faisait des prédictions. Quand ce qu'il avait prédit ne se réalisait pas il n'en rendait pas responsable la science mais son ignorance personnelle. Il avait, dit-on, prédit l'année de sa mort, et, pour que cette prédiction-là au moins se réalisât, il se serait, la date venue..., laissé mourir d'inanition. Les historiens de la philosophie tiennent, en général, ses doctrines philosophiques pour extravagantes et incohérentes et rendent surtout, en lui, hommage au mathématicien.

107. Plotin, de Lycopolis (Égypte), philosophe alexandrin, né en 203 ou 204, mort en 270. Il fut élève d'Ammonius Saccas (ou Porte-Sac), et il enseigna lui-même la philosophie à Rome pendant vingt-cinq ans. « Philosophie extraordinaire, d'une richesse étonnante, où, dit M. Albert Rivaud, tant d'aperçus pleins de finesse, tant d'observations ingénieuses et toutes concentrées, voisinent avec une discipline intellectuelle et religieuse d'une

puissance et d'une originalité uniques. » (*Les Grands courants de la pensée antique*, p. 214; Armand Colin, 1929, in-16.) Philosophie qui, par le chemin de l'extase conduit à la communion en Dieu, et qu'Alfred Weber résumait ainsi : « L'idée mère des *Ennéades* [ensemble des écrits de Plotin réunis après sa mort par ses disciples] est un panthéisme émanatiste envisageant le monde comme un *épanchement*, une diffusion graduelle de la vie divine, et sa *résorption* en Dieu comme but final de l'existence. Les degrés de l'épanchement sont : la spiritualité, l'animalité, la corporité, ceux de la résorption sont : la perception sensible, le raisonnement, l'intuition mystique. » (*Histoire de la Philosophie européenne*, p. 148; 8e édition, Fischbacher, 1914, in-8°.)

108. Le bienheureux Alphonse de Ligori (1696-1787) a été canonisé le 24 mai 1839 par le pape Grégoire XVI. Sa vie sacerdotale avait été active; il avait prêché des missions; il avait fondé l'ordre du Saint-Rédempteur ou des Rédemptoristes, dont les membres se vouaient à l'éducation de la jeunesse et à la propagation de la vraie foi catholique. Le pape Clément XIII avait imposé l'épiscopat à Alphonse de Ligori qui avait soixante-cinq ans quand il dut devenir évêque de Sainte-Agathe des Goths, petite ville de la province de Bénévent. Le fait rapporté par l'abbé Chaperon est, dans l'ouvrage du baron J. Angot des Rotours : *Saint Alphonse de Ligori* (J. Gabalda, collection *les Saints*, 1926, in-16), relaté ainsi : « Il [le pape Clément XIV] s'éteignit le 22 septembre 1774, au matin. Or, depuis la veille, rapportèrent les témoins les plus autorisés, Alphonse était demeuré sans mouvement, sans parole, comme endormi sur le fauteuil où il s'était assis après avoir dit la messe. Il ne se réveilla qu'à l'heure même, on le sut plus tard, où le Saint-Père venait d'expirer; et, ayant sonné le frère de service, il lui dit simplement : « J'ai assisté le Pape qui est mort maintenant. » (pp. 118-119.)

109. Cette élégie est placée, dans l'œuvre de Chénier, parmi les *Bucoliques*. Les vers suivants correspondent particulièrement à la répartie du docteur. Néère mourante y dit à son amant :

> O ! soit que l'astre pur des deux frères d'Hélène
> Calme sous ton vaisseau la vague ionienne ;
> Soit qu'aux bords de Pæstum, sous la soigneuse main,
> Les roses deux fois l'an couronnent ton jardin,
> Au coucher du soleil, si ton âme attendrie
> Tombe en une muette et molle rêverie,
> Alors, mon Clinias, appelle, appelle-moi,
> Je viendrai, Clinias, je volerai vers toi.

(*Œuvres poétiques* d'André Chénier, avec préface d'André Bellessort, p. 50, Garnier frères, édit.)

110. VAR. : « ... été terrible. Aussi... »

111. VAR. : « ... pour vous, mais qui effrayerait une jeune fille... »

112. VAR. : Cette phrase n'est pas dans l'édition de 1842.

113. VAR. : « ... docteur, en tant qu'on peut l'être... »(1843.) Cette leçon n'a pas grand sens. L'édition posthume de Michel Lévy donne « en tant qu'oncle » qui est évidemment une leçon plus satisfaisante.

114. VAR. : « ... des oncles qui n'ont aucun lien... »

115. VAR. : « ... d'épouser sa nièce naturelle... »

116. Voir la note 182.

117. VAR. : « ... après six mois... »

118. VAR. : « ... la belle Esther. » (1842 et 1843.) C'est, manifestement, un lapsus.

119. VAR. : « ... ce qu'il doit être à... »

120. La prison de Sainte Pélagie était située rue de la Clef, 14 (XIIe arrondissement au temps de Balzac), ve arrondissement aujourd'hui. On y enferma d'abord les femmes et les filles débauchées; une aile spéciale y fut affectée au logement de celles dont la conduite s'améliorait. Cette partie reçut le nom de Sainte-Pélagie, en souvenir de Pélagie, comédienne d'Antioche au ve siècle et qui s'est illustrée par sa pénitence. Le reste des bâtiments s'appelait le Refuge. Cette institution fut supprimée en 1790 et les locaux furent transformés en prison. On y mettait des condamnés de droit commun et des condamnés politiques, sans les séparer. A partir de mars 1828 les condamnés politiques y eurent un quartier à part. Il y eut aussi un quartier dit *de la dette* pour les débiteurs insolvables, jusqu'à ce que (en 1836) ait été construite une prison spéciale rue de Clichy. La prison de Sainte-Pélagie a été démolie en exécution d'une décision prise par le Conseil général de la Seine en 1893.

121. A la première scène du premier acte de l'*Amour médecin*.

122. VAR. : « ... à Massin d'oreille à oreille... » (1842 et 1843.)

123. Nous disons, plus modestement : sur son trente et un.

124. Desroches, avant d'avoir une étude à lui, avait été clerc chez l'avoué Derville. Balzac a mis l'habileté de Desroches au service de bien des personnages de *la Comédie humaine*. Desroches fut le conseiller de la famille Bridau (*la Rabouilleuse*); celui de Lucien de Rubempré (*Illusions perdues*); il fut l'avoué de la marquise d'Espard (*l'Interdiction*); de Chardin des Lupeaulx; de Cerizet et de Sauvaignon, l'entrepreneur de menuiserie (*les Employés*). On

le voit encore dans *le Colonel Chabert* ; dans *Un début dans la vie* ; dans *Splendeurs et misères des courtisanes* où il a l'honneur d'être apprécié par Vautrin, dans *la Maison Nucingen*, où il songe à épouser la pauvre Malvina d'Aldriger; dans *Un homme d'affaires*. (Cf. *Répertoire*, pp. 138-139.)

125. Ursule, de *ursus*, ours.

126. Le mélange de café que préparait et que buvait le docteur Minoret est le mélange même que Balzac se préparait et dont il faisait ce café dont lui-même et les amis qu'il lui arrivait d'inviter se régalaient. Léon Gozlan, qui fut un de ceux-là, a écrit : « Ce café se composait de trois sortes de grains : bourbon, martinique et moka. Le bourbon, il l'achetait rue du Mont-Blanc [Chaussée-d'Antin]; le martinique, rue des Vieilles-Haudriettes, chez un épicier qui ne doit pas avoir oublié sa glorieuse pratique; le moka dans le faubourg Saint-Germain, chez un épicier de la rue de l'Université [...]. Ce n'était pas moins qu'une demi-journée de courses à travers Paris. Mais un bon café vaut cela et même davantage. Le café de Balzac était donc, selon moi, la meilleure et la plus exquise des choses... après son thé. » (*Balzac en pantoufles*, chap. III.)

127. CAFETIÈRE A LA CHAPTAL, du nom de Jean-Antoine Chaptal, comte de Chanteloup (1756-1832), qui fit une laborieuse et féconde carrière de médecin, de chimiste et d'agronome. Je ne sais ce qu'était « la cafetière à la Chaptal » et MM. Clouzot et Valensi, dans leur ouvrage : *Le Paris de la Comédie humaine ; Balzac et ses fournisseurs* (Paris, Le Goupy, 1926; in 8°), déclarèrent (p. 168) qu'ils ont vainement mis en émoi le Conservatoire des Arts et Métiers pour retrouver trace de ce système perfectionné.

128. VAR. : Le mot « déjà » n'est pas dans l'édition de 1842.

129. VAR. : « ... humaines, ils ne croient pas les hommes capables... »

130. VAR. : « ... mes rentes pour lui. »

131. VAR. : « ... éprouva la seule douleur... »

132. La phrase finit là dans l'édition de 1842.

133. VAR. La phrase finit là dans la même édition.

134. VAR. : « ... joli; enfin la moindre... »

135. Balzac nomme ici pêle-mêle des marins célèbres comme Suffren et Guichen et des marins de *la Comédie humaine* : l'amiral de Portenduère qui, dans *la Comédie humaine*, n'a aucun rôle; l'amiral de Kergarouët auquel Balzac donne le commandement de *la Belle-Poule* et qui paraît encore dans *la Bourse* et dans *Béatrix* ; l'amiral de Simeuse qui apparaît dans *Béatrix* et dans *Une ténébreuse*

affaire et qui n'a, à vrai dire, pas plus de rôle que l'amiral de Portenduère.

136. C'est la loi dite du milliard des émigrés. Elle avait pour objet d'indemniser les émigrés de la perte que, du fait de la Révolution, ils avaient faite de leurs biens immobiliers dont la valeur était, d'après le projet du gouvernement, estimée à vingt fois le revenu de ces biens en 1790 (la Chambre des pairs réduisit cette estimation à dix-huit fois le montant du revenu); l'indemnité était payable en trente millions de rentes 3 pour cent au cours de la Bourse. La discussion de la loi fut ardue et longue. Malgré la ténacité de l'opposition elle fut, avec quelques amendements, votée à de fortes majorités par la Chambre des Députés (259 voix contre 124) et par la Chambre des pairs (159 voix contre 63) et promulguée le 27 avril 1825.

137. Émilie de Fontaine, devenue veuve, se remaria avec Charles de Vandenesse. Elle parait dans plusieurs romans : *César Birotteau* ; *le Bal de Sceaux* ; *Une fille d'Eve*. (Cf. *Répertoire*, pp. 528-529.)

138. L'histoire d'Hélène d'Aiglemont, est tout entière dans *la Femme de trente ans*. Elle eut une existence singulière et après avoir vécu dans une étrange opulence elle vint mourir, misérable et épuisée, et tout à fait par hasard — on est tenté de dire : par miracle, — auprès de sa mère dont elle avait fui, mystérieusement, le foyer.

139. Mme de Sérizy, née Valentine de Ronquerolles, avait, étant jeune encore mais déjà veuve du général Gaubert, épousé le comte de Sérizy. Très mondaine, très coquette, elle eut pour amants, outre Victor d'Aiglemont, Auguste de Malincourt et Lucien de Rubempré. Elle parait dans *Un début dans la vie*, *la Peau de chagrin*, *la Duchesse de Langeais*, *la Dernière incarnation de Vautrin*, *la Fausse maîtresse*. (Cf. *Répertoire*, pp. 471-472.)

140. Eugène-Louis de Rastignac, qui fut, dans *le Père Goriot*, pensionnaire de la pension Vauquer et que Vautrin, qui s'attacha à lui, protégea, devint l'amant de Delphine de Nucingen; il fut selon une expression de Balzac : « un des lions du grand monde » et se lia avec les jeunes gens les plus brillants de *la Comédie humaine*. Il s'enrichit. Il épousa Augusta de Nucingen, la fille de son ancienne maîtresse. En 1839, il devint ministre des Travaux publics et, en 1845, pair de France. On le retrouve dans : *Illusions perdues*, *Splendeurs et misères des Courtisanes*, *le Bal de Sceaux*, *l'Interdiction*, *Etude de femme*, *Autre étude de femme*, *la Peau de chagrin*, *la Rabouilleuse*, *les Secrets de la princesse de Cadignan*, *Une Fille d'Eve*, *Une ténébreuse affaire*, *la Maison Nucingen*, *la Cousine Bette*, *le Député d'Arcis*, *les Comédiens sans le savoir*. (Cf. *Répertoire*, pp. 427-429.)

141. Lucien Chardon de Rubempré, à peine nommé dans *Ursule Mirouët* et dans *la Rabouilleuse*, tient une grande place dans

Illusions perdues et dans *Splendeurs et misères des courtisanes*. Il était
poète, romancier, journaliste; il fut, comme Rastignac, lié avec
bien des personnages, écrivains, hommes de plaisir, gens du monde,
de *la Comédie humaine*; il eut des amantes; la plus aimée fut la courti-
sane Esther van Gobseck qu'on l'accusa, à tort, d'avoir assassinée;
mais cette accusation le désespéra et, dans sa prison, il se pendit.
On le voit aussi dans le roman *les Employés*. (Cf. *Répertoire*, pp. 450-
452.)

142. Maxime de Trailles était une sorte d'aventurier, mondain,
joueur, viveur, bretteur qui ruina Anastasie de Restaud la fille
aînée du père Goriot, et Sarah van Gobseck. La cinquantaine venue,
il se maria avec la riche Mlle Cécile-Renée Beauvisage, et il devint
député. Il ne garda longtemps ni son siège, ni sa femme qui obtint
contre lui un jugement en séparation de corps. Voir *César Birotteau*;
le père Goriot; *Gobseck*; *Un Homme d'affaires*; *les Secrets de la princesse de Cadignan*; *la Cousine Bette*; *les Comédiens sans le savoir*;
le Comte de Sallenauve; *la Famille Beauvisage*. (Cf. *Répertoire*, p. 512.)

143. Émile Blondet, journaliste brillant, mais besogneux,
mena, malgré quelques belles relations littéraires et mondaines,
une existence difficile. Il était toujours à court d'argent. Il finit
par songer au suicide quand il en fut sauvé par une double chance:
il fut nommé préfet et il épousa la comtesse de Montcornet,
devenue veuve, qui était pour lui une amie d'enfance et qui était
riche. Voir: *la Vieille fille*; *le Cabinet des antiques*; *Illusions perdues*;
Splendeurs et misères des Courtisanes; *Modeste Mignon*; *Autre étude
de femme*; *les Secrets de la princesse de Cadignan*; *Une Fille d'Ève*;
les Paysans. (Cf. *Répertoire*, pp. 43-44.)

144. Henry de Marsay, fils naturel de lord Dudley et de la
marquise de Vordac qui le fit légitimer par le vieux M. de Marsay
qu'elle épousa. Henri de Marsay fut l'un des Treize. Il eut de
nombreuses amitiés et de nombreuses amours. Il fut notamment l'amant de la femme de son père, Arabelle Dudley, celui
de Delphine de Nucingen et celui de Diane de Cadignan. Il
fit de la politique avec succès sous Louis-Philippe et devint
ministre. Son existence si remplie et si brillante fut courte. Il mourut
épuisé vers la quarantaine. Voir: *Histoire des Treize*, *le Lys dans la
vallée*; *le Père Goriot*; *Autre étude de femme*; *le Cabinet des antiques*;
le Contrat de mariage; *Illusions perdues*; *Mémoires de deux jeunes
mariées*; *le Bal de Sceaux*; *Modeste Mignon*; *La Femme de trente ans*;
le Cousin Pons; *les Secrets de la princesse de Cadignan*; *Une ténébreuse
affaire*; *Une Fille d'Ève*; *les Comédiens sans le savoir*. (Cf. *Répertoire*,
pp. 340-341.)

145. Andoche Finot était journaliste. Il dirigea un petit journal
de théâtre dont les collaborateurs sont des personnages de *la Comédie
humaine*. On le voit assister, comme témoin, au mariage de Philippe

Brideau; paraître, en 1824, au bal de l'Opéra; déjeuner, en 1825, au *Rocher de Cancale*, avec quelques amis et participer à une orgie chez Florine. Il s'enrichissait et, en 1831, son ami Gaudissart disait que Finot avait trente mille francs de rentes. On retrouve Finot dans *César Birotteau*, *la Rabouilleuse*, *Illusions perdues*, *Splendeurs et Misères des Courtisanes*, *les Employés*, *un Début dans le monde*, *l'Illustre Gaudissart*, *la Maison Nucingen*. (Cf. *Répertoire*, pp. 170-171.)

146. La Fontaine, dans le poème de *Philemon et Beaucis*, a dit, parlant du sage :

> *Il lit au front de ceux qu'un vain luxe environne*
> *Que la Fortune vend ce qu'on croit qu'elle donne.*

147. Victurnien, comte, puis marquis d'Esgrignon, avait été élevé par sa tante, Mlle Armande d'Esgrignon, avec une faiblesse qui fut funeste à ce beau et intelligent jeune homme. Il s'amusa, dépensa, s'endetta. Devenu l'amant de la duchesse de Maufrigneuse, s'étant, comme dit ici de Marsay, « élevé jusqu'à elle », il se ruina pour elle et, pour se procurer encore de l'argent, il commit un faux. Il dut à d'utiles interventions d'obtenir une ordonnance de non-lieu. On le maria, mais il n'était pas fait pour la régularité du mariage. Sans trop se soucier de sa femme, il reprit sa vie de garçon. On cite, parmi ses maîtresses, Josépha Mirah et Mme Chocardelle, connue, dans le monde de la galanterie, sous le nom d'Antonia. Il paraît dans *le Cabinet des Antiques*, *Un homme d'affaires*, *la Femme de trente ans*, *Mémoires de deux jeunes mariées*, *la Cousine Bette*, *les Secrets de la princesse de Cadignan*. (Cf. *Répertoire*, pp. 152-153.)

148. La duchesse de Maufrigneuse, née Diane d'Uxelles, eut de nombreux amants, parmi lesquels, outre Victurnien d'Esgrignon, le marquis Miguel d'Ajuda-Pinto qui, pour elle, délaissa sa femme comme il avait, pour se marier, délaissé la comtesse de Beauséant. Sous la Restauration, la duchesse de Maufrigneuse tint, dans le monde, une place brillante. Elle paraît dans : *les Secrets de la princesse de Cadignan* ; *Modeste Mignon* ; *le Cabinet des Antiques* ; *le Lys dans la vallée* ; *la Muse du département* ; *Splendeurs et misères des Courtisanes* ; *Mémoires de deux jeunes mariées* ; *Autre étude de femme* ; *Une ténébreuse affaire* ; *le Député d'Arcis*. (Cf. *Répertoire*, p. 346.)

149. Voir la note 139.

150. VAR. : « ... La pauvre mère, dans... »

151. Clément Chardin des Lupeaulx, était un homme d'affaires habile et ambitieux qui sut rendre des services au gouvernement et qui, surtout, sut en tirer fonctions, honneurs et profits. Homme de plaisir, il eut bien des aventures galantes. On le trouve dans : *la Muse du département* ; *Eugénie Grandet* ; *la Rabouilleuse* ; *Illusions*

perdues ; les Employés ; Splendeurs et misères des Courtisanes ; le Comte de Sallenauve. (Cf. *Répertoire*, p. 325.)

152. Gobseck. Voir la note 52.

153. Gigonnet n'était qu'un surnom donné, à cause d'un mouvement convulsif de sa jambe gauche, à un Auvergnat, dont le nom véritable était Bidault. Il fut d'abord marchand de papier ; puis, en association avec Werbrust, il se mit à faire de l'escompte. En fait, comme Gobseck, il fit de l'usure. Il fut l'un des syndics de la faillite de César Birotteau ; il fut mêlé aux affaires du baron Nucingen ; il aida, et, à proprement parler, il exploita plusieurs des jeunes viveurs de *la Comédie humaine.* Voir : *César Birotteau ; les Employés ; la Maison Nucingen ; une Fille d'Eve.* (Cf. *Répertoire*, p. 36.)

154. Palma était un banquier à qui César Birotteau s'adressa vainement quand ses affaires devinrent mauvaises ; il fit de l'escompte — il faut entendre de l'usure — comme Gobseck et Gigonnet. On le voit dans : *la Maison Nucingen ; César Birotteau ; Gobseck ; Illusions perdues ; le Bal de Sceaux.* (Cf. *Répertoire*, p. 393.)

155. VAR. : « ... afin d'organiser son avenir, en apparence... »

156. C'est à la scène V. L'abbé de Rafaël, l'amant de la Camargo, sont attablés le verre en main ; Rafaël achève par ces trois vers une tirade désabusée :

> *Quant à la Camargo, vous la pouvez bien prendre*
> *Si le cœur vous en dit ; mais je me veux voir pendre,*
> *Plutôt que si ma main de sa nuque approchait !*

sur quoi l'abbé laisse tomber ce seul mot : « Triste ! » (A. DE MUSSET, *Premières poésies*, avec Introduction, avertissements, relevé des variantes et notes par Maurice Allem, p. 37 ; Garnier frères, s. d. 1938 ; in-16.)

157. Lady Arabelle Dudley, femme du vieux lord Dudley, mais qui se sépara de lui, eut bien des aventures galantes. Elle séduisit Félix de Vandenesse, pourtant fort épris de Mme de Mortsauf (*le Lys dans la vallée*) ; elle inspira une passion à Daniel d'Arthez (*les Secrets de la princesse de Cadignan*) ; on la voit, dans *Une Fille d'Eve*, tenter, par jalousie, de faire succomber Mme de Vandenesse, aux désirs de Raoul Nathan ; dans *les Mémoires de deux jeunes mariées*, elle fait, par vengeance, mourir de chagrin lady Brandon. (Cf. *Répertoire*, p. 143.)

158. LOMBARDS : « Nom que l'on donnait aux banquiers, usuriers et prêteurs sur gages dans le moyen âge, attendu que les Lombards faisaient particulièrement le commerce de l'argent. » (*Littré.*)

159. VAR. : « ... présence du diable... »

160. *Ut flos in saeptis secretus nascitur hortis*
     Ignotus pleni, nullo contusus aratro
     Quem mulcent aurae, firmat sol, educat imber.

« Comme une fleur cachée dans un jardin clos croît, ignorée
du troupeau, respectée du soc meurtrier, les brises la caressent, le
soleil l'affermit, la pluie la nourrit... » (*Œuvres de Catulle*, traduction
nouvelle de Maurice Rat, LXII : *Chant nuptial*, pp. 92-93 ; Garnier
frères, édit.)

161. RUBBER : Réunion de trois parties, au jeu de whist. En
français : rob ou robre.

162. VAR. : « Madame, dit le... »

163. VAR. : ... « parlerons, madame, quand... »

164. La frégate *la Belle-Poule*, commandée par le lieutenant de
vaisseau Chateau de la Clocherie, fut attaquée, près de Brest, le
17 juin 1778 par la frégate anglaise l'*Aréthuse*, commandée par le
capitaine Marshall. Le combat fut dur. Il dura cinq heures. *La
Belle-Poule* eut quarante morts et près de soixante blessés, mais elle
démâta l'*Aréthuse* qui dut se replier.

165. VAR. : « Il n'y sera... »

166. Sur sainte Pélagie, voir la note 120.

167. VAR. : « ... où elle se lève... »

168. VAR. : « ... prennent le temps... »

169. VAR. : « ... de la Chambre en présence... »

170. Le siège de la Ducher était rue de la Contrescarpe-Saint-
André qui allait de la rue Saint-André-des-Arts, à la rue Dauphine,
c'est une petite rue, ni longue ni large, qui existe toujours et qui
s'appelle à présent rue Mazet.

171. VAR. : « ... du vicomte. »

172. VAR. : « ... linge ; ils m'ont... »

173. VAR. : « ... s'éveilla, mit sa fille... »

174. VAR. : « ... des choses intimes... »

175. VAR. : « ... patronne et vous êtes... »

176. VAR. : « ... où elle se trouvait au jour... »

177. VAR. : « ... le capitaine prisa... »

178. VAR. : « ... la Havane qu'il avait, lors de la guerre de
l'indépendance américaine, préservée... »

179. Le cordon rouge était celui de l'ordre de Saint-Louis que
Louis XIV avait institué en 1693 pour récompenser des services
militaires. La croix, émaillée de blanc, avait, en son milieu, un
saint Louis cuirassé d'or ; cette croix se portait attachée à la bouton-
nière par un ruban rouge. L'ordre de Saint-Louis fut supprimé

par la Révolution, rétabli sous la Restauration, et supprimé de nouveau par la monarchie de juillet, mais ceux qui en étaient décorés furent autorisés à continuer d'en porter les insignes. Sa couleur survit dans le ruban de la Légion d'honneur.

180. Var. : « ... Chevalier, lui... »

181. Var. : « ... Votre père... »

182. L'ordre de Saint-Michel avait été fondé le 14 août 1469 par Louis XI. Il n'était, à l'origine, composé que de trente-six membres qui y avaient le grade de chevalier. Le grand-maître de l'ordre était le roi. Le nombre des chevaliers fut augmenté par la suite. Sous Louis XIV il était de cent. Aboli par la Révolution, rétabli par Louis XVIII, l'ordre de Saint-Michel ne fut plus conféré après 1830. L'ordre de Saint-Lazare était bien plus ancien. Il fut fondé à Jérusalem, au commencement du XIIe siècle, par les Croisés et destiné au soin des lépreux, dont saint Lazare était le patron. Il fut, plus tard, détourné de sa destination et ne fut plus qu'une distinction accordée à certains gentilshommes qui pouvaient justifier d'une certaine ancienneté de noblesse. Il fut alors, comme l'ordre de Saint-Michel, composé de cent membres. Comme l'ordre de Saint-Michel il fut aboli par la Révolution et rétabli par Louis XVIII.

183. Var. : « ... les affaires du royaume... »
— Charles X courait le danger d'une chute et on sait qu'elle se produisit. La politique conciliatrice de M. de Martignac n'ayant pas réussi, le roi nomma, le 8 août 1829, un nouveau ministère de tendance ultra-royaliste dont le ministre des Affaires étrangères et, en fait, moins le titre, le président du Conseil fut le prince de Polignac. La politique partisane du prince de Polignac aboutit aux quatre ordonnances que *le Moniteur* publia le 26 juillet 1830 et que, dans la première version du *Père Goriot*, Balzac qualifie de coup d'état. L'une de ces ordonnances prononçait la dissolution de la Chambre élue depuis un mois, environ, à la suite d'une première dissolution ; une autre suspendait le régime de la liberté de la presse et rétablissait celui de l'autorisation préalable ; une troisième modifiait gravement la loi électorale et diminuait le nombre des députés ; la quatrième, accessoire, fixait la date des prochaines élections. Le résultat fut la révolution de Juillet.

184. Var. : « ... ou de la haine... » (1842 et 1843.)

185. Var. : « ... auprès de son... »

186. Var. : « ... Ma mère, monsieur, dit Savinien au docteur, me laisse le beau rôle... »

187. Var. : « Mais, reprit le curé, il vous... »

188. Louis-Joseph-Ferdinand Hérold (1791-1833), élève de Louis-Adam. Il composa surtout de la musique de théâtre :

opéras et opéras-comiques. Ses ouvrages les plus célèbres, ceux dont on se souvient surtout sont ses derniers opéras-comiques. *Zampa,* joué en 1831, et *le Pré-aux-Clercs,* à la première représentation duquel Hérold assista, fort malade et déjà presque mourant.

189. Ces phrases sont inscrites à la page 118 du recueil *Pensées, Sujets, Fragments,* avec cette variante : « ... simple comme si elle n'avait jamais... »

190. VAR. : « ... sa pupille, riche d'un charmant petit modèle du vaisseau sur lequel servait Savinien, et dans un état de santé florissante. »

191. VAR. : « ... payée douze cents francs... »

192. Littré ne donne pas ROUE A PATENTE, mais il donne ESSIEU A PATENTE : « essieu dont la fusée tourne dans une boîte de disposition particulière qui a pour effet de diminuer considérablement le frottement (ainsi dit, probablement, parce que celui qui l'inventa prit une patente). »

193. VAR. : « ... de fer qui passait. »

194. VAR. Cette phrase n'est pas dans l'édition de 1842.

195. Balzac avait noté un assez grand nombre de proverbes retournés, à peu près, et autres jeux de mots, dont la mention est dans les *Pensées, Sujets, Fragments,* pp. 61 à 66. Il en a utilisé certains dans ses romans. Celui qu'il fait dire ici par cette sotte Mme Crémière, il l'a cité encore dans un *Début dans la vie* et dans *Illusions perdues.* Parmi ces fantaisies qu'il avait ou entendues ou imaginées il en est de bien amusantes, par exemple : « Piocher en eau trouble. — Quand on veut noyer son chien on l'accuse de la nage. — Avec de l'impatience on arrive à tout. — Le bonheur n'habite pas sous des nombrils dorés. — Il faut avoir plusieurs cordes à son arbre. — La carpe sent toujours le hareng. — On n'est jamais trahi que par les chiens. — La pépie vient en mangeant. — Ce qui est digéré n'est pas perdu. — Tel maître, tel volé. — Comme on connaît les siens on les abhorre. — Dis-moi qui tu hantes, je te dirai qui tu hais. — Qui perd ses dettes s'enrichit ». Mais il n'y a pas : « C'est un *langue* qui s'éteint » que Mme Crémière a pourtant dit.

196. VAR. : « ... gentilhomme, il vint... »

197. VAR. : « ... d'un amant... »

198. VAR. : « ... intérêts et que... »

199. VAR. : « ... servira d'argument... »
— Dans *le Barbier de Séville* (a. IV, sc. 1), Bazile dit à Bartholo : « ... une bourse d'or me paraît toujours un argument sans réplique.» Il ajoute même : « Et puis, comme dit le proverbe... ce qui est bon à prendre... »

200. La phrase finit ici dans l'édition de 1842.

201. Il n'est question de l'huissier Lecœur que dans *Ursule Mirouët*.

202. VAR. : « ... caractère, et son premier amour pour... »

203. VAR. : « ... persistant, les intéressa si vivement qu'ils... »

204. VAR. : « ... seuls tant il avait... »

205. VAR. : « ... doucement et chez lui... »

206. VAR. : « ... entama cette question... »

207. VAR. : « ... au lit et malheureusement... »

208. VAR. : « Deux jours après, quand l'abbé... »

209. Francesco cardinal Ximenès (1436-1517), homme d'État espagnol. Il fut archevêque de Tolède, grand inquisiteur, régent du royaume d'Espagne à la mort de Ferdinand V le Catholique, et il fit, en sa qualité de régent, d'importantes et fort utiles réformes.

210. André-Charles Boule ou Boulle (on trouve, et par Balzac même, ce nom écrit des deux manières), né et mort à Paris (1642-1732). Fils d'un ébéniste, il devint ébéniste lui-même, mais avec une habileté, une science, un sentiment de l'art qui font de lui un maître et, dans son domaine, un créateur. Balzac a donné des meubles de Boule à divers personnages de ses *Comédies humaines*. Il avait lui-même, de Boule, une pendule et des consoles.

211. VAR. : « ... le paquet sans s'amuser... »

212. VAR. : « ... procès, et j'ai... »

213. VAR. : « ... lui répondit-il en... »

214. VAR. : « ... contemplé ses fenêtres et regardé Savinien... »

215. VAR. : « ... Minoret et quand... »

216. VAR. : « ... Minoret, il aurait... »

217. VAR. : « ... capitaux introuvés... »

218. C'est la seule apparition de la veuve Ricard dans *la Comédie humaine*.

219. VAR. : « ... cet hourvari... » (1842 et 1843.)

220. VAR. : « ... cuites, tout se mangeait froid... »

221. VAR. : « ... un pot-de-vin de vingt mille francs et le payement anticipé de deux années. »

222. VAR. : « ... perte des deux années de fermage payées... »

223 VAR. : « ... apporta cent vingt-neuf mille francs à Mme de Portenduère, en... »

224. Esther van Gobseck était l'arrière-petite-fille de l'usurier Jean-Esther van Gobseck. Fille galante, et même fille publique, elle eut, parmi les personnages de *la Comédie humaine* quelques fameuses

liaisons. Elle s'éprit de Lucien de Rubempré et l'histoire de leurs amours est féconde en péripéties dramatiques. Le baron de Nucingen devint follement amoureux d'elle. Elle ne l'aimait pas. Elle dut lui céder cependant, mais ce fut avec un tel dégoût que le lendemain même elle se suicida en absorbant un poison javanais. Elle a un rôle dans *Gobseck ; la Maison Nucingen ; la Rabouilleuse ; la Cousine Bette ; Splendeurs et misères des Courtisanes.* (Cf. *Répertoire*, pp. 213-214.)

225. Mlle Clémentine du Rouvre épousa le comte Adam Mitgislas Maginski, riche proscrit polonais. (Cf. *la Fausse maîtresse.*)

226.   *Amour, amour, quand tu nous tiens*
              On peut bien dire : « Adieu, prudence ! »

Derniers vers et moralité de la fable du *Lion amoureux*, la première du livre IV.

227. Le marquis de Ronquerolles fut député sous la Restauration et diplomate sous la monarchie de Juillet. Il fut l'un des Treize de *la Comédie humaine.* Avec ses amis Victor d'Aiglemont et de Marsay, il aida le général de Montriveau à enlever la duchesse de Langeais du couvent où elle s'était réfugiée. Il fut l'un des amoureux de la fameuse cantatrice romaine Luigia. Il paraît dans *le Père Goriot, la Femme de trente ans, la Fausse maîtresse, les Paysans, Autre étude de femme, Histoire des Treize, le Député d'Arcis.* (Cf. *Répertoire*, p. 446.)

228. Le chevalier du Rouvre était le frère du marquis du Rouvre Il resta vieux garçon et il laissa sa fortune à sa nièce Clémentine-comtesse Laginska. Il paraît dans *la Fausse maîtresse.* (Cf. *Répertoire*, p. 450.)

229. Ce chef-d'œuvre de Jean-Paul Richter a pour titre *le Songe.* Mme de Staël en a donné une traduction dans son livre *De l'Allemagne*, deuxième partie, chapitre XXVIII : *des Romans.* Dans cet écrit, l'on voit des morts sortir de leur tombe en s'écriant avec effroi : « O Christ ! n'est-il point de Dieu ? » et à qui le Christ répond : « Il n'en est point. » (*De l'Allemagne*, édition Fasquelle, p. 379.)

230. VAR. : « ... nous les mettrons en ordre. Bongrand et moi... »

231. VAR. : « ... par Eugène Delacroix... » Au tableau de Delacroix : l'*Apparition de Méphistophélès à Faust*, Balzac a donc substitué un tableau de l'un des artistes de *la Comédie humaine ;* Joseph Bridau, frère cadet de Philippe Bridau, l'amant de la Rabouilleuse, était, en effet, artiste peintre. Balzac lui fait faire le portrait de Joseph Mirah ; il lui fait dessiner des vignettes pour les œuvres du poète Canalis, il lui fait peindre la salle à manger du château de Daniel d'Arthez. On le trouve dans *la Rabouilleuse ;*

Illusions perdues ; Un Début dans la vie ; la Bourse ; Autre étude de femme ; Pierre Grassou ; Mémoires de deux jeunes mariées ; la Cousine Bette ; le Député d'Arcis. (Cf. *Répertoire*, pp. 63-64.)

232. VAR. Dans les éditions de 1842 et 1843, il y a la suscription : *A Monsieur de Portenduère.*

233. Les dames de l'Adoration du Saint-Sacrement : institut fondé au XVII⁰ siècle par Sébastien Zamet, évêque de Langres. L'adoration du Saint-Sacrement devait y être perpétuelle. L'Institut était situé rue Coquillère, près du Louvre. Il fut inauguré solennellement en mai 1633. La première supérieure en fut la mère Angélique Arnaud de Port-Royal.

234. VAR. : « Je ferai jaser ce venin à deux pattes, Goupil... » (1842 et 1843.)

235. VAR. : « ... faillite, car on se... » (*Ibid.*)

236. VAR. : « L'opinion publique de la petite ville avait reconnu... »

237. VAR. : « ... d'Ursule, mais Ursule... »

238. VAR. : « ... fois, il la prit... »

239. VAR. : « ... l'homme et subsistent... »

240. Henri II, duc de Montmorency (1595-1632), exécuté le 30 octobre 1632, comme complice de la conspiration du duc d'Orléans, frère de Louis XIII, contre Richelieu.

241. VAR. : « Minoret pour la première et unique fois de sa vie, enivré... »

242. VAR. La phrase finit là dans l'édition de 1843.

243. VAR. : « ... compromettre et M. de... »

244. Le vicomte de Soulanges ne paraît que dans *Ursule Mirouët.*

245. VAR. : « ... serait arrêtée. »

246. VAR. : « ... l'habitude. La querelle ne devait pas avoir Ursule... »

247. VAR. : « ... Dieu, reprit le juge de paix a mis... », etc.

248. VAR. : « ... Le curé, comme il... »

249. VAR. : « ... des numéros... »

250. VAR. : « ... 22534 lettre M et suit, comme vous le voyez immédiatement le premier des numéros inscrits. Cette... »

251. VAR. : « ... inscriptions acquis en même temps et... »

252. VAR. : « ... pupille et le livré... »

253. *In fiocchi*, en tenue de gala.

254. VAR. : « ... en la rendant... »

255. VAR. : « ... un mot et ce mot les glaça d'effroi. »

256. Esprit Blanche (1796-1852), médecin aliéniste. En 1821 il prit la direction d'une maison de santé, à Montmartre. Il n'y recevait que des aliénés. Son établissement acquit une grande réputation; en 1847 il le transféra à Passy dans de plus vastes locaux. Le docteur Blanche est l'auteur de plusieurs ouvrages, notamment de : *Du danger des rigueurs corporelles dans le traitement de la folie* et : *De l'état actuel de nos connaissances sur le traitement de la folie.*

257. Var. : « 1840 » et, à la ligne suivante « 1836 ».

258. Var. : ... oncle il a, comme... »

259. L'hôtel du vicomte et de la vicomtesse de Portenduère était situé rue des Saints-Pères. Ils menaient une vie mondaine : réceptions, bals, soirées. La vicomtesse avait une jolie voix. Elle chantait et son succès de chanteuse était grand. (*Autre étude de femme.*) Les Portenduère se lièrent intimement avec les Du Guénic; les deux ménages eurent une loge commune aux Italiens; le vicomte de Portenduère montra un grand dévouement à Mme Du Guénic, quand elle fut malheureuse et malade d'une trahison de son mari. » (*Béatrix.*) [Cf. *Répertoire*, pp. 417-418.]

260. Var. : « ... lin, avec des agréments... »

261. La comtesse de l'Estorade, nommée à la dernière page de ce roman, était née Renée de Maucombe. C'était une femme d'une haute vertu, une excellente mère de famille. On la voit dans *le Député d'Arcis ; le Comte de Sallenauve ; la Famille Beauvisage.*

262. Dionis se lia avec Rastignac; leurs relations furent suivies et même familières; quand Rastignac fut ministre des Travaux publics, ils déjeunaient souvent ensemble. Dionis paraît dans *le Député d'Arcis, le Comte de Sallenauve, la Famille Beauvisage.* (Cf. *Répertoire*, p. 142.)

263. Var. : « ... Bongrand est juge d'instruction au tribunal de Melun; son fils qui a épousé Mlle Levrault est un... » (1842) — « ... d'instruction au tribunal de Fontainebleau...,» (1843.)

264. Var. : « ... Elle écrit tambourg avec un g... »

265. Cette phrase finit là dans l'édition de 1842.

266. Le curé de Saint-Lange, à qui Balzac n'a pas donné de nom paraît dans *la Femme de trente ans* (deuxième épisode : *Souffrances inconnues*).

267. Ce préambule est à rapprocher de celui du chapitre II d'*Ursule Mirouët.*

268. Sur Sancerre voir *la Muse du département.* Les premières pages contiennent une description de cette ville.

269. Cette nomenclature de familles; ces désignations d'alliance; le fait que des Sancerrois pauvres étaient employés par des Sancer-

rois riches, de même nom et donc issus de la même souche, est
à rapprocher de ce que Balzac dit, au chapitre II d'*Ursule Mirouët*
de la population de Nemours (voir p. 19). On ne trouve dans le
Répertoire de la Comédie humaine, aucun Chandier ni aucun Grossequille; les Minoret et les Bongrand, qui y sont inscrits, sont ceux
de Nemours.

270. Le docteur Horace Bianchon est l'un des principaux personnages de *la Comédie humaine*. Il paraît dans un grand nombre de
romans. (Cf. *Répertoire*, pp. 34-36.)

271. C'est Anselme Popinot, d'abord commis de César Birot-
teau. Après la mort de son ancien patron, Anselme Popinot épousa
Mᶩᶫᵉ Césarine Birotteau. Il paraît dans *César Birotteau ; l'Illustre
Gaudissart ; le Cousin Pons ; la Cousine Bette.* (*Répertoire*, pp. 412-413).

272. C'est Jean-Jules Popinot, magistrat intègre, homme
charitable et que l'on pourrait dire passionné de charité. Un des
plus nobles personnages de *la Comédie humaine*. Il paraît dans
l'Interdiction ; l'Envers de l'histoire contemporaine ; les Petits bourgeois.
(Cf. *Répertoire*, pp. 411-412.)

273. Cet alinéa se retrouve à peu près, et, par endroit, textuellement dans *Ursule Mirouët* (p. 14-15.)

274. L'Opéra brûla le 8 juin 1781. L'architecte Lenoir con-
struisit en deux mois et demi une salle provisoire au boulevard
Saint-Martin.

275. Il y a, dans *la Muse du département*, un Boisrouge, président
du tribunal de Sancerre et marié avec une demoiselle Popinot-
Chandier.

276. Comme le docteur Minoret recueillit, et éleva dans sa
maison de Nemours, son Ursule Mirouët.

277. Il n'y a aucun Ledaim ni aucun Luciot dans *la Comédie
humaine* et la famille Grossetête que l'on y trouve est composée
de F. Grossetête qui dirigeait, en association avec un M. Perret,
une maison de banque à Limoges, de Mᵐᵉ Grossetête, sa femme,
et d'un frère cadet qui, sous la Restauration, devint receveur
général de Bourges. (Cf. *Répertoire*, p. 248.)

Cette famille n'a donc rien de commun que le nom avec
la famille Grossetête de Sancerre.

278. C'est le collège où Balzac avait été élève.

299. Il n'y a pas de Soldet dans *la Comédie humaine*.

TABLE DES MATIÈRES